Ein mystisches Königsgrab, ein sagenumwobener Schatz, ein großes Abenteuer – im zweiten Band mit Chefinspektor Otto Morell geht es um Habgier und Verrat.

An der altehrwürdigen Wiener Alma Mater Rudolphina-Universität wurde Professor Vitus Novak ermordet. Und ausgerechnet Leander Lorentz, ein Freund von Chefinspektor Otto Morell, soll ihn umgebracht haben. Novak war Archäologe und einer von mehreren Ausgrabungsteilnehmern in Syrien, die nach dem sagenumwobenen Schatz des Alulim suchten. Einer der Teilnehmer kehrte seinerzeit von dieser Expedition nicht zurück und gilt seither als verschollen. Hat diese Ausgrabung etwas mit dem Mord an dem Professor zu tun? Morell eilt seinem Freund zu Hilfe und stößt auf ein Netz von Intrigen, Korruption und Verrat.

Daniela Larcher lebt und arbeitet in Wien. Sie studierte Prozess- und Projektmanagement an der FH Vorarlberg und war anschließend zwei Jahre lang in der Werbebranche tätig. 2002 begann sie ein Studium der Archäologie an der Universität Wien und arbeitete parallel dazu im Bereich PR und Eventmanagement. Ihr erster Roman »Die Zahl« ist ebenfalls im Fischer Taschenbuch Verlag erhältlich. Mehr über die Autorin unter: www.danielalarcher.at

Unsere Adresse im Internet: www.fischerverlage.de

Zu Grabe

Daniela Larcher

Kriminalroman

Fischer Taschenbuch Verlag

FSC
www.fsc.org
MIX
Papier aus verantwortungsvollen Quellen
FSC® C014496

Originalausgabe
Veröffentlicht im Fischer Taschenbuch Verlag,
einem Unternehmen der S. Fischer Verlag GmbH,
Frankfurt am Main, September 2011

Dieses Werk wurde vermittelt durch die
Literaturagentur Kai Gathemann, München

Satz: Dörlemann Satz, Lemförde
Druck und Bindung: GGP Media GmbH, Pößneck
Printed in Germany
ISBN 978-3-596-18286-2

»Der Tod, das muss ein Wiener sein …«

Georg Kreisler, Wienerlied

»Großer Männer Grab ist die ganze Erde.«

Perikles

Der Sommer ging zu Ende. Langsam, aber sicher zog er sich zurück, um das Feld für den Herbst zu räumen, der bereits vor der Tür stand und ungeduldig auf seinen Einsatz wartete. Schon jetzt wurden die Tage stetig kürzer und die Röcke der Mädchen immer länger. Bald würden die Blätter von den Bäumen fallen, beißend kalter Wind durch jede noch so kleine Ritze kriechen und dichter Nebel sich Tag für Tag auf die Menschen senken.

Überall sonst in der Welt würde nun die trostloseste Zeit des Jahres anbrechen, aber das galt nicht für Wien – im Gegenteil: Die Donaumetropole brauchte das trübe Wetter und den Verfall der Natur, um ihren ganzen Charme voll zur Geltung zu bringen und in der erhabenen Morbidität zu erstrahlen, für die sie so bekannt war. Keine andere Stadt konnte so wunderbar trübsinnig und so herrlich melancholisch sein, an keinem anderen Ort hatte der Tod so viele Namen, und nirgends sonst wurde dem Sterben so sehr gehuldigt wie hier in der alten Kaiserresidenz.

Morgens war es mittlerweile so frisch, dass man etwas Warmes anziehen musste, um sich keine Erkältung einzufangen. Mirko Berger schnappte sich deshalb eine Jacke, als er in der Früh das Haus verließ und in Richtung Universität fuhr, wo er sich auf eine anstehende Prüfung vorbereiten wollte. Noch waren Ferien, und das majestätische Gebäude an der Wiener Ringstraße war deshalb so gut wie menschenleer – perfekt also, um dort ungestört zu lernen.

Er kaufte sich einen Becher heißen Kaffee und fuhr dann mit der ›Bim‹, wie die Wiener liebevoll die Straßenbahn nannten, zur Uni. Dort angelangt, durchschritt er das imposante Tor, das den Einlass in das Reich von Forschung und Lehre darstellte, und betrat die große Aula. Mirko schloss die Augen und atmete tief ein. Er mochte den Geruch der Universität. Hier roch es immer ein wenig nach Putzmitteln und, trotz des strikten Rauchverbots, nach Zigarettenqualm. Vor allem aber duftete es hier nach Büchern: Nach Druckerschwärze und Tausende Male umgeblättertem Papier. Das war der Geschmack von Wissen und jahrhundertealten Geheimnissen. Das herbe Aroma von Geschichte und verborgenen Schätzen.

Er setzte sich in den Arkadenhof, der von rund 150 Büsten berühmter Wissenschaftler gesäumt wurde, und holte seine Skripten aus dem Rucksack, als ihn eine plötzliche Unruhe überkam. Nur noch fünf Wochen bis zu seiner Prüfung über die Heldendichtung im deutschen Mittelalter. Er musste unbedingt bestehen.

Schuldbewusst schielte der junge Student auf den großen Bücherstapel neben sich, und sofort schossen ihm ein paar altbekannte Gedanken durch den Kopf: *Hätte ich doch nur früher mit dem Lernen begonnen! Hätte ich doch nur im Seminar besser aufgepasst!* Normalerweise hatte er keine Angst vor Klausuren, aber dieses Mal ließ allein der Gedanke daran seine Hände feucht werden.

Nach kurzer Überlegung beschloss Mirko, die Büste von Rudolf Much aufzusuchen. Ein paar seiner Kommilitonen hatten den Germanisten als eine Art Schutzheiligen auserwählt und es sich zur Angewohnheit gemacht, vor schwierigen Prüfungen dreimal über dessen Bart zu streichen. Mirko war nicht abergläubisch und glaubte nicht an einen solchen Quatsch, aber heute war definitiv so ein Tag, um es wenigstens einmal auszuprobieren.

Er ging also durch die Arkaden, vorbei an so illustren Größen wie Anton Bruckner und Sigmund Freud, als ihm plötzlich auffiel, dass hier irgendetwas anders war als sonst. Im hinteren Teil des Hofs hatte jemand eine der Büsten mit roter Farbe beschmiert. Aber welche? Er ließ die Reihe der Marmor-, Bronze- und Gusseisenköpfe vor seinem inneren Auge vorbeiziehen und kam zu dem Schluss, dass es sich um die Statue des Archäologen Otto Benndorf handeln musste.

Das war sicherlich wieder so eine Protestaktion gegen die Studiengebühren. Mirko konnte die Wut seiner Kommilitonen verstehen – er selbst fand die Haltung der Regierung auch nicht in Ordnung, aber musste man darauf mit Vandalismus reagieren? Und warum ausgerechnet in einem dunklen Winkel des Arkadenhofs? Und warum Otto Benndorf? Der war doch schon seit mehr als hundert Jahren tot – was hatte der also mit der aktuellen Lage zu tun? Mirko war neugierig geworden und beschleunigte seine Schritte.

›Komisch‹, dachte er, als er näher kam. Was für ein makabrer Scherz. Was sollte das denn bedeuten? Aber … das konnte doch nicht sein! Mirko trat noch ein wenig näher heran. Das konnte ja wohl nur ein Scherz sein! Ein schlechter Scherz! O Gott …! Das war kein Spaß! Das war echt! Und das Rot, das war gar keine Farbe …

Mirko Berger fiel kreidebleich auf die Knie, und sämtliche Würdenträger der Universität Wien schauten ihm mit starren Blicken und ungerührten Mienen dabei zu. Alle, bis auf Otto Benndorf – dessen Büste war nämlich verschwunden und durch das Haupt von Professor Vitus Novak ersetzt worden. Leider war Novaks Kopf aber nicht aus Marmor oder Gusseisen, sondern aus Fleisch und Blut.

Es dauerte einige Zeit, bis Mirko es schaffte, mit zitternden Händen sein Telefon aus dem Rucksack zu zerren und die Polizei zu alarmieren.

Der diensthabende Beamte hielt den Anruf für einen schlechten Scherz. »Verdammtes Pack«, murmelte er. »Dieses arbeitsscheue Gesindel sollte lieber weniger saufen und sich stattdessen nützlich machen.« Studenten hatten in seinen Augen einfach nicht genügend zu tun. Wenn sie mehr arbeiten oder lernen würden, dann hätten sie nicht so viel Zeit, irgendwelchen Unfug auszuhecken. Ständig machten diese neunmalklugen Typen Ärger: demonstrierten gegen dieses, boykottierten jenes oder waren auf irgendeine andere Art und Weise eine Plage. Und jetzt dachten diese Klugscheißer auch noch, sie könnten ihn verarschen! Von wegen menschliche Köpfe im Arkadenhof!

Der Inspektor nahm einen Schluck Kaffee, gähnte ausgiebig und griff dann erst nach dem Funkgerät. »Ist irgendwer von euch in der Nähe vom Dr.-Karl-Lueger-Ring?«, fragte er. »Die G'fraster von der Uni haben wieder irgendwas angestellt.«

Die Polizisten ließen sich Zeit, und so dauerte es geschlagene zwanzig Minuten, bis sie im Arkadenhof eintrafen. Der Schock über die Erkenntnis, dass es sich diesmal um keinen Scherz oder einen simplen Fall von Sachbeschädigung handelte, war daher umso größer. Die Beamten versuchten ihren Schnitzer wiedergutzumachen, indem sie sich mit Feuereifer in die Arbeit stürzten, und deshalb vergingen nur wenige Stunden, bis der erste Verdächtige gefunden war.

»Wenn die Hoffnung uns verlässt,
geht sie, unser Grab zu graben.«
Carmen Sylva

»Grüß Gott, Frau Horsky.« Leander Lorentz, ein drahtiger Archäologe, der noch immer braungebrannt von seiner letzten Ausgrabung war, musterte seine Nachbarin. Sie war eine reiche, aufgetakelte Witwe und so alt, dass sie Kaiserin Maria-Theresia wahrscheinlich noch persönlich gekannt hatte.

»Gestern war es sehr laut bei Ihnen«, sagte sie und kniff ihre runzligen Lippen zusammen. »Ich bin eine alte Frau und brauche dringend meine Ruhe. Seit Sie diese Wohnung gemietet haben, Herr Dr. Lorentz, sind Sie mir schon einige Male negativ aufgefallen. Dies ist ein seriöses Haus. Haben Sie das verstanden? Hier herrschen Ruhe und Ordnung!«

Lorentz war erst vor kurzem in die Wohnung neben Frau Horsky gezogen. Davor hatte er in einer kleinen, billigen Studentenbude gehaust, und das, obwohl er mit seinen 34 Jahren schon lange nicht mehr studierte, sondern als Dozent an der Universität arbeitete. Vor ein paar Wochen hatte er beschlossen, dass es an der Zeit sei, das Lotterleben hinter sich zu lassen, und seine Freundin, die in Innsbruck lebte, gebeten zu ihm nach Wien zu ziehen. Sie waren nach relativ kurzer Suche auf eine Altbauwohnung im 19. Bezirk gestoßen und sofort davon begeistert gewesen. Die hellen Räume, der stilvolle alte Fischgrätparkett und die großen Doppelflügeltüren waren einfach wunderschön. Auch die Umgebung, die Anbindung an die öffentlichen Verkehrsmittel und die Höhe der Miete waren perfekt. Sie hätten sich eigentlich denken können, dass dieses tolle Schnäppchen einen Haken hatte.

Der Haken hatte sich direkt am ersten Tag vorgestellt: Frau Agathe Horsky. Die alte Hexe war alles andere als erfreut darüber, dass nebenan jetzt ein junges Paar lebte – noch dazu ein unverheiratetes –, und ließ keine Gelegenheit verstreichen, den beiden das Leben schwerzumachen. Sie schien gegen jegliche vernünftige Argumentation gefeit zu sein, und sogar der so oft erprobte Charme des attraktiven Lorentz versagte bei ihr vollends.

»Ich war gestern nicht laut. Vielleicht haben Sie ja jemand anderen gehört.« Lorentz gähnte und schob eine Strähne seines dunkelbraunen Haars aus der Stirn. Er musste dringend wieder einmal zum Friseur.

»Sie hatten doch Besuch«, entgegnete Frau Horsky und zeigte mit einem faltigen Finger auf ihren Nachbarn. »So wie Sie aussehen, haben Sie die ganze Nacht durchgefeiert und getrunken.«

Lorentz kratze sich am Kinn, das ein Dreitagebart zierte. »Ich habe nicht gefeiert und auch nicht getrunken. Zwei Freunde haben mir lediglich dabei geholfen, ein Sofa und ein paar Umzugskisten in die Wohnung zu tragen. Das hat weder die ganze Nacht gedauert, noch haben wir dabei viel Lärm gemacht.«

»Kommen Sie mir nicht so, junger Mann.« Frau Horsky stemmte ihre Hände in die Hüften. »Sie haben mit Ihrem Sofa und Ihren Kisten so viel Krach gemacht, dass ich schon befürchtet habe, irgendjemand würde das Haus abreißen.«

Lorentz kniff die Augen zusammen und fixierte seine Nachbarin. Vermutlich hatte die alte Schachtel ihr Hörgerät auf die höchste Stufe geschaltet und dann das Ohr ganz fest an die Wand gepresst. Noch wahrscheinlicher war es aber, dass sie seine Freunde und die Umzugskartons nur gesehen und sich sofort Krach eingebildet hatte – psychosomatische Lärmbelästigung sozusagen. Der Alten war alles recht, wenn sie nur herumnörgeln konnte.

»Nehmen Sie ab sofort mehr Rücksicht auf Ihre Mitmenschen, Herr Lorentz. Dies ist ein anständiges Haus, und dabei soll es auch bleiben!«

So langsam war Lorentz das Geschimpfe leid, und er dachte kurz daran, dem lästigen Störenfried einfach die Tür vor der Nase zuzuschlagen – doch dann kamen ihm die Worte seiner Freundin, Nina Capelli, wieder in den Sinn: »Sie sieht nicht gerade sehr gesund aus«, hatte diese nach der ersten Begegnung mit Frau Horsky festgestellt. »Wahrscheinlich wird sie bald sterben, also reiß dich ein bisschen zusammen. Wenn sie tot ist, wird dir jedes böse Wort leidtun.« Da Nina als Gerichtsmedizinerin arbeitete, hatte Lorentz auf ihre Meinung vertraut, und als er seine Nachbarin letzte Woche drei Tage lang nicht zu Gesicht bekommen hatte, hatte er sogar heimlich schon an deren Tür geschnuppert. Der leicht süßliche Geruch, den er voll Freude wahrgenommen hatte, stammte aber anscheinend nur vom Holzlack, denn das Zankeisen weilte ja ganz offensichtlich immer noch unter den Lebenden. Es waren immer die netten Omas, die zu früh das Zeitliche segneten. Die bösen Keifen schienen ewig zu leben.

Lorentz schaltete sein Hirn auf Durchzug und nickte. »Ja«, sagte er alle paar Sekunden. »Natürlich. Sie haben völlig recht. Verzeihung.« Das machte er so lange, bis sie aufhörte zu reden.

»Dann sind wir uns ja einig«, stellte Frau Horsky fest.

»Aber natürlich«, antwortete Lorentz, ohne die geringste Ahnung zu haben, worüber die alte Frau in den letzten paar Minuten geredet hatte. »Ich muss mich jetzt wieder an die Arbeit machen. Bitte entschuldigen Sie mich.« Er schloss die Tür und schüttelte den Kopf. Von wegen, sie wird bald sterben – dieses fürchterliche Weib würde mit ziemlicher Sicherheit auch noch den nächsten Jahrhundertwechsel erleben.

Lorentz sah sich um und seufzte. Morgen würde Nina zurückkommen. Sie war die beiden letzten Wochen in Innsbruck gewesen, um ihre Wohnung aufzulösen und ihren Nachfolger einzuarbeiten. Leander hatte versprochen, dass bis zu ihrer Rückkehr alles halbwegs bewohnbar sein würde, doch davon war er noch meilenweit entfernt.

Er krempelte gerade die Hemdsärmel hoch, als es schon wieder an der Tür klingelte. Was war denn jetzt schon wieder? Hatte Frau Horsky ihn heute nicht schon genug gequält? Musste er sich jetzt noch einem weiteren Anfall von Altersbosheit aussetzen?

Es läutete ein zweites Mal. Lorentz holte tief Luft und war sich plötzlich nicht mehr sicher, ob er es schaffen würde, Ruhe zu bewahren.

»Ja?!« Er riss die Tür auf.

Anstatt in das altersfleckige Gesicht der Furunkel-Furie blickte Lorentz in die Visagen von zwei fremden Männern. Der eine hatte volles, blondes Haar, trug eine moderne, ziemlich teuer wirkende Lederjacke und roch nach Aftershave. Der andere war etwas größer als sein Kollege, weniger gepflegt und nicht so kostspielig gekleidet.

»Dr. Leander Lorentz?«

Lorentz nickte.

»Ich bin Chefinspektor Roman Weber, und das ist mein Kollege Theodor Wojnar.« Der Kleinere von den beiden hielt Lorentz seine Marke vor die Nase.

So war das also, dachte Lorentz und schielte zur Tür von Frau Horsky. Die alte Hexe fuhr also jetzt die großen Geschütze auf. Das würde er ihr heimzahlen! Mit dieser Aktion hatte sie den Greisenbonus verspielt.

»Wir sind …«, setzte Weber an.

»Wir waren nicht laut. Ich habe Zeugen«, unterbrach Lorentz ihn.

Die beiden Polizisten schauten sich gegenseitig an und blickten dann wieder zu Lorentz.

»Wir sind gekommen ...«, versuchte Weber es erneut.

»Ich habe gestern gemeinsam mit zwei Freunden ein Sofa und ein paar Kartons hochgetragen. Kann sein, dass es ein bisschen gerumpelt hat, aber das ist doch normal, wenn man umzieht.« Lorentz trat einen Schritt zur Seite und gab den Blick auf ein Chaos bestehend aus Kisten, Koffern, Plastiktüten und Werkzeugen frei.

Die Beamten schauten immer noch etwas irritiert. »Wie lange haben Sie und Ihre Freunde denn herumgerumpelt?«, wollte Wojnar wissen.

Lorentz überlegte. »Ich weiß nicht genau. Ich schätze mal bis zehn.«

»Und danach?«

»Danach bin ich kurz in die Uni gefahren, habe dort ein paar Unterlagen geholt und bin dann ins Bett gegangen. Ruhiger geht es also kaum.«

»Gibt es jemanden, der Ihre Angaben bestätigen kann?«

Lorentz kam die Situation langsam ein wenig spanisch vor. »So ein Drama wegen ein paar Umzugsgeräuschen?«

»Ich habe keinen blassen Schimmer, wovon Sie reden, Herr Lorentz«, sagte Weber. »Wir sind hier, weil Professor Vitus Novak gestern Nacht ermordet wurde.«

Lorentz riss die Augen auf und rang nach Luft. »Novak?«, fragte er ungläubig, als er sich wieder etwas gefangen hatte. »Ermordet?! Aber das kann doch nicht sein!«

»Doch, es kann.«

Langsam fiel bei Lorentz der Groschen. »Aber ... Sie denken doch wohl nicht, dass ich etwas damit zu tun habe?«

»O doch, das tun wir. Es gibt Zeugen, die sagen, dass Sie und das Opfer in letzter Zeit ziemlich viele Unstimmigkeiten hatten. Außerdem sind Sie dabei beobachtet worden, wie Sie gestern Nacht den Tatort verlassen und dabei etwas mit sich geschleppt haben. Das ist schon sehr verdächtig – oder wollen Sie mir erzählen, dass

Sie sich öfters mitten in der Nacht schwer bepackt im Archäologischen Institut herumtreiben?« Weber fixierte den jungen Archäologen, ohne dabei eine Miene zu verziehen.

»Schei…« Lorentz biss sich auf die Unterlippe und betrachtete seine Hände. »Ja, es stimmt – ich war gestern Nacht dort. Professor Novak hatte mir nämlich einige meiner Aufzeichnungen und wichtige Proben gestohlen. Ich bin nur in sein Büro gegangen, um sie mir wiederzuholen. Mit dem Mord habe ich nichts zu tun.«

»Mehrere Personen haben ausgesagt, dass Sie und der Professor letzte Woche einen heftigen Streit hatten. Ich habe außerdem gehört, dass Herr Novak Ihre Forschungsgelder einfrieren ließ und auch sonst ein ziemliches Hindernis für Ihre Karriere darstellte.«

»Das stimmt schon, aber deswegen würde ich ihn doch nicht umbringen.«

Wojnar kratzte sich am Kopf. »Also, wenn das kein Motiv ist. Es gibt Menschen, die würden schon wegen weitaus geringerer Dinge töten.«

»Andere Menschen vielleicht …«

»Das wird sich ja noch herausstellen.« Weber schien relativ unbeeindruckt von Lorentz' Erklärungen zu sein. »Herr Lorentz, Sie sind vorläufig festgenommen. Sie haben das Recht auf einen Anwalt. Sie haben außerdem das Recht, die Aussage zu verweigern. Wenn Sie uns nun bitte begleiten würden.«

Lorentz schluckte. »Aber das können Sie doch nicht machen …«

»Kommen Sie jetzt bitte!«

»Aber …« Lorentz sah sich bereits in Handschellen durchs Treppenhaus geführt. Frau Horsky würde wahrscheinlich zur Feier des Tages eine Flasche Champagner aufmachen. »Ich möchte vorher meinen Anwalt anrufen.«

Weber überlegte kurz. »Na gut, aber beeilen Sie sich.«

Lorentz zögerte. Noch nie war er mit dem Gesetz in Konflikt geraten und kannte gar keinen Anwalt.

Schließlich nahm er den Hörer und wählte.

»Leben heißt kämpfen.
Ruhe wirst du im Grab haben.«
Lucius Annaeus Seneca

Nina Capelli ließ ihren Blick noch einmal durch die Wohnung wandern, aus der sie in weniger als 24 Stunden ausziehen würde. Sie hatte bereits gestern ihre gesamte Habe zusammengepackt und ihr komplettes Zuhause in ein mannshohes Labyrinth aus penibel zugeklebten, braunen Kartons verwandelt. Morgen früh würde der Umzugswagen kommen und ihr sorgfältig verstautes Leben nach Wien bringen.

Es war erstaunlich, wie riesig die 50-Quadratmeter-Garçonnière ohne Inventar plötzlich wirkte und wie viele längst verloren geglaubte Dinge beim Abbauen der Schränke und Bücherregale wieder aufgetaucht waren: die Bedienungsanleitung für den DVD-Player, ihr Reisepass, den sie schon seit Ewigkeiten suchte, und ein Strass-Ohrring, dessen einsamen Partner sie längst weggeworfen hatte.

Obwohl sie sich fest vorgenommen hatte, nicht wehmütig zu werden, spürte Capelli bei dem Gedanken an ihren bevorstehenden Umzug ein leichtes Stechen im Herzen. »Jetzt nur nicht schon wieder gefühlsduselig werden«, sagte sie leise zu sich selbst und ärgerte sich, dass das Medikamentenschränkchen bereits weggepackt war. Gestern Abend hatte sie nämlich im großen Stil Abschied gefeiert und sich dabei ein paar bunte Drinks zu viel genehmigt – sie brauchte dringend ein Aspirin.

Sie fasste sich an ihren schmerzenden Schädel und seufzte. Es war ein großer Schritt, Innsbruck und ihre Freunde zurückzulassen, und auch was den Job anbelangte, plagten sie noch Zweifel. Sie hatte zwar Glück gehabt und eine Anstellung als Assistenzärztin am Department für Gerichtsmedizin in Wien bekommen, war sich aber nicht sicher, ob das Betriebsklima und die Kollegen dort genauso toll waren wie hier. Sie streichelte über die Fotocollage, die ihre beste Freundin als Andenken gebastelt hatte, und spürte Tränen aufsteigen.

»Aus jetzt!« Capelli beschloss, sich auf die positiven Dinge zu konzentrieren. Im Grunde freute sie sich sehr auf das, was vor ihr lag. Wien war eine tolle Stadt und Leander ein toller Kerl. Er war nicht nur attraktiv und intelligent, sondern hatte auch überhaupt kein Problem mit ihrer Arbeit. Die wenigsten Männer konnten sich vorstellen, eine romantische Beziehung mit einer Frau zu unterhalten, die hauptberuflich tote Menschen aufschnitt. Capelli hatte bereits befürchtet, für immer Single bleiben zu müssen, doch dann war Lorentz in ihr Leben getreten. Der fesche Archäologe hatte keinerlei Scheu vor ihrem Beruf – ganz im Gegenteil: Er nahm die Tatsache, dass seine Freundin regelmäßig in den Innereien von Leichen herumwühlte, mit Humor. Vor ein paar Wochen erst hatte er ihr einen Anhänger in Form eines Gehirns geschenkt, da sie ständig ihren Autoschlüssel verlegte. Apropos Autoschlüssel – wo war der denn schon wieder? Capelli stand auf, kramte in ihrer Tasche herum und schaute auf der Fensterbank nach – nichts. Wann hatte sie ihn denn das letzte Mal in der Hand gehabt? Das musste gestern Mittag gewesen sein. Sie suchte weiter. In ihrer Jacke war er nicht, und auf der Ablage neben der Garderobe lag nur ihr Handy. Sie kratzte sich am Kopf und sah sich noch einmal um, als plötzlich eine böse Ahnung in ihr verkatertes

Hirn sickerte. Er war doch nicht versehentlich in eine der Kisten gerutscht?

Capelli starrte auf die Unmengen von braunen Kartons und fluchte. So wie es aussah, musste sie die Arbeit des gestrigen Tags zerstören und sich durch unendlich viele Schichten Klebeband und Tonnen von Bläschenfolie kämpfen, um es herauszufinden. Sie seufzte, griff nach einer Schere und machte sich daran, den ersten Karton zu öffnen, als ihr Handy klingelte.

»Hallo, Leander«, sagte sie, nachdem sie auf das Display geschaut hatte. »Du kannst dir nicht vorstellen, was mir schon wieder passiert ist. Es ist sooo ärgerlich! Jetzt hast du mir extra den Anhänger für meinen Autoschlüssel geschenkt, und nun habe ich trotzdem …«

»Entschuldige, Nina, aber ich habe jetzt leider überhaupt keine Zeit für deinen Schlüssel. Die Polizei ist hier, und ich fürchte, dass ich bis zum Hals in Schwierigkeiten stecke.« Lorentz' Stimme klang belegt und zitterte.

»O Gott, Schatz, was hast du denn bloß angestellt?« Capelli ließ die Schere sinken und setzte sich auf eine der Kisten.

»Die denken, dass ich jemanden umgebracht habe, und ich weiß nicht, was ich tun soll.«

Nina schnappte nach Luft.

»Nina? Bist du noch dran?«

»Die denken, dass du jemanden umgebracht hast?!« Die Stimme der Gerichtsmedizinerin war gerade um eine Oktave höher geworden. »Aber um Himmels willen, wen sollst du denn … die Horsky?!«

»Nein, Professor Novak wurde umgebracht, und jetzt wollen die mir den Mord in die Schuhe schieben.«

»Aber du bist doch wirklich nicht der Einzige, der mit Novak gestritten hat.«

»Nein, aber …« Lorentz senkte seine Stimme. »Ich habe dir doch erzählt, dass Novak meine Unterlagen und ein paar wichtige

Proben geklaut hatte … na ja … das wollte ich mir natürlich nicht gefallen lassen. Also bin ich gestern Abend in sein Büro eingebrochen und habe sie mir zurückgeholt. Und dabei bin ich anscheinend beobachtet worden.«

»Leander!«

»Ja, ich weiß, das war dumm von mir.«

»Dumm ist gar kein Ausdruck! Du brauchst jetzt sofort einen Anwalt.«

»Ich kenn' doch gar keinen Anwalt«, flüsterte Lorentz verzweifelt. »Bitte, Nina, kannst du das für mich in die Hand nehmen?«

»Natürlich, du kannst dich auf mich verlassen.«

Nachdem Capelli aufgelegt hatte, rückte sie ihre Brille zurecht und starrte das Handy an. Ihr Freund wurde verdächtigt, einen Kollegen ermordet zu haben – das durfte ja wohl nicht wahr sein! Er brauchte jetzt dringend ihre Hilfe. Einen guten Anwalt in Wien würde sie schon auftreiben, da würde sie ihre Beziehungen spielen lassen. Aber reichte das aus? Was konnte sie noch tun? Gedanken explodierten in ihrem Kopf, sausten ungebremst hin und her und verursachten ein riesiges Durcheinander.

Minutenlang saß sie nur da und grübelte. Dann kam ihr eine Idee. Sie fuhr sich mit beiden Händen durch die Haare und griff erneut nach dem Handy.

»… und nachdem wir der Seele Ruh im Grabe geschafft, wird laut noch gerufen der Abschied.«

Vergil, Äneis

Chefinspektor Otto Morell saß in der Polizeiinspektion von Landau, einem kleinen Kaff in den Tiroler Bergen, und starrte Löcher in die Wand. Seine Freundin Valerie hatte vor knapp zwei Wochen aus heiterem Himmel beschlossen, dass sie eine Beziehungspause brauchte, und seitdem war der sonst so fröhliche und ausgeglichene Polizist ein echter Trauerkloß. Missmutig schob er sich ein Stück selbstgebackenen Marmorkuchen in den Mund und kaute geistesabwesend darauf herum. Eigentlich sollte er ja keine Süßigkeiten mehr essen, da sein Bauch die Uniformhose bereits bis zum Anschlag dehnte, doch er brauchte den kulinarischen Trost aus Zucker, Fett und Kohlehydraten – ans Abnehmen konnte er ein anderes Mal denken. Morell lockerte seinen Gürtel, um seinem Bauch ein wenig Freiraum zu geben, und griff nach dem nächsten Stück.

Von wegen Beziehungspause – er wusste genau, was das zu bedeuten hatte. Warum konnten Frauen nicht einfach sagen, was sie dachten? Warum mussten sie immer um den heißen Brei herumreden? Damit machten sie doch alles nur noch schlimmer. Der Chefinspektor wusste genau, was als Nächstes kam: In ein paar Tagen würde sie ihn anrufen und vorschlagen, doch gute Freunde zu bleiben – aber darauf konnte er verzichten. Er nahm sich ein drittes Stück Kuchen und verpasste ihm eine fluffige, weiße Haube aus Sprühsahne.

Morell und Valerie waren zusammengekommen, nachdem er eine schreckliche Serie von Morden aufgeklärt hatte und als Retter von Landau gefeiert worden war. Mittlerweile war jedoch wieder der Alltag eingekehrt, was dem Chefinspektor mehr als nur recht war – er liebte sein entspanntes Leben und war froh, wenn er sich in Ruhe um seine drei Hobbys kümmern konnte: Kochen, Essen und Blumenzüchten. Seine Noch-Freundin sah die Situation anscheinend anders: Sie hatte sich in einen strahlenden Helden verliebt und einen übergewichtigen und ruhebedürftigen Dorfpolizisten bekommen. Und er konnte ihr ihr Verhalten nicht einmal verübeln.

Als wäre das nicht alles schon schlimm genug, lag auch noch der Lieblingsficus des Chefinspektors im Sterben. Morell hatte die Topfpflanze extra von zu Hause mitgebracht, damit er sie den ganzen Tag über pflegen konnte, aber so wie es aussah, kam jede Hilfe zu spät. »Nicht sterben, mein Kleiner«, flüsterte er und schob das Bäumchen dichter ans Fenster, damit es alle Strahlen der Morgensonne abbekam. Dann kontrollierte er die Feuchtigkeit der Blumenerde und stellte noch einmal sicher, dass sein grüner Freund keine Zugluft abbekam. »Was fehlt dir denn nur?« Er blätterte in einem Pflanzenratgeber, als die Tür aufging und Robert Bender mit einer Tasse Tee in der Hand den Raum betrat.

Der 27-jährige Inspektor hatte vor drei Jahren seine Ausbildung zum Polizeibeamten beendet und war seitdem Morells Assistent und Stellvertreter. Bender, der regelmäßig im Fitnesscenter trainierte, war alles andere als ein dünner Zwerg, doch neben seinem Vorgesetzten fühlte er sich klein und schmächtig. Normalerweise blickte der junge Polizist also stets ein wenig eifersüchtig auf die imposanten 1,95 m Körpergröße und die üppige Statur seines Vorgesetzten, doch heute boten der vom Liebeskummer gezeichnete Morell und sein sterbenskranker Ficus ein solches Bild des Elends, dass bei Bender keine Spur von Neid mehr aufkam. Im Gegenteil – die nun schon seit fast zwei Wochen andauernde Schwermut des Chefinspektors bereitete ihm allmählich Sorgen.

»Hier, Chef, ich habe Ihnen einen Tee gemacht.« Bender konnte nicht mehr länger mit ansehen, wie Morell vor sich hin litt und Süßigkeiten in sich hineinstopfte, obwohl seine Uniform an allen Ecken und Enden spannte. Er würde nicht zulassen, dass sein ansonsten blitzgescheiter und scharfsinniger Chef immer mehr in Selbstmitleid versank und sich dadurch selbst zugrunde richtete. Bender hatte deshalb bereits vor einer Woche beschlossen zu handeln und war in die Apotheke gegangen, wo ihm Johanniskraut als natürliches Heilmittel gegen Depressionen empfohlen worden war. Seitdem mischte er täglich heimlich ein paar Tropfen davon in den Tee seines Chefs.

»Danke, Robert.« Morell pustete und nahm vorsichtig einen Schluck.

»Kommen Sie, wir gehen ein bisschen raus und suchen den entlaufenen Hund von Frau Hämmerle. Ein wenig frische Luft und Sonnenschein werden Ihnen guttun.«

Anscheinend zeigte das Johanniskraut noch keine Wirkung, denn Morell schüttelte nur den Kopf. »Ich bin grad gar nicht in der Stimmung. Geh du nur allein.«

Bender schielte besorgt auf den überdimensionalen Bauch seines Chefs und das Kuchenstück in dessen Hand. »Dr. Levi hat mich gebeten, Sie an Ihr Gewicht und Ihre Cholesterinwerte zu erinnern. Sie sollen nicht so viel Süßes und Fettes essen, sonst riskieren Sie einen Schlaganfall oder einen Herzinfarkt.«

»Sag Dr. Levi, er soll sich um seinen eigenen Kram scheren.« Morell grummelte. Er wusste, dass der Gemeindearzt recht hatte, aber er konnte sich momentan beim besten Willen nicht auch noch mit der Bürde einer Diät belasten.

Bender wollte gerade resigniert das Büro verlassen, als Morells Telefon läutete. Während sich der Chefinspektor zur Seite drehte und zum Hörer griff, nutzte sein Assistent die Gelegenheit, um sich den Teller zu schnappen und samt Kuchen aus dem Zimmer zu verschwinden. Wenn Morell sich weigerte, auf seine Gesundheit zu achten, dann musste er ihn zu seinem Glück einfach zwingen.

»Servus, Otto, hier ist Nina. Ich bin ja so froh, dass ich dich erreiche!« Nina Capelli und Otto Morell hatten sich letztes Jahr im Dezember kennengelernt, als das idyllische Landau durch eine Mordserie erschüttert und sie dem Fall als zuständige Gerichtsmedizinerin zugeteilt worden war.

»Nina? Na, das ist aber eine Überraschung. Wie geht es dir?« Morell öffnete die Schublade, in der er seine Süßigkeiten bunkerte, nahm eine Tafel Nuss-Nougat-Schokolade heraus und nestelte an der Verpackung herum.

»Leider nicht so gut. Ich brauche dringend deine Hilfe.« Die Verzweiflung, die in ihrer Stimme mitschwang, ließ keinen Zweifel daran, dass es sich um einen Notfall handelte.

Morell legte die Schokolade beiseite und setzte sich aufrecht hin. »Ich bin ganz Ohr. Was ist passiert?«

Capelli erzählte, was geschehen war. »Könntest du vielleicht nach Wien kommen?«, bat sie schließlich.

Morell überlegte. Er konnte Wien nicht ausstehen und hatte absolut keine Lust, in die Bundeshauptstadt zu fahren, andererseits konnte er seine Freunde nicht einfach so hängenlassen. »Hmmm …«, sinnierte er.

»Bitte, Otto, du bist der einzige Mensch, den ich kenne, der genau weiß, wie so eine Mordermittlung abläuft. Außerdem kennst du vielleicht sogar die zuständigen Polizisten vor Ort.«

Der korpulente Chefinspektor war früher als Kripobeamter in Wien tätig gewesen, hatte aber irgendwann die Nase gestrichen voll von all dem Großstadtrummel gehabt und war daher samt seinem dicken Kater Fred zurück in seinen Heimatort Landau gezogen.

Morell kratzte sich am Kinn. »Ich werde mal mit Bender reden. Wenn er es sich zutraut, die Inspektion alleine zu verwalten, dann werde ich kommen. Bleibt nur die Frage, wer sich dann um Fred und meine Pflanzen kümmert.«

»Aber das kann doch Valerie machen!«

Der Chefinspektor spürte ein Ziehen in der Brust, als Nina den Namen seiner zukünftigen Exfreundin aussprach, und griff nach der Schokolade. Wahrscheinlich tat ihm ein wenig Abstand von Landau ganz gut. »Natürlich«, sagte er wolkig, da er nicht über seine Verflossene sprechen wollte. »Also gut, ich werde kommen.«

»Danke, du bist ein Schatz. Hör zu, ich würde dich ja sofort abholen, aber ich kann meinen Autoschlüssel nicht finden. Außerdem muss ich mich hier noch um die ganzen Umzugssachen kümmern. Ist es okay für dich, wenn wir uns in Wien treffen?«

Morell, der sich nur mit Grauen an die Fahrkünste der Gerichtsmedizinerin und an die beengten Verhältnisse in ihrem kleinen Ford erinnerte, nickte. »Kein Problem. Ich werde den ersten Zug morgen früh nehmen.«

»Du bist der Beste! Dann bis morgen. Richte Valerie schöne Grüße von mir aus. Ich hoffe, sie weiß, was sie an dir hat«, sagte Capelli hörbar erleichtert und legte auf.

»Anscheinend nicht«, murmelte Morell und schob sich ein großes Stück Schokolade in den Mund.

»Robert, ich muss kurz mit dir reden.« Morell hatte seinen Bauch zurück in die Hose gequetscht und war ins Vorzimmer gegangen, wo Bender heimlich vom konfiszierten Marmorkuchen naschte. »Ich müsste mal für ein paar Tage verreisen.«

Ein Lächeln trat auf das Gesicht des jungen Inspektors. Morell kam endlich aus seinem Loch gekrochen und ging wieder unter Leute. Anscheinend wirkte das Johanniskraut doch. »Das ist ja super! Wohin geht die Reise denn?«

»Ich muss nach Wien, um Lorentz aus der Patsche zu helfen. Glaubst du, dass du hier ein paar Tage ohne mich klarkommst?«

Bender nickte euphorisch. Endlich würde er zeigen können, was in ihm steckte. »Natürlich, Chef. Mit dem entlaufenen Hund von Frau Hämmerle und dem gestohlenen Blumentopf von Frau Schubert komme ich schon allein zurecht.«

»Äh, da wäre allerdings noch etwas«, druckste Morell herum. »Würdest du dir auch zutrauen, während dieser Zeit nach Fred und meinen Pflanzen zu sehen?«

»Aber klar doch, Chef. Kein Problem.« Bender hätte in diesem Moment alles zugesagt, nur um seinen Vorgesetzten loszuwerden.

»Gut, dann fahre ich jetzt heim, um alles für die Reise vorzubereiten. Es wäre prima, wenn du am Abend bei mir zu Hause vorbeikommen könntest, damit ich dir alles genau erklären kann.«

Eigentlich war es von der Inspektion zu Morells Haus nur ein kurzer Fußmarsch von ungefähr fünf Minuten, doch der Chefinspektor hatte die schlechte Angewohnheit, auch kürzeste Strecken mit dem Auto zu fahren. Er nahm sich schon seit Jahren fest vor, den Wagen gegen ein Fahrrad zu tauschen, aber bisher war es bei den guten Vorsätzen geblieben.

Morell kurbelte die Fensterscheibe ein wenig nach unten und ließ sich die kühle Luft um die Nase wehen. Er mochte den Herbst. Er verband ihn mit raschelndem Laub, Kürbiscremesuppe, gebratenen Maiskolben und Rotkraut. Die Jahreszeit war wunderschön hier auf dem Land. Am Morgen glitzerte der Tau in den Spinnweben, die wie Fäden aus purem Silber glänzten, der Ausblick auf die majestätischen Berge war so klar wie selten, die üppigen Wälder färbten sich bunt, und auf Wiesen und in Gärten erstrahlten Herbstanemonen, Dahlien und Astern in voller Pracht. Hier konnte man so richtig die Seele baumeln lassen – ganz im Gegensatz zu Wien. Dort war es laut, grau und dreckig, und die Luft stank nach menschlichen Ausdünstungen und Abgasen.

Aber es war nicht nur die Stadt, die Morell damals aufs Gemüt geschlagen war. Der anstrengende Alltag, die Gewaltverbrechen und all die anderen schrecklichen Dinge, mit denen er als Kriminalbeamter ständig zu tun hatte, waren zu hart für ihn gewesen. Nach dem Tod seiner Eltern hatte er daher beschlossen, die Karriere an den Nagel zu hängen, das große, zweistöckige Haus mit der strahlend weißen Fassade und den Blumenkästen vor den Fenstern zu übernehmen und in seinem Heimatdorf Landau ein gemütliches Beamtendasein zu führen.

Er liebte diese kleine, heile Welt. Natürlich gab es auch hier manchmal Ärger, aber der beschränkte sich auf Kneipenschlägereien oder Verkehrsdelikte. Die Mordserie, die ganz Landau im letzten Winter erschüttert hatte, war zum Glück nur eine furchtbare Ausnahme gewesen. Sie hatte ihn und sein Leben für einige Zeit ins absolute Chaos gestürzt, und es hatte lange gedauert, bis endlich wieder Ruhe eingekehrt war. Morell seufzte. Er vermisste diesen Frieden jetzt schon.

Wie versprochen kam Bender abends bei Morell vorbei, um sich in die hohe Kunst der Katzen- und Blumenpflege einweihen zu lassen. Der junge Inspektor war sich durchaus im Klaren gewesen, dass sein Vorgesetzter ein Pflanzenfanatiker war, aber womit er nun konfrontiert wurde, damit hatte er nicht gerechnet. Überall im Haus gab es Blumen, Palmen, kleine Bäume, Stauden und anderes Grünzeug. Und das war längst nicht alles – Morell war stolzer Besitzer eines riesigen Gartens und eines Gewächshauses. Und als wäre das nicht alles schon Arbeit genug, benötigte anscheinend jede Pflanze eine andere Art von Pflege.

»Das hier sind meine Orangenbäumchen. Bitte achte darauf, dass ihre Erde immer ein bisschen feucht ist, aber bitte nimm kein Wasser aus der Leitung, das ist zu kalkhaltig. Der Zimmerahorn muss reichlich gegossen und die Jacobinien alle paar Tage mal gedüngt werden«, erklärte Morell dem völlig überforderten Bender.

»Ach, und du müsstest auch unbedingt regelmäßig die Blätter kontrollieren und sie bei Bedarf abstauben. Die Pflanzen hassen es nämlich, dreckig zu sein.«

Bender starrte seinen Vorgesetzten fassungslos an. Das mussten Zigtausende Blätter sein. Wie zur Hölle sollte er jedes einzelne davon kontrollieren und saubermachen? Und wie sollte er sich all die verschiedenen Pflegeanleitungen merken? Vor seinem inneren Auge sah er bereits, wie sämtliche Lieblinge des Chefinspektors dem Ficus aus dem Büro in den Pflanzenhimmel folgten.

»Oh, schau mal, wer da kommt«, rief Morell. Fred, der, was das Übergewicht anging, ganz nach seinem Besitzer kam, schnupperte neugierig an den Hosenbeinen des Besuchers. Morell hob das getigerte Schwergewicht hoch und streichelte es, bis es zu schnurren anfing. »Fred bekommt dreimal täglich was zu fressen. Katzenfutter steht im Regal.« Der Chefinspektor setzte sein Haustier wieder auf den Boden. »Einmal täglich muss das Katzenklo gemacht werden, da ist er sehr heikel, und wenn möglich solltest du auch regelmäßig mit ihm spielen und dich ein bisschen mit ihm unterhalten. Ich befürchte, dass er auf meine Abwesenheit sonst ungut reagieren könnte.«

Bender nickte und fragte sich, wie Morell überhaupt noch Zeit für die Polizeiarbeit fand. »Ist gut. Machen Sie sich keine Sorgen. Das kriege ich schon hin.« Er war zwar von seinen Worten alles andere als überzeugt, doch die Tatsache, dass sein Chef ein wenig abgelenkt wurde und den Liebeskummer endlich überwand, war vorrangig. Bender nahm also den Schlüssel zu Morells Reich entgegen und wünschte seinem Chef eine gute Reise.

»Zum Begräbnis der Wahrheit gehören viele Schaufeln.«

Deutsches Sprichwort

Noch nie war das Ziel seiner langen Suche so nah gewesen wie jetzt: Die Wahrheit lag in braunes Leder gebunden vor ihm auf dem Tisch und wartete ungeduldig darauf, sich zu offenbaren. Sie drängte ihn, schrie förmlich danach, gelesen zu werden und endlich ans Licht zu kommen – aber er ließ sich nicht von ihr hetzen. Nachdem er so viele Jahre auf diesen Augenblick gewartet hatte, wollte er sich nun Zeit lassen und den Moment der Erkenntnis auskosten wie einen gut gereiften, alten Wein. Er wollte Wort für Wort konzentriert in sich aufnehmen. Zeile für Zeile so rein und unverfälscht wie möglich in sein Bewusstsein fließen lassen. Zu viel stand auf dem Spiel, als dass er es sich erlauben konnte, voreilig oder überstürzt zu handeln.

Behutsam strich er über den abgegriffenen, speckigen Einband, befühlte dessen rauhe, ungleichmäßige Beschaffenheit und betrachtete die vielen Risse, Kratzer und Schrammen, die die Hülle im Laufe ihrer Existenz davongetragen hatte. Vorsichtig nahm er die Aufzeichnungen in die Hand und atmete den Duft des vergilbten Papiers ein. Herb, erdig und ein kleines bisschen modrig – so rochen sie also, die Antworten auf all seine Fragen.

»Oh, sagt man doch, dass Zungen Sterbender, wie tiefe Harmonie Gehör erzwingen; Wo Worte selten, haben sie Gewicht: Denn Wahrheit atmet, wer schwer atmend spricht.« Shakespeare hatte recht behalten: Erst im Angesicht des Todes war Novak endlich bereit gewesen, alles zuzugeben. Da der Mistkerl vor lauter Schmerzen kaum mehr in der Lage gewesen war zu reden, hatte er verraten, wo sich sein Tagebuch befand – es sollte an seiner statt sprechen und alle Details erzählen.

Dieses Tagebuch lag nun vor ihm, bereit, sein Geheimnis zu offenbaren. Endlich würde er die ganze Geschichte erfahren.

Eine Geschichte, die von einem großen Abenteuer, einem mystischen Königsgrab und einem sagenumwobenen Schatz handelte.

Eine Geschichte, in der es um Habgier, Verrat und einen alten Fluch ging.

Eine Geschichte, in deren Namen Menschen ermordet wurden.

Seine Geschichte.

»Mein Odem ist schwach und meine Tage sind abgekürzt; das Grab ist da.«

Bibel, Hiob 17: 1

Als Morell am Wiener Westbahnhof aus dem Zug stieg, schlug ihm ein Schwall dreckiger, kalter Luft entgegen. Er knöpfte seine Jacke zu und schauderte. Der Himmel war trüb und wolkenverhangen, und feiner, grauer Nieselregen benetzte sein Gesicht. Die Geräuschkulisse war dieselbe wie in den Jahren, als er noch hier gelebt hatte: Autohupen, lautes Rufen, Motorengeräusche, Hundekläffen und aus irgendeinem Haus auf der anderen Seite des Gürtels dröhnten die brummenden Bässe billiger Techno-Musik.

»Was für ein Empfang«, murmelte er. Es schien fast so, als sei die Stadt böse auf ihn, weil er ihr Landau vorgezogen hatte. Nun tat Wien schmollend seinen Unmut über seine Rückkehr kund und zeigte sich von seiner schlechtesten Seite.

Schon die Fahrt war nicht gerade schön gewesen. Morell hatte sich schlapp und müde gefühlt – er hatte in der Nacht zuvor kaum geschlafen, da tausend Gedanken in seinem Kopf herumgeschwirrt waren: Würde er Lorentz helfen können? Gab es vielleicht doch noch eine Chance für Valerie und ihn? Und würde Bender es schaffen, mit den Pflanzen, Fred und der Arbeit auf dem Revier allein zurechtzukommen?

Ein alter, betrunkener Sandler, der beißend nach Urin stank und dessen Gesicht von Krankheit und Alkohol gezeichnet war, bettelte auf dem Bahnhofsvorplatz um Geld und holte Morell in die Realität zurück.

»Hier, mein Freund.« Morell steckte ihm einen Fünfer zu. »Kauf dir was Anständiges zu essen.«

Der alte Mann, völlig überrascht von der großzügigen Spende, steckte den Schein hastig weg, nickte dem Chefinspektor kurz zu und verschwand dann im Getümmel der Reisenden.

Menschen wie dieser Obdachlose waren ein weiterer Grund, weshalb Morell das Leben auf dem Land vorzog. Die Großstadt war ein Sammelbecken für gescheiterte Existenzen, und er war einfach nicht dafür geschaffen, sich tagtäglich mit all ihren Schicksalen, ihrem Leid und ihrer Hoffnungslosigkeit auseinanderzusetzen. »Zu viele Menschen, zu wenig Würde«, murmelte er, rief sich ein Taxi heran und stieg ein. »Zum Landeskriminalamt, bitte.« Er lehnte sich zurück, atmete Duftbaumluft ein und vermisste sein Landau, bis das Läuten des Handys ihn aus seinen Gedanken riss.

»Servus, Otto, hier ist Nina. Bist du schon in Wien? Soll ich dich irgendwo abholen kommen?«

»Nein, nein, vielen Dank. Ich habe mir ein Taxi genommen und fahre direkt einmal ins Landeskriminalamt. Ich sondiere dort die Lage, spreche dann mit Leander und komme anschließend bei dir vorbei.«

»Du bist wirklich ein Schatz. Ich weiß nicht, was ich ohne dich machen würde.«

»Warten wir erst mal ab, ob ich tatsächlich helfen kann. Bis später!« Morell legte auf, starrte aus dem Fenster und betrachtete die grauen Häuserfassaden und die bunten Reklameschilder, die an ihm vorbeizogen.

Es war ein komisches Gefühl, nach so langer Zeit wieder an seinen ehemaligen Arbeitsplatz zurückzukehren. Morell betrachtete das große Gebäude, das ihm so fremd und gleichzeitig so vertraut schien. Viele schlechte Erinnerungen kamen in ihm hoch: All die übel zugerichteten Opfer, die geschlagen, missbraucht und getötet worden waren, und dazu all die trauernden Angehörigen, die vor seinen Augen geschrien und geweint oder einfach nur stumm in einer Ecke gesessen hatten.

Er betrat das LKA. Die Stimmung hier drinnen war nicht mit der Atmosphäre in der netten, kleinen Inspektion in Landau zu vergleichen. Bender und er hatten einen ruhigen und entspannten Alltag. Hier dagegen lag Hektik in der Luft. Es herrschte ein betriebsames, knisterndes Klima, als wäre die Luft elektrisch aufgeladen. Am Beginn seiner Karriere hatte Morell das noch aufregend und mitreißend gefunden und sich voller Energie und Zuversicht in die Arbeit gestürzt. Wie jung und naiv er damals doch gewesen war – er hatte sich tatsächlich eingebildet, er könne die Welt verändern. Im Laufe der Jahre schwand diese Illusion aber, und er wurde immer frustrierter, bis er eines Tages am Rand einer Depression gestanden hatte. Der Umzug nach Landau war daher genau das Richtige gewesen, und er war ohne Reue gegangen.

Wer von den alten Kollegen wohl noch hier arbeitete? Einige waren sicher in Pension gegangen oder versetzt worden. Viele würden aber vermutlich noch da sein – wie sie wohl auf sein plötzliches Auftauchen reagieren würden? Morell schielte auf seinen Bauch. Er war verdammt dick geworden. Zwar hatte er sich ein extra weites, schwarzes Sakko angezogen, das ihn dünner erscheinen lassen sollte, aber so wie es aussah, hatte es nichts genutzt.

»Augen zu und durch«, murmelte er. »Die Meinung der Jungs kann dir völlig wurscht sein. Du bist hier, um Leander zu helfen, und sobald das erledigt ist, kannst du wieder abrauschen.« Er holte tief Luft, zog den Bauch ein und wandte sich an einen jungen Polizisten.

»Entschuldigung, könnten Sie mir vielleicht sagen, wer den Fall des ermordeten Archäologen betreut?«

Der Beamte musterte ihn kritisch. »Sind Sie ein Zeuge oder ein Angehöriger?«

»Weder noch. Mein Name ist Chefinspektor Otto Morell, und ich muss dringend mit dem zuständigen Ermittler sprechen.«

»Morell?« Der Beamte schaute skeptisch. »Und Sie sind Polizist?«

»Ja, das bin ich.« Morell stellte sich aufrecht hin, zog seinen Bauch noch weiter ein, reckte das Kinn in die Höhe und versuchte kompetent und respekteinflößend zu wirken. »Könnten Sie mir jetzt bitte sagen, wer der leitende Ermittler ist? Ich habe dringend etwas mit ihm zu bereden.«

Die imposante Statur des Landauer Polizisten hatte anscheinend Eindruck gemacht, denn der junge Beamte überlegte kurz und nickte dann. »Chefinspektor Weber betreut die Ermittlungen«, sagte er.

Morell musste sich zusammenreißen, um nicht laut zu fluchen. Ausgerechnet Roman Weber. Das war nicht gut. Sein Exkollege konnte ihn nämlich nicht ausstehen – das hatte er noch nie können. Weber war – im Gegensatz zu Morell – ein trockener Taktiker. Während Morell sich auf seine Intuition verließ und versuchte, durch Gespräche Zugang zu den Menschen zu finden, setzte Weber auf Indizien, Analysen und neueste Technik. Die langjährige Antipathie, die zwischen den beiden geherrscht hatte, fand ihren Höhepunkt, als Morell, der es gar nicht darauf angelegt hatte, die Beförderung bekam, auf die der ehrgeizige Weber so scharf gewesen war.

Da Weber über das plötzliche Auftauchen seines ehemaligen Rivalen alles andere als erfreut sein würde, überlegte Morell kurz, ob es vielleicht nicht besser wäre, sich heimlich, still und leise wieder aus dem Staub zu machen. »Nein«, ermahnte er sich selbst – er brauchte dringend ein paar interne Informationen, um Lorentz zu helfen, und musste daher zumindest versuchen, mit Weber zu reden.

»Könnten Sie bitte kurz nachfragen, ob Herr Weber einen Augenblick Zeit für mich hat?«

Der junge Beamte schaute immer noch ein wenig skeptisch, nahm aber sein Telefon und wählte. »Herr Weber, bei mir hier am Empfang steht ein gewisser Otto Morell und würde Sie gerne sprechen … aha … in Ordnung … ist gut … werde ich machen … auf Wiederhören.« Er legte auf. »Ich soll Sie zu ihm raufschicken. Sein Büro ist …«

»Ich weiß, wo sich sein Büro befindet. Vielen Dank.« Morell nickte dem Polizisten kurz zu und machte sich mit einem unguten Gefühl im Bauch auf den Weg.

Weber schien – genau wie Morell es geahnt hatte – nicht gerade erfreut über den unerwarteten Besuch seines Exkollegen zu sein. Er starrte den Landauer Chefinspektor mit zusammengekniffenen Augen und zur Seite geneigtem Kopf argwöhnisch an, als dieser den Raum betrat.

»Otto Morell, was für eine Überraschung. Du bist es wirklich. Ich dachte erst, der junge Kollege am Eingang will mich verarschen.« Er musterte Morell von oben bis unten, und sein misstrauischer Blick blieb kurz an dessen überdimensionalem Bauch und dem Doppelkinnansatz hängen. »Ich hätte dich beinahe nicht mehr wiedererkannt. Du bist ein wenig aus der Form gelaufen, wenn ich das mal so sagen darf.«

Morell verdrehte die Augen. Weber war noch immer so respektlos und beleidigend wie früher. Er dachte an Lorentz, verkniff sich einen gemeinen Konter und versuchte gute Miene zum bösen Spiel zu machen. »Darf ich mich setzen?« Er deutete auf einen Stuhl.

Weber nickte. »Nachdem du uns damals so fluchtartig verlassen hast, war ich eigentlich davon überzeugt, dich nie wieder zu Gesicht zu bekommen. Was führt dich also her? Ich gehe mal davon aus, dass du nicht gekommen bist, weil du mich so sehr vermisst hast.«

Morell setzte sich, verschränkte die Arme vor der Brust und betrachtete sein Gegenüber. Weber hatte sich kaum verändert: Er hatte noch immer diesen verbissenen Zug um den Mund und unfassbar stechende Augen, die einen schier zu durchbohren schienen. »Da liegst du richtig«, sagte er, ließ seinen Blick durch das Zimmer wandern und war froh, dass er hier nicht mehr arbeiten musste. Sein Büro in Landau war heimelig und bequem. Er hatte seine Lieblingspflanzen mitgenommen, die Pokale, die er beim jährlichen Wettbewerb des Gartenbauvereins gewonnen hatte, aufgestellt und einige schöne Kunstdrucke an die Wände gehängt. Dieser Raum hier wirkte im Gegensatz dazu völlig trist und farblos. Neben dem Schreibtisch und den beiden Stühlen gab es noch einen billigen, abgenutzten Schrank aus dunklem Furnier und ein Metallregal, das voll mit schwarzen Aktenordnern war. Morell wollte sich gar nicht erst vorstellen, welche Dokumente diese Ordner enthielten – sie waren eine einzige Chronik von Grausamkeit und Gewalt.

»Warum bist du hier, Otto?«, wiederholte Weber ungeduldig.

Impulsiv und hektisch wie eh und je, hätte Morell ihm am liebsten gesagt, hielt aber den Mund. »Ich bin wegen Leander Lorentz gekommen«, antwortete er stattdessen.

Weber lehnte sich zurück und verschränkte die Hände hinter dem Kopf. »Da bin ich aber mal gespannt. Was weißt du über den Mistkerl?«

»Leander ist kein Mistkerl. Er ist ein guter Freund von mir, und ich bin gekommen, um dir zu versichern, dass er mit dem Mord nichts zu tun hat.« Morell betrachtete voller Mitleid den kleinen Weihnachtskaktus, der einsam und vernachlässigt am Rand von Webers Schreibtisch vor sich hin trocknete.

»Und was macht dich da so sicher?«

»Wie schon gesagt: Ich kenne ihn gut. Er ist ein feiner Kerl, der keinem Menschen etwas zuleide tun könnte.«

Weber gab ein zynisches Lachen von sich. »Dasselbe wurde über Typen wie Charles Manson und Jeffrey Dahmer auch gesagt.«

»Du musst mir glauben, Roman. Ich kenne Leander wirklich gut, und ich versichere dir …«

»Ach papperlapapp«, unterbrach Weber ihn. »Von wegen du kennst Lorentz. Hast du denn in deiner Zeit bei der Kripo gar nichts gelernt? Man merkt es diesen Menschen nicht an. Es gibt Frauen, die erst nach zwanzig oder dreißig Jahren Ehe herausfinden, dass ihr Göttergatte kein liebevoller, fürsorglicher Ehemann, sondern ein kaltblütiger Mörder ist.«

»Aber …«, wollte Morell einwenden.

»Kein aber«, fuhr Weber ihn harsch an. »Ich weiß ja nicht, wie es in deinem kleinen weltfremden Dorf dort oben in den Bergen zugeht, aber hier spielt das wahre Leben, und das ist nun mal kein Streichelzoo.« Weber nahm einen Schluck Kaffee, verzog das Gesicht und spuckte das schwarze Gebräu wieder zurück in die Tasse. »Bah, schon kalt«, fluchte er. »Ich hole mir schnell einen neuen.« Er stand auf und wedelte mit der Tasse. »Für dich auch?«

Morell verneinte, und als sein Exkollege die Tür hinter sich geschlossen hatte, atmete er tief ein und ließ die Luft dann langsam wieder aus seiner Lunge entweichen. Es war ja noch schlimmer, als er befürchtet hatte. Weber, dieser bornierte Sturschädel, hatte sich völlig auf Lorentz eingeschossen. Er würde alles daransetzen, ihn hinter Gitter zu bringen, und nun, da er wusste, dass der Verdächtige auch noch ein Freund von ihm war, würde er das sogar mit besonders großem Vergnügen tun.

Er beschloss, sich als Erstes um den kleinen Weihnachtskaktus zu kümmern, da er den Anblick der armen, durstigen Pflanze nicht länger ertragen konnte. Als er nach einem halbvollen Wasserglas griff, das auf dem Tisch stand, fiel sein Blick auf ein gerahmtes Foto, das Weber mit einer hübschen, brünetten Frau zeigte, die strahlend in die Kamera lächelte. Morells Magen zog sich zusammen – sogar der kleine Giftzwerg hatte eine Beziehung, was machte er selbst denn nur falsch?

»Ach, Valerie«, seufzte er und schüttete die Hälfte des Wassers daneben. »Kruzifix!« Er zog eine Packung Taschentücher aus seiner Hosentasche und fing hektisch an, die nassen Unterlagen abzutrocknen. Dabei stach ihm ein gelber Ordner, der mit dem Namen ›Novak‹ beschriftet war, ins Auge. Sollte er vielleicht einen kleinen Blick hineinwerfen? Nein, er würde auch nicht wollen, dass irgendjemand ungefragt in seinen Sachen herumschnüffelte. Andererseits war es eine einmalige Gelegenheit – die Kaffeeküche befand sich ganz am Ende des Flurs, und es würde sicher noch einige Minuten dauern, bis Weber wieder zurückkam. Morell griff nach dem Ordner und hielt die Luft an. »Der Zweck heiligt die Mittel«, murmelte er, schlug die Mappe auf und begann, sich die Aufzeichnungen durchzulesen. Beim Anblick der grausigen Fotos aus dem Arkadenhof kam ihm beinahe die Brotzeit, die er im Zug gegessen hatte, wieder hoch. Das war ja noch schlimmer, als er es sich vorgestellt hatte.

Morell schreckte hoch, als Weber sich hinter ihm räusperte. Schnell legte er den Ordner zurück und starrte auf seine Hände. Er fühlte sich wie ein Schuljunge, der beim Schummeln ertappt worden war.

»Was machst du denn mit der Novak-Akte?« Weber setzte sich mit einer dampfenden Tasse Kaffee in der Hand auf seinen Stuhl.

»Tut mir leid, ich … ich …«, stammelte Morell. »Ich wollte nur kurz die arme Schlumbergera gießen … weil … die ist zwar ein Kaktus, aber kein typischer … die braucht mehr Wasser als ihre Artgenossen … und da habe ich aus Versehen ein bisschen was daneben geschüttet, und jetzt wollte ich …«

Weber bedachte Morell mit einem tadelnden Blick und nahm einen Schluck Kaffee. »Von mir aus, lies die Akte ruhig und sieh es mit deinen eigenen Augen«, sagte er gönnerhaft. »Mir willst du ja nicht glauben, aber die Fakten sprechen für sich: Lorentz hat ein Motiv, kein Alibi, und außerdem wurde er dabei beobachtet, wie er in der Mordnacht den Tatort verlassen hat. Es sieht also ziemlich schlecht für deinen Freund aus.« Weber konnte sich ein Lächeln nicht verkneifen. »Meine Männer und ich haben den Tathergang folgendermaßen rekonstruiert: Novak steht Lorentz' akademischer Karriere im Weg, und die beiden geraten sich deswegen immer häufiger in die Haare. Die Situation spitzt sich noch mehr zu, als sich Novak die Forschungsergebnisse seines jungen Kollegen unter den Nagel reißt. Lorentz bricht daraufhin in das Büro des Professors ein, wird dabei von diesem überrascht – und tötet ihn.«

Morell schüttelte den Kopf. »Deine Theorie würde für einen Mord im Affekt sprechen. Die Fotos da drinnen«, er zeigte auf den Ordner, »lassen aber ganz eindeutig auf ein geplantes, kaltblütig ausgeführtes Verbrechen schließen.«

»Es war anscheinend in Fachkreisen bekannt, dass das Opfer davon träumte, nach seinem Tod einen Platz im Arkadenhof zu bekommen. Wir halten die Positionierung des Schädels für einen makabren Scherz, den Lorentz sich nach der Tat hat einfallen lassen.«

»Und wo, bitte schön, soll er den Körper der Leiche versteckt haben? Der fehlt ja wohl auch noch, wenn ich richtig gelesen habe. Und wie sieht's mit der Tatwaffe aus?« Morell schüttelte den Kopf. »Hier gibt es noch viel zu viele offene Fragen, um jemanden vorzuverurteilen.«

»Den Körper und die Tatwaffe werden wir sicher bald finden, und die Spusi wird beweisen, dass dein guter Herr Doktor hinter allem steckt.«

»Das ist doch alles Quatsch. Ich kenne Leander.«

Weber verzog das Gesicht. »Du und deine angebliche Menschenkenntnis. Sieh dich doch mal an, Otto. Wo hat dich denn deine Philanthropie hingebracht? Du bist von hier abgehauen, weil du nicht für die Arbeit mit Kapitalverbrechen geschaffen bist, also geh zurück ins Wunderland zu deinen Gartenzwergen und überlass die harten Fälle den Profis. Glaub mir: Lorentz hat auf jeden Fall was mit der Sache zu tun. Früher oder später werden wir es ihm hieb- und stichfest nachweisen können. Es ist nur noch eine Frage der

Zeit. Vergiss endlich deine alberne Intuition. Es sind die Fakten, die zählen.«

Morell sah ein, dass er hier nicht mehr weiterkam. »Kann ich mit Leander sprechen?«, fragte er.

»Die Besuchszeit ist für heute schon vorbei. Du kannst deinen Freund morgen Nachmittag sehen, aber mach dir nicht zu viele Hoffnungen, dass du ihn da rauskriegst.«

Morell stand auf und verabschiedete sich. Das Gespräch mit Weber war alles andere als gut gelaufen, und nun musste er das irgendwie der armen Capelli beibringen.

»Ich bin so glücklich, dass du gekommen bist«, sagte Nina, als sie die Tür öffnete. Die Gerichtsmedizinerin, die normalerweise eine ausgeglichene Frohnatur war, wirkte müde und abgeschlagen. Ihr Gesicht war blass, und sie hatte tiefe, dunkle Ringe unter den Augen.

»Ich habe gesehen, dass dein Auto vor der Tür steht. Du hast deinen Schlüssel also doch noch gefunden«, stellte Morell fest. »Wo war er denn?«

»Erinnere mich nicht daran«, winkte sie ab. »Ich musste ganze zwölf Umzugskartons öffnen, bis ich ihn endlich gefunden habe.« Sie trat zur Seite. »Komm doch rein.«

Das Erste, was Morell ins Auge stach, war das Chaos in der Wohnung. Überall standen Kisten, Koffer, Taschen und halb zusammengebaute Möbel herum.

Capelli hatte seinen Blick bemerkt. »Leander wurde anscheinend verhaftet, bevor er alles herrichten konnte«, sagte sie, den Tränen nahe. »Er wollte bis heute Abend mit dem Gröbsten fertig sein, aber …« Sie konnte nicht mehr weiterreden, zog ein zerknülltes Taschentuch aus der Hosentasche und wischte sich damit ein paar Tränen aus dem Gesicht.

Morell stellte seinen Koffer auf den Boden und nahm die völlig aufgelöste Gerichtsmedizinerin in den Arm. »Schschsch«, versuchte er sie zu beruhigen. »Ich bin ja jetzt hier. Alles wird gut.« Er war zwar in keiner Weise von seinen Worten überzeugt, doch sie schien das nicht zu bemerken. Sie nickte, schnäuzte sich, und zum ersten Mal an diesem Tag huschte so etwas wie ein Lächeln über ihr Gesicht. »Ich habe das Gästezimmer für dich hergerichtet«, sagte sie. »Pack doch erst einmal in Ruhe aus, und ich mache uns in der Zwischenzeit einen Tee.«

Als Morell kurze Zeit später in die Küche kam, hatte Capelli heißes Wasser aufgesetzt und ein paar belegte Brote geschmiert.

»Ich dachte, du hast sicher Hunger nach der langen Fahrt.«

»Das kannst du laut sagen.« Morell griff sich ein Brot mit Eiaufstrich und biss herzhaft hinein. »Das tut gut. Magst du denn nichts essen?«

»Nein, ich habe keinen Appetit. Die Sorge um Leander schlägt mir ziemlich auf den Magen. Was für einen Tee möchtest du? Ich habe Kamille, Hagebutte oder Schwarztee.«

»Egal.« Der Chefinspektor griff nach dem nächsten Brot. »Ich nehme den gleichen wie du.«

»Ich mach mir einen Baldriantee, der beruhigt die Nerven. Bist du sicher, dass du auch so einen willst? Ich glaube nicht, dass der besonders gut schmeckt.«

Morell dachte an Valerie, den sterbenskranken Ficus, die lange Zugfahrt und das mehr als unbefriedigende Gespräch mit Weber. Seine Nerven konnten definitiv auch ein bisschen Beruhigung vertragen. »Ich probiere ihn einfach mal.«

Der Tee schmeckte tatsächlich scheußlich, aber er schien Nina gutzutun. Ihre Haltung entspannte sich, ihre Hände hörten auf zu zittern, und langsam bekam sogar ihr Gesicht wieder Farbe. »Was hast du denn heute herausbekommen?«, wollte sie wissen.

Morell biss von seinem Brot ab und musterte sein Gegenüber. Capelli schien sich wieder halbwegs gefangen zu haben, darum beschloss er, ihr die Wahrheit zu sagen. »Ehrlich gesagt, sieht es im

Moment nicht besonders gut für Leander aus. Weber, der leitende Ermittler, ist felsenfest von seiner Schuld überzeugt.«

Morell war noch nie sehr gut darin gewesen, Frauen richtig einzuschätzen. Capelli war nämlich alles andere als gefasst. Ihre Hände begannen wieder zu zittern, und ihre Augen füllten sich erneut mit Tränen.

»Aber keine Sorge«, bemühte Morell sich um Schadensbegrenzung. »Ich werde mich um die Sache kümmern. Gib mir ein bisschen Zeit … irgendwie werde ich Leander da schon rausholen.«

Sie wischte sich eine Haarsträhne aus dem Gesicht. »Versprochen?«

Mit ihren verquollenen Augen und dem hilflosen Blick sah die Gerichtsmedizinerin so zerbrechlich aus, dass der Chefinspektor es beim besten Willen nicht schaffte, seine Zusicherungen zu relativieren. »Aber natürlich!«, sagte er und bereute seine Aussage im selben Moment. Er machte hier gerade Versprechungen, von denen er nicht wusste, ob er sie auch halten konnte. »Morgen werde ich als Erstes dem Institut für Archäologie einen Besuch abstatten, um mir ein eigenes Bild von der Situation zu machen, und nachmittags besuche ich dann Leander.«

»Danke«, sagte Nina. »Du bist wirklich meine Rettung.« Sie versuchte zu lächeln. »Entschuldige, ich habe überhaupt noch nicht nach dir gefragt. Erzähl, wie geht es Valerie?«

Morell steckte sich schnell den letzten Bissen Brot in den Mund, um nicht darüber reden zu müssen. »Äh, alles okay«, nuschelte er. »Kann ich noch einen Tee haben?«

»Auf ihn sank Schweigen jetzt und Finsternis und Nacht.
Ein Grabgewölb' zu dem den Schlüssel man verloren.«
Charles Baudelaire, Die Blumen des Bösen

Am nächsten Morgen war das Wetter immer noch trüb und grau. Während in Landau malerischer Altweibersommer herrschte, hatte sich in Wien grässliches Novemberwetter ein paar Wochen zu früh eingeschlichen. Morell, der auf dem Weg zum Archäologiezentrum war, schauderte. Er konnte dem berühmten morbiden Wiener Charme, von dem so viele Menschen schwärmten, nichts abgewinnen. Viele hielten es für ein Klischee, aber in seinen Augen war Wien tatsächlich eine Stadt, in der das Sterben besungen und dem Tod gehuldigt wurde. Nicht umsonst war eine der Hauptsehenswürdigkeiten der Zentralfriedhof. Und wo sonst herrschte so reger Leichentourismus wie hier? Leute pilgerten durch die Stadt, um die Überreste der Habsburger zu besichtigen, die in ganz Wien verstreut lagen: die Herzen in der Augustinerkirche, der Rest der Eingeweide im Stephansdom und die einbalsamierten Körper in der Kapuzinerkirche. Menschen bezahlten Geld, um sich die Knochenberge unter der Michaelerkirche anzusehen, und standen Schlange, wenn das Bestattungsmuseum – übrigens das größte auf der ganzen Welt – Probeliegen im Sarg anbot.

Das Archäologiezentrum der Universität Wien befand sich nicht im Hauptgebäude am Ring, sondern in einem schönen Altbau am Rand des Währinger Parks. Früher hatte das Gebäude einmal die Hochschule für Welthandel beherbergt, jetzt aber bot es den archäologischen Instituten ein Zuhause.

Morell wollte sich im Institut für Ur- und Frühgeschichte, der Wirkungsstätte von Novak und Lorentz, ein bisschen umsehen. Sehr zu seinem Leidwesen befand sich das Institut im dritten Stock, und der Aufzug war ausschließlich den Uni-Angestellten vorbehalten – er war also wohl oder übel gezwungen, die Treppe zu nehmen.

Oben angekommen, musste er sich schwitzend und keuchend hinsetzen und schwor sich, so bald wie möglich etwas für seine Kondition zu tun.

Als er wieder zu Atem gekommen war, fing er an, sich unauffällig umzusehen: Langsam schlenderte er durch den Flur und kam gleich an einer polizeilich versiegelten Tür vorbei. Das übertrieben große Namensschild daran stellte unmissverständlich klar, dass es sich hierbei um das Büro des ermordeten Professors handelte. Morell hätte sich nur zu gerne den Tatort angesehen, aber selbst wenn er jemanden fand, der den passenden Schlüssel besaß, war immer noch die Versiegelung im Weg. Sie zu brechen, konnte er sich nicht erlauben, denn wenn Weber das erfuhr, würde er mit Freuden ein Disziplinarverfahren gegen ihn einleiten.

Morells Blick fiel auf die Vitrinen an der gegenüberliegenden Wand, in denen einige Artefakte ausgestellt waren – Scherben, Töpfe und Steingeräte. Der Chefinspektor überlegte gerade, was an diesen Fundstücken wohl so spannend war, dass man ihnen sein gesamtes Berufsleben widmete, als hinter ihm eine Tür ins Schloss fiel. Erschrocken drehte er sich um und blickte direkt in das Gesicht des Weihnachtsmanns.

Morell runzelte die Stirn, kniff die Augen zusammen und musterte Santa Claus: Er war ein wenig kleiner als er selbst, hatte einen prallen Kugelbauch, dichtes graues Haar, einen weißen Rauschebart und trug dazu auch noch einen knallroten Strickpulli. Es war schwer zu sagen, wie alt er wohl war. Die Farbe seiner Haare und die wettergegerbte Haut ließen auf einen Mann älteren Jahrgangs schließen. Die wachen, blauen Augen, die seinem Gesicht einen schelmischen Ausdruck verliehen, revidierten diesen Eindruck aber wieder.

»Entschuldigung, ich wollte Sie nicht erschrecken.« Die Stimme des Mannes war von einer Tiefe und Rauheit, wie sie normalerweise nur der jahrzehntelange Konsum von Whiskey und Zigaretten modellieren konnte – oder ein langes Leben im harten, eisigen Klima des Nordpols.

»Ho-Ho-Ho«, nuschelte Morell und schielte zu der Tür, aus der der Mann soeben gekommen war. Es hätte ihn nicht gewundert, wenn sie gleich wieder aufgegangen wäre und ein paar grünstrumpfige, spitzohrige Weihnachtselfen herausgehüpft kämen.

»Was meinten Sie?«

»Ach, nichts. Ich habe mir nur gerade diese Scherben angeschaut.« Morell deutete auf die Vitrine.

»O ja.« Die Weihnachtsmann-Augen begannen zu leuchten. »Diese neolithischen Artefakte sind hochinteressant, nicht wahr?«

Morell, der nicht die geringste Ahnung hatte, was ein neolithisches Artefakt war, wollte sich keine Blöße geben und nickte darum. »Arbeiten Sie hier am Institut?«, fragte er.

»Ja, ich bin Professor Ernst Payer. Ich unterrichte hier. Und Sie? Sind Sie ein neuer Seniorstudent?«

Morell verneinte lächelnd. »Ich bin Polizeibeamter und ermittle im Fall Novak.«

»Verstehe.« Payer nickte andächtig und streichelte seinen Rauschebart. »Eine schreckliche Sache. Die gesamte archäologische Fachwelt ist erschüttert über das, was geschehen ist.«

»Wirklich? Ich habe gehört, dass Herr Novak mit sehr vielen seiner Kollegen im Streit lag.«

»Streit?« Payer winkte ab. »Wir wollen mal nicht übertreiben. Kleine akademische Dispute kommen in jeder Forschungseinrichtung vor. Eine Schande, dass Dr. Lorentz deswegen so durchgedreht ist. Er war ein sehr vielversprechender junger Kollege.« Er schüttelte den Kopf und kratzte sich am Kinn.

»Ich glaube ehrlich gesagt nicht, dass Lorentz derjenige war, der Professor Novak getötet hat.«

»Nein?« Payer legte seinen Kopf schief und zog die rechte Augenbraue hoch. »Ihr Kollege, der mich gestern befragt hat, schien davon aber überzeugt zu sein.«

Morell rollte mit den Augen. Weber, dieser Einfaltspinsel! »Diese Meinung hat sich aber nicht durchgesetzt«, grummelte er. »Wer außer Lorentz hatte denn noch solche – wie nannten Sie sie doch gleich? Solche ›kleinen akademischen Dispute‹ mit dem Opfer?«

»Da fragen Sie leider den Falschen. Professor Novak und Dr. Lorentz haben im Bereich Frühgeschichte geforscht. Ich dagegen bin ein waschechter Urgeschichtler.«

»Interessant«, log der Chefinspektor.

Payer überlegte. »Ihr Dialekt klingt nicht wienerisch. Darf ich fragen, woher Sie kommen, Herr …?«

»Oh, wie unhöflich von mir. Ich habe mich noch gar nicht vorgestellt. Mein Name ist Otto Morell.« Der Chefinspektor streckte dem Archäologen seine Hand hin.

»Freut mich, Sie kennenzulernen.« Payers Händedruck war schwielig und kräftig. »Also, wo kommen Sie her, Herr Morell?«

»Ich komme aus Landau, einem kleinen Ort in den Tiroler Bergen.«

Payer nickte euphorisch. »Ich dachte mir schon so etwas. Tirol – was für ein wunderbarer Zufall. Ich habe nämlich gerade eine sehr interessante Publikation über die Speerspitzen aus Höhlenbärenknochen aus der Tischofer Höhle gelesen. Ich glaube, dass die Erforschung von Höhlenbärenjagdkulturen im Alpenraum – vor allem im Bereich Tirol – bisher viel zu sehr vernachlässigt wurde. Was meinen Sie?«

Morell zuckte mit den Schultern. »Höhlenbären sind nicht wirklich mein Gebiet.«

»Wissen Sie was? Es ist doch ziemlich ungemütlich, hier im Gang herumzustehen. Warum kommen Sie nicht auf einen Sprung mit in mein Büro – dort können wir uns in Ruhe unterhalten«, schlug Payer vor.

»Warum nicht.« Morell hatte zwar nicht das geringste Interesse daran, etwas über Speerspitzen oder ausgestorbene Tiere zu lernen, aber vielleicht konnte er dem Professor unter diesem Vorwand doch noch die eine oder andere nützliche Information entlocken. Also folgte er dem bärtigen Archäologen in dessen Büro, das direkt neben dem des Ermordeten lag.

Es gab nur ein Wort, mit dem man Payers Arbeitszimmer beschreiben konnte: Bücher. Noch nie in seinem Leben hatte Morell so viele Druckwerke auf so kleinem Raum gesehen. Sie waren einfach überall. Da die deckenhohen Regale, die die kompletten Wandflächen einnahmen und sogar über dem Rahmen einer Seitentür entlangliefen, aus allen Nähten platzten, lagen und standen die Bücher auch stapelweise auf dem Tisch, den Stühlen, den Fensterbänken und dem Boden. Morell musste wie ein Storch über mehrere Bücherhaufen steigen, bis er den ihm angebotenen Hocker erreichte.

»Ich bin ein ziemlicher Bücherwurm«, sagte Payer und öffnete eine Schreibtischschublade.

»Was Sie nicht sagen.« Dem Chefinspektor wurde beinahe schwindelig, als er sich vorzustellen versuchte, wie viele Milliarden von Buchstaben sich wohl in diesem Raum befanden.

Payer zog zwei Schnapsgläser und eine Flasche ohne Etikett aus der Schublade und stellte sie feierlich auf den Tisch. »Marillenschnaps«, sagte er und lächelte verschwörerisch. »Selbst gebrannt. So was Feines gibt's nirgends zu kaufen.«

Morell schielte auf seine Uhr. Es war noch nicht einmal zehn. »Ich sollte lieber nicht …«, setzte er an, aber Payer hatte schon eingeschenkt.

»Auf den alten Vitus Novak. Gott hab ihn selig.« Der Archäologe hob sein Glas und sah den Chefinspektor erwartungsvoll an.

Morell wollte ihn nicht beleidigen und griff zum Schnapsglas. Ein kleiner Schluck Alkohol würde ihn schon nicht umbringen – immerhin hatte er ausgiebig gefrühstückt und darum eine gute Unterlage. »Auf Herrn Novak«, sagte er also, stieß an, kippte den Schnaps hinunter und erstarrte: Erst zogen sich sämtliche Poren seines Körpers zusammen, dann stellten sich alle Haare auf, und schließlich raste eine Hitzewelle wie eine Feuerwalze durch seinen Leib und trieb ihm den Schweiß auf die Stirn. Er konnte förmlich spüren, wie wichtige Gehirnzellen abstarben und sich sein IQ gerade um einige Punkte senkte. »Brrrrr.« Er schüttelte sich. »Der hat es aber in sich.«

Payer nickte und strahlte. »Ich wusste, dass ein gestandenes Mannsbild wie Sie meinen Marillenen zu schätzen weiß.« Er griff nach der Flasche, und bevor Morell reagieren konnte, schenkte er nach. »Auf Dr. Lorentz – möge seine Unschuld bald bewiesen werden.« Er hob erneut das Glas.

Morell schauderte und suchte fieberhaft nach einer Ausrede, damit er nicht noch einen Schluck von diesem Gebräu trinken musste. »Höhlenbären also«, lenkte er ab.

»Ja.« Der Archäologe lächelte selig. »Die Urgeschichte ist ein wirklich spannendes Forschungsgebiet. Ein Skandal, dass die Politiker hier in Österreich das nicht erkennen. Dieses Jahr wurden meine Mittel schon wieder gekürzt. Eine Schande ist das. Die Bonzen fahren fette Autos, tragen teure Anzüge und gehen auf schicke Veranstaltungen. Aber wenn es um Kultur und Geschichte geht, ist plötzlich kein Geld mehr da.« Er hielt das Schnapsglas immer noch hoch. »Auf dass die Politik endlich lernt, die wahrhaft wichtigen Dinge zu würdigen.«

Morell machte keinerlei Anstalten, das Glas zu ergreifen, sondern starrte stattdessen auf mehrere mannshohe Bücherstapel, hinter denen eine gepolsterte Seitentür zu sehen war. »... die wichtigen Dinge zu würdigen«, wiederholte er Payers Worte gedankenversunken. »Sagen Sie, Herr Professor, wo führt denn diese Tür da hin?«

»Welche Tür? Ach so, die führt zu Professor Novaks Büro, unsere Räume sind quasi miteinander verbunden. Schreckliche Vorstellung, dass Novak gleich hier nebenan getötet wurde.« Payer verzog den Mund.

Morell dagegen lächelte. Hatte er also richtig vermutet. Hier tat sich gerade die einmalige Gelegenheit auf, sich doch noch unauffällig am Tatort umzusehen, denn diese Tür war nicht versiegelt. Weber war sich seiner Sache anscheinend so sicher, dass er begann, schlampig zu arbeiten. »Glauben Sie, es wäre möglich, durch diese Tür einen kurzen Blick in das Büro von Professor Novak zu werfen?«, fragte er.

»Warum denn das? Da müssten wir ja erst die ganzen Bücher beiseiteräumen.« Payer deutete auf die Stapel. »Können Sie denn nicht einfach den Vordereingang nehmen?«

»Der ist leider versiegelt.«

»Aber Sie als Polizist können das Siegel doch ohne weiteres aufbrechen, oder?«

Der Chefinspektor überlegte. Wie konnte er sich da nur rausreden, ohne dass Payer erfuhr, dass er hier völlig unautorisiert und auf eigene Faust herumschnüffelte? Je länger der bärtige Archäologe ihn fragend anschaute, desto mehr kam er ins Schwitzen. Er hasste es zu lügen. Bisher hatte er sich ja recht gut aus der Affäre ziehen können: Dass er Polizeibeamter war und im Fall Novak ermittelte, entsprach völlig der Wahrheit. Nun ja, er hatte ein paar Fakten weggelassen, was aber nicht halb so schlimm war, wie jemandem bewusst ins Gesicht zu lügen. Um Zeit zu gewinnen und letzte Skrupel zu beseitigen, griff er nach seinem Schnaps.

»Auf die wirklich wichtigen Dinge.« Er lächelte gequält und kippte das Gebräu hinunter. »Zu Ihrer Frage …«, setzte er an, nachdem es ihn ordentlich durchgeschüttelt hatte, »Sie haben natürlich recht, aber … ähm … Sie als Beamter wissen ja, wie es in Österreich ist … mit der Bürokratie und so … all der Papierkram, den ich da ausfüllen müsste … es würde mir viel Zeit und Arbeit sparen …« Der Chefinspektor merkte, wie ihm die Schamesröte ins Gesicht stieg. Er war und blieb eine totale Niete, wenn es ums Lügen ging. »Uff«, sagte er verlegen. »Der Schnaps hat's aber wirklich in sich.«

Payer grinste. »Das ist halt noch richtiger Sprit. Freut mich, dass Sie den guten Tropfen zu schätzen wissen.« Er schaute auf die Tür und kratzte sich am Kopf. »Ja, ja, die Bürokratie – wem sagen Sie das. Hier an der Uni kann man nicht einmal einen fahren lassen, wenn man vorher keinen Antrag ausgefüllt hat. Glauben Sie mir, selbst wenn morgen Forschung und Lehre eingestellt werden würden, könnte der ganze Betrieb noch jahrzehntelang weiterbestehen, indem er sich einfach selbst verwaltet.« Dabei nickte er und strich über seinen Bart. »Warten Sie kurz – ich suche nur schnell nach dem Schlüssel. Fangen Sie doch schon mal an, die Bücher beiseitezuräumen.«

Morell hatte eigentlich erwartet, in eine dunkle, unordentliche, mit Büchern vollgestopfte Kammer – kurz: in ein Arbeitszimmer wie das von Payer – geführt zu werden, aber er hatte sich getäuscht. Novaks Büro war mindestens doppelt so groß wie das seines Kollegen, wurde durch zwei riesige Fenster mit Tageslicht geflutet und war außerdem mit dicken, weichen Teppichen ausgelegt, die jeden Schritt dämpften und eine flauschige, heimelige Atmosphäre verbreiteten. Die wenigen, geschmackvoll arrangierten Möbel wirkten teuer und waren offenbar mit Bedacht ausgewählt worden. In einem großen Regal standen – sauber geordnet – einige edle, ledergebundene Bücher, und ein antiker Glasschrank beherbergte exotische Mitbringsel aus aller Welt: geschnitzte Holzmasken, einen glänzenden Jadeelefanten, mehrere Bronzefigürchen und ein kleines, verschrumpeltes Etwas, das sich bei näherer Betrachtung, sehr zu Morells Entsetzen, als Schrumpfkopf entpuppte. In dem Raum gab es außerdem noch mehrere gerahmte Urkunden und Landkarten, eine Vielzahl von Fotos und einen kleinen Aktenschrank. Das Herzstück des Zimmers war aber der imposante Schreibtisch, der aus dunklem Edelholz gefertigt und mit wunderschönen Schnitzereien und Intarsien verziert war. Das hier war ein Büro für teuren Singlemalt und jahrelang gereiften Cognac – keines für selbstgebrannten Fusel.

Payer, der mit Morell in das Büro gegangen war, schien dessen Gedanken gelesen zu haben. »Ja, der gute alte Vitus hatte Geschmack und vor allem Geld«, stellte er fest. »Der musste sich im Gegensatz zu mir nie Sorgen um die Finanzierung seiner Forschungen machen.«

Der Chefinspektor musterte den Professor. Hier hatte er seinen ersten Verdächtigen: Neid war immer ein starkes Motiv und drängte sich in diesem Fall – verglich man die beiden Büros – geradezu auf. Allerdings traute er dem kauzigen Schnapstrinker eine solche Gräueltat nicht wirklich zu. Er ließ seinen Blick weiterwandern, bis dieser an einem dunklen Fleck in der hinteren Ecke des Raumes hängen blieb.

»Da hinten hat der Mörder den armen Vitus niedergeschlagen.« Payer zeigte auf eine eingetrocknete Blutspur, die auf dem hellen Teppich gut zu erkennen war. »Und darüber hat er ihn dann weggeschleift.« Er seufzte und schüttelte den Kopf. »Eine schreckliche Sache! Und das alles direkt neben meinem Büro. Apropos – genau dorthin werde ich jetzt wieder verschwinden. Ich habe noch einiges zu erledigen.«

Morell nickte und beneidete Payer, der sich in sein kleines Bücherloch verziehen konnte, während er sich hier mit einem blutigen Tatort beschäftigen musste. Er schloss die Tür leise hinter dem

Professor und atmete tief ein. Wieder einmal befand er sich am Schauplatz eines grausigen Verbrechens, und das, obwohl er sich so sehr gewünscht hatte, nie wieder mit Mord oder Totschlag konfrontiert zu werden.

»Augen zu und durch«, versuchte er sich selbst zu motivieren und beschloss, sich als Erstes die vielen Fotos, die an der Wand hingen, anzusehen. Sie zeigten Landschaften, Ausgrabungsstätten, Gruppen von Menschen und einzelne Fundstücke. Ein Mann kam auf fast allen Bildern vor – das musste das Opfer sein. Novak war ein gepflegter älterer Herr gewesen, der auf so gut wie jeder Aufnahme, ganz gleich ob in der Wüste oder im Regenwald, mit einem schicken Hut und einem weißen Leinenanzug bekleidet war – ein richtiger Sir. So in etwa musste Howard Carter ausgesehen haben, als er im Tal der Könige nach dem Grab von Tutanchamun suchte. Morell überlegte – starb Carter nicht eines unnatürlichen Todes, der auf einen Fluch zurückgeführt wurde? Er hatte doch erst kürzlich im Fernsehen eine Doku darüber gesehen. Hatte Novak etwa auch ein Grab zu viel geöffnet? Der Chefinspektor schüttelte den Kopf. Was für ein dummer Gedanke. Payers Hochprozentiger hatte tatsächlich eine Spur der Verwüstung in seinem Hirn hinterlassen.

Morell durchsuchte die Schränke und Schreibtischschubladen, fand aber nichts außer komplizierten Berichten, unverständlichen Grabungsdokumentationen und Artikel voller Fachchinesisch. Er sah sich die Souvenirs im Glasschrank genauer an, wobei er den abstoßenden Schrumpfkopf so gut wie möglich ignorierte, und blätterte schlussendlich sogar noch die Bücher im Regal durch – NICHTS.

Frustriert setzte er sich in den üppig gepolsterten Ledersessel hinter dem Schreibtisch und lehnte sich zurück. Was war Novak für ein Mensch gewesen? Wer konnte einen Grund gehabt haben, ihn umzubringen? Je länger er so dasaß und versuchte, den Raum auf sich wirken zu lassen, um auf diese Weise etwas über das Opfer zu erfahren, desto stärker beschlich ihn das Gefühl, dass etwas nicht stimmte. Irgendetwas in diesem Zimmer war nicht in Ordnung. Es war wie bei einem dieser Bilderrätsel, bei denen man den Fehler finden musste. Morell setzte sich aufrecht hin und ließ den Blick wandern.

Es dauerte nicht lang, bis er den Störfaktor entdeckte: Es fehlte ganz offensichtlich ein Foto. Zwischen mehreren Bilderrahmen, die auf dem Glasschrank standen, klaffte klar und deutlich eine Lücke. Morells Vermutung wurde durch die Tatsache untermauert, dass an besagter Stelle ein Abdruck, umgeben von einer dünnen Staubschicht, zu sehen war – der Bilderrahmen samt Inhalt musste also erst vor kurzer Zeit entfernt worden sein. Soweit der Chefinspektor sich erinnern konnte, war in der Liste der konfiszierten Beweismittel, die er bei Weber eingesehen hatte, kein Foto vermerkt gewesen. Irgendjemand anderes hatte es also genommen. Aber wer? Und warum? Er stellte sich auf die Zehenspitzen und betrachtete die restlichen Bilder genauer. Es waren mindestens vierzig Stück, und bei allen handelte es sich um Gruppenfotos, die an verschiedenen Orten und in verschiedenen Jahren aufgenommen worden waren. Erinnerungen an Grabungen und Forschungsreisen, an denen Novak teilgenommen hatte. »Interessant«, murmelte Morell. »Sehr interessant.«

»Da sind Sie ja wieder.« Payer saß an seinem Schreibtisch und sah Morell dabei zu, wie er die Zwischentüre zuzog und wieder absperrte. »Und? Hat Ihr kleiner Ausflug etwas gebracht?«

»Könnte sein.« Morell setzte sich. »Auf Novaks Schrank stehen mehrere gerahmte Gruppenfotos, und eines davon fehlt ganz offensichtlich.«

»Aha.« Der Archäologe zuckte mit den Schultern, griff nach der Flasche, und bevor der Chefinspektor reagieren konnte, hatte er schon eingeschenkt.

Morell starrte auf das Glas, als wäre Payers selbstgebrannter Schnaps eine der zehn biblischen Plagen. »Wenn Sie sich die Bilder ansehen würden, könnten Sie dann sagen, was auf dem fehlenden Foto zu sehen war?«

»Tut mir leid.« Payer schüttelte den Kopf. »Wie ich bereits erwähnt habe, hatten Novak und ich nur sehr selten miteinander zu tun. Am besten fragen Sie Moritz Langthaler – er war Novaks rechte Hand und kann Ihnen am ehesten weiterhelfen.« Der Professor griff nach seinem Glas.

Morell versuchte, seinen auffordernden Blick zu ignorieren. »Falls Ihnen noch irgendetwas einfällt, das für die Aufklärung des Falls nützlich sein könnte, rufen Sie mich doch bitte auf meinem Handy an. Hier, meine Karte.«

»Natürlich!« Auch der Professor reichte seine Visitenkarte herüber. »Aber jetzt trinken wir noch einen Abschiedsschnaps. Auf dass Sie den Fall lösen.« Payer streckte dem Chefinspektor das Glas entgegen.

Morell seufzte leise. Er hatte so sehr gehofft, Payers Büro verlassen zu können, bevor dieser ihn mit seinem Fusel umbrachte. Dann fiel ihm etwas ein. »Ähm, es wäre mir übrigens sehr lieb, wenn mein kleiner Ausflug in Novaks Büro unter uns bliebe. Sie wissen ja – die Bürokratie.«

»Selbstverständlich! Trinken wir auf die Lösung des Falls und darauf, dass unsere kleine Exkursion unentdeckt bleibt.«

»Auf die Lösung und unser Geheimnis«, ergab der Chefinspektor sich und kippte wacker das Feuerwasser hinunter. Wenn Lorentz und Capelli nur wüssten, was er hier alles auf sich nahm.

Payer begleitete Morell auf den Flur und schüttelte ihm zum Abschied die Hand. »Kommen Sie gerne mal außerhalb Ihrer Dienstzeit vorbei. Wenn Sie vorher anrufen, bringe ich auch eine Flasche selbstgebrannten Quittenschnaps mit. Der wird Ihnen schmecken … Oh, Sie haben Glück. Sehen Sie den Herrn, der da drüben steht und mit dem blonden Mädel redet?« Der Professor zeigte auf einen großen, schlanken Mann Mitte dreißig, mit kurzen braunen Haaren und sonnengebräunter Haut. »Das ist Moritz

Langthaler, von dem ich vorhin gesprochen habe. Fragen Sie ihn doch mal nach dem Foto.«

Morell bedankte sich und ging rasch den Flur hinunter, wobei ihm auffiel, dass er bereits ein wenig torkelte. Er räusperte sich. »Herr Langthaler?«

»Ja?« Novaks Assistent drehte sich um und sah Morell fragend an.

»Mein Name ist Morell. Chefinspektor Otto Morell, um genau zu sein. Ich bin hier, weil es noch einige offene Fragen bezüglich des Mordes an Professor Novak gibt.«

»Tatsächlich?« Langthaler zog die Augenbrauen hoch. »Ihr Kollege meinte, der Fall wäre so gut wie abgeschlossen.«

Es kostete Morell einiges an Überwindung, keine abfällige Bemerkung über Weber fallenzulassen. »Es sind leider einige Ungereimtheiten aufgetaucht«, sagte er stattdessen.

Noch bevor Langthaler antworten konnte, wandte sich die blonde Studentin, mit der er gerade gesprochen hatte, mit einem strahlenden Lächeln an den Chefinspektor. »Wie wunderbar! Dann ist Dr. Lorentz also doch unschuldig. Ich wusste doch, dass er kein Mörder ist.« Sie streckte Morell ihre Hand entgegen.

Oh, oh, dachte Morell, als er ihren verträumten Blick bemerkte. Da hatte der Charme des attraktiven Leander Lorentz mal wieder gnadenlos zugeschlagen.

»Entschuldigung, dass ich mich einmische, ich heiße Anna Wondraschek. Ich schreibe gerade an meiner Dissertation, und Professor Novak war mein Betreuer.«

»Aha, dann können vielleicht Ssie beide mir bessüglich eines Fotos weiterhelfen.« Verflixt, jetzt hatte er noch nicht mal mehr seine Zunge im Griff. »In Novaks Büro stehen jede Menge Gruppenfotos. Ssoweit ich das beurteilen kann, fehlt eines davon«, fuhr Morell fort, wobei er sich bemühte, einen möglichst großen Abstand zu seinen Gesprächspartnern zu halten, denn seine Fahne musste furchtbar sein. »Sie wissen nicht ssufällig etwas darüber?«

»Hmmm …« Langthaler überlegte. »Sie meinen sicherlich die Bilder auf dem Schrank. Professor Novak hatte die Angewohnheit, bei jeder seiner Ausgrabungen ein Foto des Teams zu machen – als Andenken sozusagen.« Er grübelte weiter. »Er hat im Laufe seiner Karriere an so vielen Projekten mitgearbeitet, dass man nur schwer herausfinden kann, ob eines davon fehlt und wenn ja, welches.«

Anna Wondraschek, die noch immer euphorisch strahlte, schob sich eine blonde Locke hinters Ohr. »Wir könnten versuchen, eine Liste mit allen Ausgrabungen, bei denen Novak mitgearbeitet hat, zu erstellen, und sie dann mit den vorhandenen Fotos abgleichen«, schlug sie vor.

Morell nickte, kramte umständlich zwei Visitenkarten und einen Stift aus seiner Manteltasche und markierte mit zittrigen Fingern seine Handynummer. Sein Kopf brummte, er musste dringend hier raus, bevor ihm noch was Peinliches passierte. »Das ist eine ssehr gute Idee. Machen Ssie bitte diese Liste und rufen Ssie mich an, wenn Ssie sie fertig haben.«

Die beiden nickten. »Werden wir machen«, sagte Wondraschek. »Ich mache mich gleich an die Arbeit.«

»Es wäre ungerecht gewesen, wenn er zu Grabe getragen würde ohne irgendein Zeichen der Männer, die er genarrt und bestohlen hatte.«

Sir Arthur Conan Doyle, Das Geheimnis der Vier

Nina Capelli saß noch am Frühstückstisch, als sie durch einen Anruf aus der Gerichtsmedizin aus ihrer Trübsal gerissen wurde. Eine erkältete Sekretärin wollte wissen, ob sie vielleicht schon heute mit der Arbeit anfangen könne, da ein Magen-Darm-Virus die Hälfte der Abteilung außer Gefecht gesetzt hatte.

Die junge Gerichtsmedizinerin musste nicht lange überlegen. Ein wenig Ablenkung würde ihr sicher guttun. Alles war besser, als daheim zu sitzen und Trübsal zu blasen. »Wissen Sie schon, womit wir es zu tun haben?«, wollte sie wissen. »Unfall? Mord? Unbekannte Todesursache?«

»Keine Ahnung. Die Polizei hat einen Gerichtsmediziner ans Donauufer bestellt. Ich gehe also von einem Suizid aus. Selbstmörder wählen gerne eine der Donaubrücken als Ausgangspunkt für ihre letzte Reise aus.«

»Oje, Wasserleiche.«

»Ja«, stimmte die Sekretärin zu und hustete. »Das könnte unschön werden.«

»Der Tod ist meistens unschön«, seufzte Capelli. »Könnten Sie mir bitte kurz den Weg erklären?«

»Natürlich. Ich werde außerdem einen unserer Sektionsassistenten an den Fundort schicken. Er wird Ihnen alles Nötige mitbringen und Sie anschließend zum Zentralfriedhof fahren.«

»Zum Zentralfriedhof?«

Die Sekretärin schnäuzte sich. »Der Assistent wird Ihnen alles erklären. Seit keine Obduktionen mehr in der Sensengasse vorgenommen werden dürfen, herrscht leider das absolute Chaos. Danke, dass Sie so kurzfristig einspringen können. Ach, und herzlich willkommen in Wien!«

Mit Hilfe der Wegbeschreibung und eines Stadtplans fuhr Capelli in Richtung Donauufer. Sie schlängelte sich durch den Berufsverkehr am Gürtel und den zähen Verkehr auf der Währinger Straße stadteinwärts, passierte die Votivkirche, die, obwohl sie doch um einiges kleiner war, von vielen Touristen oft mit dem Stephansdom verwechselt wurde, und schaffte es, auf der Ost-Autobahn die richtige Ausfahrt zu erwischen. Anschließend bog sie auf den Handelskai und folgte der Hafenzufahrtsstraße. Nun war es nicht mehr schwer, den Fundort auszumachen: Mehrere Polizeiwagen und eine Horde Schaulustiger waren bereits zur Stelle.

Capelli parkte ihren Wagen, wies sich aus, stieg über das Absperrband und lief über einen schmalen Trampelpfad die Böschung zum Ufer hinunter.

Je näher sie der Leiche kam, desto schärfer wurden Capellis Sinne. Sie merkte, wie ihre privaten Probleme zur Seite gedrängt und durch routinierte, professionelle Denkmuster ersetzt wurden. Ihr Gehirn fokussierte auf das Hier und Jetzt und saugte instinktiv jedes noch so kleine Detail in sich auf: das ruhige, gleichmäßige Plätschern des Flusses, die feinen Tröpfchen von Nieselregen auf der Haut, das feuchte Gras unter den Schuhen, die kahlen Zweige des Gebüschs, in denen sich die menschlichen Überreste verfangen hatten, die vielen Stimmen, die die Ruhe dieses trüben Morgens durchbrachen, und den leichten – aber doch unverkennbaren – Verwesungsgeruch, der in der Luft lag.

Zwei Feuerwehrmänner mit Mundschutz waren gerade dabei, mit Hilfe eines Arbeitskrans und eines langen, gebogenen Hakens den Körper zu bergen, während die Leute von der Spurensicherung die Umgebung absuchten und Fotos vom Fundort machten. Zwei junge Polizisten verdeckten mit einer riesigen Plastikplane die Sicht auf die Leiche, um ein paar sensationsgeile Gaffer davon abzuhalten, mit ihren Handys den grausigen Fund für die Nachwelt zu dokumentieren.

Sie ließ gerade ihren geschulten Blick über das Szenario wandern, als ein junger Mann auf sie zukam. »Sie müssen Frau Dr. Capelli sein«, sagte er. »Jochen Kern, ich bin Ihr Obduktionsassistent.«

Capelli lächelte und musterte den Mann. Er war ungefähr Anfang dreißig und hatte ein angenehmes, sportlich-lässiges Erscheinungsbild.

»Willkommen in Wien«, sagte Kern und reichte ihr einen Schutzanzug. »Von mir aus können wir uns sofort an die Arbeit machen.«

Wenn ein Toter aus der Donau gezogen wurde, lag meist ein Selbstmord oder ein tragisches Unglück vor. In diesem Fall handelte es sich aber mit ziemlicher Sicherheit um Mord. Der Tote hatte nämlich ein besonderes Merkmal, das Capelli ganz und gar nicht gefiel: Er hatte keinen Kopf mehr.

»Na, sieh mal einer an«, sagte Kern, nachdem er einen Blick auf den Körper geworfen hatte. »Wenn das nicht der Rest von Professor Novak ist. Haben Sie von der Sache gehört?«

Die Gerichtsmedizinerin schwieg und dachte fieberhaft nach. Es wäre unprofessionell, die Obduktion vorzunehmen. Ihr Freund war schließlich der Hauptverdächtige in diesem Mordfall – sie war also befangen. Andererseits konnte sie so vielleicht an wichtige

Informationen gelangen, die Otto Morell helfen könnten, Leander zu entlasten.

Capelli entschloss sich dazu, das Risiko einzugehen. Sie war neu hier, niemand wusste etwas von ihrer Beziehung. Und überhaupt – wer sagte denn, dass es sich bei dem kopflosen Toten tatsächlich um Novak handelte? Zugegeben, die Chancen dafür standen gut, aber bewiesen war es nicht.

»Kommen Sie?« Kern reichte ihr den Tatortkoffer, der alle nötigen Geräte, Instrumente, Behältnisse und Reagenzien enthielt, die die Gerichtsmedizinerin brauchte, um die Leiche vor Ort zu untersuchen.

Capelli griff danach. ›Wird schon keiner draufkommen‹, dachte sie und begann mit ihrer Arbeit.

Nach der Totenbeschau und dem Lokalaugenschein am Donauufer machten sich Capelli und ihr Obduktionsassistent auf den Weg zum Wiener Zentralfriedhof, der mit rund drei Millionen Bestatteten der zahlenmäßig größte Friedhof Europas war.

»Das Gebäude in der Sensengasse wurde im Frühjahr zum Teil geschlossen«, erzählte Kern. »Es war seit den 60er Jahren kaum renoviert worden und entsprach nicht mehr den nötigen Anforderungen. Es fehlte zum Beispiel ein modernes Filtersystem – sämtliche Körperflüssigkeiten flossen beinahe ungeklärt in die Kanalisation.«

»Das wusste ich.« Capelli bog in die Simmeringer Hauptstraße, die von Alfred Polgar einmal als die traurigste Straße Wiens bezeichnet worden war. »Ich dachte aber eigentlich, dass die Obduktionen in verschiedene Krankenhäuser ausgelagert wurden. Warum fahren wir also zum Friedhof?«

»Faul- und Wasserleichen stellen für die Spitäler ein immenses Hygieneproblem dar. Darum werden solche Leichen jetzt übergangsweise in Containern auf dem Zentralfriedhof obduziert.«

»Container? Das ist ja ein Riesenschritt zurück in Richtung

Mittelalter.« Capelli betrachtete die unzähligen Wirtshäuser, Steinmetz- und Blumengeschäfte, die die Straße säumten. Mit dem Tod ließ sich viel Geld verdienen.

»Wem sagen Sie das. Die Zahl der Obduktionen wurde drastisch reduziert. Wien wird zum Paradies für Mörder. Wenn Sie irgendjemanden um die Ecke bringen wollen, dann tun Sie es jetzt. Die Chancen, unentdeckt zu bleiben, stehen so gut wie nie.«

»Hoffentlich nicht.« Capelli dachte voller Kummer an Lorentz.

»Dort vorne links können Sie reinfahren«, riss Kern sie aus ihren Gedanken. »Die Friedhofswege dürfen mit dem Auto befahren werden – aber nur mit 20 km/h.«

Capelli bog vorsichtig durch ein großes Tor und fuhr langsam durch ein traurig-schönes Meer aus Grabsteinen. »Und jetzt?«

»Geradeaus und dann links bis zur Halle 3, dort können wir parken.«

Von der Halle 3 aus waren es nur wenige Meter bis zum Areal der Friedhofsgärtnerei, auf dem, direkt neben einem alten Gewächshaus, die drei grauen Container standen, die nun der Gerichtsmedizin als neues Refugium dienten.

Auf Capelli, die an die modern ausgestattete Gerichtsmedizin in Innsbruck gewöhnt war, wirkte dieses Szenario recht befremdlich. Die sterile, wissenschaftliche Atmosphäre, in der sie normalerweise ihrem Beruf nachging, fehlte völlig. Stattdessen wuchs hier Unkraut neben den Obduktionsräumen, und nur wenige Meter dahinter befanden sich alte, ausgemusterte Grabsteine und Kreuze. Dazu kam das diesige, verregnete Wetter, das der ganzen Szenerie einen unheimlich morbiden Anstrich verlieh. »Wien ist anders«, zitierte Capelli den Werbeslogan der Stadt und öffnete die Tür zum Obduktionscontainer.

»Was für ein Elend«, raunte sie, nachdem sie ihren Blick kurz durch das triste Innere der grauen Stahlbox hatte schweifen lassen. In dem engen, kalten Raum gab es einen Obduktionstisch, ein Regal und ein kleines Waschbecken.

»Je schneller wir anfangen, desto schneller können wir auch wieder von hier verschwinden«, sagte Kern und betrat ebenfalls den Container.

Der Leichentransport war anscheinend schneller als die beiden Gerichtsmediziner gewesen, denn der kopflose Körper lag bereits auf dem Tisch. Kern holte Novaks Kopf aus einem Kühlbehälter und setzte ihn an den Rumpf. »Für jeden Deckel einen Topf, für jeden Körper einen Kopf«, reimte er.

Nina fand das gar nicht lustig. »Die Schnittstellen passen exakt aufeinander. Somit hätten wir die Frage der Identität also schon einmal geklärt.« Sie spürte, wie eine Welle von Schuldgefühlen sie durchfuhr. Um ihr schlechtes Gewissen zu zerstreuen, zog sie sich schnell frische Gummihandschuhe und einen Mundschutz über und griff nach einem kleinen Diktiergerät. »Männliche Leiche, etwa 65 Jahre alt«, begann sie und untersuchte dann systematisch die einzelnen Körperregionen. »Die Totenflecken sind schwach ausgeprägt, die Haut ist weißlich verfärbt, und es gibt Waschhautbildung an den Fingern. Die kriminalistische Einschätzung des Todeszeitpunktes auf die Nacht von Sonntag auf Montag kann ich also bestätigen.« Dann bat sie den Assistenten, den Leichnam auf den Bauch zu drehen, damit sie auch noch den Rücken inspizieren konnte. »Sowohl Kopf als auch Körper weisen auffallend viele Hämatome auf, die durch die Einwirkung stumpfer Gewalt entstanden sind.«

»Wahrscheinlich hat Novak sich mit seinem Mörder einen Kampf geliefert«, spekulierte Kern.

»Der dürfte sehr einseitig ausgefallen sein.« Capelli zeigte auf die Handgelenke des Opfers. »Diese Abschürfungen hier sehen stark nach den Spuren einer Fesselung aus.«

»Und was ist damit?« Kern zeigte auf Novaks Hände. »Sind das denn keine Abwehrverletzungen?«

Capelli schüttelte den Kopf. »Wasserleichen treiben meistens mit herunterhängenden Armen und Beinen im Wasser und stoßen damit an Steine und andere Dinge, die am Grund liegen. Wenn sie aus Fließgewässern gezogen werden, sind solche Treibspuren an den Extremitäten deshalb ganz typisch.«

»Verstehe. Der Täter hat also auf einen gefesselten und somit wehrlosen alten Mann eingeprügelt. Was für ein Schwein.«

Nina Capelli ging nicht darauf ein, sondern machte mit ihrer Untersuchung weiter und öffnete mit einem geübten Schnitt die Bauchhöhle.

»Todesursache ist ein offenes Schädel-Hirn-Trauma, das durch stumpfe Gewalteinwirkung auf den Kopf hervorgerufen wurde. Der Kopf wurde mit einem grobgezackten Werkzeug vom Rumpf getrennt. Wahrscheinlich handelt es sich dabei um eine einfache, handelsübliche Säge«, diktierte sie, nachdem sie mit der inneren Besichtigung fertig war und sowohl Organ-, Gewebe- und Blutproben als auch Urin und Mageninhalt für weitere Untersuchungen entnommen hatte.

»Da war wohl jemand ganz schön sauer auf den alten Herrn Professor.« Kern streifte seine Handschuhe ab, nachdem er Capelli geholfen hatte, den Leichnam wieder zuzunähen und ihn in einem Kühlfach zu verstauen. »Ich möchte echt gern wissen, was der arme Kerl getan hat, um so ein Ende zu verdienen.«

»Das wüsste ich auch gern.« Capelli ging im Geiste noch einmal den Ablauf der Obduktion durch, um sicherzugehen, dass sie auch ja nichts vergessen oder übersehen hatte.

»Na ja, wenigstens hat er uns nicht viele Umstände beschert.« Kern wusch sich die Hände. »Kaum Geruchsbildung, schnelle Identifikation und einfache Feststellung von Todesart und -zeitpunkt.«

Du hast ja keine Ahnung, wie viele Umstände und Scherereien diese Leiche mir schon beschert hat, dachte Capelli still und kramte in ihrer Handtasche.

»Wonach suchen Sie denn?«

»Nach meinem Autoschlüssel. Ständig versteckt sich das dumme Ding vor mir. Ich habe extra einen riesigen Anhänger drangemacht, aber trotzdem kann ich ihn die meiste Zeit nicht finden.«

»Ist er vielleicht da drin?« Kern zeigte auf ihre Jackentasche, in der sich ein großes, unförmiges Etwas abzeichnete.

Capelli griff hinein und zog das gesuchte Objekt heraus.

»Cooler Anhänger«, stellte Kern fest. »Wo haben Sie den denn her?«

Die Gerichtsmedizinerin schluckte. »Von einem Freund«, sagte sie und wollte sich verabschieden.

»Ähm, Frau Capelli«, sagte Kern förmlich. »Sie sind ja noch ganz neu in der Stadt und kennen bestimmt noch nicht so viele Leute. Was halten Sie davon, mich am Freitagabend zu einer Party zu begleiten?

Capelli war zu geschafft, um eine tolle Ausrede aus dem Ärmel zu zaubern, und gab Kern widerstrebend ihre Telefonnummer. Das hatte ihr zu all dem vorherrschenden Ärger und Chaos gerade noch gefehlt – ein übereifriger Obduktionsassistent, der sie anmachen wollte.

»Aber der Wind blies lässig darüber hin
und kein Ton drang zur Oberfläche,
und sie saßen auf dem Grab, wartend und wartend.«
Charles Dickens, Schwere Zeiten

Morell stand klatschnass vor der schweren Eingangstür von Capellis Haus und fluchte leise vor sich hin.

Der Chefinspektor hatte sich direkt nach seinem Besuch im Archäologiezentrum auf den Weg in die Justizvollzugsanstalt gemacht, um Lorentz zu besuchen. Es hatte ihn zwar große Überwindung gekostet, in seinem beschwipsten Zustand ins Untersuchungsgefängnis zu fahren und dort den Beamten gegenüberzutreten, aber er hatte unbedingt sehen wollen, wie es seinem Freund ging, und außerdem gehofft, dass dieser etwas über das fehlende Foto wusste.

Um seine Fahne zu überdecken, hatte Morell eine Packung Fisherman's Friends gekauft und sich vor dem Betreten des Grauen Hauses – wie die JVA Josefstadt auch genannt wurde – eine Handvoll davon in den Mund gesteckt. »Cheiche, chind die charf«, hatte er geflucht und sich an den Werbeslogan der Pastillen erinnert: Sind sie zu stark – bist du zu schwach. Er hatte sich eingestehen müssen, dass er wohl wirklich zu schwach war – zu schwach für Wien, zu schwach für Schnaps in aller Herrgottsfrühe und sogar zu schwach für ein paar einfache Pfefferminzbonbons.

Der Anflug von Selbstmitleid hatte sich beim Anblick von Lorentz relativ schnell wieder verflüchtigt. Der normalerweise so lebensfrohe und selbstbewusste Archäologe war die personifizierte Verzweiflung gewesen. Der Gefängnisalltag war hart – vor allem für jemanden wie ihn: einen intellektuellen Freigeist, der bisher noch nie mit dieser Art von Überwachung und Einschränkung in Berührung gekommen war.

Lorentz hatte dem Chefinspektor zwar leider nichts über das fehlende Foto, dafür aber ein paar Details über die Mordnacht erzählen können: Er war kurz nach Mitternacht in die Uni gefahren, hatte in Novaks Büro nach seinen Aufzeichnungen gesucht und sie, inklusive ein paar wichtiger Proben, die ihm schon seit Monaten abgingen, tatsächlich dort gefunden. Er hatte gerade alle seine Sachen in eine große Kiste gepackt, als er hörte, dass der Fahrstuhl betätigt wurde. Nervös hatte er daraufhin den Karton so leise wie möglich die Treppe hinuntergeschleppt – was ziemlich lange gedauert hatte – und anschließend das Gebäude verlassen, ohne jemanden gesehen oder gehört zu haben.

Auch wusste er einiges über das Opfer zu berichten: Novak war nicht unbedingt ein herausragender Wissenschaftler gewesen, hatte aber das, was ihm an Brillanz und Geist fehlte, durch Ehrgeiz und Vitamin B wettgemacht. An Ambition und Streben nach Ruhm war er kaum zu übertreffen gewesen und hatte sogar einen erheblichen Teil seines Privatvermögens in seine Forschungen gesteckt. Dass sich einige seiner Theorien im Laufe der Zeit als falsch herausgestellt hatten, wollte er nicht wahrhaben. Aber so war das nun einmal in der Archäologie: Jeder neue Fund war ein neues Puzzleteil, das das Bild der Vergangenheit wieder veränderte. Doch Novak hatte lieber Lorentz' Forschungsergebnisse über ein awarisches Gräberfeld gestohlen, als zugeben zu müssen, dass er sich geirrt hatte. Er war eine regelrechte Plage gewesen, aber niemand im Institut hatte einen Grund gehabt, ihn ausgerechnet zu diesem Zeitpunkt zu ermorden – in wenigen Monaten wäre der Professor nämlich ohnehin in Pension gegangen.

Morell hatte entschieden, dass es unter diesen Umständen wohl das Vernünftigste war, die Familie des Opfers einmal genau unter die Lupe zu nehmen. Schließlich war es gut möglich, dass der Mörder aus dem Familien- oder Freundeskreis stammte und bewusst die Universität als Tatort gewählt hatte, um die Ermittler auf eine falsche Spur zu führen. Er hatte außerdem noch Lorentz' Meinung bezüglich Payer, Langthaler und Wondraschek eingeholt. Lorentz hatte kurz überlegt und dann für alle drei eine Unbedenklichkeitserklärung ausgesprochen: Payer war kauzig, aber harmlos, Langthaler war Novak treu ergeben gewesen, und Wondraschek war ein blonder Engel, der keiner Fliege etwas zuleide tun konnte.

Als die Besuchszeit zu Ende gewesen war, hatte der Chefinspektor auf dem Naschmarkt üppig eingekauft und sich dann mit brummendem Schädel auf den Heimweg gemacht, wo er mitten auf der Straße von einem Platzregen überrascht worden war. So stand er nun klatschnass vor der Tür und fluchte über das Sauwetter. Er hoffte inständig, dass er sich keine Erkältung eingefangen hatte – das hätte ihm gerade noch gefehlt. Wobei – bei dem Pech, das er im Moment hatte, hätte ihn das auch nicht mehr gewundert. Apropos Pech und Dinge, die schiefgehen konnten: Er musste dringend bei Bender anrufen und sich nach der Lage erkundigen.

Morell grummelte. Ihm war kalt, er war nass bis auf die Knochen, müde und hungrig. Dazu kamen der alltägliche Valerie-Kummer und Heimweh nach Landau. Er würde sich jetzt erst mal eine heiße Dusche gönnen, danach etwas Gutes kochen und sich dann früh ins Bett legen.

Er nahm gerade die erste Stufe in Richtung Erholung, als die Haustür energisch aufgerissen wurde und ein kleines Persönchen mit einem Trolley im Schlepptau auf der Bildfläche erschien. Das Persönchen schüttelte seinen Schirm aus und versprühte einen nasskalten Schauer durch den gesamten Eingangsbereich. Der Chefinspektor wollte gerade vor dieser Tropfenattacke flüchten, als eine bekannte Stimme ihn zurückrief: »Sind Sie das, Herr Morell?«

Er hielt inne, drehte sich um und blickte direkt in ein Meer aus Falten und silbergrauem Haar. »Frau Horsky?«, fragte er ungläubig.

»Ja, ja, ich bin's.« Die sonst so sauertöpfische Miene der alten Dame wich einem strahlenden Lächeln. Sie trat einen Schritt näher an ihn heran und musterte ihn. »Ich hätte Sie fast nicht mehr wiedererkannt, lassen Sie sich anschauen!«

Der Chefinspektor wunderte sich insgeheim, dass Agathe Horsky immer noch lebte. Die kleine Frau war schon zu der Zeit, als er noch in Wien gearbeitet hatte, gefühlte 150 Jahre alt gewesen. Das winzige, zerfurchte Leichtgewicht sah mittlerweile aus wie ein Stück Trockenobst. Wahrscheinlich war sie tatsächlich 150 Jahre alt, konnte aber nicht sterben, weil der Hass auf die Welt sie am Leben hielt – Hass war ein völlig unterschätztes Lebenselixier.

»Ich bin ja so froh, dass Sie zurück sind. Endlich gibt es bei diesem Sauhaufen, der sich Kripo schimpft, wieder einen freundlichen, kompetenten Mitarbeiter. Kommen Sie, ich zeige Ihnen gleich mal den Zettel.«

»Welchen Zettel?« Morell schwante Schlimmes. Frau Horsky, oder besser gesagt ihr Sohn, war einer seiner Fälle gewesen. Benedikt Horsky, ein wohlhabender Bestattungsunternehmer, war eines Abends einfach nicht mehr nach Hause gekommen. Der Junggeselle, der noch bei seiner Mutter gewohnt hatte, hatte sich weder von irgendjemandem verabschiedet noch irgendetwas mitgenommen. Es war alles da gewesen: Pass, Kreditkarten, Sparbücher, Schlüssel, Handy, Kleidung, das Auto … Morell war sich sicher, dass Benedikt Horsky umgebracht worden war, das sagte ihm sein Bauch, und sein Bauch irrte sich nie. Trotzdem wurde die Angelegenheit bald zu den Akten gelegt. Es gab keine Leiche, kein Motiv, keine Verdächtigen und somit auch keinen Fall. Der Bestattungsunternehmer wurde schlicht und ergreifend als langzeitvermisste Person deklariert. Frau Horsky war an der Ungewissheit und dem Kummer zerbrochen. Sie wollte sich nicht damit abfinden, dass das Verschwinden ihres einzigen Kindes ungeklärt blieb, und war täglich ins Landeskriminalamt gepilgert, um sich nach dem Stand der Ermittlungen zu erkundigen. Es hatte Morell jedes Mal beinahe das Herz gebrochen, ihr mitzuteilen, dass es nichts Neues gab.

»Kommen Sie!« Frau Horsky drückte Morell den Trolley in die Hand und begann, die Stiege hinaufzugehen. »Ich habe etwas gefunden, das endlich Licht in die Sache bringen könnte. Monatelang habe ich versucht, Ihre Kollegen von der Wichtigkeit meiner Entdeckung zu überzeugen, aber die wollten nicht auf eine arme, alte Frau wie mich hören. Was für ein Glück, dass Sie wieder da sind und sich darum kümmern. Ich werde gleich morgen im Stephansdom eine Kerze anzünden.«

Der Chefinspektor holte tief Luft und nahm die Hand der alten Frau. »Es tut mir leid, dass diese Sache Sie immer noch so sehr beschäftigt. Bedauerlicherweise bin ich aber wegen eines anderen Falls hier, und das auch nicht offiziell.«

»Wie bitte?« Frau Horskys Lächeln verschwand und wich wieder ihrem üblichen verkniffenen Gesichtsausdruck. Sie zog ihre Hand zurück und funkelte Morell mit wässrigen Augen an. »Aber Sie müssen …«

»Ich kann Ihnen nicht helfen. Ich bin jetzt für einen kleinen Ort namens Landau verantwortlich und habe mit den Fällen aus Wien nichts mehr zu tun. Ich bin nur hier, weil ein Freund von mir, der zufälligerweise bei Ihnen im Haus wohnt, unschuldig im Gefängnis sitzt.«

»Was? Sie sind extra wegen dieses Herrn Lorentz, dieses unhöflichen, ungezogenen Lümmels hergekommen, und mich wollen Sie einfach im Stich lassen? Mein Sohn war auch unschuldig!« Frau Horsky riss Morell den Trolley aus der Hand. »Wie können Sie nur so herzlos sein?«

»Ich habe wirklich nicht genügend Zeit, um Ihrem Fall die Aufmerksamkeit zukommen zu lassen, die er verdient«, versuchte Morell sich aus der Affäre zu ziehen.

»Sie könnten es zumindest versuchen«, schluchzte die alte Frau. »Das Schicksal hat Sie doch ganz offensichtlich direkt zu mir und meinem Sohn zurückgeführt.«

»Das Schicksal ist ein unzurechnungsfähiger Idiot«, brummte Morell leise. »Und sein Bruder, der Zufall, ist ein blinder Depp.«

»War das ein Ja?« Frau Horsky schneuzte sich und sah den Chefinspektor erwartungsvoll an.

»Nun«, gab Morell nach, der es nicht länger ertragen konnte, die alte Frau weinen zu sehen, »vielleicht können wir ja morgen einen Kaffee miteinander trinken, und ich schaue mir dabei an, was Sie gefunden haben. Ich kann Ihnen aber nichts versprechen.«

»Schön, dann kommen Sie doch bitte um zehn bei mir vorbei. Ich backe auch einen Apfelstrudel für Sie.« Sie verschwand in ihrer Wohnung.

»Bis morgen«, sagte der Chefinspektor und verfluchte wieder einmal seine Gutmütigkeit. Er schloss die Tür zu Capellis Wohnung auf und sinnierte. Was hatte er sich da nur wieder eingebrockt? Die heiße Dusche hatte er sich jetzt redlich verdient. Aber zuerst würde er rasch Bender anrufen, bevor noch was dazwischenkam.

»Wo zu Land wird unser Grab sein?«

Aristophanes, Die Vögel

Ungefähr 600 Kilometer weiter westlich kaute Inspektor Robert Bender nervös auf seiner Unterlippe herum. »Der Chef wird mich umbringen«, murmelte er. »Was soll ich nur machen?« Er überlegte einige Minuten, nahm das Telefon und wählte eine Nummer.

»Hallo?«, meldete sich die raue Stimme von Erich Altmann, dem Landauer Förster.

»Grüß Gott, hier spricht Inspektor Bender. Ich glaube, ich brauche Ihre Hilfe.«

»Was gibt es denn?«

»Der Chef ist nach Wien gefahren, und ich habe ihm versprochen, auf seinen Kater und die Pflanzen aufzupassen, solange er nicht da ist …«

»Und jetzt verwelken dir die lieben Blümchen, was?«

»Äh, nein, nein, die Pflanzen sind nicht das Problem, denen scheint es aus unerklärlichen Gründen gutzugehen. Aber gestern Abend habe ich die Balkontür offen gelassen, um ein bisschen zu lüften, und da muss Fred nach draußen entwischt sein.«

Der Förster lachte. »Mach dir keine Sorgen, Junge. Der dicke Kater wird schon wieder auftauchen, wenn er Hunger kriegt.«

»Das dachte ich zuerst auch, aber er ist die ganze Nacht weggeblieben und auch heute Morgen nicht zurückgekommen. Ich habe bereits das halbe Dorf abgesucht, ihn aber nicht gefunden.«

»Oh, oh.«

»Sie müssen mir helfen. Sie sind doch viel draußen unterwegs, gerade in den Wäldern – könnten Sie da nach Fred Ausschau halten?«

»Ist gut«, sagte der Förster. »Ich werde meine Augen offen halten. Du kannst ja in der Zwischenzeit die Polizei anrufen und eine Suchmeldung aufgeben.« Er lachte über seinen Witz, den Bender alles andere als amüsant fand.

Der junge Inspektor hatte gerade aufgelegt, als sein Handy klingelte.

»Bender«, meldete er sich.

»Servus, Robert, ich bin's Morell. Gut, dass ich dich erreiche. Ich wollte nur kurz nachfragen, ob bei dir alles in Ordnung ist.«

»Äh … ja … klar doch«, stotterte Bender. Mist, warum war er bloß rangegangen. »Was … ähm … sollte denn nicht in Ordnung sein?«

Am anderen Ende herrschte kurzes Schweigen, als würde Morell überlegen, ob er da gerade den Hauch eines Zögerns vernommen hatte. »Bist du …«

»Ich habe mich genau an Ihre Anweisungen gehalten und alles so gemacht, wie Sie gesagt haben«, trat Bender die Flucht nach vorn an. »Die Pflanzen blühen und gedeihen prächtig, sogar der Ficus scheint sich zu erholen, Fred frisst und schnurrt wie ein Weltmeister, und in der Inspektion ist alles so wie immer – sprich langweilig.«

»Prima, dann bin ich ja beruhigt. Schönen Abend noch, ich melde mich bei Gelegenheit wieder.«

Bender legte auf und atmete tief durch.

»Verdammt, Fred, ich hoffe sehr, dass dich kein Fuchs gefressen hat. Falls doch, kann ich mir nämlich einen neuen Job suchen.«

»Seht das ragende Grab des längst gestorbenen Mannes.«

Homer, Ilias

Morell ahnte nichts vom ungewissen Schicksal seines Katers und stieß im Flur mit Capelli zusammen.

»Da bist du ja. Ich habe mich schon gewundert, wo du steckst«, sagte er, während er sich mit einem Handtuch die Haare trockenrubbelte. »Ich wollte uns nämlich gleich was Schönes kochen, es gibt Rösti mit Spargel-Ragout und dazu Feta-Palatschinken-Röllchen. Und, wie war dein Tag? Was hast du gemacht?«

Die Gerichtsmedizinerin schaute verlegen zu Boden und spielte mit ihrem Autoschlüssel herum. Sie war nicht ganz sicher, wie der gesetzestreue Polizist auf die Tatsache reagieren würde, dass sie trotz Befangenheit eine Obduktion durchgeführt hatte. »Ich … ähm …«, stammelte sie, »ich habe gearbeitet.«

»Heute schon? Es sollte doch erst nächste Woche losgehen.«

»Sie hatten was Dringendes, und weil so viele Kollegen krank sind, haben sie mich gebeten, einzuspringen.«

»Und was war so eilig?«

»Och, nichts Besonderes«, log Capelli.

»Nun sag schon.« Morell kam das Rumgedruckse irgendwie komisch vor.

»Ich mach uns erst mal einen Tee. Magst du auch wieder Baldrian?«

»Lenk nicht ab, Nina. Ich kenne dich gut genug, um zu wissen, dass du mir was verheimlichst. Was hast du angestellt?«

Capelli atmete tief ein. »Ich habe Novaks Körper seziert«, nuschelte sie und wollte sich in die Küche verdrücken.

»Du hast WAS?!« Morell hielt seine Gastgeberin zurück und starrte sie mit offenem Mund an. »Sag mir bitte, dass ich mich gerade verhört habe!«

»Nein, hast du nicht. Novaks Körper wurde heute aus der Donau gefischt, und ich habe ihn untersucht.«

Morell griff sich an den Kopf. »Es ist dir doch hoffentlich klar, dass es dich deinen Job kosten kann, wenn jemand rausfindet, dass Leander dein Freund ist.«

Capelli seufzte und nickte. »Ich will, dass Leander schnell von diesen Anschuldigungen freigesprochen wird. Dafür würde ich wirklich alles tun.«

»O Mann!« Der Chefinspektor rieb sich die Schläfen. »Was für ein Tag! Um auf deine Frage zurückzukommen: Ja, ich nehme Baldriantee – ohne den scheint hier gar nichts mehr zu gehen.«

Nachdem Morell sich angezogen hatte, ging er in die Küche zu Capelli, die bereits mit einer Tasse Tee am Tisch saß. Er mochte die Küche: Der massive Esstisch aus hellem Buchenholz, die dazu passenden Regale und Schränke und die bequemen Stühle mit ihren bunten Sitzkissen verbreiteten eine warme, heimelige Atmosphäre und rochen wunderbar nach Holz. Gleich würde es hier noch besser duften, dachte der Chefinspektor und begann damit, Gewürze, die er auf dem Naschmarkt gekauft hatte, auszupacken: Lorbeer, Safran, Kurkuma, Kardamom, Sternanis, Chiliflocken, Liebstöckel und Vanilleschoten.

Im Rest der Wohnung herrschte nach wie vor Umzugschaos: Kisten wollten ausgepackt, Möbel zusammengebaut und Wände gestrichen werden. All das war dem Chefinspektor aber egal – für ihn zählte nur die Küche. Sie war in seinen Augen das Herz einer jeden Wohnung, eine Ruheoase, ein Ort, an dem man entspannen und Kraft tanken konnte. Und genau das würde er jetzt auch tun – indem er kochte. Während er begann, einen Teig anzurühren, erzählte er von seinem Besuch an der Uni und bei Lorentz. »Dann lass doch mal hören, was die Obduktion ergeben hat«, sagte er schließlich, als er mit seinem Tagesbericht fertig war.

Capelli pustete auf den heißen Tee in ihrer Tasse und nahm einen kleinen Schluck. »Der Tod trat in der Nacht von Sonntag auf Montag ein – die genaue Stunde lässt sich leider nicht bestimmen. Auch was die Tatwaffe angeht, kann ich keine brauchbaren Informationen liefern. Er wurde mit einem stumpfen Gegenstand erschlagen – das kann so gut wie alles gewesen sein: ein Baseballschläger, ein Aschenbecher, ein Briefbeschwerer oder einfach nur ein runder Stein. Die Abtrennung des Kopfs erfolgte mit einer handelsüblichen Säge, und von der fehlt jede Spur – das hilft uns leider auch nicht weiter.«

»Sonst noch etwas?«

»Novak wurde gefesselt und brutal zusammengeschlagen, bevor er getötet wurde. Seine Nase war gebrochen, zwei Rippen waren angeknackst, und er hatte überall am Körper blaue Flecken. Der Mörder muss aus irgendeinem Grund stinksauer auf ihn gewesen sein.«

Morell überlegte kurz. »Entweder das, oder er wollte etwas aus ihm herausprügeln – zum Beispiel Informationen.« Er schüttete den Teig in eine große Pfanne und sah ihm beim Festwerden zu. »Ich werde herausfinden, was auf dem fehlenden Foto zu sehen ist«, sagte er, während er geschickt die Palatschinken wendete. »Ich habe zwar noch keinen blassen Schimmer, wie ich das anstellen soll, aber irgendetwas wird mir schon einfallen.«

»Sag, wenn ich irgendwie helfen kann.«

»Für den Anfang würde es mir schon reichen, wenn du keine

unbefugten Obduktionen mehr durchführst.« Morell zerbröselte ein großes Stück Feta und vermischte es anschließend mit Sahne. »Ich werde als Nächstes versuchen, irgendwie an die Familie des Opfers ranzukommen. Vielleicht bringt uns das ja weiter.«

»Gute Idee. Die meisten Verbrechen haben einen familiären Hintergrund.« Nina beobachtete, wie Morell Zitronensaft und gehackte Kräuter in die Fetacreme mischte. »Das sieht sehr lecker aus.«

»Das sieht nicht nur so aus, das schmeckt auch so.« Morell würzte noch etwas nach. »Ach, was ich noch gar nicht erzählt habe: Wusstest du, dass ich deine Nachbarin, Frau Horsky, kenne? Ich habe sie heute im Hauseingang getroffen, und sie will unbedingt, dass ich einen alten Fall wieder aufrolle.«

»Wirklich? Du kennst die alte Horsky? Die ist das Schlimmste, was man sich als Nachbarin vorstellen kann. Aber ich will nicht über sie schimpfen – sie sieht nämlich gar nicht gesund aus und wird sicher bald sterben.«

»Unterschätze niemals die lebenserhaltende Kraft von Hass«, murmelte Morell, kostete von der Fetacreme und signalisierte durch ein Lächeln, dass sie ihm vorzüglich gelungen war.

»Ach, das allein Beständ'ge ist das Grab.«

Anastasius Grün, Schutt

Wie gebannt musterte er die Gesichter hinter dem Glas: Jung waren sie damals gewesen. Jung, aber keineswegs unschuldig.

»Wer von euch war noch beteiligt?«, murmelte er leise, nahm das Foto aus dem Rahmen und malte mit einem dicken, schwarzen Filzstift ein Kreuz über Novaks Gesicht. Dann legte er das Bild beiseite und wandte seine Aufmerksamkeit wieder den Aufzeichnungen des Toten zu.

In den letzten beiden Tagen hatte er ungefähr ein Viertel davon durchgesehen, aber noch nicht erfahren, was er eigentlich wissen wollte. Hoffentlich hatte Novak sich keinen letzten, makabren Scherz mit ihm erlaubt und ihn mit einem völlig unnützen Haufen Papier abgespeist – es gab nur einen Weg, das herauszufinden: Er schaltete die Lampe ein, beugte sich dicht über die staubigen, porösen Seiten, die mit kleinen, krakeligen Buchstaben beschrieben waren, und las weiter.

Ebla, 28. Juni 1975
Ein wahrlich atemberaubender Tag! Heute Abend haben wir eine unterirdische Kammer entdeckt, die mit Tausenden und

Abertausenden von beschriebenen Täfelchen gefüllt war. Unser Grabungsleiter, Paolo Matthiae, und der Keilschriftexperte Giovanni Pettinato glauben, dass es sich dabei um einen der sensationellsten archäologischen Funde des Jahrhunderts handeln könnte. Meine Freude darüber, ein Zeuge dieser Sternstunde sein zu dürfen, ist grenzenlos, und ich bezweifle, dass ich heute Nacht vor lauter Aufregung schlafen kann.

Wie interessant – Novak war also dabei gewesen, als die berühmten sumerischen Keilschrifttafeln in der nordsyrischen Stadt Ebla entdeckt worden waren. Konnte es sein, dass dort alles begonnen hatte? Gespannt las er weiter.

Ebla, 29. Juni 1975
Obwohl ich die ganze Nacht kaum geschlafen habe, bin ich hellwach und bei bester Laune. Wie es scheint, beflügelt das Entzücken über den gestrigen Fund meinen Körper und Geist.

Matthiae hat sämtliche Anwesenden von ihren Posten abgezogen und zur Arbeit in der unterirdischen Kammer eingeteilt. Wir werden ab heute, Tag und Nacht, in Schichten von jeweils zwölf Stunden die darin liegenden Tontafeln bergen und inventarisieren. Die Stimmung im Team ist euphorisch, und alle arbeiten mit großem Eifer und Enthusiasmus. Trotz der miserablen Verpflegung, den langen Schichten und der heißen Sonne Syriens, die erbarmungslos auf unsere Köpfe brennt, sind keine Klagen und Beschwerden zu vernehmen – ganz im Gegenteil: Wohin man das Auge auch richtet, trifft der Blick auf lächelnde Gesichter.

Ich bin heute der Abendschicht zugeteilt worden und kann es kaum erwarten, Artefakte in meinen Händen zu halten, auf die das letzte Mal vor mehr als 4000 Jahren das Licht der Sonne gefallen ist.

Er hielt unvermittelt inne und musterte voller Erstaunen den folgenden Eintrag. Irgendetwas musste mit Novak geschehen sein, denn seine Schrift hatte sich verändert: Sie wirkte schlampiger, die Tinte war an manchen Stellen verschmiert, und die einzelnen Buchstaben waren noch ungelenker als bisher. Sie wirkten so, als wären sie in großer Eile oder unter enormer Anstrengung geschrieben worden. Aufgeregt machte er sich daran, das Gekritzel zu entziffern.

Ebla, 30. Juni 1975
Mein Herz schlägt so schnell, und meine Hände zittern so sehr, dass ich kaum in der Lage bin, diesen Eintrag abzufassen. Ich bin verwirrt, und meine Gefühlswelt bewegt sich zwischen übersprudelnder Verzückung und bedrückender Scham.

Heute früh war ich der Letzte, der am Ende der Schicht die Kammer verließ. Ich wollte gerade nach oben klettern, als ich im Licht der aufgehenden Sonne in einer Ecke etwas glitzern sah. Bei dem funkelnden Gegenstand handelte es sich um eine goldene Tafel, die in einer Ecke aus dem Sand der Jahrhunderte herausblitzte. Vom ersten Augenblick an hat mich ihr Anblick hypnotisiert. Sie ist kleiner und filigraner als die Tontafeln und nicht nur mit Schriftzeichen, sondern auch mit verschiedenen bildlichen Symbolen versehen. Ich glaube, mehrere Augenpaare und eine Art Fischwesen ausmachen zu können – noch nie zuvor habe ich etwas Ähnliches gesehen.

Ich weiß, dass ich sie Matthiae oder Pettinato zeigen sollte, doch irgendetwas in mir sträubt sich dagegen. Da ist dieses komische Gefühl, das sagt, dass die Tafel mir gehört. Mir gehören will. Es ist, als hätte sie mich in ihren Bann gezogen, als hätte ich die Kontrolle über mein Denken und Handeln verloren. So als hätte die Tafel einen eigenen Willen, den sie mir durch irgendeine besondere Form der Telepathie aufdiktiert. Ich habe daher beschlossen, sie vorerst zu behalten und trotz der heftigen Proteste meines Gewissens niemandem von meinem Fund zu erzählen.

Ebla, 1. Juli 1975
Ich habe die fremden Worte und Symbole auf der Tafel genauestens studiert. Der Gedanke, dass sie vor Jahrtausenden von einem sumerischen Beamten, Priester oder vielleicht sogar König geschrieben wurden, fasziniert mich aufs äußerste. Leider bin ich, was die Dechiffrierung von Keilschrift anbelangt, nicht sehr bewandert und werde daher mit der Transkription so lange warten müssen, bis ich wieder in Wien bin. Ich wage nicht, mir vorzustellen, welche Geheimnisse sich mir nach der Übersetzung eröffnen werden. Ich glaube nämlich, einen Begriff zu erkennen, und was dieses eine Wort bedeuten könnte, will ich mir nicht einmal in meinen kühnsten Träumen ausmalen. Es ist nur ein Wort. Aber seine Bedeutung bringt meine Phantasie zum Überkochen und all meine Sinne zum Jauchzen. Es ist nur ein Wort. Aber mit ihm könnte eine archäologische Sensation verbunden sein, die mindestens genauso groß und elementar wäre wie die Entdeckung von Troja, der Höhle von Lascaux, des Grabes von Tutanchamun oder der Schriftrollen von Qumran. Es ist nur ein Wort. Aber es könnte meine gesamte Zukunft verändern. Nur ein Wort: ALULIM.

»Es ist schön, daß es dem Menschen so schwer wird,
sich vom Tode dessen, was er liebt, zu überzeugen,
und es ist wohl keiner noch zu seines Freundes Grab gegangen
ohne die leise Hoffnung, da dem Freunde wirklich zu begegnen.«

Johann Christian Friedrich Hölderlin

Der nächste Tag begann mit einem stürmischen Klingeln an Capellis Wohnungstür.

»Ist für dich, Otto«, sagte eine völlig zerzauste und offensichtlich noch ziemlich verschlafene Gerichtsmedizinerin. »Besuch direkt aus den unendlichen Weiten des Fegefeuers.«

Morell gähnte und schielte auf seinen Wecker. Es war noch nicht einmal halb acht. »Da hat wohl die senile Bettflucht zugeschlagen.«

»Was auch immer. Jedenfalls steht die Leibhaftige von nebenan fit wie ein Turnschuh vor der Tür und verlangt nach dir.«

Der Chefinspektor rieb sich Sandmännchenstaub aus den Augen und setzte sich aufrecht hin. »Herrjeh. Was will sie denn?«, stöhnte er.

»Deine Seele?«

Morell schenkte Capelli ein müdes Lächeln.

»Keine Ahnung. Sie wollte mir nicht verraten, worum es geht. Sie hat nur gemeint, dass sie dich sprechen will, und zwar dringend.«

Während Capelli sich unter die Dusche flüchtete, schlurfte Morell in seinem blau karierten Flanell-Pyjama in den Flur, wo er auf eine quicklebendige Frau Horsky traf, die ihn mit einer hochgezogenen Augenbraue musterte.

»Nur der frühe Vogel fängt den Wurm beziehungsweise in Ihrem Fall den Mörder, Herr Chefinspektor«, konstatierte sie.

Morell ignorierte ihre spitze Aussage. »Es ist nicht mal halb acht, Frau Horsky. Wir wollten uns doch erst um zehn Uhr treffen.«

»Halb acht, zehn, was macht das für einen Unterschied?«, winkte die alte Dame ab und wedelte mit ihrem Gehstock. »Ziehen Sie sich etwas G'scheites an. Wir machen jetzt einen kleinen Morgenspaziergang.«

Morell war völlig überrumpelt und wusste nicht, was er sagen sollte.

»Kommen Sie! Worauf warten Sie?«

»Und wohin soll der Spaziergang führen?«

»Das werden Sie schon sehen! Auf! Auf!« Sie klatschte in ihre kleinen, runzligen Hände.

»So war das aber nicht ausgemacht. Ich komme gerne um zehn auf einen Kaffee zu Ihnen, aber jetzt habe ich wirklich keine Lust, spazieren zu gehen.«

Frau Horsky kniff Augen und Mund zusammen, so dass sich die geschätzten dreitausend Falten in ihrem Gesicht verdoppelten. »Es ist aber ausgesprochen wichtig, dass wir jetzt an die frische Luft gehen. Vertrauen Sie mir!«

»Sagen Sie mir erst, was Sie im Schilde führen.«

»Sie vertrauen mir also nicht?! Sie halten mich also für eine unglaubwürdige alte Schachtel?!«

Verflucht, dachte Morell. Frauen waren doch alle gleich. Ganz egal, ob es sich um 16-jährige Punk-Mädchen, 25-jährige Studentinnen, 40-jährige Hausfrauen oder 150 jährige Hofratswitwen handelte – sie hatten allesamt die Gabe, einem jedes Wort im Mund umzudrehen. »Nein, ich vertraue Ihnen schon. Es ist nur so, dass …«

»Wenn Sie jetzt mitkommen, dann bekommen Sie auch mein Apfelstrudelrezept«, spielte Frau Horsky ihren großen Trumpf aus.

Morell liebte den Strudel der alten Frau. Sie hatte ihm früher manchmal ein Stück ins Kriminalamt mitgebracht, sich aber stets standhaft geweigert, ihm das Rezept zu verraten. »Altes Familiengeheimnis«, hatte sie immer gesagt und dabei verschwörerisch gezwinkert. Der Chefinspektor, der selbst ein begnadeter Bäcker war, hatte zigmal versucht, ihren Apfelstrudel nachzumachen – es war ihm nie gelungen. Dabei hatte er wirklich alles probiert: Er hatte alle möglichen Apfel-, Mehl- und Zuckersorten miteinander kombiniert und sogar die Rosinen in verschiedene Rumarten eingelegt – aber irgendetwas hatte immer anders geschmeckt als bei Frau Horsky.

»Geben Sie mir fünf Minuten«, sagte Morell und verschwand im Gästezimmer.

Capelli blieb alleine in der Wohnung zurück und schmunzelte. Sie hatte die letzten Sätze der Unterhaltung zwischen ihrer Nachbarin und dem Chefinspektor mitbekommen. Morell war und blieb ein kulinarischer Fanatiker. Für ein gutes Rezept würde er doch tatsächlich einen Pakt mit dem Teufel eingehen und seine Seele verkaufen. »*Die Hölle selbst hat ihre Rechte? Das find ich gut, da ließe sich ein Pakt, und sicher wohl, mit euch, ihr Herren, schließen?*«, zitierte sie aus Goethes Faust. Nun ja, Morell war alt genug und musste selber wissen, was er tat. »*Wie magst du deine Rednerei, nur gleich so hitzig übertreiben? Ist doch ein jedes Blättchen gut. Du unterzeichnest dich mit einem Tröpfchen Blut.*«

Capellis Erheiterung über ihren feinschmeckerischen Gast war nur von kurzer Dauer. Sie erhielt nämlich einen Anruf vom Landeskriminalamt – Weber wollte sich mit ihr treffen, um über die Obduktionsergebnisse zu sprechen. »Verdammt«, fluchte sie und griff sich an den Kopf. Die Tatsache, dass sie sich eventuell persönlich mit den ermittelnden Beamten treffen musste, hatte sie nicht bedacht. Das machte ihre Situation um einiges brenzliger. »Dumme Gans«, sagte sie leise zu sich selbst. »Jetzt kannst du sehen, wie du da mit heiler Haut wieder rauskommst.«

»Also? Wo gehen wir denn nun hin?«, wollte Morell wissen, nachdem er ungefähr eine Viertelstunde neben Frau Horsky hergetrottet war.

Die alte Dame blieb stehen, kramte in ihrer Handtasche und hielt ihm einen Gefrierbeutel, in dem ein kleiner, gelber Zettel steckte, unter die Nase. »Dorthin.«

Morell nahm die kleine Plastikhülle und wollte sie öffnen.

»Nein! Nicht!«, rief Frau Horsky entsetzt und klopfte dem Chefinspektor auf die Finger. »Das ist ein Beweisstück. Das muss da drinbleiben! Das müssten Sie als Polizist doch wissen!«

Morell verdrehte die Augen, dachte an das Apfelstrudelrezept und betrachtete die Notiz durch den Beutel hindurch. »25. 03. 16 Uhr, Pietät«, las er laut vor. »Was soll das bedeuten?«

»Nachdem Benedikt verschwunden ist, hat ein Freund der Familie ›Memento Bestattungen‹ übernommen. Er hat das Unternehmen zwar ordentlich geführt, hatte aber trotzdem zu wenig Aufträge. Vor einem halben Jahr musste er schließen.« Frau Horsky seufzte. »Es war ein schwerer Schlag für mich, das Werk meines Sohnes zerstört zu sehen. Benedikt hat all sein Geld und seine Energie in den Aufbau seiner Firma gesteckt. Darum war es mir auch sehr wichtig, bei der Auflösung des Geschäftslokals dabei zu sein. Als die Umzugshelfer Benedikts Schreibtisch wegtrugen, habe ich unter anderem das dort gefunden.« Sie zeigte auf die Notiz in Morells Hand. »Das ist eines von diesen kleinen, gelben Zettelchen, die man irgendwo hinkleben kann.«

»Sie meinen ein Post-it.«

»Keine Ahnung, wie diese Dinger heißen. Jedenfalls hat mein Sohn sie sich oft an die Wand vor seinem Schreibtisch geklebt, um wichtige Dinge immer im Blick zu behalten. Einige davon sind anscheinend runtergefallen und hinter dem Tisch gelandet. Der Klebstoff, der da drauf ist, ist nämlich nicht sehr gut und löst sich ziemlich schnell ab.«

»Das ist der Sinn und Zweck dieser kleinen Zettel«, setzte Morell an, beschloss dann aber, dass es nichts brachte, Frau Horsky die Idee hinter Post-it zu erklären. »Sie haben also ein paar von diesen gelben Dingern gefunden.«

»Genau. Die anderen Notizen waren nicht besonders interessant, aber diese hier schon.« Sie hielt den Plastikbeutel so nahe vor das Gesicht des Chefinspektors, dass er dessen Nase berührte. »Benedikt hat ›Memento Bestattungen‹ nämlich am 25. März am frühen Nachmittag verlassen, und das war das letzte Mal, dass ihn irgendjemand gesehen hat. Niemand wusste, wohin er gegangen war. Aber jetzt«, sie zeigte auf die Notiz, »wissen wir es.«

»Pietät?« Morell konnte damit nicht viel anfangen.

»Pietät Abendruh ist sozusagen ein Konkurrenzunternehmen.« Sie hielt kurz inne. »Mein Sohn sagte zwar immer, dass ›Mitbewerber‹ das korrekte Wort wäre, aber ich bin dafür, dass man die Dinge beim Namen nennt. Eine Putzfrau ist eine Putzfrau und keine Raumpflegerin. Genauso wie ein Hausmeister kein Gebäudemanager ist.«

»Sie glauben also, dass Ihr Sohn einen Termin mit einem Mitbewerber hatte.«

»Genauso ist es.« Frau Horsky sah den Chefinspektor triumphierend an. »Nun haben wir endlich einen Anhaltspunkt.«

»Das hätten Sie mir aber doch auch daheim bei einer schönen Tasse Kaffee erzählen können.«

»Nein, denn wir – oder besser gesagt Sie – haben hier etwas zu tun.«

»Wo? Hier?«

»Da drüben.« Frau Horsky zeigte mit ihrem Stock auf die andere Straßenseite, wo ein großes Schild mit der Aufschrift ›Pietät

Abendruh‹ eine Hausfassade zierte. »Jetzt werden Sie nach all den Jahren endlich herausfinden, was mit Benedikt passiert ist.«

»Sie haben mich reingelegt«, schimpfte Morell.

»Spielen Sie jetzt bloß nicht das Unschuldslamm! Sie sind doch auch nicht aus purer Nächstenliebe, sondern nur wegen meines Apfelstrudelrezepts mitgekommen.« Frau Horsky tätschelte mit ihrer knochigen Hand Morells Ellenbogen. »Mein Plan ist ganz einfach. Sie gehen jetzt zu Herrn Eschener, dem Direktor, und stellen sich bei ihm als Bestattungsfachkraft vor. In dieser Position können Sie in den nächsten Tagen ungestört ein wenig herumschnüffeln.«

Morell starrte die alte Frau mit offenem Mund an. Die hatte ganz offensichtlich nicht mehr alle Tassen im Schrank. Ein klarer Fall von fortgeschrittenem Alterswahnsinn. »Beim besten Willen, Frau Horsky. Das geht ja wohl überhaupt nicht.«

»Alles geht. Man muss es nur wollen! Hier.« Sie drückte dem Chefinspektor ein Kuvert in die Hand. »Ich habe Ihnen ein Empfehlungsschreiben organisiert.«

»Sie haben WAS?« Morell riss den Umschlag auf und starrte auf das Schreiben, das sich darin befand. »Wer zur Hölle ist Thomas Reiter?«

»Das sind Sie.«

»Ich?«

»Nun ja, eigentlich ist Thomas Reiter mein Neffe. Er hat mehrere Sommer lang als Aushilfe bei ›Somnus Bestattungen‹ gearbeitet. Dort bin ich gestern vorbeigegangen und habe um eine Referenz für ihn gebeten.«

Morell, dem allein bei dem Gedanken an Leichen alle Haare zu Berge standen, schüttelte den Kopf. »Bei aller Liebe, Frau Horsky, aber meine Antwort lautet nein. Ich werde auf gar keinen Fall als Bestatter arbeiten, zumal ich, wie Sie wissen, wegen einer ganz anderen Sache in Wien bin.«

»Auch nicht, wenn ich Ihnen erzähle, dass das Schicksal, dieser unzurechnungsfähige Idiot, wie Sie es so schön nannten, diesem Laden da drüben den Auftrag für die Novak-Bestattung zugeschanzt hat? Eine bessere Gelegenheit, um unauffällig an die Angehörigen ranzukommen und die Unschuld meines unverschämten Nachbarn zu beweisen, werden Sie nicht bekommen.«

Der Chefinspektor überlegte. Wo Frau Horsky recht hatte, hatte sie recht. »Das stimmt schon, aber trotzdem … ich weiß nicht … Was, wenn die Leute von der Pietät niemanden brauchen?«

»Glauben Sie mir – Bestattungsunternehmen können immer jemanden wie Sie gebrauchen. Es ist schwer, Leute zu finden, die keine perversen Nekrophilen oder Leichenfledderer sind.«

Morell starrte die alte Dame mit weit aufgerissenen Augen an.

»Sie müssen gar nicht so entsetzt schauen! Glauben Sie mir – ich war lange genug im Bestattungswesen tätig. Da erlebt man alles.«

Morells Unlust auf die ganze Aktion steigerte sich gerade von groß zu unermesslich.

Frau Horsky bemerkte sein Zögern. »Sie sind der einzige Polizist, den ich kenne, der das Herz am rechten Fleck hat. Schauen Sie mich an. Ich bin alt. Wer weiß, wie lange ich noch habe. Fünf Jahre? Drei? Ein paar Monate? Vielleicht erlebe ich den nächsten Tag nicht mehr. Ich habe nur noch einen letzten Wunsch, bevor ich sterbe: Ich will wissen, was mit meinem Sohn passiert ist.«

»Ich weiß nicht …« Morell merkte, dass er langsam weich wurde.

»Sie müssen ja nicht lange dort arbeiten. Nur ein paar Tage. Bitte. Tun Sie es für mich. Tun Sie es für Benedikt. Oder von mir aus tun Sie es für den ungehobeltsten Nachbarn aller Zeiten.«

»Na gut«, gab Morell nach. »Aber nur für einen oder zwei Tage.«

»Ist in Ordnung.« Frau Horsky lächelte und streckte Morell ihre kleine Mumienhand entgegen. »Schlagen Sie ein.«

»Zum Grab kehrt jeder, wo sein Körper haust,
empfängt sein Fleisch zurück und die Gestaltung.
Und hört, was ewig widerhallend braust.«
Dante Alighieri, Die göttliche Komödie

Capelli studierte gerade die toxikologische Auswertung von Novaks Blut, als Chefinspektor Weber ihr kleines Büro in der Sensengasse betrat.

»Sie müssen die Neue sein«, stellte er fest und streckte ihr seine Hand entgegen. »Freut mich, Sie kennenzulernen. Roman Weber, Chefinspektor. Herzlich willkommen in Wien.«

Die Gerichtsmedizinerin musterte den kleinen Mann. Das war also der Kerl, der ihren Freund in Untersuchungshaft gesteckt hatte. Auf den ersten Blick wirkte er gar nicht so unsympathisch, wie sie ihn sich vorgestellt hatte.

Weber deutete auf die Unterlagen in Capellis Hand. »Ich bin eigentlich nur gekommen, um mich kurz vorzustellen. In Wahrheit ist das Ganze hier nämlich bloß noch eine reine Formsache – wir haben den Mörder bereits verhaftet.«

Mit diesen Worten hatte er die soeben erst bei ihr gewonnenen Sympathiepunkte schon wieder verspielt. Sie presste die Zähne zusammen und zwang sich ein Lächeln auf die Lippen. »Tatsächlich? Sie haben den Täter also schon gefasst. Das ging aber schnell.«

Weber schien diese Feststellung als Kompliment aufzufassen, denn er grinste Capelli offen an. »Die Beweislage war mehr als nur klar. Für ein gutes Ermittlerteam sollte so ein simpler Fall kein Problem darstellen.«

Capelli atmete tief durch die Nase ein und langsam durch den Mund wieder aus. Es nutzte weder ihr noch Lorentz, wenn sie Weber jetzt an die Gurgel sprang. Sie musste gute Miene zum bösen Spiel machen und so viel wie möglich aus der Situation herausschlagen. Vielleicht schaffte sie es ja, ein paar Zweifel zu streuen. Sie tat deshalb so, als würde sie beeindruckt nicken. »Jetzt verkaufen Sie sich aber völlig unter Wert, Herr Weber. Sooooo leicht war es doch sicher nicht, oder?«

Weber setzte ein zufriedenes Grinsen auf und ließ sich lässig auf einen Stuhl fallen. »Ob Sie es glauben oder nicht, für ein erfahrenes Team wie das meine war es tatsächlich so einfach. Die Indizien sprechen eine klare Sprache.«

»Und was sagt Ihnen Ihr Gefühl?«

»Bei einer ordentlichen Ermittlung gibt es keinen Raum für Gefühle. Was zählt, sind Fakten. Und in diesem Fall sind die Fakten unmissverständlich. Ich schau mir dann jetzt mal die Obduktionsergebnisse an, ja?« Weber beugte sich vor und streckte seine Hand aus.

Nina reichte ihm die Unterlagen. »Es geht mich ja nichts an, aber sind Sie sich nicht ein wenig zu sicher, was den Mörder angeht? Es heißt doch immerhin: In dubio pro reo.«

»Sie haben recht: Es geht Sie nichts an. Und wie schon gesagt: Es gibt in diesem Fall kein dubio.« Er blätterte die Ergebnisse durch. »Kann ich vielleicht einen Kaffee kriegen?«

Die Gerichtsmedizinerin war schwer versucht, sich ein Skalpell zu schnappen und Weber sein süffisantes Grinsen aus dem Gesicht zu schneiden. Sie musste das Zimmer verlassen, bevor sie etwas Unbedachtes tat. Mit verbissener Miene drehte sie sich also um und ging in den Flur, wo ein Kaffeeautomat stand.

»Mit Milch und Zucker«, rief Weber ihr hinterher.

»Ich bin Gerichtsmedizinerin und keine Kellnerin, du Wicht«, murmelte sie und drückte auf die Taste für schwarzen Kaffee.

»So ein Pech, Milch und Zucker waren leider aus.« Capelli knallte den kleinen, braunen Plastikbecher so ruppig auf den Tisch, dass beinahe die Hälfte des Kaffees herausschwappte.

»Danke trotzdem.« Weber nahm einen Schluck, verzog den Mund und schloss die Akte. »Wie ich mir schon gedacht habe«, sagte er. »Die Obduktionsergebnisse widersprechen in keiner Weise meiner Theorie.«

»Aber sie untermauern sie auch nicht.«

Eisiges Schweigen machte sich breit.

»Ich habe keine Ahnung, wie es in Innsbruck abläuft, Frau Capelli«, unterbrach Weber schließlich die unangenehme Stille. »Hier in Wien ist es jedenfalls so, dass die Gerichtsmediziner Obduktionen durchführen und sich abgesehen davon nicht weiter in die Arbeit der Polizei einmischen. Glauben Sie mir – ich weiß, was ich tue. Und wenn ich Ihnen sage, dass die Sachlage eindeutig ist, dann ist das auch so. Herr Lorentz hatte ein Motiv, und seine Fingerabdrücke wurden überall am Tatort gefunden. Er hat kein Alibi, und mehrere Zeugen haben ausgesagt, dass schon seit längerem eine offene Feindschaft zwischen ihm und dem Opfer bestand. Außerdem hat der Nachbar von Prof. Novak beobachtet, wie Herr Lorentz zur Tatzeit den Tatort verließ.«

»Was hatte denn der Nachbar des Opfers mitten in der Nacht vor dem Archäologiezentrum zu tun?«, wunderte sich Capelli.

»Er hatte seine Gründe.«

Capelli wusste, dass es nichts brachte, weiter nachzufragen. Weber hatte auf stur geschaltet, und wenn sie es sich nicht völlig mit ihm verderben wollte, war es wohl besser, jetzt den Mund zu halten.

Weber schaute auf seine Uhr. »Ich muss jetzt los. Sollten Sie noch weitere Zweifel an meiner Kompetenz beschleichen, dann können Sie mich ja anrufen.« Er reichte Capelli eine Visitenkarte, verabschiedete sich und verließ den Raum.

»Der Nachbar also«, murmelte Capelli und warf die Visitenkarte in hohem Bogen in den Papierkorb. »Den wird sich Otto mal genauer anschauen, und dann werden wir ja sehen, wie weit es mit Ihrer Kompetenz tatsächlich her ist.«

»Es wehet Dunst mir wie aus einem Grabe zu!«
Aischylos, Agamemnon

»Worauf habe ich mich da bloß eingelassen.« Morell stapfte über die Straße und war böse auf sich selbst. Warum war er nur immer so gutmütig? Warum wurde er sofort weich, wenn eine hilflose Person ihn mit großen Augen anschaute und ihm eine rührselige Geschichte erzählte?

Er blieb vor der Tür des Bestattungsunternehmens stehen. Noch war er nicht drinnen. Noch konnte er einen Rückzieher machen. Er spähte über seine Schulter. Frau Horsky stand auf der anderen Straßenseite, und als sie sein Zögern bemerkte, fing sie an, mit ihrem Spazierstock herumzufuchteln.

»Ich will nicht!«, zeterte der Chefinspektor leise vor sich hin. Und wahrscheinlich hätte er es sich doch noch anders überlegt und die Flucht ergriffen, wenn nicht plötzlich jemand von innen die Tür aufgemacht hätte.

»Herzlich willkommen«, sagte ein mittelgroßer Mann mit schütterem, graumeliertem Haar und einer ziemlich großen Nase. Er trug einen teuer wirkenden, dunklen Anzug und ein weißes Hemd mit Manschettenknöpfen. Mit seiner edlen Krawatte, die er zu einem doppelten Windsor-Knoten gebunden hatte, sah er eher wie ein Vertreter des Hochadels als wie ein Bestattungsunternehmer aus. »Treten Sie ein!«

Morell zierte sich kurz, nahm dann aber die Einladung an.

»Bitte nur keine Scheu. Folgen Sie mir.« Der Mann führte Morell in eine Art Besprechungszimmer, deutete auf einen Sessel und nahm dann gegenüber von ihm Platz. »Walter Eschener.« Er streckte Morell seine Hand entgegen, an der ein Siegelring mit einem Familienwappen glitzerte.

»Ich ... ähm ... mein Name ist Mo... Reiter. Thomas Reiter.«

»Wie kann ich Ihnen helfen, Herr Reiter?«

»Ich bin hier ... ähm ...« Morell hasste es, schon wieder lügen zu müssen. Seine Stimme zitterte, und seine Hände waren ganz schwitzig.

»Ist schon gut, lassen Sie sich Zeit. Ein Trauerfall ist immer ein harter Schlag. Viele meiner Kunden tun sich schwer, darüber zu sprechen.« Eschener faltete die Hände ineinander, legte den Kopf ein wenig schief und lächelte Morell zaghaft an. Er hatte eine sehr angenehme Art und eine ruhige, sonore Stimme, die den Chefinspektor langsam ein bisschen auftauen ließ.

»Ich bin nicht wegen einer Bestattung hier, sondern wegen eines Jobs.«

»Wegen eines Jobs?«

»Ja, ich suche eine Stelle im Bestattungswesen.«

»Aber sagen Sie das doch gleich!« Eschener lehnte sich in seinem Sessel zurück, schlug die Beine übereinander und musterte Morell. »Haben Sie denn Erfahrungen in dieser Branche?«

Morell reichte Eschener das Empfehlungsschreiben. Dieser überflog es kurz und nickte dann anerkennend.

»Somnus Bestattungen. Ein sehr renommiertes Unternehmen. Hier steht, dass Sie flexibel, ehrlich, belastbar und verantwortungsbewusst sind. Das sind wichtige Eigenschaften in unserem Job.« Er spielte mit seinem Ring. »Haben Sie einen Führerschein?«

Morell nickte. »Klasse A und B.«

»Nun ja, Herr Reiter, Ihre Referenzen sind ausgezeichnet, und Sie machen den Eindruck, als wären Sie in der Lage, ordentlich anzupacken. Ich werde Ihnen deshalb eine Chance geben und lasse Sie Probe arbeiten. Gute Leute sind rar, und wir könnten tatsächlich eine Aushilfskraft für vormittags gebrauchen.«

Morell schluckte, dachte dann aber an den armen Lorentz und das Apfelstrudelrezept und versuchte so zu tun, als würde er sich freuen. »Vielen Dank für Ihr Vertrauen.«

Eschener öffnete eine Schreibtischschublade, zog eine kleine Anstecknadel mit dem Logo der Pietät heraus und heftete sie an Morells Kragen. »Willkommen im Team. Morgen früh um neun Uhr legen wir los. Ich gebe Ihnen noch schnell einen kurzen Überblick über unsere Leistungen, damit Sie wissen, was so alles auf Sie zukommt.«

Morell nickte. »Da bin ich ja gespannt.«

»Ich bin stolz, sagen zu können, dass wir Wiens innovativstes Bestattungsunternehmen sind. Niemand bietet so viele verschiedene Beisetzungsarten an und ist so modern und progressiv wie wir. Bei uns gibt es nichts, was es nicht gibt. Die einfachen Erd-, Gruft- und Feuerbestattungen kennen Sie ja sicherlich noch von Ihrer Zeit bei Somnus. Wir haben aber zusätzlich noch andere Formen wie See- und Baumbestattungen im Repertoire. Wir können außerdem organisieren, dass die Asche von einem Heißluftballon aus in alle Winde gestreut wird, und last but not least bieten wir auch Diamantbestattungen an. Dabei wird ein Teil der Asche in einem speziellen Verfahren zu einem Edelstein gepresst. Ein guter Freund von mir ist Goldschmied. Auf Wunsch kann er die Diamanten schleifen und fassen.«

Morell verzog den Mund. »Ich weiß nicht, ob ich unbedingt tote Menschen um meinen Hals oder an meinen Fingern tragen möchte.«

»Nun ja, Herr Reiter. Nicht jeder denkt so wie Sie.« Eschener öffnete eine Schublade und zog einen Stapel Prospekte heraus.

»Die können Sie sich zu Hause durchschauen, um ein Gefühl für unsere Dienstleistungen zu bekommen. Ab morgen müssen Sie nämlich überall dort anpacken, wo Not am Mann ist. Möglich, dass Sie dem Fahrer bei der Abholung von Verstorbenen helfen. Vielleicht müssen Sie Telefondienst machen. Kann sein, dass ich Sie im Verkaufsraum brauche oder dass Sie beim Einsargen oder unten in der Thanatopraxie mithelfen müssen.«

»Thanato… was?« Morells Angespanntheit wurde wieder schlimmer.

»Thanatopraxie. Stimmt, Somnus hat so was ja nicht.« Eschener lächelte selig. »Die Thanatopraxie ist ein Teil meines Unternehmens, auf den ich ganz besonders stolz bin. Kommen Sie, ich zeige sie Ihnen.« Er stand auf und bedeutete Morell, ihm zu folgen. Sie gingen in den Flur, wo der Bestatter vor einer dunklen Holztür stehen blieb. »Hier geht's eine Etage tiefer.«

»Verstehe«, sagte Morell, der nicht nach unten wollte. »Da können wir dann ja morgen oder übermorgen mal runterschauen. Ich will Ihre Zeit heute nicht noch mehr in Anspruch nehmen. Sie haben sicher viel zu tun.«

»Das ist sehr rücksichtsvoll von Ihnen, aber keine Sorge, Herr Reiter, Sie haben einen günstigen Zeitpunkt erwischt.« Eschener öffnete die Tür und machte mit dem Arm eine einladende Geste.

Morell folgte dem Bestatter langsam die Stiege hinunter, und mit jeder Stufe, die er nahm, verspürte er ein bisschen mehr Übelkeit. Er mochte keine Leichen, er mochte keine Keller, und noch weniger mochte er die Kombination aus beidem.

»Hier gleich rechts befindet sich unser Lagerraum.« Eschener öffnete eine Tür, betätigte einen Lichtschalter und gab den Blick auf ein Meer von Särgen, Urnen, Kerzen und Kartons frei.

»Beeindruckend, nicht wahr?« Eschener schloss wieder zu und zeigte auf eine schwere Metalltür gleich vis-à-vis vom Lager, in die auf Augenhöhe ein kleines, quadratisches Sichtfenster eingelassen war. »Das ist unser Kühlraum, in dem sich unsere Gäste befinden.

Heute handelt es sich dabei nur um eine ältere Dame, die gestern in einem Pflegeheim verstorben ist und übermorgen beigesetzt wird.« Er machte eine theatralische Pause und wandte sich dann einer dritten Tür zu, die sich direkt vor ihm befand. »Und hier ist unser Thanatopraxieraum.«

»Und da drin machen Sie was genau?« Morell bereute die Frage noch im selben Atemzug.

»Die Aufgaben der Thanatopraxie reichen von der Desinfektion des Toten und dem Schließen der Körperöffnungen bis hin zur ästhetischen Wiederherstellung und Einbalsamierung.«

»Einbalsamierung?«

»Ja, die Bauchhöhle des Dahingeschiedenen wird trockengelegt und sein Blut durch Formalin ersetzt. Der Trend aus den USA kommt langsam auch nach Österreich. Immer mehr Menschen wollen ihre Reise in die Ewigkeit schön und unversehrt antreten. Zudem wollen viele Angehörige ihre Verstorbenen noch ein letztes Mal sehen, und wir kümmern uns darum, dass dies ein würdiger Anblick wird. Vor allem nach Unfällen, Gewalttaten oder schweren Krankheiten ist das eine ziemliche Herausforderung. Aber Herr Jedler, unser Thanatopraktiker, ist ein Profi. Er vollbringt wahre Wunder.« Eschener lächelte verklärt.

Morell, dem ganz flau war, wollte nur noch eines – ganz schnell weg von hier. Er war vor Gewalt und Tod nach Landau geflohen, und jetzt fand er sich wieder einmal mittendrin. »Danke für die Führung«, sagte er und steuerte auf die Treppe zu.

»Aber Herr Reiter, wollen Sie denn gar keinen Blick in den Thanatopraxieraum werfen?«

Morell wollte definitiv nicht! »Tut mir wirklich leid, aber ich habe noch einen Termin und muss dringend los«, log er. »Sie können mir den Raum ja ein anderes Mal zeigen.«

»Es dauert nur ganz kurz …«, setzte Eschener an.

In diesem Moment begann Morells Handy zu läuten. »O je, es wird nach mir verlangt. Ich muss wirklich los! Bis morgen!« Der

Chefinspektor stürmte, begleitet vom Klingeln des Handys, nach oben und dankte dem unbekannten Anrufer.

»Na gut, dann halt morgen«, rief Eschener und wunderte sich, wie dieser dicke, behäbige Mann so flink die Stiege hinaufsausen konnte.

»Seit ich mein Grab sah, will ich nichts, als leben.«
Heinrich von Kleist, Prinz Friedrich von Homburg

»Servus! Hier ist der Ernst.«

»Ernst?« Morell, dem das Herz noch immer bis zum Hals schlug, hatte keine Ahnung, wer sich am anderen Ende der Leitung befand. Wahrscheinlich falsch verbunden. »Tut mir leid«, sagte er deshalb. »Sie müssen sich verwählt haben – ich kenne keinen Ernst.«

»Geh! Aber klar doch! Der Ernst. Von gestern. Wir sind zusammen in Professor Novaks Büro eingestiegen.« Ein lautes, heiseres Lachen drang an Morells Ohr.

»Ach so, Sie sind das, Herr Payer. Ist Ihnen etwas zum fehlenden Foto eingefallen?«

»Nein, das nicht, aber ich habe über was anderes nachgedacht. Kommen Sie doch in mein Büro, dann können wir das besprechen und dabei zusammen etwas trinken.«

Morell konnte sich des Verdachts nicht erwehren, dass Payer in Wahrheit über gar nichts nachgedacht hatte, sondern einfach nur auf der Suche nach einem Saufkumpan war. »Sind Sie sicher, dass Ihre Neuigkeiten wirklich relevant für den Fall sind?«, hakte er daher nach.

»Wie relevant meine Neuigkeiten sind, kann ich selbst nicht beurteilen. Kommen Sie doch vorbei und bilden Sie sich Ihre eigene Meinung.«

»Worum genau handelt es sich denn?«

»Das erkläre ich Ihnen, wenn Sie da sind. Also, bis gleich!«

»Aber ich … Hallo? Herr Payer?« Zu spät – Payer hatte schon aufgelegt. Morell versuchte mehrmals, den Archäologen zurückzurufen, aber er hob nicht mehr ab.

Zornig starrte der Chefinspektor auf das Telefon in seiner Hand. Wie hatte es nur so weit kommen können? Erst ließ er sich von einer kleinen, alten Dame herumkommandieren, und jetzt tanzte ihm auch noch dieser kauzige Weihnachtsmannverschnitt auf der Nase herum. Er betrachtete sein Abbild, das sich in der Auslage der Pietät spiegelte, und hätte am liebsten laut aufgeschrien. Wann war er nur zu diesem zimperlichen, übergewichtigen Weichei geworden, das ihm da aus dem Schaufenster entgegenblickte? Kein Wunder, dass Valerie ihn verlassen hatte und Weber sich über ihn lustig machte.

Er ballte die Hände zu Fäusten, presste die Lippen aufeinander und starrte sein Spiegelbild trotzig an. Er musste aufhören, sich derart gehenzulassen und so passiv zu sein – sonst würde er bald endgültig zu einer dicken Witzfigur mutieren und auch noch den letzten Funken an Respekt und Selbstachtung verlieren. Noch konnte er das Ruder herumreißen, und das würde er auch tun. Morell reckte sein Kinn in die Höhe. Er würde ab sofort die Dinge selbst in die Hand nehmen: Er würde abnehmen, Lorentz' Unschuld beweisen, das Rätsel um Benedikt Horsky lösen und damit Valerie und Weber zeigen, dass er ein ganzer Kerl und ein ernstzunehmender Polizist war.

»Kein Gejammer, keine Schwäche«, murmelte Morell wie ein Mantra, während er sich voller Tatendrang und guter Vorsätze aufmachte, um zu hören, was Payer zu sagen hatte. Er musste sogar ein wenig schmunzeln, als er sich der Ironie bewusst wurde, dass er gerade von einem Ort, an dem tote Menschen fürs Begraben vorbereitet wurden, zu einem anderen fuhr, wo es darum ging, sie wieder auszubuddeln.

»Kein Gejammer, keine Schwäche«, wiederholte der Chefinspektor erneut, als er kurze Zeit später das Institut für Ur- und Frühgeschichte betrat. Gleich würde die erste Bewährungsprobe für seine guten Vorsätze folgen: Er würde sich anhören, was der Professor zu sagen hatte, aber sich auf gar keinen Fall zum Schnapstrinken nötigen lassen.

Als er die Tür von Payers Büro öffnete, war er aufs Neue von der Masse der Bücher, die sich in dem kleinen Raum befand, überwältigt. Payer, der mittendrin im Chaos saß, winkte ihm euphorisch zu. »Da sind Sie ja! Kommen Sie herein, setzen Sie sich!«

Morell schlängelte sich durch den labyrinthartigen Bücherdschungel und ließ sich auf dem Hocker vor Payers Schreibtisch nieder. »Also, was haben Sie für mich?«, fackelte er nicht lange herum.

Das wettergegerbte Gesicht Payers formte ein breites Grinsen. »Ich habe mir Gedanken zum Thema Enthauptung gemacht und bin auf ein paar interessante Ansätze gestoßen.«

»Und die hätten Sie mir nicht auch am Telefon erläutern können?«

»Natürlich, aber persönlich macht das Reden doch viel mehr Spaß.« Payer grinste und zog ein vollgekritzeltes Blatt Papier aus einer Schublade.

Der Chefinspektor wollte nach der Notiz greifen, aber der Professor entzog sie ihm und versteckte sie hinter dem Rücken. »Erst trinken wir einen kleinen Schnaps zusammen.«

Morell holte tief Luft und erinnerte sich an sein neues Credo. Wenn er es tatsächlich schaffen wollte, hier in Wien nicht völlig unter die Räder zu kommen, dann musste er lernen, nicht ständig nachzugeben. Payer und sein Schnaps waren dafür eine gute Übung. »Herr Payer, geben Sie mir jetzt bitte die Notizen.«

»Erst das Schnapserl. Nachdem Ihnen gestern mein Marillenwässerchen so gut geschmeckt hat, habe ich nämlich heute eins aus Quitten mitgebracht – zum Kosten.« Der Professor schraubte bereits eine Flasche auf und machte sich daran, zwei Gläser einzuschenken.

Morell ignorierte das Grauen im Glas und streckte seine Hand nach dem Papier aus. »Es tut mir wirklich leid, aber ich bin im Dienst. Außerdem habe ich heute noch nichts gegessen – ich werde daher keinen Schnaps trinken. Also, zur Sache, bitte!«

Payer zögerte kurz, aber der bestimmte Tonfall, in dem Morell seine Worte ausgesprochen hatte, schien zu wirken. »Wir können ja nachher zusammen runter in die Mensa gehen und ein paar Würstel essen«, schlug er vor. »Dann haben Sie eine gute Grundlage und können danach den Schnaps probieren.«

»Können wir jetzt bitte über das Thema Enthauptung sprechen?!«

»Von mir aus.« Payer legte das Blatt Papier auf den Tisch, kippte seinen Schnaps auf ex hinunter und griff nach Morells Glas, das unangetastet auf dem Tisch stand. »In der Vergangenheit waren Enthauptung und anschließende Präsentation des Kopfes sehr weit verbreitet. Damals ging es darum, besonders schwere Delikte öffentlichkeitswirksam zu bestrafen.«

»Sie meinen, es wäre also möglich, dass irgendjemand Novak für ein Verbrechen bestrafen wollte? Aber was könnte das gewesen sein?«

»Das ist die große Frage. Prost!« Payer trank, sehr zu Morells Erleichterung, auch noch das zweite Glas aus.

»Irgendwelche Vorschläge?«

Der Archäologe schenkte Schnaps nach. »Sind Sie sicher, dass Sie keinen wollen? Vielleicht ein halbes Gläschen? Nur für den Geschmack.«

Morell schüttelte den Kopf. »Denken Sie nach. Was könnte Novak getan haben?«

Payer grübelte und strich über seinen Rauschebart. »Keine Ahnung«, murmelte er. »Jedenfalls nichts, was es rechtfertigen würde, ihn umzubringen und seinen Kopf im Arkadenhof auszustellen.«

»Menschen können aus den absurdesten Gründen zu Mördern werden«, warf Morell ein. »Ich finde Ihren Ansatz jedenfalls interessant. Was haben Sie denn noch so zusammengetragen?«

Payer schaute auf den Zettel. »Es gab da mal ein paar Gerüchte, die besagten, dass Novak früher heimlich Artefakte auf dem Schwarzmarkt verkauft habe.«

»Und wie viel Wahrheitsgehalt ist an diesen Gerüchten?«

»Keine Ahnung.« Payer strich sich erneut über den Bart. »Einerseits konnte ihm nie etwas nachgewiesen werden, andererseits lebte Novak viel zu gut für einen normalen Archäologen – unsereins ist ja schon froh, wenn er sich von dem bisschen Geld, das sich Gehalt schimpft, das Nötigste zum Leben leisten kann.« Er zuckte mit den Schultern. »Aber ob er damals tatsächlich in Grabraub und Kunstschmuggel verwickelt war, kann ich nicht sagen. Wie hat der Reinhard Fendrich schon so schön gesungen: ›Alles ist möglich, aber nix ist fix‹.«

»Ist einer von meinen Kollegen diesen Gerüchten nachgegangen?«

»Nein, die wissen ja nichts davon.«

»Warum nicht? Das könnte eine wichtige Spur sein.«

»Die haben ja nicht danach gefragt. Und von allein erzählt das hier sicher keiner rum. Wir wollen die Archäologie an sich und das Institut im Besonderen ja nicht in Verruf bringen. Außerdem handelt es sich nur um einen zweifelhaften, uralten Tratsch. Das ist Jahre her und hat mit den heutigen Ereignissen wahrscheinlich eh nichts zu tun.«

»Wir sollten der Sache trotzdem nachgehen.«

»Wenn Sie meinen. Ich kann mich ja mal unauffällig umhören.«

Morell nickte. »Aber wirklich ganz unauffällig. Immerhin könnte es sein, dass ein skrupelloser Mörder ganz in der Nähe ist.«

»Okay.« Payer grinste und rieb sich die Hände. »Endlich kommt hier mal ein bisschen Action in die Bude.«

Morell wurde ganz flau im Magen. Er wusste nicht, ob er dieses unangenehme Gefühl seinem Hunger oder dem Enthusiasmus seines Gegenübers zu verdanken hatte. »Eine Mordermittlung ist eine ernste Angelegenheit, bei der man sehr vorsichtig und mit Bedacht vorgehen muss. Das ist nicht wie in einem Indiana-Jones-Film.«

Payer grinste noch immer.

»Ich meine es ernst, Ernst. Ich will nicht, dass Sie sich in Gefahr begeben.«

»Keine Sorge«, ignorierte Payer die Mahnung des Chefinspektors. »Ich werde so dezent wie möglich sein. Wollen wir jetzt in die Mensa gehen, Würstel essen und danach Schnaps verkosten?«

Morell hatte Glück, denn just in diesem Moment klopfte es, und Moritz Langthaler steckte seinen Kopf zur Tür herein. »Ah, Herr Morell, dachte ich doch, dass ich Sie in Dr. Payers Büro habe gehen sehen.«

»Komm nur herein, Moritz«, forderte Payer den jungen Dozenten auf. »Magst du einen Schnaps?«

»Nein, vielen Dank.« Langthaler betrat das Büro und suchte zögerlich nach einer Sitzgelegenheit.

»Hock dich ruhig auf die Diplomarbeiten.« Der Professor zeigte auf einen Bücherstapel.

Moritz Langthaler ließ sich vorsichtig auf dem wackeligen Packen nieder.

»Was gibt es denn?« Payer drückte dem jungen Mann ein randvolles Schnapsglas in die Hand. »Selbstgebrannter Quittentraum«, fügte er verschwörerisch hinzu. »Nur was für ganze Kerle.«

Langthaler schaute angewidert auf das Glas – wie es schien, war Payers Schnaps am ganzen Institut in Verruf. »Ich wollte Ihnen nur sagen, dass Sie auf mich zählen können, wenn Sie Hilfe brauchen. Ich möchte wirklich alles dafür tun, um Dr. Lorentz zu entlasten. Ich habe von Anbeginn an seine Unschuld geglaubt.«

Morell nickte dankbar.

»Anna Wondraschek hat bald die versprochene Liste zusammengestellt«, fuhr Langthaler fort. »Wir können sie dann spätestens morgen mit den Fotos abgleichen.«

»Sehr gut.« Morell nickte. Bis dahin sollte auch die Versiegelung von Novaks Büro wieder aufgehoben sein, so dass sie ohne Umstände ein und aus gehen konnten.

»Na, dann ist ja alles wunderbar.« Payer lächelte und zeigte auf das Schnapsglas, das Langthaler noch immer in der Hand hielt. »Darauf trinken wir! Also, runter mit dem Zeug!«

Morell beobachtete nicht ohne Schadenfreude, wie Langthaler das Gebräu hinunterkippte und angewidert das Gesicht verzog. »Ich muss dann mal wieder los«, sagte er und stand auf. »Rufen Sie mich bitte an, sobald die Liste fertig ist.«

»Das werde ich tun«, sagte der Dozent, nachdem er die Kontrolle über seinen Körper wieder zurückerlangt hatte.

»Und was ist mit den Würsteln und dem Schnaps?«, wollte Payer wissen. »Wir hatten doch ausgemacht ...«

Kein Gejammer, keine Schwäche. »Heute nicht. Ein anderes Mal.« Morell schloss die Tür hinter sich und ging mit einem Lächeln im Gesicht den Flur entlang. Er hatte ganz vergessen gehabt, wie wunderbar es sich anfühlte, die Dinge unter Kontrolle zu haben. »Geht doch«, murmelte er leise.

Das nächste Erfolgserlebnis bescherte sich der Chefinspektor im nahe gelegenen Supermarkt. Tapfer ignorierte er die lauten Iss-mich-Rufe von Nussecken, Punschkrapfen und Käsesemmeln und kaufte sich stattdessen ein Vollkornbrot und etwas Obst. Er biss gerade in einen Apfel, als sein Handy läutete.

»Servus, Nina. Alles gut bei dir?«

»Nein, nicht wirklich. Ich bin auf hundertachtzig und kann gar nicht mehr aufhören, mich aufzuregen.« Sie erzählte Morell von ihrer Begegnung mit Weber.

»Bitte sag mir, dass das nur ein dummer Scherz ist und du dich nicht wirklich mit Weber getroffen hast! Wenn der draufkommt, was wir hier treiben, kommen wir in Teufels Küche.« Der Chefinspektor unterdrückte die aufkeimende Panik, indem er innerlich sein neues Mantra wiederholte. Verzagtheit und Kleinbeigeben waren etwas für den alten Morell. Der neue war souverän und würde sich nicht von dem Gedanken an seinen Exkollegen einschüchtern lassen. »Hat dein Gespräch wenigstens irgendwas Interessantes ergeben?«, fragte er also.

»Ich habe tatsächlich was Spannendes erfahren: Es war Novaks Nachbar, der der Polizei erzählt hat, dass Leander zur Tatzeit im Institut war. Ich frage mich schon die ganze Zeit, was dieser Typ mitten in der Nacht dort wollte. Weber will darüber natürlich nicht nachdenken – er ist so sehr von Leanders Schuld überzeugt, dass er anderen Möglichkeiten gegenüber völlig blind und taub ist.«

»Hmmm.« Morell überlegte. »Das ist tatsächlich sehr interessant. Am besten, wir statten diesem ominösen Nachbarn mal einen kleinen Besuch ab.«

»Echt?« Capelli, die genau das geplant hatte, war sicher gewesen, dass es einiges an Zeit und Überredungskunst kosten würde, Morell für diese Aktion zu erwärmen. »Wo bist du? Ich hole dich ab.« Sie musste handeln, bevor Otto Morell es sich anders überlegte.

Capellis kleiner grüner Ford legte exakt acht Minuten später eine Vollbremsung neben Morell hin, der gerade seinen dritten Apfel aß und zu der Erkenntnis gelangt war, dass Obst zwar gut schmeckte, aber nicht wirklich satt machte.

»Spring rein«, rief die Gerichtsmedizinerin und brauste los, noch bevor ihr Beifahrer Zeit hatte, sich anzuschnallen.

»Wenn du unbedingt mit deinen Patienten den Platz tauschen willst, dann fahr nur weiter so.« Der Chefinspektor tätschelte seinen Magen, der lautstark seinen Unmut über die unzureichende Nahrung und die rasante Fahrt kundtat.

Novaks Zuhause lag in einem ausgesprochen teuren Viertel. Döbling, der neunzehnte Bezirk, lag am nordwestlichen Rand Wiens und erstreckte sich über knapp 25 Quadratkilometer. Je weiter man in Richtung Stadtrand fuhr, desto näher kam man den Weinbergen und dem Wienerwald und desto exklusiver wurden auch die Wohngegenden. Luxuriöse Villen mit tollen Ausblicken, riesigen Gärten und gepflegten Einfahrten dominierten hier das Umfeld.

»Da müssen wir rein.« Nina zeigte auf eine schmale Gasse, die sich linker Hand einen kleinen Hügel hochschlängelte. Am unteren Ende des Wegs befand sich eine kleine, moderne Kirche, die unter dem Patronat der heiligen Margareta von Antiochien stand. Da die Märtyrerin als Patronin der Gebärenden und Unfruchtbaren galt, pilgerten tagtäglich schwangere Frauen oder solche, die es gerne werden wollten, in das Gotteshaus und zündeten Kerzen an. Die kleine Kirche passte vom Stil genau zu den dahinter liegenden modernen Designerhäusern, die so wirkten, als wären sie extra für eine Sonderausgabe von *Schöner Wohnen* gebaut worden.

Morell und Capelli parkten schräg gegenüber von Novaks Haus, stiegen aus dem Auto und sahen sich um. Der Chefinspektor gab es nicht gerne zu, aber bei dem Gedanken, in dieser vornehmen Gegend völlig unvorbereitet und geheim herumzuschnüffeln, keimte schon wieder leichte Panik in ihm auf. Leise wiederholte er sein Mantra.

»Welcher Nachbar ist wohl der besagte?«, riss Capelli ihn aus seinen Gedanken. »Der rechte, der linke oder der vis-à-vis?«

Morell zuckte mit den Schultern. »Ich schätze, wir müssen uns wohl durchfragen.«

Wie auf Kommando öffnete sich die Tür des rechten Nachbarhauses, und ein älterer Herr in einer braunen Cordhose, einer beigen Burberry-Jacke und einer Schirmmütze mit einem BMW-Aufnäher trat heraus. Neben ihm trottete gemächlich ein silberfarbener Weimaraner.

»Los geht's!« Capelli stieß Morell an. »Worauf warten wir?«

Das ging sogar dem neuen Morell ein wenig zu schnell. »Ich habe mir noch gar keine Strategie überlegt«, zischte er.

»Dann improvisieren wir einfach.«

Noch bevor Morell etwas entgegnen konnte, überquerte der Mann die Straße und kam auf sie zu. »Kann ich Ihnen helfen?«, fragte er und kraulte seinen Hund hinter den Ohren. Dieser musterte die beiden Fremden erst neugierig und begann dann an Morells Hosenbein zu schnuppern. »Keine Sorge, der tut Ihnen nichts«, versicherte der Mann dem Chefinspektor, der das Tier misstrauisch beäugte – Morell war und blieb ein Katzenmensch und konnte Hunden einfach nichts abgewinnen.

»Es geht um den Mord an Herrn Novak. Einer seiner Nachbarn hat anscheinend ein paar wichtige Beobachtungen gemacht, und wir haben diesbezüglich noch ein paar Fragen«, sagte der Chefinspektor.

»Sind Sie von der Presse?«

»Nein, von der Polizei«, sagte Capelli und kassierte dafür einen bösen Blick von Morell.

Der Mann war mit dieser Antwort anscheinend zufrieden, denn er wollte, sehr zu Morells Erleichterung, weder Namen noch Dienstgrade wissen oder gar Ausweise sehen. Er zeigte auf das kleine Haus, das links neben der Novak-Villa stand. »Der Augenzeuge, den Sie suchen, ist Pfarrer Stimpfl. Was für eine Ironie, dass ausgerechnet er dazu beigetragen hat, den Mörder zu schnappen.«

»Warum Ironie?«

»Stimpfl und Novak – das waren vielleicht zwei Streithammel. Die beiden alten Dickschädel haben sich gegenseitig das Leben ganz schön schwergemacht. Novak hat sich zum Beispiel ständig über das Läuten der Kirchenglocken aufgeregt und Stimpfl sogar wegen Ruhestörung angezeigt. Dafür hat der Pfarrer ihm Graberde direkt auf die teuren Orchideen geschaufelt, was wiederum zur Folge hatte, dass Novak nächtelang alle Kerzen auf dem Friedhof ausgelöscht hat. Daraufhin wurde er von Stimpfl wegen Störung der Totenruhe angezeigt … und so weiter und so fort.« Der Mann tätschelte seinen Hund, der langsam unruhig wurde. »Ja, ja … wir gehen ja schon.«

»Interessant«, murmelte der Chefinspektor. »Sie wissen nicht zufällig, was der Auslöser für diese Feindseligkeiten war?«

Der Nachbar schüttelte den Kopf. »Keine Ahnung. Am besten, Sie fragen Pfarrer Stimpfl selbst.«

»Das werden wir auf jeden Fall tun«, sagte Capelli. »Vielen Dank.«

Das Pfarrhaus war kleiner und schlichter als die umliegenden Villen, versprühte aber weitaus mehr Charme. Es war ein einfaches, einstöckiges Gebäude mit einem gepflegten Garten, in dem Gänseblümchen, Sonnenblumen und Obstbäume wuchsen.

»Lass uns bitte kurz besprechen, wie wir weiter vorgehen wollen«, versuchte Morell Capelli zu bremsen, die voller Elan zur Eingangstür geeilt war, aber zu spät – die Gerichtsmedizinerin hatte bereits auf den Klingelknopf gedrückt. »Wir geben uns jedenfalls nicht mehr als Polizisten aus«, bestimmte der Chefinspektor. »Stell dir nur mal vor, was alles passieren könnte, wenn irgendwer sich bei Weber nach uns erkundigt. Es reicht, dass die Archäologen denken, ich wäre ein offizieller Ermittler.«

»Was sollen wir denn sonst sein?«

Noch bevor Morell sich eine Antwort überlegen konnte, wurde die Tür geöffnet.

»Grüß Gott. Was kann ich für Sie tun?« Stimpfl war ein stattlicher Mann mit breiten Schultern und dichtem, weißem Haar. Sowohl Capelli als auch Morell hatten erwartet, dass er ein Collarhemd, eine Soutane oder etwas Ähnliches tragen würde, doch zu ihrer Überraschung trug er Jeans und ein einfaches blaues Hemd.

»Wir sind wegen Herrn Novak hier.« Morell war es ziemlich unangenehm, dass sein Gegenüber ein Priester war. Es fiel ihm ja schon schwer, normale Menschen anzuschwindeln, aber einen Mann, der für Gott arbeitete – das war Lügen für Fortgeschrittene.

»Sie kommen von der Pietät, nicht wahr?«, sagte Stimpfl.

Morell war völlig perplex. Woher zur Hölle wusste der Priester von seinem Job beim Bestatter. Er fand die Situation mehr als nur unheimlich, bis ihm einfiel, dass er immer noch die kleine Anstecknadel trug, die Eschener ihm geschenkt hatte. »Ähm … ja … wir kommen von der Pietät«, improvisierte er.

»Es tut mir leid, aber Sie sind umsonst hier. Meine Antwort ist und bleibt ›Nein‹. Vitus Novak wird von mir kein kirchliches Begräbnis bekommen.«

»Wir akzeptieren natürlich Ihre Entscheidung«, versuchte der Chefinspektor, der keine Ahnung hatte, wovon Stimpfl sprach, die Konversation am Laufen zu halten. »Aber könnten wir vielleicht trotzdem noch einmal kurz darüber reden?«

Der Pfarrer zuckte mit den Schultern. »Ich hatte zwar bereits ein ausführliches Gespräch mit der Witwe und Herrn Eschener, aber ich kann Ihnen die Sachlage natürlich gerne noch einmal erklären. Bitte treten Sie ein und folgen Sie mir.«

Capelli sah Morell fragend an. »Ich versteh nur Bahnhof. Warum denkt er, wir seien Bestatter?«, zischte sie.

»Weil es die Wahrheit ist«, flüsterte der Chefinspektor.

»Hä?«

»Ich erklär's dir nachher. Bis dahin sagst du am besten gar nichts und lässt mich reden.«

Das Wohnzimmer von Pfarrer Stimpfl war schlicht eingerichtet. In einer Ecke befand sich eine braune Ledercouch, vor der ein kleiner Tisch stand. Es gab einen Fernseher, eine Stereoanlage, einen flauschigen, weißen Teppich und ein paar Pflanzen. Einzig das große Holzkreuz an der Wand sowie eine Marienskulptur und mehrere Rosenkränze auf dem Tisch erinnerten daran, dass dies die Wohnung eines Priesters war.

»Bitte sehr, Herr …«, Stimpfl deutete auf das Sofa.

»Oh, wie unhöflich. Ich habe uns noch gar nicht vorgestellt. Mein Name ist Mo… Reiter. Thomas Reiter, und das hier ist meine … meine … Assistentin … Frau …« Morell ließ seinen Blick durchs Zimmer wandern. »Frau Kreuz. Maria Kreuz.« Der Chefinspektor kassierte ein Augenrollen von Capelli, ließ sich davon aber nicht aus dem Konzept bringen. »Herr Novak soll also ohne kirchlichen Segen beerdigt werden?«

»So ist es.« Stimpfl setzte sich aufrecht auf einen Stuhl und schlug die Beine übereinander. »Vitus Novak war kein großer Freund der Kirche und wollte ganz sicher kein christliches Begräbnis. Ich denke, wir sollten diesen Wunsch respektieren.«

»Ihre Weigerung hat also nichts mit den Unstimmigkeiten zu tun, die zwischen Ihnen und dem Verstorbenen herrschten?«, wollte Morell wissen.

»Aber nein.« Stimpfl winkte ab. »Professor Novak als Nachbarn zu haben war zwar eine wahre Bürde, doch wie steht es im elften Psalm so schön geschrieben: ›Der Herr prüft den Gerechten.‹ Vitus Novak war ein Mann der Wissenschaft. In seinem Leben gab es keinen Platz für den Glauben, für Gott oder die Kirche. Daraus machte er keinen Hehl, was natürlich zu Reibereien führte. Aber ich habe ihm stets verziehen, denn ich bin ein Mann Gottes, und Vergebung gehört zu meinem Beruf.«

»Wir haben gehört, Sie haben Ihrem Nachbarn nicht nur vergeben, sondern sollen auch das Ihre dazu beigetragen haben, seinen Mörder zu finden«, lenkte Morell das Thema geschickt auf die Mordnacht.

Der bisher eher reservierte Stimpfl bekam ganz rote Wangen. »Ich habe nur meine Pflicht getan«, sagte er und lächelte.

»Erzählen Sie. Das klingt spannend«, hakte Capelli nach.

Der Priester beugte sich ein wenig nach vorn und senkte seine

Stimme. »Novak war stets sehr darauf bedacht, mir und meiner Kirche zu schaden. Als am Tag vor dem Mord die große Jesusfigur aus der Sakristei gestohlen wurde, fiel mein Verdacht natürlich sofort auf ihn. Als ich bemerkt habe, wie er mitten in der Nacht das Haus verließ, bin ich ihm gefolgt – ich wollte verhindern, dass er irgendeinen bösen Schabernack mit dem Heiland anstellt. Die Beschattung endete damit, dass Novak in sein Institut ging. Ich habe gewartet, dass er herauskommt – was er aber nicht tat.«

»Dafür sahen Sie, wie jemand anderes das Gebäude verließ.«

»Genauso war es. Sie können sich gar nicht vorstellen, was für ein Schock das war, als mir später bewusst wurde, dass ich einen kaltblütigen Mörder direkt nach seiner schrecklichen Tat beobachtet hatte. Brrrrrrr.« Stimpfl schüttelte sich. »›Siehe, der hat Böses im Sinn; mit Unglück ist er schwanger und wird Lüge gebären.‹ Siebter Psalm, Vers 14.«

»Novak wurde in seinem Büro getötet. Sein Kopf und sein Körper wurden aber an verschiedenen Orten gefunden. Sie haben also tatsächlich beobachtet, wie der Täter samt dem Leichnam das Institut verließ?«, fragte Morell.

Stimpfl nickte. »Es war dunkel, und ich hatte mich in einiger Entfernung hinter einem Auto versteckt, darum konnte ich keine Details erkennen. Aber der Mörder schleppte eindeutig etwas mit sich, das er anschließend in seinem Kofferraum verstaute.« Er schauderte erneut. »Ich konnte ja nicht ahnen, dass es sich dabei um meinen unglücklichen Nachbarn – oder zumindest um Teile von ihm – handelte.« Er schüttelte den Kopf und bekreuzigte sich. »Wenigstens konnte ich mich später an den Wagen des Mörders und an die ersten paar Ziffern des Nummernschilds erinnern.«

Capelli konnte sich nicht mehr länger beherrschen. »Sind Ihnen denn nie Zweifel gekommen, ob das wirklich der Mörder war? Haben Sie vielleicht noch andere verdächtige Dinge beobachtet? Haben Sie sich nie gefragt, was Ihr Nachbar um diese Zeit im Institut wollte?«, sprudelte es aus ihr heraus.

»Sie stellen aber komische Fragen, Frau Kreuz.« Stimpfl musterte die Gerichtsmedizinerin.

Nina konnte den stechenden Blick des Chefinspektors spüren, der sich vorwurfsvoll in ihren Kopf bohrte. »Das ist ja wie in einem richtigen Krimi«, versuchte sie sich aus der Affäre zu ziehen. »Wie spannend.«

»Nun ja, Frau Kreuz, ich würde dieses Erlebnis eher als schockierend bezeichnen. ›Ich wartete des Guten, und es kommt das Böse; ich hoffte aufs Licht, und es kommt Finsternis.‹ Hiob Kapitel 30, Vers 26.«

Morell spürte, wie die Gerichtsmedizinerin innerlich zu kochen begann, und erhob sich. »Frau Kreuz und ich müssen uns nun leider verabschieden. Wir haben noch eine Bestattung vorzubereiten.« Er wollte gehen, bevor sie etwas Unüberlegtes tat. »Vielen Dank, dass Sie sich Zeit für uns genommen haben.«

»Richten Sie der Familie bitte noch einmal mein herzliches Beileid aus, Herr Reiter.« Stimpfl schüttelte Morells Hand zum Abschied. »Und Sie, Frau Kreuz, sollten nicht so viele Krimis lesen. Danken Sie lieber dem Herrn für das schöne, sorglose Leben, das er Ihnen geschenkt hat. ›Danket dem Herrn; denn er ist freundlich, und seine Güte währet ewiglich.‹ Erstes Buch der Chronik. Kapitel 16, Vers 34.«

»Sie sollten nicht so viele Krimis lesen, Frau Kreuz«, äffte Capelli den Pfarrer nach, als sie und Morell wieder draußen auf der Straße waren. »Irgendetwas stimmt doch nicht mit dem. Der wird ja wohl in der Lage sein, einen Leichnam von einer Kiste mit Unterlagen zu unterscheiden … es sei denn …« Sie schielte auf das Pfarrhaus.

»Es sei denn was …?«

»Es sei denn, er selbst ist der Mörder und hat in Leander den perfekten Sündenbock gefunden.«

»Ich werde an ihm dranbleiben«, sagte Morell, dem die Vorstellung, einen Priester als Verdächtigen zu haben, alles andere als zusagte. Ein Mann Gottes als kaltblütiger Schlächter? Es musste eine andere Lösung geben. »Wenn wir schon mal hier sind, könnten wir doch gleich auch die Witwe befragen«, schlug er vor.

Capelli starrte Morell mit offenem Mund an. Sie war erneut über die plötzliche Energie des Chefinspektors erstaunt.

»Ist irgendwas?«, wollte dieser wissen.

»Nein, alles bestens, Herr Reiter.«

Leider wurde Morells Enthusiasmus dadurch gebremst, dass bei den Novaks niemand die Tür öffnete.

»Ist wohl keiner daheim«, stellte Capelli enttäuscht fest.

»Halb so schlimm – ich werde Frau Novak wahrscheinlich sowieso bald in der Pietät treffen.«

»Das musst du mir genauer erzählen«, forderte die Gerichtsmedizinerin, während sie zum Auto gingen. »Was zur Hölle machst du beim Bestatter? Und woher kommt dieser plötzliche Tatendrang?«

Morell zuckte mit den Schultern. »Das ist eine lange Geschichte.«

»Kein Problem.« Capelli stieg in den Wagen. »Ich habe Zeit.«

In dieser Nacht lag der Chefinspektor noch lange wach und konnte nicht einschlafen. Er hatte schon wieder an Valerie denken müssen und kam außerdem vor lauter Kohldampf fast um: Hunger und Herzeleid – eine katastrophale Kombination.

Frustriert starrte Morell an die Decke und versuchte, sowohl seine Exfreundin als auch die Käsehäppchen, Schokokuchen und Sahnetorten zu ignorieren, die fröhlich vor seinem inneren Auge herumhüpften. »Nicht jammern und nicht schwach werden«, murmelte er leise. Er durfte seinen Gelüsten jetzt nicht nachgeben – nicht schon am ersten Tag.

Morell verscheuchte also die süßen Verlockungen und versuchte einzuschlafen. Wenn er Lorentz wirklich entlasten und das Rätsel um Benedikt Horsky lösen wollte, dann musste er morgen fit und ausgeruht sein.

»Ein Grab ist doch immer die beste Befestigung wider die Stürme des Schicksals.«
Georg Christoph Lichtenberg

Lorentz hockte in seiner Zelle und starrte in die Dunkelheit. Obwohl er hundemüde war, wollte er nicht einschlafen, weil er sich vor dem Aufwachen fürchtete. Der Moment, in dem er langsam aus dem Nebel des Schlafs auftauchte und realisierte, wo er sich befand, war jedes Mal ein Schockerlebnis. Die plötzliche Erkenntnis, dass er im Gefängnis saß, war wie ein Schlag ins Gesicht.

Zu Beginn seiner Haft war er noch zuversichtlich gewesen und hatte geglaubt, dass alles nur ein dummes Missverständnis sei, das sich schnell klären würde. Er war davon überzeugt gewesen, dass er bald wieder nach Hause gehen und normal weiterleben könnte. Aber je mehr Zeit verging, desto mehr schwand dieser Optimismus und wurde durch Verzweiflung, Ungläubigkeit und Panik ersetzt.

Als wäre die ganze Situation nicht schon deprimierend genug, hatte der heutige Tag einen neuen Tiefschlag bereitgehalten, nämlich den Blick in die Zeitung. »Der Uni-Schlachter« lautete die Überschrift auf der Titelseite. Lorentz hatte den Artikel gelesen und nicht fassen können, was dort geschrieben stand. Irgendeine verlogene Reporterin hatte ein Porträt über ihn verfasst, und das, obwohl er noch nie in seinem Leben mit dieser Person gesprochen hatte. Der Bericht, der vor lauter Klischees, Küchenpsychologie und vor allem Lügen nur so strotzte, endete mit den Worten: »Lesen Sie im nächsten Teil unserer Serie ein Porträt über Chefinspektor Roman Weber, den Helden von Wien.«

Lorentz hatte die Zeitung in die Ecke gepfeffert und mit der Faust mehrfach auf seine Matratze eingeschlagen. Von wegen Held. Von wegen Schlächter. Die Rollen in diesem Spiel waren eindeutig falsch verteilt.

Nun saß er hier, schwamm in trüben Gedanken und fürchtete sich vor dem Moment morgen früh, in dem die Realität ausholen und ihm mit voller Wucht ins Gesicht schlagen würde. Das Einzige, was ihn davor bewahrte, durchzudrehen und in Tränen auszubrechen, war der Gedanke an seinen Freund Otto Morell und seine Freundin Nina. Die beiden waren seine letzte Hoffnung.

»Er wünscht dir, du lägest jetzt da drunten.
Und er wird auch dein Grab vernichten,
damit es niemand erfährt, daß du gelebt hast.«
Ödön von Horváth, Jugend ohne Gott

Alulim. Er hatte das Wort gegoogelt und folgende Erklärung dafür bekommen: »*Laut der sumerischen Königsliste war Alulim der erste Herrscher von Sumer und somit auch der erste König in der Geschichte der Menschheit. Es ist nicht klar, ob es sich bei ihm um eine historische Person oder nur um einen Mythos handelt. Sollte er tatsächlich gelebt haben, ist seine Regierungszeit auf jeden Fall vor 2900 v. Chr. anzusetzen. Der Legende nach war Adapa, ein mächtiger Magier, sein engster Berater.*«

»Interessant«, murmelte er, griff nach Novaks Aufzeichnungen und las weiter.

Die nächsten Einträge enthielten Versuche, die Unterschlagung des Artefakts zu rechtfertigen, gefolgt von seitenlangen Abhandlungen über die Einzigartigkeit der Tafel, die Schwierigkeiten, sie versteckt zu halten, die Gefahr, sie bis nach Österreich zu schmuggeln, und die Bemühungen, sie zu übersetzen. »Jetzt mach es nicht so spannend! Ich will wissen, was auf dem vermaledeiten Ding draufsteht!«, schimpfte er leise und blätterte ungeduldig weiter.

Wien, 3. August 1975
Ich habe nun endlich Gewissheit, dass die geheimnisvolle Tafel jeden Moment meiner Lebenszeit, den ich in sie investiert, jeden Schweißtropfen, den ich vergossen, und jedes Risiko, das ich ihretwegen auf mich genommen habe, wert war.

Wenn die Übersetzung, die ich von der Inschrift angefertigt habe, tatsächlich stimmt, dann bin ich einer echten wissenschaftlichen Sensation auf der Spur – nämlich dem Grab von Alulim, dem mythischen Urvater des sumerischen Königsgeschlechts.

Durch eine großzügige Geste von Fortuna wurde mir diese wundervolle Tafel in die Hände gespielt, und ich werde nun alles daransetzen, diese einmalige Chance auf Ruhm und Ehre zu nutzen. Ich werde mich der Herausforderung stellen, das Abenteuer wagen, das Grab finden und mich damit in die Liste der großen archäologischen Entdecker, neben Howard Carter, Heinrich Schliemann und Sir Flinders Petrie, einreihen. Es gilt nun, die Worte richtig zu deuten und den Ort aufzuspüren, auf den sie hinweisen:

> *Unter dem schützenden Blick von Enkis eintausend Augen,*
> *ruht Alulim, der Gesandte,*
> *von seinen Treuen begleitet,*
> *von Adapas Zauber geschützt.*
> *Er ist das Gestern, er ist das Heute, er ist das Morgen,*
> *er ist der endlose Himmel und der stürmische Wind,*
> *die fruchtbare Erde und das tosende Wasser.*
> *Wer es wagt, seine Ruhe zu stören,*
> *wird durch Enkis Zorn vernichtet werden.*

»Den Gestorbnen ist wohl! Dort sehn ich mich hin!
Sanft ruht sich's im Grab, im finstren Gemach!«
Euripides, Alkestis

Selten war es Morell so schwergefallen, sich aus dem Bett zu quälen, wie an diesem Morgen. Nachdem er gestern endlich eingeschlafen war, hatte ihn sein unterzuckertes Unterbewusstsein direkt in ein Reich voller Einbalsamierungen, Enthauptungen und Höhlenbären katapultiert – kurz gesagt: Morell war von den schlimmsten Albträumen seit langem heimgesucht worden.

Er setzte sich auf, rieb sich die Augen und seufzte. Es waren nicht nur die Diät und der Job in der Pietät, die ihm ein flaues Gefühl in der Magengegend bescherten, es gab da noch etwas, was sich in seine Träume geschlichen hatte, nämlich sein Anzug. Er hatte ihn vorsichtshalber eingepackt – man konnte ja nie wissen –, aber nicht damit gerechnet, dass er ihn tatsächlich brauchen würde.

Der Chefinspektor starrte den schwarzen Zweireiher an und überlegte, wann er ihn zuletzt getragen hatte. Bei der Hochzeit seiner Cousine? Bei der Taufe von Benders Nichte? Er holte tief Luft, zog den Bauch ein, sandte ein Stoßgebet gen Himmel und zog die Hose hoch. Keine Chance! Mit dem Sakko hatte er auch kein Glück. Es spannte an den Oberarmen und ließ sich vorne nicht mehr zuknöpfen. »So ein Mist«, murmelte er. Ein Blick auf die

Uhr bestätigte die Befürchtung, dass keine Zeit für Selbstmitleid blieb. In weniger als 45 Minuten musste er bei seinem neuen Arbeitgeber sein.

»Kein Gejammer, keine Schwäche«, unterdrückte er einen Anflug von Lamento. »Nicht zurück in die alten Verhaltensmuster fallen!« Er atmete tief ein, schlüpfte in seine normalen Klamotten und holte aus dem Flur die Gelben Seiten. Nach wenigen Minuten hatte er gefunden, wonach er suchte: Ein Bekleidungsgeschäft für Herren, das auf dem Weg zum Bestattungsunternehmen lag.

Tatsächlich schaffte es Morell, pünktlich zur Arbeit zu erscheinen. Er hatte den neuen Anzug gleich anbehalten und seine andere Kleidung in eine Plastiktüte gesteckt. Für ein Frühstück war keine Zeit mehr geblieben, aber da er ja auf Diät war, war das schon in Ordnung so.

»Ah, da sind Sie ja, Herr Reiter.« Eschener sah auf seine teure Armbanduhr und lächelte. »Pünktlich auf die Minute. Das lob' ich mir, denn wie heißt es doch so schön: Pünktlichkeit ist der beste Beweis einer guten Erziehung.« Er überlegte kurz. »Am besten fangen Sie hier im Eingangsbereich mit Ihrer Arbeit an. Unsere Ausstellungsstücke müssen dringend wieder einmal auf Hochglanz poliert werden. Ich hole Ihnen gleich ein paar Staubtücher und Möbelpolitur. Danach können Sie dann die Totenhemden neu arrangieren und die Blumen gießen.«

Dem Chefinspektor fiel ein Stein vom Herzen. Obwohl er sich fest vorgenommen hatte, jegliche Arbeit widerstandslos und unaufgeregt zu erledigen, war er doch froh, dass seine erste Aufgabe ihn nicht in den Keller führte und ihn auch nicht in direkten Kontakt mit toten Menschen brachte.

Morell polierte gerade einen reichverzierten Eichensarg, als Eschener erneut den Raum betrat.

»Herr Reiter?«

Der Chefinspektor reagierte nicht und putzte munter weiter.

»Herr Reiter?!«

Es dauerte einige Augenblicke, bis Morell realisierte, dass er damit gemeint war. Verflixt, fluchte er innerlich. Er musste aufpassen, dass ihm das nicht öfter passierte. »Entschuldigung, ich war so damit beschäftigt, den Staub aus den Schnitzereien zu wischen, dass ich …«

»Schon in Ordnung, Herr Reiter. Ich habe soeben einen Anruf aus dem Seniorenheim bekommen. Wir sollen einen verstorbenen Insassen abholen. Ich habe allerdings gleich ein Kundengespräch, deshalb müssen Sie unseren Herrn Jedler begleiten. Sie wissen ja, was zu tun ist.«

Noch bevor Morell antworten konnte, tauchte hinter Eschener ein kleiner, pausbäckiger Mann mit wild abstehenden roten Haaren und einem Gesicht voller Sommersprossen auf. Er sah aus wie einer jener irischen Kobolde, die am Ende des Regenbogens Töpfe voller Gold hüteten.

»Darf ich vorstellen«, sagte Eschener. »Das ist Thomas Reiter, er ist vormittags zur Aushilfe hier, und das hier ist Sebastian Jedler, unser Thanatopraktiker.«

»Freut mich«, sagte Jedler und streckte Morell seine sommersprossige Hand entgegen. »Dann wollen wir mal.«

Der Chefinspektor folgte Jedler hinaus auf den Parkplatz, wo der Leichenwagen stand. Mit einem mulmigen Gefühl nahm er auf dem Beifahrersitz Platz.

Jedler drehte den Zündschlüssel um und legte einen Kavalierstart hin. »Sie können übrigens ruhig Basti zu mir sagen. Ich bin mit der anderen Kollegin auch per Du, nur der Eschener ist so steif und besteht aufs Siezen.«

»Ist gut, Basti. Ich heiße … äh … Thomas.«

Morell war unwohl. Schon bald würde nur wenige Zentimeter hinter ihm eine Leiche liegen. Zumindest verspürte er deshalb noch immer keinen Appetit. Er kurbelte das Fenster ein Stück herunter, ließ etwas frische Luft hereinwehen und begann mit Jedler über das Bestattungswesen zu plaudern.

»Sag mal, sagt dir der Name Benedikt Horsky etwas?«, fragte er irgendwann so beiläufig wie möglich.

Jedler grübelte. »Nein. Wer soll das sein?«

»Ach, nicht so wichtig«, winkte Morell ab. »Ein Bekannter von mir, auch ein Bestattungsunternehmer. Hätte ja sein können, dass du ihn kennst. Ich habe ihn schon lang nicht mehr gesehen, und jetzt, wo ich auch wieder im Bestattungswesen tätig bin, musste ich mehrfach an ihn denken und habe mich gefragt, was wohl aus ihm geworden ist.«

Jedler zuckte mit den Schultern. »Nö, einen Horsky kenn ich nicht.« Er raste um eine Kurve und zündete sich dann eine Zigarette an.

Kurz darauf erreichten sie das Altersheim, das direkt an einer stark befahrenen Straße lag. Die Fassade war von den Abgasen der Autos grau und schmutzig gefärbt. Überhaupt machte das ganze Gebäude auf Morell keinen guten Eindruck. Der große, schmucklose Klotz hatte Fenster, die schon seit Monaten kein Putzzeug mehr gesehen hatten, und obwohl es helllichter Tag war, waren einige der fleckigen grauweißen Jalousien noch nicht hochgezogen. Über dem Eingang, einer breiten Schiebetür, prangte in schmuddeligen roten Lettern der Schriftzug ›Seniorenresidenz Sonnblick‹. Morell schüttelte den Kopf – das war ja wohl der Euphemismus des Jahres. Wenn er mit seinem ersten Eindruck richtig lag, dann wäre der Begriff ›Altenbunker Trübseligkeit‹ wohl treffender. Sogar das Gefängnis, in dem Lorentz derzeit unschuldigerweise vor sich hinschmorte, versprühte mehr Charme als diese abgetakelte Einrichtung.

Jedler legte eine Vollbremsung hin und klatschte in die Hände. »Auf geht's«, rief er, drückte seine Zigarette aus und sprang aus dem Wagen.

Morell, dessen Elan sich angesichts der bevorstehenden Aufgabe schwer in Grenzen hielt, wuchtete sich aus dem Sitz. Es nutzte nichts, er musste hier jetzt einfach mitmachen. Er half Jedler, eine Trage und einen Leichensack aus dem hinteren Teil des Autos zu nehmen, und folgte dem kleinen Kerl. Wie die beiden so hintereinander hergingen, wirkten sie wie frisch aus einem Märchenbuch: Ein fröhlicher Kobold, gefolgt von einem sanften Riesen.

Zurück in der Pietät, brachten sie als Erstes den Leichnam in den Aufbahrungsraum im Keller und gingen dann hoch in den Empfangsbereich, wo eindeutig Hektik in der Luft hing. Eschener rannte wie ein aufgescheuchtes Huhn herum und rief einer Frau, die der Chefinspektor bisher noch nicht gesehen hatte, aufgeregt irgendwelche Anweisungen zu.

»Wie gut, dass Sie da sind, Herr Reiter. Wir haben gerade von Ihnen gesprochen. Darf ich Ihnen Frau Summer vorstellen. Sie kümmert sich um sämtliche administrativen Belange und ist auch häufig beratend tätig. Frau Summer, das ist Thomas Reiter, unser neuer Helfer.«

»Freut mich.« Morell, der noch immer vom Transport des Toten mitgenommen war, war froh, in ein fröhliches, lebendiges Gesicht zu blicken. Frau Summer war etwa sechzig Jahre alt, klein, rund und rotbackig, mit Grübchen in den Wangen und wuscheligen, weißen Haaren. Sie trug ein wallendes Kleid mit aufgedruckten Blumen und eine dicke Brille, die ihre Augen auf die doppelte Größe anwachsen ließ.

»Schön, dass wir ein bisschen Hilfe kriegen – und eine so stattliche gleich dazu.« Sie zwinkerte. »Mein Büro ist neben dem von Herrn Eschener. Wenn Sie mal Hilfe brauchen oder einen guten Kaffee, dann kommen Sie vorbei.«

»Gern.« Morell sah der kleinen Dame nach, wie sie in ihrem Büro verschwand.

»So, jetzt aber ab an die Arbeit.« Eschener klatschte in die Hände. »Helene Novak hat uns mit der Bestattung ihres dahingeschiedenen Mannes beauftragt. Sie haben sicher davon gehört – alle Zeitungen waren voll davon. Sie wird gleich vorbeikommen, um die Details zu besprechen.« Er wedelte aufgeregt in der Luft herum. »Sie will ein pompöses Begräbnis. Alles nur vom Feinsten.«

»A schene Leich, auf gut Wienerisch«, gab Jedler zum Besten. »Ich habe auch schon alles für die Ankunft des guten Herrn Novak vorbereitet.«

»Wunderbar, Herr Jedler, ich gebe Ihnen Bescheid, sobald der Körper von der Gerichtsmedizin freigegeben wird.«

»Ich hoffe doch sehr, dass die uns nicht nur seinen Körper, sondern auch den dazupassenden Kopf überlassen. Sonst wird die Sache mit dem offenen Sarg schwierig. Ich bin zwar gut in meinem Job, aber so gut nun auch wieder nicht.« Der Thanatopraktiker kicherte.

»Wie oft soll ich es Ihnen noch sagen? Keine dummen Witze. Lassen Sie Zurückhaltung walten, Herr Jedler – immerhin trägt dieser Betrieb den Namen Pietät. Reißen Sie sich also gefälligst zusammen.« Eschener wandte sich an Morell. »Frau Novak hat ausdrücklich darum gebeten, dass wir ihren verstorbenen Gatten schön herrichten, damit sie ihn noch ein letztes Mal sehen und in Ruhe Abschied von ihm nehmen kann.« Er nestelte hektisch an seinen Manschettenknöpfen herum. »Sie, Herr Jedler, gehen zurück an Ihre Arbeit im Souterrain, und Sie, Herr Reiter, richten schon mal ein paar Vorschläge für Blumenarrangements her. Ich bin gleich wieder bei Ihnen.« Der Bestatter richtete sich zum wiederholten Mal die Krawatte. »Eine richtige Prunkbeerdigung«, murmelte er, während er zurück in sein Büro ging. »Wie in der guten, alten Zeit. Das wird einfach wunderbar. Pracht-Classe complet.«

Morell überlegte. Wie sollte er es am besten anstellen, der Witwe auf den Zahn zu fühlen, wenn sie so sehr von Eschener belagert wurde?

»Pracht-Classe complet, wie wunderbar«, äffte Jedler seinen Chef nach.

Morell, der ganz vergessen hatte, dass sich sein Kollege auch noch im Raum befand, drehte sich zu ihm um. »Was ist denn eine Pracht-Classe complet?«

»Der Alte schwelgt in seinen Tagträumen gern im 19. Jahrhundert, als die Leute noch Unsummen für Begräbnisse ausgaben und aus jedem Todesfall einen pompösen Staatsakt machten. Damals waren die Beerdigungen in Klassen eingeteilt, und die Pracht-Classe complet war die teuerste. Sie beinhaltete Fahnenreiter, Fackelträger, geschmückte Pferde und und und. Tu dir einen Gefallen und frag den Chef nie nach diesen Dingen. Er wird sonst freudestrahlend stundenlange Lobpreisungen auf die gute alte Zeit halten, in der ein Bestattungsunternehmer noch ein angesehener Mann war. Heutzutage ist ja alles günstig und zweckmäßig. Die Leute investieren lieber in das Leben als in den Tod. Na, wie auch immer – ich geh zurück zu meinem neuen Kumpel in den Keller.«

Kaum war Jedler verschwunden, wurde die Eingangstür energisch geöffnet und eine kleine, zierliche Dame kam hereinspaziert. Sie war ganz in Schwarz gekleidet und trug einen überdimensionalen Hut, der den größten Teil ihres Gesichts verdeckte. Sie blieb stehen, sah sich kurz um und wandte sich dann an Morell.

»Grüß Gott. Mein Name ist Helene Novak.« Sie streckte Morell ihre Hand entgegen. Für so eine kleine, zarte Person hatte die Witwe eine außerordentlich tiefe Stimme und einen enorm festen Händedruck.

»Thomas Reiter. Mein herzliches Beileid.«

Sie nahm den Hut ab und gab den Blick auf ein braungebranntes Gesicht frei, das, obwohl es vom Alter – Morell schätzte sie auf Mitte sechzig – und von der Trauer gezeichnet war, immer noch gut aussah. Helene Novak war ganz offenbar eine resolute, gestandene Frau, der man nichts vormachen konnte.

Der Chefinspektor überlegte fieberhaft, wie er es anstellen konnte, die Witwe so taktvoll und diskret wie möglich über den Mord auszuhorchen, als Eschener den Raum betrat und mit professionell betretener Miene auf die Kundin zueilte. »Frau Novak«, rief er. »Die Umstände sind nicht schön, aber es ist mir eine Freude, Sie hier zu begrüßen. Kann ich Ihnen etwas zu trinken anbieten? Wasser? Kaffee?«

»Kaffee wäre nett.«

Eschener wandte sich an Morell. »Herr Reiter, seien Sie doch bitte so gut.«

Als Morell mit dem Kaffee zurückkam, diskutierten Eschener und Frau Novak gerade über Grabsteine. Der Bestatter war dabei so sehr in seinem Element, dass er die plötzliche Anwesenheit des Chefinspektors gar nicht zu bemerken schien. »Ich dachte an dunkelgrauen Marmor mit goldenen Buchstaben.« Er breitete mehrere Beispielfotos vor der Witwe auf dem Tisch aus.

Frau Novak nickte. »Diese Idee finde ich gut. Wir nehmen den größtmöglichen Stein und die größtmögliche Schrift.«

Eschener notierte mit geröteten Wangen alles auf einem Blatt Papier. »Wenn der Leib in Staub zerfallen, lebt der große Name noch«, zitierte er Friedrich Schiller.

»Es geht mir eher darum, Pfarrer Stimpfl zu ärgern«, stellte die Witwe die Sache klar. »Die ganzen letzten Jahre hat er meinen Mann gepiesackt, und jetzt will er ihn nicht einmal aussegnen. Da geschieht es ihm nur recht, wenn das Grab vom Vitus nicht zu übersehen ist.«

»Woher stammt denn diese Feindseligkeit zwischen dem Pfarrer und Ihrem verstorbenen Mann?«, mischte Morell sich in das Gespräch ein und erntete dafür einen kritischen Blick von Eschener. »Wenn wir den Grund kennen, können wir den Priester vielleicht doch noch überreden, dem Toten seinen Segen zu spenden«, versuchte er, sich aus der Affäre zu ziehen.

»Kein Mensch weiß mehr, wie das alles begonnen hat«, winkte die Witwe ab. »Stimpfl hat eines Tages aus heiterem Himmel damit angefangen, meinen Mann als Gotteslästerer zu beschimpfen. Niemand weiß, warum. Der Vitus hat sich das natürlich nicht gefallen lassen und sich gewehrt.«

Der Chefinspektor grübelte. Komisch, dass anscheinend niemand den Auslöser des jahrelangen Nachbarschaftsstreits zu kennen schien. Er würde der Sache ein wenig auf den Zahn fühlen müssen. »Hatte Ihr Mann sonst noch Streit mit irgendwem?« Morell kassierte einen fragenden Blick von Eschener.

»Es gab Unstimmigkeiten mit diesem Dr. Lorentz, seinem Mörder, aber sonst fällt mir spontan niemand ein.«

»Was die Urne betrifft ...«, setzte Eschener an, wurde aber vom Chefinspektor unterbrochen.

»Es gibt Gerüchte, die besagen, dass die Polizei den falschen Mann verhaftet hat. Was halten Sie davon? Würden Sie es Stimpfl oder sonst wem zutrauen?«

»Was sollen diese Fragen, Herr Reiter?« Eschener schüttelte unverständig den Kopf. »Ich glaube, das geht Sie alles nichts an und tut hier außerdem nichts zur Sache. Kommen wir zurück zum Begräbnis.«

Helene Novak brachte den Bestatter mit einer Handbewegung zum Schweigen. »Was sind das für Gerüchte?«, wollte sie wissen. »Mir wurde versichert, dass der Mörder meines Mannes hinter Schloss und Riegel sitzt.«

»Es wäre nicht das erste Mal, dass die Justiz einen Irrtum begeht.«

»Woher stammen diese Gerüchte?«, wiederholte die Witwe. »Wer sagt so etwas?«

Morell begann zu schwitzen. »Das stand in einer dieser Gratiszeitungen, die in der U-Bahn verteilt werden«, log er.

»Eine Frechheit ist das.« Sie schlug auf den Tisch. »Und ich bin die Letzte, die davon erfährt.«

»Es tut mir leid, Frau Novak«, mischte Eschener sich ein. »Es war sicherlich nicht die Absicht von Herrn Reiter, Sie aufzuregen und Salz in Ihre Wunden zu streuen.«

»Nein. Es ist gut, dass Herr Reiter mich informiert hat. Eine schreckliche Vorstellung, dass der Mörder meines Mannes immer noch frei herumlaufen könnte.« Sie nahm einen großen Schluck Kaffee. »Hoffen wir, dass dieses Klatschblatt gelogen hat.«

»Würden Sie es Stimpfl zutrauen?«, hakte Morell noch einmal nach.

Helene Novak schüttelte den Kopf. »Dazu hat der Feigling nicht den Mumm. Er würde nie etwas tun, was gegen eines der Zehn Gebote verstößt.«

»Und sonst fällt Ihnen niemand ein, der als Täter in Frage käme?«

»Beim besten Willen nicht. Vitus gingen die Streitereien mit Dr. Lorentz und Pfarrer Stimpfl ein bisschen auf die Nerven, aber ansonsten gab es keinen Unfrieden.«

»Wollen wir uns doch über die Wahl der passenden Urne unterhalten«, versuchte Eschener das Gespräch wieder zurück auf die Bestattung zu bringen. »Wenn Sie bitte einen kurzen Blick auf das Regal da drüben werfen würden. Dort stehen unsere schönsten Modelle.«

Frau Novak nickte, stand auf und ging zu dem besagten Regal.

»Was sollte denn das?«, zischte Eschener. »Wir sind hier in einem Bestattungsunternehmen und nicht bei der Boulevardpresse. Befriedigen Sie Ihre Sensationsgier gefälligst woanders, sonst war das Ihr letzter Tag in der Pietät!«

»Verstanden. Entschuldigung. Wird nie wieder vorkommen.«

»Das will ich auch hoffen!« Eschener rückte seine Krawatte zurecht und eilte zu der Witwe. »Diese da ist eine sehr gute Wahl. Das ist unser Modell SELENE. Sehr edel und klassisch. Oder was halten Sie von dieser hier?« Er zeigte auf eine weiße Urne, die mit goldenen Efeublättern verziert war. »Das ist unser Modell MANDALA.«

»Was kostet diese dort?« Die Witwe deutete auf eine Urne, die ganz oben auf dem Regal stand. Dabei handelte es sich um ein kitschiges Ungetüm aus weißem Marmor, das die Form eines kleinen Hauses hatte und mit einem Relief aus goldenen Reitern verziert war. Morell war sich sicher, noch nie in seinem Leben so etwas Hässliches gesehen zu haben.

»Das ist das Modell GESEGNET, ein Einzelstück, das leider schon vergeben ist. Aber was halten Sie von dieser hier. Das ist unser Modell CAELIS …«

Frau Novak wählte das Modell MANDALA und suchte anschließend Blumengestecke im Wert von über tausend Euro aus. Sie hatte sich von Eschener sogar Silberluster, Friedhofssänger und einen Baldachin für teuer Geld aufschwatzen lassen. Als sie die Pietät verließ, war Eschener so glücklich und so voller Vorfreude auf die Beerdigung, dass er Morells Indiskretion schon wieder völlig vergeben und vergessen hatte.

»Sie können nun gerne Feierabend machen, Herr Reiter«, sagte er und lächelte verklärt. »Wir sehen uns dann morgen um acht.«

Morell nahm aus Fitnessgründen nicht die Straßenbahn, sondern machte sich zu Fuß auf den Heimweg. Er ging zügig die Nussdorfer Straße entlang in Richtung Gürtel und kaufte sich bei einem türkischen Lebensmittelladen einen Apfel. Eigentlich hätte er ja viel lieber eine Topfengolatsche oder einen Punschkrapfen gehabt, aber nun denn.

»An apple a day keeps the doctor away«, sagte er und biss hinein. Er kam nicht dazu, sich den Apfel noch mehr schönzureden, da in diesem Moment sein Handy klingelte.

»Hier spricht Moritz Langthaler. Ich wollte Ihnen nur sagen, dass Anna Wondraschek sehr wahrscheinlich das Geheimnis des fehlenden Fotos gelüftet hat.«

»Das ging ja flott. Wann können wir uns treffen?«

»Von mir aus können Sie gleich vorbeikommen. Dr. Lorentz soll nicht länger als nötig im Gefängnis schmoren.«

»Prima, ich bin ganz in der Nähe und kann in zehn Minuten bei Ihnen sein.« Arbeit war eine weitere gute Waffe im Kampf gegen den Appetit.

»Es kommt nicht auf den Ort an, die Nachwelt wird mich schon finden.«

Arthur Schopenhauer, auf die Frage, wo er begraben sein möchte.

Chefinspektor Roman Weber hatte seine Bürotür einen Spaltbreit geöffnet, damit die Atmosphäre von hektischer Betriebsamkeit, die im LKA vorherrschte, zu ihm hereinströmen konnte. Er lehnte sich in seinem Sessel zurück, schloss für einen Moment die Augen und genoss die Geräuschkulisse: das Läuten von Telefonen, das Schlagen von Türen, die eiligen Schritte im Flur und das Stimmengewirr in allen möglichen Tonlagen. Er befand sich im Herzen eines Bienenstocks. SEINES Bienenstocks. Er war der Held der Stunde, der siegreiche Retter, die aufstrebende Star-Biene.

Er steckte sich einen Zahnstocher in den Mund, kaute grinsend darauf herum und war äußerst zufrieden mit sich und der Welt. Der spektakuläre und blutrünstige Mord an Vitus Novak war das Beste, was ihm seit langem passiert war. Der Fall beherrschte die Titelblätter sämtlicher Printmedien, und es gab kaum einen TV- oder Radiosender, der nicht darüber berichtet hatte. Dass es ihm gelungen war, den Täter in weniger als 24 Stunden zu verhaften, ließ die negativen Schlagzeilen, für die die österreichische Exekutive in den letzten Jahren gesorgt hatte, endlich in Vergessenheit geraten.

Weber und sein Team wurden von allen Seiten in den höchsten Tönen für ihre effiziente Arbeit gelobt und erhielten endlich die Anerkennung, die ihnen zustand. Sogar der Polizeichef höchstpersönlich war vorhin hier gewesen, um ihm zu gratulieren. »Männer wie Sie sind das Rückgrat unserer Gesellschaft«, hatte er gesagt und dabei wohlwollend genickt. Weber konnte seine Beförderung schon förmlich riechen.

Und damit nicht genug. Gleich würde er ein Exklusivinterview mit einer der größten Tageszeitungen Österreichs führen. »Der Held von Wien – der Mann, der den Uni-Schlächter fasste«, sollte der Artikel heißen.

Weber nahm eine Tube Gel aus einer Schreibtischschublade, verrieb eine haselnussgroße Portion davon zwischen den Handflächen und fuhr sich durch die Haare – wahrscheinlich würden sie ein Foto von ihm machen, und er wollte gut aussehen, wenn er als Held von Wien vom Titelbild lachte. Oder nein, er würde nicht lächeln. Er würde ernst und erhaben dreinschauen. Oder vielleicht doch lieber smart und weltgewandt?

Er kam nicht dazu, sich noch mehr Gedanken bezüglich seiner Mimik zu machen, da das Telefon läutete.

»Herr Weber, hier spricht Helene Novak. Ich rufe an, um Ihnen mitzuteilen, wie sehr ich mich über Ihr unprofessionelles Verhalten ärgere.«

Weber wischte seine Hände an einem Taschentuch ab und überlegte kurz, was er wohl angestellt hatte. »Tut mir leid, Frau Novak, aber ich bin mir keiner Schuld bewusst.«

»Also wirklich! Ich bitte Sie! Lügen Sie mich doch nicht an!«

»Ich habe wirklich keine Ahnung, wovon Sie sprechen. Sie müssen mir auf die Sprünge helfen.«

»Das darf ja wohl nicht wahr sein.« Frau Novak holte tief Luft. »Erst bauen Sie Mist, und dann tun Sie einfach so, als wüssten Sie von nichts. Stehen Sie wenigstens zu Ihrer Unzulänglichkeit!«

»Wie ich bereits sagte: Ich habe keine Ahnung, wovon Sie reden.« Weber stand auf, strich seine Hose glatt und richtete den Kragen seines Hemdes.

Er hatte keine Ahnung, worüber sich die alte Novak so furchtbar aufregte, und um ehrlich zu sein, war es ihm auch egal. Heute war sein großer Tag, und den würde er sich nicht von einem aufgebrachten Weib verderben lassen. Es war das Los eines jeden Polizisten, sich hie und da von emotionalen Angehörigen, ertappten Verbrechern oder auch einfach nur von frustrierten Bürgern beschimpfen lassen zu müssen. Er hatte daher im Laufe seiner Dienstzeit gelernt, das Hirn auf Durchzug zu schalten und unangebrachte Beschuldigungen einfach zu ignorieren. Er fuhr sich noch einmal mit den Fingern durch die gegelten Haare und richtete seine Krawatte.

»Sie haben keine Ahnung?! Sie wollen mich wohl für dumm verkaufen! So eine Unverschämtheit!«

»Könnten Sie mir bitte einfach sagen, was los ist?« Weber wurde langsam ungeduldig. Die Leute von der Presse würden sicherlich gleich hier sein, und er wollte vorher noch schnell auf die Toilette gehen, um dort einen Blick in den Spiegel zu werfen.

»Ich spreche davon, dass Sie es nicht für nötig halten, mir mitzuteilen, dass es Zweifel an Lorentz' Schuld gibt.«

Weber hörte auf, an seiner Krawatte herumzufummeln. »Wie kommen Sie denn darauf?«

»Der Herr Reiter aus der Pietät hat es mir gesagt.«

»Nonsens. Da hat dieser Herr Reiter Ihnen aber einen sauberen Blödsinn erzählt.«

»Das glaube ich nicht«, insistierte Frau Novak. »Herr Reiter ist ein ausgesprochen ernsthafter und seriöser Mann.«

»Das ist er auf keinen Fall, wenn er Ihnen so einen Unsinn einredet. Der Mörder Ihres Mannes sitzt nämlich im Gefängnis, und jeder, der etwas anderes behauptet, ist ein Lügner. Punkt.« Weber schaute auf seine Uhr. Er musste Frau Novak so schnell wie möglich abwürgen. »Fragen Sie diesen Herrn Reiter doch einmal, wo er diesen Blödsinn herhat, und rufen Sie später wieder an.«

»Da muss ich nicht extra nachfragen, ich weiß, woher der Herr Reiter diese Information hat – er hat es in der Zeitung gelesen.«

»In der Zeitung?« Endlich gehörte Frau Novak Webers ungeteilte Aufmerksamkeit. »In welcher?«

»Er hat es aus dieser Gratiszeitung, die in der U-Bahn verteilt wird.«

Weber setzte sich. »Bleiben Sie mal kurz dran«, sagte er, legte den Hörer neben das Telefon, griff unter seinen Schreibtisch und zog einen Stapel Zeitungen hervor. Was für ein Glück, dass er die komplette Berichterstattung über seinen Fall akribisch gesammelt hatte. Er suchte das besagte Skandalblatt heraus und griff wieder zum Hörer. »So, Frau Novak«, sagte er. »Ich habe die U-Bahn-Zeitung vor mir liegen, und weder in der Ausgabe von heute noch in der von gestern steht etwas von einer falschen Verhaftung. Wenn Sie es mir nicht glauben, dann kann ich Ihnen gerne eine Kopie davon schicken.«

Webers nachdrückliche Worte zeigten Wirkung – Frau Novak war verunsichert. »Sie meinen wirklich, dass Herr Reiter mich angeschwindelt haben könnte?«

»Genau das glaube ich.«

»Aber er wirkte doch so vertrauenswürdig.«

»Tja, so ist das eben mit den Menschen – sie sind häufig nicht das, was sie zu sein scheinen. Aber wie auch immer – ich kann Ihnen versichern, dass wir alles im Griff haben. Es gibt also keinen Grund zur Aufregung.«

Frau Novak war peinlich berührt. Hatte sie Weber etwa zu Unrecht beschimpft? »Vielleicht hat dieser dicke, neugierige Kerl mir ja tatsächlich etwas Falsches erzählt«, sagte sie entschuldigend. »Tut mir leid, dass ich so aufbrausend war.«

»Schon in Ordnung. Die letzten Tage waren sicherlich nicht leicht für Sie. Da können die Nerven schon mal blank liegen. Machen Sie sich nichts draus.« Weber wollte schon auflegen, als ein Gedanke sein Hirn durchfuhr. »Halt, Frau Novak!«, rief er. »Warten Sie!«

»Ja?«

»Sie sagten, dieser Herr Reiter sei dick und neugierig gewesen?«

»Ja, er war groß, korpulent und hat viele Fragen gestellt.«

»Hatte er vielleicht einen leichten Tiroler Akzent?« Weber glaubte zwar nicht wirklich daran, dass sein Exkollege die Unverfrorenheit besaß, heimlich in seinem Fall herumzuschnüffeln, aber man konnte ja nie wissen.

»Hmmm ...« Frau Novak überlegte. »Es wäre möglich, aber sicher bin ich mir nicht. Ich war so sehr damit beschäftigt, die Bestattung meines Mannes zu organisieren, dass ich nicht darauf geachtet habe. Ist es wichtig? Soll ich noch einmal hinfahren und mit Herrn Reiter sprechen?«

»Nicht nötig. Kümmern Sie sich lieber in Ruhe um die Beerdigung. Ich werde mir diesen Herrn Reiter persönlich vornehmen.« Weber legte auf und suchte im Telefonbuch nach der Adresse der Pietät. Wahrscheinlich war es nur falscher Alarm. Morell würde nie so weit gehen, sich in seine Ermittlung einzumischen, dafür war er viel zu zimperlich – aber Vorsicht war nun einmal besser als Nachsicht, und darum würde er der Sache auf den Grund gehen. Sein neues Image als Held von Wien würde er sich von keinem kaputtmachen lassen – vor allem nicht von Morell.

»Und du liegst nicht tot in irgendeinem Graben oder einem Flusse?«

Charlotte Brontë, Jane Eyre

Morell überquerte den Gürtel auf Höhe der U-Bahn-Station Nussdorfer Straße und bog anschließend in die Schrottenbachgasse ein – wenn er sich nicht täuschte, war dieser schmale Weg eine Abkürzung und führte direkt durch den Währinger Park zum Archäologiezentrum. Er ging schnell, da der Himmel voller schwarzer Gewitterwolken hing, und als die ersten von ihnen begannen, ihre feuchte Last über der Stadt zu entladen, fing er an zu rennen.

Obwohl er die kurze Strecke zum Institut im Rekordtempo zurücklegte, war er klatschnass, als er dort ankam. »Kruzifix«, fluchte er und schüttelte sich. Das war jetzt schon das zweite Mal innerhalb von drei Tagen, dass er von einem plötzlichen Regenguss überrascht worden war – Wien musste ihn wirklich hassen. Er nahm sich vor, noch mehr Energie in den Fall zu stecken, damit er so schnell wie möglich wieder von hier verschwinden konnte.

Moritz Langthaler und Anna Wondraschek standen gerade auf dem Flur und unterhielten sich, als der durchweichte Morell um die Ecke bog.

»O nein, Sie Ärmster«, rief Wondraschek. »Sie sind ja so nass wie eine gebadete Katze!«

Morell dachte an Freds Wasserphobie, zog seine Jacke aus und strubbelte sich mehrmals durch die Haare. »So schlimm ist es nun auch wieder nicht.« Er war in den letzten Tagen schon mit ganz anderen Dingen fertig geworden. Da konnte ihn so ein bisschen Feuchtigkeit nicht mehr schrecken. »Also, was haben Sie für mich?«

Wondraschek wedelte mit einem Stapel Papier herum. »Ich habe eine Liste mit allen Grabungen, Exkursionen und Forschungsreisen von Professor Novak zusammengestellt«, erzählte sie. »Diese Aufstellung habe ich mit den Fotos in Novaks Büro verglichen. Und wenn ich mich nicht täusche, habe ich das Rätsel gelöst und das richtige Bild identifiziert.«

»Sie waren am Tatort? Ich bin mir nicht sicher, ob das so eine gute Idee war«, setzte Morell an, wurde aber von der hübschen Studentin unterbrochen.

»Keine Sorge – die Spurensicherung hat ihre Arbeit gestern Abend beendet und das Büro freigegeben.«

»Gut, dann erzählen Sie mal, was Sie herausgefunden haben.«

»Gern«, nickte sie mit geröteten Wangen. »Novak war ein ziemlicher Pedant und hat auf den Rückseiten seiner Fotos fein säuberlich alle Orte und Daten notiert. Es war also ganz leicht, das fehlende Bild zu eruieren. Es handelt sich um ein Gruppenfoto, das 1978 auf einer Grabung in Syrien, genauer gesagt auf dem Tell Brak, aufgenommen wurde.« Sie zog ein Blatt Papier aus dem Packen in ihrer Hand und begann vorzulesen: »Der Tell Brak ist ein antiker Siedlungshügel, der von den Sumerern und später auch von den Akkadiern, Hurritern und Assyrern besiedelt worden war. Er wurde 1934 von Sir Max Mallowan, dem Mann von Agatha Christie, entdeckt und in den darauffolgenden Jahren erforscht. Dabei machte Mallowan einen spektakulären Fund, nämlich den sogenannten Augentempel – eine alte Kultstätte, in der sich eine Vielzahl von Augenidolen befand.«

»Augenidole?« Morell hatte noch nie von so etwas gehört.

»Das sind kleine, drei bis sechs Zentimeter hohe Figuren aus Alabaster, Kalk- oder Speckstein. Sie haben meist einen flachen, trapezförmigen Körper, auf dem anstelle eines Kopfes Augen sitzen«, las Wondraschek weiter vor. »Obwohl das Symbol des Auges in Mesopotamien weit verbreitet war, sind diese Statuetten einzigartig und mit keinem anderen Fund vergleichbar.«

»Was steht da noch?«

»Leider nicht viel – nur noch die Namen der Teilnehmer. Vielleicht kann uns ja einer von denen weiterhelfen.« Sie reichte Moritz Langthaler die Liste. »Ich kenne leider keinen von ihnen. Du vielleicht?«

Langthaler studierte die Aufstellung und schüttelte den Kopf. »Abgesehen von Novak kenne ich keinen der Männer.«

»Vielleicht kann uns ja Professor Payer weiterhelfen«, schlug Wondraschek vor. »Er ist immerhin schon ein bisschen älter, hat sehr viel Erfahrung und kennt ohnehin Gott und die Welt.«

»Immer nur hereinspaziert«, rief Payer fröhlich, nachdem Langthaler an die Bürotür geklopft hatte, und winkte die drei Besucher zu sich. »Was verschafft mir die Ehre?«

Morell schlängelte sich durch die Büchermassen und setzte sich auf den Gästehocker, während Anna Wondraschek die innenarchitektonische Meisterleistung vollbrachte, zwei weitere Stühle aus dem Flur in dem kleinen Büro unterzubringen.

»Wir haben herausgefunden, welches Foto fehlt – nämlich eines, das 1978 in Syrien aufgenommen wurde, und zwar …«, Morell schielte auf Wondrascheks Unterlagen, »… auf einem gewissen Tell Brak.« Er reichte Payer die Teilnehmerliste. »Kennen Sie vielleicht eine oder mehrere dieser Personen?«

Payer strich über seinen Bart und grübelte. »Die syrischen Grabungshelfer kenne ich natürlich alle nicht, und Vitus Novak ist seit Montag tot.« Er las weiter und fing plötzlich an zu grinsen. »Wilfried Uhl. Von dem verrückten Kauz habe ich ja schon ewig nichts mehr gehört. Crazy Willie, so haben ihn früher alle genannt, hat eine Zeitlang gemeinsam mit mir studiert. Leider hat er nach wenigen Semestern das Studium abgebrochen, um in der Weltgeschichte herumzutrampen. Irgendwann ging einmal das Gerücht herum, dass er eine Strandbar auf Kreta betreibe.«

Morell fischte einen Stift aus dem Chaos auf dem Schreibtisch und kreuzte den Namen Wilfried Uhl an.

»Ludwig Nagy ist ein bekannter Entomologe – er lebt irgendwo hier in Wien«, redete Payer weiter. »Die letzten drei Namen, Gustaf Harr, Friedrich Zuckermann und Johannes Meinrad, sagen mir leider nichts.«

Morell machte vier weitere Markierungen. Er würde alle Personen, die mit einem Kreuzchen versehen waren, ausfindig machen und befragen. »Könnte eines dieser Augenidole, die auf der Grabung gefunden wurden, von Wert sein?«, wollte er wissen.

Payer stand auf und begann in einem Stapel Bücher herumzuwühlen. Kurz darauf zog er einen dicken Katalog heraus und blätterte darin herum. »Ah, da sind sie ja.« Er zeigte seinen Gästen ein paar Bilder von den Statuetten.

Anna Wondraschek wandte sich an Morell. »Schauen Sie nur, wie filigran die kleinen Körper gearbeitet sind. Sehr bemerkenswert und einfach wunderschön, finden Sie nicht auch?«

Morell nickte. In Wahrheit fand er die kleinen Steinfiguren aber einfach nur scheußlich. Sie schienen mit ihren übergroßen, ausdruckslosen Augen förmlich durch ihn hindurchzustarren. Die meisten von ihnen wirkten unfreundlich, ja sogar fast bösartig. Es musste ein sonderbares Gefühl für Mallowan gewesen sein, einen Raum zu betreten und von mehr als tausend dieser schrecklichen Dinger fixiert zu werden. Wer hatte sie geschaffen? Zu welchem Zweck? Was hatten sie im Laufe der Jahrtausende wohl alles gesehen? Und vor allem: Was hatten sie mit dem Mord an Vitus Novak zu tun?

»Die Augenidole, die nicht in irgendwelchen Museen stehen, werden unter der Hand zwischen 300 und 3000 Pfund gehandelt«, riss Payer Morell aus seinen Gedanken. »Nicht unbedingt ein Preis, für den es sich lohnen würde, jemanden zu töten. Wobei«, er seufzte, »wenn das Ministerium meine Forschungsgelder noch weiter kürzt, werde ich wahrscheinlich bald wegen weitaus kleinerer Beträge eine kriminelle Laufbahn einschlagen müssen.«

»Könnte Novak auf irgendetwas anderes gestoßen sein, das wertvoller als die Idole war?«

Payer zuckte mit den Schultern. »Normalerweise finden wir keine Kisten voller Gold und entdecken auch keine jahrhundertealten Geheimnisse, die die Weltordnung durcheinanderbringen könnten. Das Fundspektrum auf einer normalen Grabung umfasst Steine, Knochen, Asche, Scherben und hie und da mal ein paar Münzen – Dinge, die von hohem wissenschaftlichem, aber nicht von materiellem Wert sind.« Er kraulte seinen Bart. »Andererseits hatte Novak im Gegensatz zu mir und den meisten anderen Kollegen nie Geldprobleme …« Er winkte ab. »Am besten, Sie fragen die Männer, die damals mit dabei waren.«

»Da haben Sie wohl recht – und am besten fange ich sofort damit an.« Morell stand auf, bedankte sich bei den drei Archäologen, verabschiedete sich und ging zur Tür.

»Herr Morell«, rief Payer ihm nach. »Halten Sie uns auf dem Laufenden. Und richten Sie Wilfried Uhl schöne Grüße von mir aus!«

»Den Ort, wo sich die geliebten Toten befinden, weiß ich nicht; den, wo sie sich nicht befinden, weiß ich: das Grab.«
Christian Friedrich Hebbel

In Landau herrschte im Gegensatz zu Wien prächtiges Wetter. Kein Wölkchen trübte den tiefblauen Himmel, die Sonne strahlte so kräftig, als gäbe es kein Morgen, und eine laue Brise entlockte den bunten Blättern in den Bäumen ein vergnügtes Rascheln.

Während der Großteil der Bevölkerung die Gelegenheit nutzte, um zu wandern, im Garten zu arbeiten oder einfach nur im Freien zu sitzen und den schönen Tag zu genießen, saß Robert Bender bei geschlossenen Fenstern und zugezogenen Jalousien im Büro und bekam von der wunderbaren spätsommerlichen Stimmung nichts mit. Seine ungeteilte Aufmerksamkeit richtete sich einzig und allein auf das Wiederfinden von Fred.

Nachdem seine großangelegte Suchaktion und das Hinzuziehen des Försters keinen Erfolg gehabt hatten, brachte er nun eine unkonventionellere Methode zum Einsatz – nämlich Pendeln. Er ließ den kleinen Kristall, den er in einem Esoterikladen in Innsbruck gekauft hatte, über dem Ortsplan von Landau hin und her schwingen und kam sich unheimlich blöd dabei vor. »Egal«, wischte er seine Skrupel beiseite – erstens wusste ja keiner, was er hier tat, und zweitens war alles besser, als Morell erklären zu müssen, dass sein geliebtes Fellmonster verschwunden war. Er atmete also tief ein, schloss die Augen und versuchte sich zu konzentrieren.

Während das Pendel über der Karte kreiste, war es in der Polizeiinspektion, abgesehen von dem leisen Blubbern der Kaffeemaschine, mucksmäuschenstill. Schon seit Tagen herrschte hier tote Hose: Es gab keine Einbrüche, keine Diebstähle, keine Ruhestörungen – nicht einmal eine kleine Schlägerei. Anscheinend genossen die Einwohner von Landau die letzten spätsommerlichen Tage und sparten sich sämtliche kriminellen Energien für später auf. Umso besser, dachte Bender. So hatte er mehr Zeit, den Kater wiederzufinden.

Als plötzlich das Telefon mit einem schrillen Läuten die Stille durchschnitt, erschrak Bender so sehr, dass er das Pendel fallen ließ. »Herrjeh«, stöhnte er und griff sich ans Herz. Ausgerechnet jetzt musste irgendjemand anrufen – das war ja klar.

»Polizeiinspektion Landau. Inspektor Bender am Apparat«, meldete er sich und bekam den zweiten Schreck, als er hörte, wer am anderen Ende war.

»Hallo Robert, hier spricht Morell. Na, wie läuft's bei dir?«

»Wunderbar.« Bender versuchte angestrengt, sich nichts anmerken zu lassen. »Ich habe alles im Griff. Sie können ohne weiteres noch in Wien bleiben und sich um den armen Leander Lorentz kümmern.«

»Genau darum rufe ich an. Ich brauche für meine Ermittlungen die Aufenthaltsorte von ein paar Personen und wäre froh, wenn du sie für mich herausfinden könntest.«

»Klar, Chef, kein Problem. Einen kleinen Moment – ich hole mir nur schnell was zum Schreiben.« Er schnappte sich einen Bleistift und ein Blatt Papier. »Ich bin bereit, schießen Sie los!«

Morell diktierte ihm die fünf Namen: Gustaf Harr, Ludwig Nagy, Friedrich Zuckermann, Johannes Meinrad und Wilfried Uhl.

»Alles klar, ich werde versuchen, ihre aktuellen Adressen herauszufinden, und melde mich wieder bei Ihnen, sobald ich etwas habe.«

»Danke, Robert. Und was macht Fre…«

»Also dann, bis später.« Bender legte einfach auf, bevor Morell sich nach seinem Kater erkundigen konnte.

Nach dem aufwühlenden Telefonat fiel es Bender schwer, sich erneut zu konzentrieren. Er versuchte es trotzdem, und tatsächlich fing das Pendel an sich zu bewegen: Es beschrieb einen weiträumigen Kreis, der vom Hotel Adler im Westen bis zum Badesee im Süden, hin zum Wald im Osten und der Burg im Norden von Landau reichte. Trotz mehrerer Versuche wollte es seinen Radius nicht einschränken.

»Na wunderbar«, murmelte Bender entnervt. »Fred befindet sich also irgendwo hier in Landau. Wie gut zu wissen, dass das blöde Mistvieh nicht nach Brasilien ausgewandert ist.«

Er warf das 36 Euro teure Pendel in den Papierkorb, holte sich eine Tasse Kaffee und machte sich daran, Morells Adressen zu recherchieren.

»Nun genügt ein Grab ihm, dem die ganze Welt nicht genug war.«

Epitaph an einer Gedenkstätte für Alexander den Großen

Den ganzen Tag schon war er ruhelos und ungeduldig gewesen und hatte sich zusammenreißen müssen, um nicht das ganze Tagebuch in einem Zug zu verschlingen. Doch er hatte es geschafft, sich zu beherrschen und auf den richtigen Augenblick zu warten – den Augenblick, der jetzt gekommen war und in dem er die nötige Ruhe und Muße hatte, jedes Wort ganz genau zu lesen, kein Detail zu übersehen und auch das wahrzunehmen, was zwischen den Zeilen stand. Alles war wichtig! Jedes Komma, jeder Punkt, jeder noch so kleine Buchstabe verdiente seine ungeteilte Aufmerksamkeit.

Er befühlte die derbe Struktur des ledernen Einbands und ließ noch einmal die letzten Einträge vor seinem inneren Auge Revue passieren: Novak hatte mehr als zwei Jahre lang versucht, Alulims Grab in der antiken Stadt Eridu, die sich im heutigen Irak befand, zu lokalisieren, weil sich laut der Legende dort der Palast des mythischen Königs und der Haupttempel des Gottes Enki befunden haben sollen – aber er hatte keinen Erfolg gehabt. Doch wenn sich das Grab nicht in Eridu befand, wo war es dann? Er würde es hoffentlich gleich erfahren.

Wien, 14. Oktober 1977
So viel Zeit habe ich damit verschwendet, genau denselben Fehler zu machen wie all die anderen Archäologen, Abenteurer und Grabjäger, die auf der Suche nach Alulims letzter Ruhestätte sind. Glücklicherweise hat das Schicksal mir einen Artikel von Prof. David Oates aus Cambridge in die Hände gespielt, in dem es um den Fund eines Massengrabs am nordwestlichen Rand des Tell Brak geht – und plötzlich war mir alles klar: TELL BRAK. *Natürlich. Wie konnte ich denn nur so dumm sein und den berühmten Augentempel außer Acht lassen? (Unter dem schützenden Blick von Enkis eintausend Augen …)*

Ich bin mir jetzt ganz sicher, dass ich das Rätsel gelöst habe. Die Sumerer praktizierten nämlich den Ritus des Menschenopfers und wenn einer ihrer Könige starb, wurde meist der ganze Hofstaat getötet und in seiner Nähe begraben – der Fund dieser Massenbestattung passt also ganz genau ins Bild (… von seinen Treuen begleitet …).

Eine glückliche Fügung hat ergeben, dass Dr. Gustaf Harr vom Österreichischen Archäologischen Institut im kommenden Frühjahr mit einer Gruppe von Experten nach Tell Brak reisen wird. Ich werde mich dem Team als Hilfskraft anschließen und hoffe, dass ich eine Möglichkeit finden werde, unbemerkt ein paar eigene Nachforschungen anstellen zu können. Bis dahin bange und bete ich, dass Alulims Grab unentdeckt und unangetastet bleibt.

So war das also, dachte er: Ein kleiner, unscheinbarer Artikel hatte den Stein ins Rollen gebracht und damit all das Unheil ausgelöst. Angespannt blätterte er um – er musste unbedingt wissen, wer außer Novak ihn noch betrogen hatte, damit er endlich für Gerechtigkeit sorgen konnte.

Was Novak anging, so hatte er ihn seiner angemessenen Strafe zugeführt. Er lächelte, als er sich daran erinnerte, wie er Novaks

Kopf im Arkadenhof platziert hatte. Für Ruhm und Ehre war Novak über Leichen gegangen. Alles, was er wollte, war, seinen Kopf posthum im Arkadenhof zu wissen. »Und diesen Wunsch habe ich dir erfüllt«, sagte er leise.

**»Mir gibt das Grab mehr Sicherheit,
es schafft mir wenigstens Vergessen.«**
Georg Büchner, Dantons Tod

Als Morell das Archäologiezentrum verließ, war der heftige Wolkenbruch von vorhin in einen dünnen Sprühregen übergegangen. Diese Form des Niederschlags – so fand zumindest Morell – war die unangenehmste von allen. Sie war kein ehrlicher, geradliniger Schauer und auch kein sanftes, zartes Rieseln, sondern eine Ansammlung kleiner, hinterhältiger Tröpfchen, die so taten, als wären sie gar nicht existent. Heimlich, still und leise schlichen sie in jede noch so kleine Ritze, die sie in der Kleidung fanden, und durchweichten deren Träger bis auf die Knochen. Am allergemeinsten aber war die Tatsache, dass es vor ihnen keinen Schutz gab. Gegen einen anständigen Regenguss konnte man sich mit einem Schirm oder einer Kapuze zur Wehr setzen, aber gegen Nieselregen war kein Kraut gewachsen. Morell versuchte daher erst gar nicht, ihm die Stirn zu bieten. Er machte sich mit verkniffener Miene und hochgezogenen Schultern auf den Weg zu der ersten Adresse, die Bender ihm durchgegeben hatte – der von Wilfried Uhl.

Uhl betrieb doch keine Strandbar auf Kreta, sondern einen kleinen Laden im ersten Bezirk – und zwar ausgerechnet in der Blutgasse. Wien machte seinem Ruf als eine der morbidesten Städte der Welt wieder einmal alle Ehre.

Die Blutgasse befand sich in einem geschichtsträchtigen Viertel direkt hinter dem Stephansdom und war trotz ihres grausigen Namens wunderschön. Links und rechts der gepflasterten Straße standen einige der ältesten Häuser Wiens, die originalgetreu und mit viel Liebe zum Detail restauriert worden waren. Was den Namen der Gasse betraf, so gab es zwei Versionen: Die eine erzählte, dass sich im Mittelalter an dieser Stelle Schlachtplätze befunden hatten, eine andere besagte, dass dort im Jahre 1312 eine Gruppe von Templern so grausam ermordet worden sein soll, dass ihr Blut den Boden getränkt habe. Morell behagte weder die eine noch die andere Variante.

Obwohl die Blutgasse nicht gerade lang war, musste Morell einige Zeit nach dem Laden suchen, da dieser sich in einem versteckten Innenhof befand. ›Wilfried Uhl. Devotionalien und sakrale Artikel‹ stand dort in kleinen, geschwungenen Lettern neben einer unauffälligen Tür. Morell betrachtete die mickrige Auslage, in der geschnitzte Kreuze und ein paar bunte Rosenkränze leise vor sich hin staubten, und überlegte. Als was sollte er sich ausgeben? Als Polizist? Als Bestatter? Als Kunde? Er entschloss sich, sich auf Nachfrage ›privater Ermittler‹ zu nennen – es war am besten, so nahe wie möglich an der Wahrheit zu bleiben.

Als er die Tür öffnete, ertönte ein lautes Klingeln, auf das aber keine Reaktion folgte. Der Laden war unbeleuchtet und menschenleer, und Morell studierte etwas irritiert die Öffnungszeiten, die neben dem Eingang angeschlagen waren: Mo bis Fr 10:00 bis 12:00 Uhr und 14:00 bis 18:00 Uhr. An und für sich war geöffnet.

»Hallo?! Herr Uhl?!«, rief er, betrat das Geschäft und hielt nach einigen Schritten staunend inne. So etwas hatte er noch nie gesehen: Dieser Ort war ein römisch-katholischer Supergau, die unheilige Verschmelzung von Lourdes, Mariazell und Santiago di Compostela.

Morell befand sich in einem muffigen, weihrauchgeschwängerten Meer aus Engeln, Bibeln, Kerzen und Kreuzen. An der rechten Wand hingen ungefähr fünfzig Jesusse in allen nur erdenklichen Größen und Formen, und mindestens genauso viele Marien schauten mit vorwurfsvollen Blicken von einer Stellage hinter ihm herab. Es gab zig deckenhohe Regale, die mit allerlei sakralem Kitsch und groteskem Krempel vollgeräumt waren, und ein riesiger Beichtstuhl nahm mehr als ein Viertel der hinteren Wand in Anspruch. Das wohl Kurioseste und gleichzeitig auch Haarsträubendste in dem Laden war aber der Bereich ganz links. Dort war das Who's who der christlichen Märtyrer versammelt. Auf Andachtsbildern, Medaillons und sogar auf Tellern ließen Männer und Frauen in jeder nur erdenklichen Fasson ihr Leben für den Glauben. Da wurde gekreuzigt, geköpft und gevierteilt, was das Zeug hielt. Ein Mann, laut Beschriftung der heilige Laurentius von Rom, wurde sogar auf einem eisernen Rost zu Tode gegrillt. Morell schauderte und griff nach einem Teller, auf dem eine Steinigung abgebildet war. Wer zum Teufel kaufte nur so etwas?

»Das ist der heilige Stephanus – der Erzmärtyrer. Er wird bei Besessenheit, Kopfweh und für eine gute Sterbestunde angerufen.«

Morell fuhr erschrocken herum, fasste sich ans Herz und ließ dabei beinahe den Teller fallen. »Halleluja, Sie haben mich aber erschreckt.«

»Tut mir leid, das war nicht meine Absicht. Ich war gerade dabei, das Lager aufzuräumen, und muss dabei wohl die Türklingel überhört haben. Kann ich Ihnen irgendwie helfen?«

Morell, dessen Herz noch immer bis zum Hals schlug, stellte mit zitternder Hand den Teller zurück. »Ich suche Wilfried Uhl.«

»Sieht so aus, als hätten Sie ihn gefunden.«

Morell musterte Uhl. Dieser stinknormale Kerl sollte ›Crazy Willie‹ sein? Der Mann vor ihm wirkte alles andere als unkonventionell oder gar durchgeknallt. Ganz im Gegenteil – Uhl war die Durchschnittlichkeit in Person: Er war Ende fünfzig, mittelgroß, weder dick noch dünn, hatte kurzes, graumeliertes Haar und ein unauffälliges, glattrasiertes Gesicht. Er trug Jeans, ein weißes Hemd und darüber ein Kord-Sakko. Noch gewöhnlicher und normaler ging es kaum. Von Crazyness keine Spur. Nun ja, den meisten Leuten sah man ihre Verrücktheit nicht an, und der verborgene Wahnsinn war meist um einiges schlimmer als der offen nach außen ausgelebte. Und jemand, der einen Laden wie diesen hier betrieb, konnte wohl tatsächlich nicht ganz normal sein.

»Mein Name ist Morell, und ich ermittle im Fall Novak. Haben Sie davon gehört?«

»Wer hat das nicht. Die Zeitungen sind ja voll davon. Der arme Vitus.«

»Sie haben den Toten also gekannt.«

»Ja, wir haben vor einer halben Ewigkeit zusammen studiert.«

»Und weiter?«

»Nichts weiter. Ich habe mich mit der trockenen Materie gelangweilt und das Studium abgebrochen. Bin danach ein paar Jahre durch die Welt gezogen und habe mich dann mit meinem kleinen Laden hier selbständig gemacht.«

»Und den Kontakt zu Ihren ehemaligen Kollegen haben Sie nicht aufrechterhalten?«

»Nein, wir haben uns nach meinem Ausstieg völlig aus den Augen verloren. Aber warum fragen Sie das alles? Ich dachte, der Fall sei bereits aufgeklärt.«

Der Chefinspektor beobachtete Uhl genauer. Täuschte er sich, oder hatte er gerade einen Hauch von Panik in der Stimme seines Gegenübers vernommen? »Es gibt da noch ein paar kleine Ungereimtheiten, die ich gerne klären möchte, und ich hatte gehofft, dass Sie mir dabei helfen können.«

»Ich? Ich habe Vitus seit einer halben Ewigkeit nicht mehr gesehen.«

»Das macht nichts. Was mich interessiert, liegt schon einige Zeit zurück. Im Jahr 1978, um genau zu sein. Die Ausgrabungen auf dem Tell Brak. Sie und Novak haben damals zusammengearbeitet, nicht wahr?«

Uhl nickte. »Was hat denn das mit dem Mord zu tun?«

»Genau das versuche ich herauszufinden. Ich brauche deshalb so viele Informationen wie möglich über diese Expedition.«

Uhl grübelte, und Morell entging nicht, dass sich dabei kleine Schweißtropfen auf seiner Stirn bildeten. »Das ist so wahnsinnig lange her. Ich kann mich an kaum etwas erinnern. Ich weiß nur noch, dass die Arbeit anstrengend und ziemlich langweilig war.«

»Es gab also keine besonderen Vorkommnisse oder irgendwelche spektakulären Funde?«, hakte Morell weiter nach.

»Nein!« Uhl lachte auf und schüttelte dann vehement den Kopf. »Mit Sicherheit nicht! Es sei denn, Sie bezeichnen Dreck und Steine als spektakulär.«

Morell ließ nicht locker. Im Laufe seiner Karriere hatte er schon oft mit Leuten zu tun gehabt, die ihm direkt ins Gesicht gelogen hatten – und Uhl war einer von ihnen. Das konnte er an dessen Mimik und Gestik erkennen. »Es gibt aber das Gerücht, dass Novak Geld verdiente, indem er wertvolle Funde auf dem Schwarzmarkt verkaufte. Sein Lebensstil entsprach nicht unbedingt dem eines normalen Archäologen.«

»Das ist mit Sicherheit nur blödes Gerede. Vielleicht hat Novak ja reich geheiratet oder im Lotto gewonnen. Es gibt viele Wege, an Wohlstand zu gelangen – aber Archäologie ist keiner davon. Weder auf legale noch auf illegale Weise.«

»Versuchen Sie bitte noch einmal, sich an Syrien zu erinnern. Jedes noch so kleine Detail kann von Bedeutung sein.«

Uhl wischte sich über die Stirn. »Ich dachte, der Täter sei bereits gefasst worden.«

»Die Polizei hat geschlampt und den falschen Mann eingesperrt. Es ist darum doppelt wichtig, den wahren Mörder zu fangen. Erstens, um der Gerechtigkeit Genüge zu tun, und zweitens, um einen Unschuldigen zu entlasten.«

»Ich weiß zwar immer noch nicht, was diese Expedition damit zu tun haben soll, aber ich werde trotzdem noch mal nachdenken und mich bei Ihnen melden, falls mir noch was einfällt. Und bis dahin hilft Ihnen vielleicht das.« Uhl reichte Morell ein kleines Bildchen. »Das ist der Erzengel Michael, der Schutzheilige der Polizisten und Detektive.«

»Danke.« Der Chefinspektor nahm das Geschenk entgegen und war angenehm überrascht von der Tatsache, dass der Erzengel Michael weder gefoltert noch gemeuchelt wurde. »Einen interessanten Laden haben Sie hier.«

Uhl lächelte. »Bei mir gibt es Hilfe und Beistand, Hoffnung und Zuversicht. Heilige zum Anfassen und nicht dieses abstrakte Gerede, das die Priester jeden Sonntag zum Besten geben.«

»Wenn Sie meinen ...«, setzte Morell an, als sein Magen laut anfing zu knurren. Verflixte Diät.

»Entweder Sie beten zur heiligen Walburga, der Patronin gegen Hungersnot, oder Sie gehen in die Bäckerei um die Ecke. Die haben tolle Plundertaschen«, sagte Uhl mit einem Augenzwinkern.

Morell spürte, wie ihm das Wasser im Mund zusammenlief, und verspürte das dringende Bedürfnis, tatsächlich in die Bäckerei zu stürzen. Er hielt kurz inne – ihm war eine Idee gekommen. Er drehte sich um und musterte noch einmal die Märtyrer-Teller. »Was kostet dieser da?« Er zeigte auf einen Mann, der zwischen zwei mit Nägeln besetzten Tafeln zu Tode gequetscht wurde.

»Der heilige Daniel von Padua kostet vierzehn Euro.«

»Gut, den nehme ich.« Morell zückte seine Brieftasche, gab Uhl neben dem Geld auch seine Visitenkarte und betrachtete dann voller Genugtuung seinen Neuerwerb. Er würde ab sofort nur noch von diesem Teller essen. Mit dem Bewusstsein, dass er mit jedem Bissen mehr von den Wunden, Schmerzen und dem gequälten Blick des heiligen Daniel freilegte, würde ihm selbst Frau Horskys

Apfelstrudel nicht mehr schmecken. »Idealgewicht, ich komme«, murmelte er und ging zur Tür. »Ach ja, das hätte ich fast vergessen.« Er wandte sich noch einmal an Uhl. »Können Sie sich vielleicht noch erinnern, was Sie in der Nacht von Sonntag auf Montag gemacht haben? Das ist immerhin noch nicht ganz so lange her.«

Uhl bedachte Morell mit einem vorwurfsvollen Blick. »Ich bin doch wohl nicht verdächtig, oder?«

»Nein, keine Sorge, die Frage ist reine Routine.«

Uhl wischte sich noch einmal über die Stirn. »Ich … ähm … ich … war daheim.«

»Allein?«

Uhl setzte ein gequältes Grinsen auf. »Leider. Der letzte Damenbesuch ist schon eine Weile her.«

»Alles klar.« Morell setzte zum Gehen an, hielt aber erneut inne. »Ach ja: Ich soll Ihnen noch schöne Grüße von Ernst Payer ausrichten.«

Uhl schien erleichtert darüber zu sein, dass die Befragung endlich zu Ende war, und lachte auf. »Den Crazy Ernstl gibt es also auch noch? Was macht er? Wie geht es ihm?«

Morell musste schmunzeln. Wer war denn hier nun der Verrückte: Uhl oder Payer? »Er ist Professor am Institut für Ur- und Frühgeschichte, brennt seinen eigenen Schnaps und klagt über mangelnde Forschungsgelder.«

»Richten Sie dem alten Kerl schöne Grüße zurück aus – er soll mal mit einer Flasche Selbstgebranntem vorbeikommen, um über die alten Zeiten zu quatschen. Und Ihnen wünsche ich viel Freude mit dem heiligen Daniel.«

»Die werde ich haben.« Morell verließ den Laden und betrachtete auf der Straße die Ausbeute seines Besuchs: ein Heiligenbildchen, ein Märtyrer-Teller und ein Mann ohne Alibi, der offensichtlich etwas zu verbergen hatte.

»Ich sehe dieses Elendes kein Ende als das Grab.«

Johann Wolfgang von Goethe, Die Leiden des jungen Werthers

Am anderen Ende der Stadt, auf dem Zentralfriedhof, war auch Capelli fleißig bei der Arbeit. Sie hatte einen neuen Fall zugeteilt bekommen und beugte sich nun mit einem Skalpell in der einen und einem Diktiergerät in der anderen Hand über den Seziertisch und betrachtete den Körper, der darauf lag. Es handelte sich um eine sogenannte Wohnungsleiche – in diesem Fall um eine alte Frau –, die seit mehreren Tagen unbemerkt in ihrem Apartment gelegen hatte und jetzt alles andere als schön anzusehen oder angenehm zu riechen war.

Es war feucht und kalt im Obduktionscontainer und die schweren Regentropfen, die einen düsteren Trauermarsch auf das Metalldach trommelten, machten die Stimmung auch nicht gerade besser. Nina stand mitten im Dunst von Elend, Zerfall und Einsamkeit. Die alte Frau war mutterseelenallein in ihrem Bett gestorben, und niemand hatte sie vermisst. Erst als der süßliche Gestank des Todes so stark war, dass man ihn nicht mehr ignorieren konnte, hatten die Nachbarn die Polizei gerufen. Die Leiche war zu diesem Zeitpunkt bereits so verfault gewesen, dass man die Todesursache von außen nicht mehr bestimmen konnte – daher wurde sie in die Gerichtsmedizin gebracht.

»In dieser Stadt leben viele Menschen sozial isoliert. Sie haben meist keine Angehörigen und Freunde. Wer soll also merken, dass sie sterben? Es ist nicht das erste Mal, dass ein Toter ein paar Wochen, Monate oder gar Jahre in seiner Wohnung herumliegt«, stellte Kern, der wieder als Capellis Assistent fungierte, trocken fest und griff nach einer Rippenschere.

Capelli nickte und fröstelte. Sie wusste nicht, ob es an dem traurigen Schicksal der alten Dame, der Kälte im Container oder an einer sich anbahnenden Grippe lag –, jedenfalls war ihr kalt, und sie wollte diese Obduktion so schnell wie möglich hinter sich bringen. »Auf geht's«, sagte sie und setzte das Skalpell an.

Ungefähr zwei Stunden später hatte das Trommelfeuer des Regens nachgelassen und Capelli ihre Fassung wiedererlangt. Die Routine war mit dem ersten Schnitt zurückgekommen, und sie hatte mit ruhiger Hand und sicherem Blick ihre Arbeit getan und eine natürliche Todesursache festgestellt. Jetzt notierte sie sich die letzten Daten für ihren Bericht, während Kern die Organe der Frau wieder zurück in den Körper legte.

»Sie müssen mir noch Ihre Adresse geben, damit ich Sie heute Abend abholen kann«, sagte er und versuchte einen dicken Faden durch das Öhr einer Nadel zu bugsieren.

»Heute Abend?« Capelli schaute ihn fragend an.

»Sagen Sie bitte nicht, dass Sie es vergessen haben. Sie wollten doch heute mit zu einer Party kommen.« Er begann, die klaffende Öffnung, die der Y-Schnitt in der lederartig verhärteten Haut hinterlassen hatte, wieder zuzunähen.

Capelli legte ihre Notizen beiseite und fasste sich an die Stirn. »O je, das habe ich tatsächlich völlig vergessen. Ich habe gerade so viel um die Ohren. Sie wissen schon ... der Umzug und so ...«

»Geben Sie sich einen Ruck. Sie wirken so, als hätten Sie ein bisschen Aufheiterung dringend nötig, wenn ich das sagen darf.« Er zwinkerte.

Capelli war irritiert. Täuschte sie sich, oder wollte ihr Assistent sie tatsächlich abschleppen? »Ich bin wirklich müde und habe noch unfassbar viel zu tun.« Sie wandte sich wieder ihrem Bericht zu und hoffte, dass die Sache damit erledigt war.

Kern ließ sich davon aber nicht beirren. »Ich werde die Feier nicht genießen können, wenn ich mir ständig vorstellen muss, dass Sie einsam und allein zu Hause sitzen.« Er schielte auf die tote, alte Frau.

»Und ich könnte die Feier nicht genießen, wenn ich mir ständig vorstellen muss, dass in meiner Wohnung ein Berg unerledigter Arbeit auf mich wartet.« Capelli beendete den Bericht und zog demonstrativ ihren Autoschlüssel aus der Tasche.

Als sie in ihr Auto stieg, spürte Capelli, dass sie keine Lust hatte, nach Hause zu fahren. Sie brauchte dringend etwas Abstand und Ruhe, um ihre Gedanken zu sortieren. Vor ein paar Tagen war ihr Leben noch völlig in Ordnung gewesen – und jetzt? Jetzt saß ihr Freund unschuldig im Gefängnis, sie lebte in einer wildfremden Stadt, weit weg von all ihren Freunden, hatte ihren Job aufs Spiel gesetzt, indem sie eine rechtswidrige Obduktion durchgeführt hatte, und musste nun auch noch die Annäherungsversuche ihres Assistenten abwehren. Sie unterdrückte ein lautes Fluchen und gab Gas. Der monotone Singsang der Scheibenwischer und das ruhige, gleichmäßige Dahingleiten der Reifen auf dem Asphalt beruhigten ihre Nerven. Autofahren hatte in ihren Augen etwas Entspannendes, beinahe schon Meditatives. Das gemächliche Fließen des Verkehrs, das Vorbeiziehen der Landschaft und das Gefühl, in Bewegung zu sein, ließen sie zur Ruhe kommen. Durch die Konzentration auf die Straße und das Durchführen automatisierter Handgriffe schaffte sie es, ihr Bewusstsein für kurze Zeit auszuklinken und sich einfach nur treiben zu lassen.

Sie kurvte völlig ziellos eine halbe Stunde lang in der Gegend herum und fand sich plötzlich vor der Kirche zur heiligen Margareta wieder. Da hatte wohl ihr Unterbewusstsein das Steuer übernommen, Pfarrer Stimpfl ging ihr nämlich seit gestern nicht mehr aus dem Kopf: Mann Gottes hin oder her – irgendetwas stimmte nicht mit ihm.

Sie stellte sich schräg gegenüber vom Pfarrhaus auf einen freien Parkplatz und schielte zur Windschutzscheibe hinaus. Anscheinend war Stimpfl nicht daheim. Im Gegensatz zur Villa der Novaks, die hell erleuchtet war, blieben die Fenster seines Hauses dunkel. Capelli beschloss, in Ruhe eine zu rauchen und dann wieder von hier zu verschwinden. Sie kurbelte das Fenster einen Spaltbreit hinunter und griff nach ihrem Feuerzeug.

Von draußen drang der Duft von feuchtem Laub und nassem Gras zu ihr ins Auto. Das war der Geruch von Herbst, wie sie ihn aus ihrer Kindheit kannte. Sie sog gerade diese schöne Erinnerung ein und versuchte, beim Ausatmen den Gestank der vereinsamten Wohnungsleiche aus ihrer Lunge und ihrer Seele zu pusten, als ein Vorhang in einem der Fenster des Pfarrhauses sich bewegte. Reflexartig rutschte sie in ihrem Sitz nach unten. Was war das gewesen? Sie rückte ihre Brille zurecht, kniff die Augen zusammen und starrte auf die Gardine. Tatsächlich konnte sie dahinter die Silhouette eines Mannes erkennen, der zum Fenster hinausblickte. Was tat er denn da nur? Warum stand er in der Dunkelheit und starrte nach draußen? Beobachtete er sie etwa? Nein. Der Mann, bei dem es sich wahrscheinlich um Stimpfl handelte, sah überhaupt nicht in ihre Richtung, sondern starrte auf das Haus der Novaks.

»Sehr ominös«, murmelte sie und wollte sich endlich die Zigarette anzünden, als die Person plötzlich vom Fenster zurücktrat und hastig die Vorhänge zuzog.

Capelli blieb vor Schreck fast das Herz stehen. Hatte er sie etwa entdeckt? Nein! Es war offenbar etwas anderes, das ihn von seinem Aussichtsplatz verscheucht hatte – nämlich Frau Novak, die gerade das Haus verließ. Sie war zwar ganz in Schwarz, aber dennoch sexy gekleidet und kicherte in ihr Handy. Da machte wohl jemand auf lustige Witwe.

Kurz darauf fuhr ein Taxi vor, ließ Frau Novak einsteigen und brauste wieder weg.

Capelli hatte keine Zeit, sich Gedanken über das Verhalten der Witwe zu machen, da die Tür des Pfarrhauses geöffnet wurde und Stimpfl nach draußen trat. Ohne sie zu bemerken, ging er an ihrem Wagen vorbei und steuerte direkt auf das Haus der Novaks zu. Was wollte er bloß dort? Frau Novak war doch gerade weggefahren, und da sie alle Lichter gelöscht hatte, konnte man davon ausgehen, dass auch sonst niemand mehr im Haus war. Stimpfl wollte doch nicht etwa ... Capelli starrte hinüber und konnte kaum fassen, was sie da sah: Stimpfl kletterte über den Zaun der Novaks, pirschte durch den Garten, schlich an der Hausmauer entlang und bog schließlich um die Ecke und verschwand damit aus ihrem Sichtfeld.

Völlig überrumpelt riss sie die Tür auf und sprang aus dem Auto. »Verdammt!« Ihre Beine waren nicht auf so viel Enthusiasmus vorbereitet gewesen und knickten ein. Sie unterdrückte ein lautes AUTSCH, ignorierte den stechenden Schmerz im rechten Knie, rappelte sich hoch und humpelte dem Priester hinterher.

Als sie ihren Kopf um die Ecke streckte, hinter der Stimpfl vor ein paar Augenblicken verschwunden war, konnte sie gerade noch erkennen, wie seine Füße durch ein offenes Fenster verschwanden. Der ach so anständige und gottesfürchtige Mann brach also tatsächlich bei seinen Nachbarn ein. Was sollte sie jetzt tun? Ihm hinterhersteigen? Oder sollte sie lieber hier draußen lauern und beobachten, was er stahl? Oder laut schreien und ihn zur Rede stellen?

Sie beschloss, Morell anzurufen – er würde wissen, was am besten zu tun war. Sie versteckte sich hinter einem Rosenbusch, von dem aus sie das Fenster im Auge behalten konnte, und wählte die Nummer des Chefinspektors.

»Hallo Otto, ich bin's, Nina«, flüsterte sie ins Telefon. »Ich sitze im Garten der Novaks und habe beobachtet, wie Stimpfl in das Haus eingebrochen ist. Was soll ich denn jetzt machen?«

»Du bist WO?! Und hast WAS?!«

»Ich sitze hinter einem Busch in Novaks Garten und habe beobachtet, wie der Pfarrer in das Haus eingestiegen ist. Was soll ich jetzt tun?«

»Wie zur Hölle …?«

»Das erzähle ich dir später. Sag mir einfach, was ich tun soll!«

»Am besten du bleibst, wo du bist, und rührst dich nicht von der Stelle. Sobald du sicher bist, dass die Luft rein ist, haust du ab, und zwar schnell. Achte darauf, dass dich niemand sieht – vor allem nicht Stimpfl. Wenn er tatsächlich etwas mit dem Mord zu tun hat, dann ist er gefährlich. Hast du verstanden?«

»Ich glaube, er kommt zurück. Ich melde mich wieder.« Capelli beendete das Gespräch und beobachtete, wie Stimpfl mit einer Schachtel in der Hand zum Fenster hinausschlüpfte und wieder in Richtung Pfarrhaus huschte. Was diese Schachtel wohl enthielt? Es musste wohl etwas Wichtiges sein, wenn ein Priester dafür das siebte Gebot, du sollst nicht stehlen, missachtete.

Und wer weiß – vielleicht hatte er deswegen ja sogar gegen das fünfte, du sollst nicht töten, verstoßen.

»Nicht gedacht soll seiner werden,
nicht im Liede, nicht im Buche.
Dunkler Hund im dunkeln Grabe,
du verfaulst mit meinem Fluche!«

Heinrich Heine

Während Morell bei Uhl gewesen war, hatte Bender ihm per SMS die Adresse von Friedrich Zuckermann, einem pensionierten Botaniker, geschickt.

Zuckermann lebte im sogenannten Cottageviertel, einer mondänen Wohngegend im achtzehnten Bezirk, die aus ruhigen, von Bäumen gesäumten Gassen, gepflegten Grünflächen und Anwesen im englischen Landhausstil bestand. Im Unterschied zu der Gegend, in der Novak gewohnt hatte, dominierte in diesem Viertel nicht modernes Design, sondern herrschaftliche Eleganz. Auf Tradition wurde hier mehr Wert gelegt als auf Trend, und Stil war wichtiger als Style.

Hinter der Adresse, die Bender gesendet hatte, verbarg sich eine klassische Altbauvilla, und Morell betrachtete angetan einige Minuten lang die hübschen Türmchen und fein gearbeiteten Ornamente an der Fassade, bevor er die Stufen zur Haustür hinaufstieg und auf den Klingelknopf drückte.

Ein ungefähr vierjähriges Mädchen mit blonden Zöpfen und einer großen Zahnlücke öffnete. »Grüß Gott«, sagte sie und starrte den Fremden mit großen blauen Augen an.

»Wer ist es denn, Hannah?«, rief eine Stimme aus dem Inneren des Hauses.

Die Kleine musterte Morell von oben bis unten. »Ich weiß nicht«, schrie sie zurück.

Wenige Augenblicke später erschien ein großgewachsener, sportlich gekleideter Mann in der Tür. Da das Mädchen ihm wie aus dem Gesicht geschnitten war, konnte es sich dabei nur um Hannahs Vater handeln.

»Mein Name ist Otto Morell, und ich würde gerne mit Friedrich Zuckermann sprechen. Bin ich hier richtig?«

»Das ist mein Vater«, nickte der Mann und hob seine Tochter hoch. »Was wollen Sie denn von ihm?«

»Ich benötige dringend ein paar Informationen über eine Ausgrabung, bei der er Ende der 70er Jahre mitgearbeitet hat.«

»Verstehe.« Zuckermanns Sohn zauderte. »Ich fürchte aber, dass heute kein guter Tag ist, um mit ihm zu reden«, sagte er dann. »Könnten Sie vielleicht ein anderes Mal vorbeischauen?«

»Warum denn das?«

»Opa ist heute wieder böse«, sagte Hannah verschwörerisch.

»Böse?«

»Er ist demenzkrank«, klärte ihr Vater Morell auf. »Bis vor kurzem war er einfach nur ein wenig vergesslich und hier und da ein bisschen verwirrt, aber seit einiger Zeit werden seine klaren Momente seltener, und er wird immer aggressiver und misstrauischer. Heute haben Sie leider einen ganz schlechten Zeitpunkt erwischt. Er grantelt schon den ganzen Tag herum. Am besten, Sie lassen mir Ihre Telefonnummer hier, dann rufe ich Sie an, sobald er wieder etwas umgänglicher ist.«

»Und wann könnte das sein?«

»Ich habe keine Ahnung. Vielleicht morgen oder übermorgen. Man kann das nicht wirklich vorhersagen.«

Morell schüttelte den Kopf. »Ich brauche die Informationen so schnell wie möglich. Lassen Sie es mich bitte zumindest versuchen.«

Hannah blickte Morell mit großen Kulleraugen an. »Er ist böse«, wiederholte sie. »Ich mag ihn nicht mehr.« Dann vergrub sie ihr Gesicht in der Halsbeuge ihres Vaters.

»Komm schon, Süße«, sagte dieser. »Er ist doch dein Opa. Die ganze letzte Woche war er doch gut drauf und lieb zu dir.«

»Er ist nicht mehr mein Opa«, murmelte sie leise.

»Kinder«, sagte Zuckermann junior und zuckte mit den Schultern. »Haben Sie auch welche?«

Morell schüttelte den Kopf. »Leider nicht.« Er spürte, wie ein messerscharfer Blitz durch seine Brust schoss und direkt in sein Herz fuhr. Die Ermittlungen hatten ihn tatsächlich so sehr abgelenkt, dass er Valerie völlig vergessen hatte. Nun schmerzte die plötzliche Erinnerung umso heftiger. »Könnte ich jetzt bitte mit Ihrem Vater sprechen?«, bat er schnell.

»Wie Sie wollen. Er ist hinten im Gewächshaus. Folgen Sie mir bitte.«

Sie gingen am Haus und an gepflegten Blumenbeeten vorbei und gelangten zur Terrasse auf der Rückseite der Villa, hinter der sich ein riesiger Garten erstreckte.

»Wissen Sie, was das Schlimmste an der ganzen Sache ist?«, fragte Zuckermann junior, als er Morell in den Garten führte. »Seit ich denken kann, hat mein Vater immer penibel auf seine Gesundheit geachtet. Er trieb täglich Sport, hat sich gesund ernährt und weder geraucht noch getrunken. Er ist vor einem Monat achtundsechzig Jahre alt geworden und hat noch immer den Körper eines jungen Mannes. Und jetzt? Jetzt muss er erleben, wie sein Geist ihn immer mehr im Stich lässt. Es ist wirklich zum Heulen.«

Morell nickte. »Kein Wunder, dass er zornig ist. Ich zumindest wäre es.«

»Dann viel Glück«, sagte der junge Zuckermann, als sie vor dem Gewächshaus angekommen waren. »Bitte klopfen Sie kurz an die Terrassentür, wenn Sie hier fertig sind. Ich begleite Sie dann wieder hinaus.« Er drehte sich um und ging zurück ins Haus. Hannah blickte dabei über die Schulter ihres Vaters und winkte dem Chefinspektor verstohlen zu.

Morell öffnete die Glastür und war schier überwältigt von der Pracht, die sich ihm bot. Wohin er auch blickte, blühten Rosen, Orchideen und seltene exotische Pflanzen, deren Duft süß und aromatisch in der Luft hing. Kostbare Blumen und edle Züchtungen strahlten in allen nur erdenklichen Farben und ließen sein Herz aufgehen.

»Bist du das, Gregor?« Ein athletisch gebauter Mann mit vollem, grauem Haar und einem beinahe faltenfreien Gesicht kam auf ihn zu. Sein Sohn hatte nicht übertrieben – Friedrich Zuckermann sah tatsächlich keinen Tag älter als Mitte fünfzig aus. Kaum zu glauben, dass er bereits achtundsechzig Jahre alt sein sollte. »Sag deinem Gschropp, dass es gefälligst nicht mehr in meinem Gewächshaus spielen soll. Ich kann schon wieder meine Gartenschere nicht finden.«

»Meinen Sie etwa diese hier?« Morell bückte sich, hob die Schere, die mitten auf dem Weg lag, auf und reichte sie Zuckermann.

Dieser riss sie ihm aus der Hand. »Und jetzt sag deiner Mutter, dass ich Hunger habe.« Er drehte sich um und machte sich daran, einige Rosen abzuschneiden.

»Ich bin nicht Ihr Sohn, Herr Zuckermann. Mein Name ist Otto Morell, und ich habe ein paar Fragen an Sie.«

Zuckermann drehte sich um und musterte ihn misstrauisch. Langsam schien es ihm zu dämmern, dass der Mann, der da vor ihm stand, tatsächlich nicht sein Sohn war. »Wer sind Sie, und was tun Sie hier in meinem Gewächshaus? Ich mag es nicht, wenn fremde Leute meine Blumen anfassen, also gehen Sie gefälligst.«

»Mein Name ist Otto Morell, und ich habe …«

»Hauen Sie ab! Sie bringen hier nur alles durcheinander und machen meine Pflanzen kaputt.« Er fuchtelte mit der Gartenschere herum und drängte den Chefinspektor in Richtung Tür. Dabei trat er beinahe in ein Blumenbeet.

»Vorsicht«, rief Morell. »Passen Sie auf Ihre Aurikel auf. Es wäre schade, wenn Sie sie versehentlich ruinieren würden.« Er schaute genauer hin und riss die Augen auf. »Sind das etwa Lady Daresburies?«

Dass der Eindringling die seltene Blume erkannt hatte, schien Zuckermann anscheinend zu besänftigen. Er blieb jedenfalls stehen und zog eine Augenbraue hoch. »Sie kennen sich mit Pflanzen aus?«

»Ein wenig. Ich habe selbst ein Glashaus und züchte darin Blumen. Zwar nicht so professionell wie Sie hier, aber ja – ich wage zu behaupten, dass ich mich auskenne.«

Zuckermann war mit einem Schlag wie verwandelt. Ein Lächeln trat auf sein Gesicht, und er fasste Morell kollegial an der Schulter. »Kommen Sie, Sie müssen sich unbedingt meine Laelia superbiens ansehen. Sie werden begeistert sein.«

Der Botaniker hatte nicht zu viel versprochen – Morell war tatsächlich schwer beeindruckt von der Orchidee. »Fantastisch«, murmelte er und bestaunte die zarten Blüten, die in einem leuchtenden Rot erstrahlten. »Wie haben Sie es nur hingekriegt, dass sie so hoch gewachsen ist?«

»Tja, das würden Sie gerne wissen, aber es bleibt mein Geheimnis«, zwinkerte Zuckermann und legte dann die Stirn in Falten. »Wie war noch mal gleich Ihr Name?«

»Mein Name ist Otto Morell, und ich bin hier, weil ich ein paar Fragen an Sie habe. Es geht um eine Grabung, an der Sie im Jahr 1978 beteiligt waren. Auf dem Tell Brak in Syrien.«

»Ich kann mich erinnern. Ich habe damals als Archäobotaniker gearbeitet und mit Hilfe von Pflanzenresten versucht, die Agrargeschichte des Ortes zu rekonstruieren.«

Morell war erleichtert. Es stimmte also, dass bei dementen Menschen oft nur das Kurzzeitgedächtnis beeinträchtigt war, während das Langzeitgedächtnis immer noch tadellos funktionierte. »Ist damals irgendetwas Besonderes geschehen? Etwas, das mit Vitus Novak zu tun hatte?«

Zuckermanns Miene verdüsterte sich. »Ja«, zischte er. »Novak, dieser Hund, hat einen Fluch über uns alle gebracht.«

»Einen Fluch?«

»Genau. An allem Übel ist nur er schuld. Er mit seinem verdammten Grab. Ganz fanatisch war er deswegen.«

»Halt. Stopp. Ganz langsam.« Morell hob die Hände. »Können Sie bitte von vorne beginnen? Was war das für ein Grab, und warum war Novak so sehr daran interessiert?«

»Ich weiß nicht, was genau es damit auf sich hatte. Novak ist eines schönen Tages zu mir gekommen, hat behauptet, dass er da so eine Ahnung habe, und hat mich gebeten, ihm in der Nacht beim Graben zu helfen.«

Morells Magen machte einen kleinen Satz, und zwar dieses Mal nicht aus Hunger, sondern vor Freude – endlich hatte er eine Spur. »In der Nacht? Warum denn nicht tagsüber?«

»Novak war irgendwie paranoid. Hat behauptet, es sei seine ganz persönliche Entdeckung, und wollte darum nicht, dass zu viele andere davon erfahren – vor allem nicht Harr, unser Grabungsleiter. Novak hat sich nämlich eingebildet, dass der ihm die Lorbeeren streitig machen könnte. Darum hat er ja auch ausgerechnet mich um Hilfe gebeten – er wusste, dass ich nicht auf der Suche nach Ruhm und Anerkennung war. Ich wollte einfach nur in Ruhe meine Pflanzen studieren.«

»Und dann?« Morell bemerkte, wie sich ein Kribbeln in seinem Bauch ausbreitete. Das war das Adrenalin, das durch seinen Körper gepumpt wurde. Ein gutes Gefühl, das er schon lange nicht mehr gespurt hatte. Er kannte es noch gut aus seiner Anfangszeit bei der Kripo. So fühlte es sich an, wenn er Witterung aufnahm.

»Ich wollte kein Spielverderber sein und habe ihm darum geholfen. Wir sind also in der Nacht zu diesem kleinen Hügel gegangen, ungefähr eineinhalb Kilometer vom Lager entfernt, und haben dort gegraben. Nach zirka zwei Metern sind wir auf eine Steinplatte gestoßen, die mit Keilschriftzeichen versehen war. Novak hat sie übersetzt.«

»Und was stand drauf?«

»Es war eine Fluchformel, die davor warnte, das Grab zu öffnen. An den genauen Wortlaut kann ich mich nicht mehr erinnern. Normalerweise bin ich kein furchtsamer oder abergläubischer Mensch, aber irgendetwas hat mir damals einen kalten Schauer über den Rücken gejagt. Eine innere Stimme hat mir gesagt, dass es besser wäre, die Finger von der Sache zu lassen, also habe ich die Arbeit abgebrochen und bin zurück ins Lager gegangen.«

»Und Novak?«

»Der war natürlich stinksauer und hat mich als Feigling beschimpft. Aber mir war das egal. Ich habe immer schon gerne meinem Bauchgefühl vertraut.«

Ein sehr sympathischer Wesenszug, dachte Morell. »Und was hat Novak dann gemacht?«

»Keine Ahnung. Er hat mich nach dieser Nacht völlig ignoriert und nie wieder ein Wort mit mir gesprochen. Wahrscheinlich hat er das Grab mit Hilfe von jemand anderem geöffnet und damit den Fluch über uns alle gebracht. Es gibt keine andere Erklärung dafür, dass ausgerechnet ich unheilbar krank geworden bin.« Der Botaniker ließ seinen Blick ins Leere gleiten. Einige Sekunden später schüttelte er den Kopf und schaute Morell verwirrt an. »Wie war noch mal gleich Ihr Name?«

Als Morell Zuckermanns Haus verließ, war er voller Zuversicht. Langsam gerieten die Dinge in Bewegung. Nicht mehr lange, dann hätte er genügend Beweismaterial zusammen, um Weber davon zu überzeugen, den Fall noch einmal aufzurollen.

Bender hatte in der Zwischenzeit zwei weitere Adressen geschickt: die von Ludwig Nagy, dem Insektenforscher, und die von

Johannes Meinrad, der als Experte für antike Kunst in einem Auktionshaus arbeitete.

Ein Blick auf die Uhr verriet Morell, dass es bereits halb acht war – die Zeit war heute wie im Flug vergangen. Er würde sich die beiden Herren morgen Nachmittag zu Gemüte führen. Jetzt würde er nach Hause fahren und sich ein feines, kalorienarmes Abendessen kochen.

»Ihr läugnet mir das nimmer ab,
denn wir legten ihn eben ins Grab.«
Hartmann von Aue, Iwein

Morell wurde durch das Klingeln seines Handys unsanft aus dem Schlaf gerissen und schielte müde auf die großen, roten Zahlen des Radioweckers: 06:23 Uhr. Wer um alles in der Welt rief denn an einem Samstagmorgen schon so früh an? Es musste sich um einen Notfall handeln. Hoffentlich war nichts Schlimmes in Landau passiert. Er drückte auf ›Annehmen‹, ohne vorher aufs Display zu schauen. »Morell«, meldete er sich.

Am anderen Ende der Leitung herrschte Schweigen. »Ähm … ich wollte eigentlich mit Thomas Reiter sprechen, aber anscheinend habe ich mich verwählt.« Es war Sebastian Jedler.

Morell erstarrte. An die Möglichkeit, dass es jemand aus der Pietät sein könnte, hatte er gar nicht gedacht. So ein dummer Fehler hätte ihm nicht passieren dürfen. Er versuchte sich in Schadensbegrenzung und verstellte seine Stimme so gut wie möglich. »Tjaaa, daaaa haaaben Sie sich wohl verrrwäääählt«, sagte er.

»Entschuldigung.«

»Kein Prrroblem.« Morell legte auf und atmete tief durch. Jedlers Anruf hatte ihm einen ordentlichen Schreck versetzt, dank dem er nun hellwach war.

Wenige Sekunden später klingelte das Handy erneut. »Thomas Reiter«, meldete Morell sich dieses Mal mit seiner normalen Stimme.

»Hallo Tom, hier ist der Basti. Tut mir total leid, dass ich dich schon so früh stören muss, aber hier ist die Hölle los, und wir brauchen dringend deine Hilfe.«

»Was ist denn passiert?«

»Nix Besonderes. Es ist einfach nur einer dieser Tage, an dem die Leute sterben wie die Fliegen. Erst war da dieser fiese Unfall auf der Tangente. Motorrad gegen LKW. Keine schöne Sache ...«

Morell merkte, wie sein Magen sich verkrampfte. »Und was noch?«

»In dem Altersheim, in dem wir gestern waren, ist schon wieder ein Insasse gestorben – den muss ich abholen, sobald ich mit dem Motorradfahrer fertig bin. Eschener ist mit der Organisation der Novak-Bestattung beschäftigt, und Frau Summer hat gerade einen Selbstmord und danach noch einen Herzinfarkt. Du müsstest dich um das Telefon und die tausend kleinen Dinge, die so anfallen, kümmern.«

Als Morell eine halbe Stunde später in der Pietät ankam, herrschte trotz der frühen Stunde bereits geschäftiges Treiben.

»Klasse, dass du so schnell kommen konntest!« Jedler klopfte ihm auf die Schulter. »Wie es scheint, schiebt Gevatter Tod heute ordentlich Überstunden. Gerade ist noch ein Todesfall reingekommen. Kannst du das bitte erledigen?« Er reichte Morell eine Liste. »Es geht um ein paar Blumengestecke, ein kurzes Gespräch mit dem Organisten, zwei Todesanzeigen und eine Parte.«

Morell nickte. Die Blumen, den Organisten und die Anzeigen würde er hinkriegen, aber das letzte? »Hilf mir kurz auf die Sprünge. Was war gleich noch mal eine Parte?«

Jedler schaute ihn argwöhnisch an. »Hast du bei Somnus nie Partezettel machen müssen?«

»Doch, aber das ist ja schon ein bisschen her.« Morell merkte, wie er rot wurde. Lügen war und blieb einfach eine seiner größten Schwächen.

»Das Wort Parte kommt vom französischen ›faire part‹, was auf gut Deutsch so viel wie ›mitteilen‹ heißt. Es wird darauf nämlich mitgeteilt, dass jemand gestorben ist. Du kannst dir die Parte wie einen Flyer vorstellen, der in verschiedenen Schaukästen aufgehängt und an Verwandte und Bekannte des Toten geschickt wird.«

»Ach so, du meinst einen Totenzettel.«

Jedler nickte. »Bei uns in Wien heißt das Parte.« Er kniff die Augen zusammen und musterte sein Gegenüber kritisch. »Wie auch immer – ich mache mich dann mal an die Arbeit. Es scheint heute ein recht sterbeintensiver Tag zu werden.«

»Alles klar«, murmelte Morell und hoffte, dass dies das letzte Fettnäpfchen für heute gewesen war.

Die Mitarbeiter der Pietät waren nicht die Einzigen, die schon in aller Herrgottsfrühe auf den Beinen waren. Auch die Wiener Polizei nahm keine Rücksicht auf Wochenenden, Uhrzeiten oder den Schlafrythmus ihrer Beamten.

Chefinspektor Roman Weber war bereits gegen fünf Uhr morgens in eine Bar gerufen worden, in der eine Messerstecherei stattgefunden hatte, und befand sich nun auf dem Weg zurück ins Kriminalamt, wo ein Haufen Papierkram auf ihn wartete.

»Was für ein Mist«, sagte er zu seinem Kollegen Theo Wojnar, der neben ihm auf dem Beifahrersitz saß. »Können sich diese besoffenen Idioten nicht zu einer halbwegs menschlichen Zeit die Bäuche aufschlitzen?« Da er ein bisschen fröstelte, schaltete er die Heizung des Wagens ein. Er war ein vielbeschäftigter Mann und hatte keine Zeit für Schnupfen, Halsweh und all das andere lästige Zeug, das der Herbst so mit sich brachte. Und außerdem – wie würde das denn aussehen? Er, der Held von Wien, ausgeschaltet von ein paar popeligen Viren. »Ich brauche dringend einen Kaffee«, konstatierte er, drehte die Heizung noch etwas höher und bog in die Josefstädter Straße ein. »Wenn ich mich nicht täusche, gibt es gleich da vorne eine nette, kleine Bäckerei, die schon offen hat.«

Wojnar nickte zustimmend und zeigte dann auf einen Zeitungsverkäufer, der am Straßenrand stand. »Sag mal – erscheint heute nicht dein Interview?«

»Doch!« Wie hatte er das nur vergessen können?! Weber legte mit quietschenden Reifen eine Vollbremsung vor dem jungen Pakistaner hin, der beim Anblick der beiden Polizisten verunsichert die Hände in die Höhe hob.

»Keine Sorge«, sagte der Chefinspektor gönnerhaft. »Wir wollen deine Arbeitsgenehmigung gar nicht sehen. Gib mir einfach nur ein Exemplar von diesen da.« Er zeigte auf einen Stapel Zeitungen. »Oder weißt du was – gib mir gleich zwei, oder sagen wir fünf davon.«

Nachdem er dem verstörten Mann ein dickes Trinkgeld gegeben hatte, raste Weber zur Bäckerei – er konnte es kaum erwarten, den Bericht zu lesen.

»Bleib du nur sitzen und schau dir den Artikel an.« Wojnar stieg aus. »Ich hole uns schnell Kaffee und ein paar Croissants.«

Weber nickte, blätterte voller Vorfreude auf Seite drei – und erstarrte. Was sollte denn das? Etwas Schlimmeres hätten ihm die dummen Zeitungsheinis nicht antun können: Sie hatten seinen Namen falsch geschrieben. Er hieß WEBER, nicht WEHNER! Wie um alles in der Welt hatte nur so etwas passieren können? Verärgert warf er alle fünf Zeitungen auf den Rücksitz und umklammerte das Lenkrad so fest, dass seine Knöchel weiß hervortraten. Einmal im Leben passierte ihm etwas Gutes. Einmal im Leben war er der Star, der Held, der Mann der Stunde. Und dann? Dann vermasselten ihm diese ignoranten Pressefuzzis seine fünfzehn Minuten Ruhm, indem sie ihn Roman Wehner nannten. Am liebsten hätte er die Reporter verhaftet und wegen akuter Dummheit eingesperrt. Nachdem das aber leider nicht ging, musste er seinem

Zorn irgendwo anders Luft machen – aber wo? Unvermittelt fiel ihm sein Verdacht bezüglich Morell wieder ein.

Wojnar riss Weber aus seinen Überlegungen, indem er die Beifahrertür öffnete und seinem Kollegen einen Becher mit dampfendem Kaffee und eine Tüte mit zwei Croissants unter die Nase hielt. »Na, wie ist der Artikel? Lass mal sehen!«, sagte er und stieg ein.

»Frag einfach nicht«, grummelte Weber, startete den Wagen und fuhr so abrupt an, dass Wojnar beinahe seinen Kaffee verschüttete.

»Hey, was ist denn jetzt los? Haben wir einen Einsatz, oder warum hast du es so eilig?«

»Frag einfach nicht«, wiederholte Weber, und Wojnar entschied, dass es wohl das Beste war, einfach den Mund zu halten. Weber hatte vor drei Wochen aufgehört zu rauchen und versetzte seither die ganze Abteilung mit seinen unkontrollierbaren Launen in Angst und Schrecken. Er nahm einen großen Bissen von seinem Croissant, schaute zum Fenster hinaus und schwieg. Er sagte auch nichts, als sein Kollege wenige Minuten später den Wagen unsanft im Parkverbot vor der Pietät abstellte.

»Bin gleich wieder da«, sagte Weber und stieg aus. Sollte sich herausstellen, dass der ominöse Thomas Reiter wirklich Otto Morell war, dann sollte sich dieser lieber warm anziehen!

Er ging mit entschlossenem Schritt zum Eingang, zögerte dort aber einen Moment. Es war erst kurz nach sieben – ob das Bestattungsinstitut wohl schon offen hatte? Sollte es eigentlich – der Tod hielt sich schließlich an keine Öffnungszeiten. Er zog an der Tür, die tatsächlich aufging, und betrat den Ausstellungsraum – keiner da. Er nahm einen Schluck Kaffee und sah sich um. Urnen, Särge, Totenhemden, Kruzifixe und Kerzen so weit das Auge reichte. Ein leichter Schauer rann Webers Rücken hinunter, als unangenehme Erinnerungen an den Tod seines Vaters in ihm hochstiegen. »HALLLOOO?!«, rief er ungeduldig.

Jedler wollte gerade in den Keller gehen, als die Eingangstüre bimmelte. »Nicht schon wieder Kundschaft«, stöhnte er. »Dafür habe ich jetzt echt keine Zeit.« Er wandte sich an Morell. »Sieht so aus, als müsstest du das übernehmen. Oder hast du auch vergessen, wie man ein Beratungsgespräch führt?«

Morell zuckte zusammen. »Ähm ... nein ... natürlich nicht ... kein Problem.«

»Dann ist ja gut.« Jedler verschwand in sein unterirdisches Reich, und Morell blieb allein im Flur zurück.

Ein Beratungsgespräch ... jetzt ... und er war völlig unvorbereitet. »Ruhig bleiben und Nerven bewahren«, sagte er zu sich selbst. »Kein Gejammer, keine Schwäche.« Was konnte denn schon großartig schiefgehen? Er würde den Trauernden sein Beileid aussprechen, sie fragen, was für eine Bestattungsart sie sich wünschten, und ihnen anschließend Särge und wenn nötig auch Urnen zeigen. Ein Klacks.

»HALLLOOO?!«, rief eine unfreundliche Stimme aus dem Ausstellungsraum, die Morell irgendwie bekannt vorkam.

»Nicht aus der Ruhe bringen lassen«, murmelte er. Das sind Menschen, die sich in einem Ausnahmezustand befinden. Da dürfen sie auch ruhig ein bisschen ungeduldig sein. Er holte noch einmal tief Luft und öffnete die Tür.

Weber trippelte unangenehm berührt zwischen den Bestattungsutensilien herum. Noch vor weniger als einer halben Stunde hatte er in einer riesigen Blutlache gestanden und mit angesehen, wie zwei Sanitäter einen Mann verarzteten, dem ein Messer bis zum Anschlag im Bauch steckte. Das hatte ihm absolut nichts ausgemacht – im Laufe seiner Karriere hatte er schon weitaus Schlimmeres gesehen. Die Särge und Urnen machten ihn aber aus irgendeinem unerfindlichen Grund nervös. »HALLLOOO?!«, rief er also noch einmal. »Ist da jemand? Ich möchte bitte sofort mit einem Mitarbeiter sprechen.«

Morell erstarrte. WEBER! Was wollte der denn hier? Er hielt die Luft an und trat vorsichtig einen Schritt zurück. Ganz egal, was seinen Exkollegen hergeführt hatte – er durfte ihn auf keinen Fall sehen.

So leise wie möglich zog er die Tür wieder zu und schaute sich hektisch um. Die zwei Beratungszimmer waren besetzt und weder die Toilette noch die Trauerhalle waren ein gutes Versteck, da jederzeit jemand hineinplatzen konnte.

Nach kurzem Überlegen beschloss er, in den Keller zu schleichen, durch die Garage auf die Straße zu gehen und sich dort so lange versteckt zu halten, bis Weber wieder weg war – ja, das war ein guter Plan.

Morell huschte also ins Souterrain, sauste an der Kühlkammer, dem Lager und dem Thanatopraxieraum, in dem Jedler laut singend vor sich hin arbeitete, vorbei und schlüpfte in die Garage. Erst jetzt traute er sich wieder zu atmen. »Puh, gerade noch mal gut gegangen«, keuchte er und öffnete die Tür nach draußen. Die Erleichterung hielt leider nur ein paar Sekunden an, denn direkt in der Ausfahrt stand ein Streifenwagen, in dem Wojnar saß und genüsslich ein Croissant aß. Morell schlug die Tür wieder zu und versuchte, einen kühlen Kopf zu bewahren.

Obwohl auf sein Rufen keinerlei Reaktion folgte, dachte Weber nicht im Traum daran, unverrichteter Dinge wieder abzuziehen. Wenn Morell tatsächlich die Frechheit besaß, heimlich in seinem Fall herumzuschnüffeln, dann hatte er einen Denkzettel verdient – und zwar jetzt sofort, denn er brauchte nach dem Zeitungsdesaster dringend eine Gelegenheit, sich abzureagieren. Er öffnete also die Hintertür und trat auf den Flur. »HALLLOOO!?«, rief er noch einmal. »Wo sind denn hier alle?«

Er wollte sich gerade ein bisschen genauer umsehen, als eine Tür rechts von ihm aufging und eine ältere, rundliche Frau mit wuscheligem weißem Haar heraustrat.

»Pssst!«, sagte sie und legte einen Finger an die Lippen. »Ich habe gerade ein Gespräch. Ist denn niemand vorne im Ausstellungsbereich?«

Weber verneinte.

»Das tut mir leid, bitte entschuldigen Sie.« Die Dame bedachte ihn mit einem mitfühlenden Blick, stellte sich als Frau Summer vor und tätschelte seine Hand. »Könnten Sie sich vielleicht einen kleinen Moment gedulden? Ich komme so schnell wie möglich zu Ihnen. Es dauert sicherlich nicht lange.«

Weber antwortete nicht, sondern zog seinen Dienstausweis aus der Tasche und hielt ihn Frau Summer vor die Nase. »Ich bin auf der Suche nach einem Ihrer Mitarbeiter – einem gewissen Herrn Reiter. Ist er zufällig hier?«

Frau Summer wurde ganz blass um die Nase. »Hat der Herr Reiter etwas angestellt?«, fragte sie und schlug eine Hand vor den Mund.

»Das weiß ich noch nicht«, sagte Weber und steckte sich einen Zahnstocher in den Mund. »Dazu muss ich erst einmal seine Personalien feststellen.«

Durch Morells Kopf rasten tausend Gedanken – was sollte er jetzt tun? In der Garage konnte er schlecht bleiben, da Jedler jeden Moment auftauchen konnte, um ins Altersheim zu fahren. Die Tatsache, dass er hier drinnen hockte anstatt oben ein Beratungsgespräch zu führen, würde ihn in ziemlichen Erklärungsnotstand bringen. Ihm blieb also nur der Weg zurück.

Gerade als er die Garagentür vorsichtig hinter sich schloss, hörte er Schritte am oberen Ende der Treppe. Das unverkennbare Klick-Klack von Stöckelschuhen verriet ihm, dass es sich dabei um Frau Summer handeln musste.

»Herr Reiter?!«, rief sie auch schon. »Sind Sie irgendwo da unten? Hier möchte jemand mit Ihnen sprechen.«

Morell überflog die Optionen, die ihm blieben: Kühlkammer

oder Lager. Die Wahl fiel ihm nicht schwer – das Lager war das kleinere Übel, und außerdem war es näher.

So leise wie möglich schlich er sich ran, öffnete die Tür und schlüpfte hinein. Gerade noch rechtzeitig, denn die Schritte waren jetzt ganz nah. Es handelte sich um zwei Personen, die, wie es schien, zum Thanatopraxieraum gingen.

»Geh, Sebastian, sag, ist der Herr Reiter schon da?«, hörte er Frau Summer fragen.

»Jep, der ist gerade oben und berät einen Kunden.«

»Nein, das tut er nicht.« Das war Webers Stimme. »Wo sonst könnte er sein?«

»Vielleicht sucht er was im Lager.«

»Das wäre möglich – ich werde nachsehen. Danke, Sebastian.«

Erneut ertönte das Klick-Klack von Frau Summers Schuhen auf dem harten Fliesenboden.

Nun saß er also in der Falle. Nur mit Mühe unterdrückte Morell ein lautes Fluchen. Er musste von hier verschwinden oder sich verstecken, bevor Weber und Summer hereinkamen. Mit einem prüfenden Blick scannte er den Raum: Die beiden Fenster kamen als Fluchtweg nicht in Frage, da sie viel zu hoch oben, zu klein und außerdem vergittert waren. Er musste also einen Schlupfwinkel finden: Hinter den Schachteln mit den Totenhemden? Die waren nicht breit genug. Unter dem Regal? Zu schmal. Hinter den Kisten mit den Urnen? Die waren schwer, und er hatte nicht genug Zeit, um sie zu verrücken.

Sein Blick blieb an dem amerikanischen Klappsarg Modell Kennedy hängen, der im hinteren Teil des Zimmers stand – eine absolute Fehlinvestition, hatte Eschener ihm mit einem Seufzen erklärt. Viel zu teuer und dank seiner überdimensionalen Ausmaße nicht für die einfachen europäischen Erdgräber geeignet.

Im Gegensatz zu herkömmlichen Särgen war der Deckel dieses Fabrikats nicht lose und musste angeschraubt werden, sondern man konnte ihn wie einen Kofferraum einfach auf- und zuklappen. Genau das tat Morell jetzt. Er öffnete die staubige Totenkiste und schielte in ihr Inneres. Allein bei dem Gedanken, sich da hineinzulegen, standen ihm alle Haare zu Berge, aber was war die Alternative? Von Weber entdeckt zu werden? Die Konsequenzen wollte er sich gar nicht erst ausmalen. Also stieg er hinein und zog den Deckel gerade noch rechtzeitig zu, bevor Frau Summer die Tür aufmachte.

»Hallo? Herr Reiter? Sind Sie hier?« Die Metallwände des Sarges blockten die Außengeräusche ab, so dass ihre Worte nur äußerst gedämpft und leise zu hören waren.

Morell spürte, wie eine Woge des Unbehagens durch seinen Körper raste. Hier drinnen war es nicht nur schrecklich eng und beklemmend, sondern auch noch unendlich stickig und dunkel. Kein einziger Lichtpartikel fand seinen Weg in diese modrige Konservenbüchse. Er hatte einmal gehört, dass das Wort Sarg vom griechischen Begriff Sarkophagos stammte, was übersetzt so viel wie ›Fleischfresser‹ hieß. Er lag also eingequetscht in einer fleischfressenden Kiste, während sein jähzorniger Exkollege nur wenige Zentimeter von ihm entfernt nach ihm fahndete. Er schauderte und presste sein Ohr so fest wie möglich an den muffigen Synthetikstoff, mit dem der Innenraum des Sarges ausgekleidet war.

»Wie lange arbeitet dieser Herr Reiter denn schon für Sie?«

»Seit zwei Tagen. Er ist noch auf Probe hier.«

»Ist Herr Reiter zufällig ein Tiroler?«

»Ich glaube schon – er kommt auf jeden Fall aus dem Westen. Vorarlberg oder Tirol, ich kann die beiden Dialekte nicht wirklich unterscheiden.«

Morells Herz pochte so laut, dass er befürchtete, es würde ihn verraten. Wie um alles in der Welt war Weber ihm nur auf die Schliche gekommen?

»Schauen wir doch noch einmal oben nach«, sagte Frau Summer. »Vielleicht war er ja nur kurz auf der Toilette. Ansonsten habe ich seine Telefonnummer – dann können wir ihn anrufen.«

Die Schritte entfernten sich, und einige Augenblicke später war das Öffnen und Schließen der Tür zu vernehmen. Es kostete Morell einiges an Überwindung, nicht augenblicklich den Sargdeckel hochzuwuchten und in die Freiheit zu springen. Er musste warten, bis er sicher sein konnte, dass Summer und Weber außer Hörweite waren, und zwang sich deshalb noch etwas auszuharren. Während er mit geschlossenen Augen regungslos dalag, trieb ihm vor allem ein Gedanke den Angstschweiß aus den Poren: Was, wenn er den Deckel nicht mehr aufbekam? Wenn irgendetwas klemmte? Wie lange würde die Luft ausreichen, bevor er elendig krepierte?

»Kein Gejammer, keine Schwäche und vor allem keine Panikattacke.« Er fummelte ziemlich umständlich sein Handy aus der Hosentasche, schaltete es aus und begann langsam von 30 rückwärts zu zählen.

Nachdem Herr Reiter unauffindbar blieb, ließ Weber sich von Frau Summer dessen Telefonnummer geben und verabschiedete sich. Groß, korpulent, Tiroler, seit zwei Tagen in der Pietät und versuchte Frau Novak den Floh ins Ohr zu setzen, dass Lorentz nicht der Täter war – das musste einfach Morell sein. »Na warte, Otto«, murmelte er, als er ins Auto stieg.

»Können wir los?«, wollte Wojnar wissen.

»Gleich.« Weber zückte sein Handy und wählte die Nummer, die er eben von Frau Summer bekommen hatte. Nachdem er eine grimmige Nachricht auf der Mobilbox hinterlassen hatte, startete er, ohne etwas Weiteres zu sagen, den Wagen.

Wojnar, der nicht riskieren wollte, Webers Stimmung noch mehr zu verschlechtern, verkniff sich die Frage nach den Details und trank schweigend den Rest seines Kaffees aus.

»… vier, drei, zwei, eins.« Morell hob den Sargdeckel an, setzte sich aufrecht hin und holte tief Luft. Das war ja zum Glück noch mal gutgegangen. Er zog ein Taschentuch aus seiner Jacke, wischte sich damit den Schweiß von der Stirn und wollte gerade aus seinem unfreiwilligen Gefängnis klettern, als er erneut Schritte auf dem Flur hörte. Waren die beiden etwa zurückgekommen? Er hatte keine Zeit, lange zu überlegen, da die Stimmen sich schnell näherten – er musste sich wohl oder übel noch einmal einsargen.

Im selben Moment, als er den Deckel über sich schloss und abermals in beengter, beklemmender Dunkelheit verschwand, wurde die Lagertür geöffnet.

»Scheiß Kieberei«, sagte eine gedämpfte Männerstimme zu einer anderen Person. »Ich habe mich fast zu Tode erschreckt, als ich geschnallt habe, dass ein Bulle im Haus ist.«

»Was er wohl von Herrn Reiter wollte?«, fragte eine zweite Stimme.

Morell presste sein Ohr wieder gegen die Sargwand und versuchte die Anwesenden zu identifizieren – ja, kein Zweifel, es handelte sich um Jedler und Eschener.

»Keine Ahnung. Die Sache ist mir jedenfalls nicht ganz geheuer. Wir müssen unbedingt vorsichtig sein und dem Reiter auf die Finger schauen. Irgendetwas stimmt nicht mit ihm.«

»Glaubst du, dass er vom Gesundheitsamt oder der Gewerbeaufsicht sein könnte?«

»Was auch immer – wegen ihm hatten wir heute die Polizei im Haus, und das ist nicht gut. Seit der Sache mit dem Horsky werde ich schon nervös, wenn ich nur einen Polypen am Straßenrand stehen sehe.«

Als Morell den Namen Horsky hörte, vergaß er vor lauter Aufregung kurz, dass er in einem Fleischfresser lag. Da sieh mal einer an – die Pietät hatte also tatsächlich etwas mit dem Verschwinden von Frau Horskys Sohn zu tun.

»Apropos Horsky«, redete Jedler weiter. »Habe ich dir schon erzählt, dass Reiter nach ihm gefragt hat? Er hat behauptet, er sei ein alter Freund von ihm.«

»Und? Glaubst du ihm das?«

»Ich bin mir nicht sicher – wir sollten ihn auf jeden Fall im Auge behalten.«

»Auf drei«, sagte Eschener nach einer kurzen Pause. »Eins – zwei – und rauf damit.« Irgendetwas, wahrscheinlich ein Sarg, wurde hochgewuchtet. Anschließend ging die Tür auf und wieder zu.

Nachdem die beiden weg waren, zählte Morell noch einmal von 30 rückwärts, befreite sich und schlich wieder in den oberen Stock.

»Da sind Sie ja«, begrüßte ihn Frau Summer im Ausstellungsraum. »Ein Herr Weber von der Polizei hat nach Ihnen gesucht.«

»Tatsächlich?« Morell versuchte, Zeit zu schinden und sich eine Ausrede einfallen zu lassen.

»Ja, er sagte, er wolle Ihre Personalien aufnehmen. Sie haben doch nichts angestellt, oder?«

»Ähm ... nein ... natürlich nicht.« Wenn er für jede Lüge einen Euro kriegen würde, wäre er bald reich. »Er war sicher hier ... wegen des ...«, er schielte durch die Scheibe der Auslage auf die Straße, »... des Autodiebstahls. Ich habe beobachtet, wie ein paar halbstarke Jungs ein Auto geklaut haben. Dieser Herr Weber hatte sicher noch Fragen deswegen.«

»Ach so.« Frau Summer schien mit dieser Antwort zufrieden zu sein. »Und wo waren Sie? Ich habe überall nach Ihnen gesucht.«

»Ja ... also ...« Morell fuhr sich übers Gesicht. »Ich hatte vergessen, meinen Kater zu füttern, und bin darum schnell noch mal nach Hause gefahren. Fred ... also mein Kater ... ist recht eigen, wenn es um sein Essen geht. Entschuldigen Sie, ich hätte mich abmelden sollen.«

Frau Summer schien ihm die Lüge abzunehmen. »Ach ja, die lieben Kleinen«, sagte sie. »Ich habe selbst drei Katzen und weiß, wie heikel sie sein können. Sobald wir etwas weniger zu tun haben, müssen Sie mir unbedingt von Ihrem Fred erzählen.«

»Gerne.« Morell war froh, dass er sich so gut hatte herausreden können.

»Also dann, machen wir uns wieder an die Arbeit.« Sie klatschte in die Hände. »Hat der Herr Jedler Ihnen die Liste gegeben?«

Morell nickte. »Ich wollte gerade eben mit der Parte anfangen.«

»Glaubt, Graben ist ein adelig Geschäft!
Was Ihr auch Grosses wirkt und Grosses fördert,
Der Euch einst eingräbt, er besiegt doch alles.«

Franz Grillparzer, Weh dem, der lügt!

Er war müde. Müde und ausgelaugt. Die Anspannung, die sich im Laufe der letzten Tage in seinem Körper und seiner Seele breitgemacht hatte, war mittlerweile kaum mehr zu ertragen. Dazu kam, dass die Aussicht auf Gerechtigkeit und Vergeltung ihn um den Schlaf brachte. Wie ein Mondsüchtiger hatte er in den vergangenen Nächten wach gelegen und war nicht zur Ruhe gekommen.

Er atmete tief ein, schloss die Augen und versuchte zu ergründen, ob er bereit war – bereit für die Wahrheit und die damit verbundenen Konsequenzen. »Ja«, sagte er mit zitternder Stimme, griff nach seiner Lesebrille und schlug das Tagebuch auf.

Tell Brak, 15. Mai 1978
Heute Nachmittag habe ich die Ruinen des Augentempels besucht. Von dort aus hat man einen atemberaubenden Blick über die syrische Steppe – eine unendliche Weite, unter der Tausende Mysterien aus vergangenen Zeiten schlummern.

Als ich nach Nordwesten blickte, wo derzeit glücklicherweise keine Ausgrabungen stattfinden, stach mir ganz in der Nähe des Massengrabs eine kleine Erhebung ins Auge, die von den

Archäologen bisher noch nicht untersucht worden war. Jede einzelne Faser meines Körpers sagt mir, dass darunter die letzte Ruhestätte des sagenumwobenen Königs Alulim liegt.

Mein Herz macht noch immer so wilde Sprünge, dass ich fürchte, es könnte vor lauter Freude in meiner Brust zerbersten.

Tell Brak, 16. Mai 1978
Eine einzige Hürde steht noch zwischen mir und meinem Triumph, und ich ärgere mich, dass ich sie nicht früher in Betracht gezogen habe: Wie soll ich allein es schaffen, in weniger als fünf Wochen das Grab freizulegen und meinen Fund zu dokumentieren? Noch dazu heimlich und im Verborgenen, damit Harr nicht auf die Idee kommt, dass ihm als Grabungsleiter die Anerkennung für den Fund zusteht. Der Gedanke gefällt mir zwar nicht, aber ich werde mir Hilfe suchen müssen.

Nach reiflicher Überlegung ist meine Wahl auf den Botaniker Friedrich Zuckermann gefallen. Er scheint vertrauenswürdig zu sein und hat – soweit ich das beurteilen kann – kein Interesse an Ruhm und Ehre, sondern nur Augen für seine Pflanzen.

Tell Brak, 17. Mai 1978
Meine Gefühle sind ambivalent, denn ich schwanke zwischen Euphorie und Enttäuschung. Erst schien mein Plan ganz wunderbar zu funktionieren. Es war überhaupt kein Problem, nach Sonnenuntergang wegzuschleichen, da alle Archäologen nach dem anstrengenden und heißen Tag tief und fest in ihren Zelten schliefen. Die Nacht war sternenklar, und der Mond schien so hell, dass nicht einmal eine zusätzliche Beleuchtung nötig war. Zudem lief die Zusammenarbeit mit Zuckermann wie am Schnürchen. Wir schaufelten schnell und effizient und wurden bald für unsere Mühen belohnt. In zirka zwei Metern Tiefe sind wir auf eine wahre Sensation gestoßen: eine riesige Steinplatte, die, wie ich annehme, den Eingang zu einer unterirdischen Grabanlage verschließt.

Es hat uns mehrere Stunden und viel Schweiß gekostet, den kolossalen Felsblock, der ungefähr dreimal drei Meter misst, von jahrtausendealter Erde zu befreien, doch alle Mühen waren schnell vergessen, als er endlich in seiner vollen Pracht vor uns lag: massiv, majestätisch und unendlich geheimnisvoll.

Im Zentrum der Grabplatte waren ähnliche Keilschriftzeichen eingemeißelt wie auf der goldenen Tafel aus Ebla. Da ich mittlerweile sehr geübt in deren Entzifferung bin, las ich sie laut vor:

> *Ich bin der große Magier Adapa.*
> *Ich bin der Geist, der das Grab des Alulim schützt.*
> *Über jeden, der versucht, die Ruhe meines Herrn zu stören,*
> *werde ich Tod und Krankheit bringen,*
> *so dass er verdorben sei,*
> *für jetzt und für alle Zeit.*

Ich weiß nicht, was in Zuckermann gefahren war – jedenfalls warf er seinen Spaten hin und erklärte mir, dass er nichts mit verwünschten Gräbern am Hut haben wolle. Anschließend ließ er mich einfach stehen und verschwand.

Nun sitze ich hier und überlege, wie ich weiter vorgehen soll. Ich werde sicher noch zwei oder sogar drei Männer benötigen, um die massive Platte wegzurücken. Aber wen? Wen soll ich fragen? Wem kann ich trauen?

Tell Brak, 18. Mai 1978
Ich habe mich entschieden, Zuckermann, diesen abergläubischen Hasenfuß, links liegen zu lassen und statt ihm entweder Wilfried Uhl, Ludwig Nagy oder Johannes Meinrad ins Vertrauen zu ziehen. Ich hoffe, ich habe ihre Interessen und Motivationen richtig gedeutet: Uhl ist so verrückt, dass er für ein Abenteuer seine eigene Großmutter verkaufen würde, Nagy ist sehr an wertvollen Dingen interessiert, und Meinrad ist so versessen auf die sumeri-

sche Kultur, dass er wahrscheinlich aus Liebe zur Wissenschaft mitmachen würde. Ich weiß noch nicht, wen von ihnen ich einweihen soll, oder ob ich vielleicht sogar die Hilfe von allen Dreien brauche – ich werde das später entscheiden. Fest steht auf jeden Fall, dass es heute Nacht losgehen wird. Heute Nacht werde ich mir meinen Platz im Olymp der großen Entdecker sichern. Es ist der 18. Mai 1978 – ein Datum, das mein Leben verändern wird.

»Aber leider nicht zum Guten«, murmelte er und legte das Tagebuch beiseite. Er musste sich sammeln, denn gleich würde er erfahren, was in jener Nacht tatsächlich geschehen war.

»Solange das Schachspiel dauert, hat jede Figur ihre Bestimmung; ist es aber aus, so mischt man sie untereinander und wirft sie in einen Beutel, wie man die Toten ins Grab wirft.«

Miguel de Cervantes

Die geheimnisvolle Schachtel, die Stimpfl aus dem Haus der Novaks gestohlen hatte, ließ Capelli keine Ruhe. Möglicherweise lag darin ja der Schlüssel zur Lösung des Falls und somit zu Leanders Freiheit. Sie musste unbedingt herausfinden, was sich in ihr befand – koste es, was es wolle.

Sie hatte die halbe Nacht wach gelegen und darüber nachgedacht, wie sie die Schachtel am besten an sich bringen konnte, und als die Morgensonne die ersten Strahlen durch das Fenster geschickt hatte, war sie zu dem Entschluss gekommen, dass es nur eine Möglichkeit gab: Sie musste mit denselben Methoden arbeiten wie Stimpfl. Sie musste einbrechen. Wenn Morell das herausfand, würde er zwar richtig verärgert sein – er hatte schon wegen ihrer gestrigen Beobachtungsaktion einen ziemlichen Aufstand gemacht –, aber was getan werden musste, musste getan werden.

Nach einem hastigen Frühstück, bei dem sie vor lauter Aufregung kaum einen Bissen hinunterbekommen hatte, hatte Capelli sich Lorentz' Werkzeugkasten, ein Paar medizinische Einweghandschuhe, eine Mütze und einen Blaumann geschnappt und war noch einmal den Plan durchgegangen, den sie sich überlegt hatte. Er war ganz einfach: Sie würde sich als Handwerker verkleiden, warten, bis Stimpfl das Haus verließ, und dann versuchen, ein Fenster oder eine Tür zu knacken – sie hatte sich im Internet ein paar Seiten zum Thema Einbruchdiebstahl angesehen und war zu der erschreckenden Einsicht gelangt, dass es überraschend einfach war, unbemerkt in ein Haus einzudringen.

Mit Hummeln im Hintern und Grummeln im Bauch hatte sie sich anschließend auf den Weg nach Döbling gemacht und wartete nun nervös darauf, ihren Plan in die Realität umsetzen zu können.

Es dauerte zum Glück nicht lange, bis Stimpfl das Haus verließ. Capelli wartete geduckt, bis der Priester aus ihrem Blickfeld verschwunden war, zog dann das Handwerker-Outfit an, schnappte sich das Werkzeug und näherte sich dem Gebäude. Unvermittelt musste sie an ihre Schulzeit denken. Daran, dass sie immer als uncool gegolten hatte, als langweilige Streberin und öde Spaßbremse – nur weil sie stets gute Noten hatte und keinen Ärger machte. Als sie eines Tages all ihren Mut zusammengenommen hatte und die beliebten Mädchen fragte, ob sie nicht Teil ihrer Clique werden könne, hatten diese nur gekichert und ihr am nächsten Tag eine Liste mit Mutproben vorgelegt. Wenn sie alle davon erledigte, würden sie sie in ihren Kreis aufnehmen. Capelli hatte die Liste gelesen und resigniert – sie wollte weder eine ganze Schachtel Zigaretten in nur zwanzig Minuten rauchen noch einen Lippenstift stehlen oder den Klassentrottel mit Zunge küssen. Es hatte Monate gedauert, bis die dummen Schnepfen endlich wieder damit aufhörten, sie als Feigling zu titulieren. Wenn diese blöden Kühe sie jetzt nur sehen könnten …

Capelli hatte eigentlich damit gerechnet, dass der Allmächtige es nicht gerne sah, wenn Leute in die Häuser seiner Angestellten einbrachen, und ihr darum Steine in den Weg legen würde. Deshalb war sie ziemlich überrascht, das Küchenfenster im Erdgeschoss gekippt vorzufinden.

»Halleluja«, murmelte sie und grinste, denn wie sie heute früh im Internet gelernt hatte, war ein gekipptes Fenster so gut wie ein offenes. Sie blickte sich kurz um, und als sie sicher war, dass niemand sie beobachtete, streckte sie ihren rechten Arm durch den Fensterspalt und legte den Griff um. Fünf Minuten später stand sie in Stimpfls Küche und merkte, dass ihre Kopfhaut vor lauter nervöser Anspannung prickelte. Ihre eigene Courage wurde ihr langsam unheimlich, die Entschlossenheit, mit der sie bisher gehandelt hatte, fing an zu bröckeln, und erste Bedenken schlichen sich ein: Falls Stimpfl tatsächlich ein Killer war, würde er kurzen Prozess mit ihr machen, wenn er sie hier drinnen fand – sie musste also so schnell wie möglich die Schachtel finden und wieder von hier verschwinden!

Capelli verließ eilig die Küche, öffnete wahllos die nächstliegende Tür und scannte den Raum, bei dem es sich um das Schlafzimmer handelte: ein Schrank aus dunklem Kirschholz, ein schlichtes Bett, ein Nachttischkästchen und ein großes Kreuz, von dem ein ausgemergelter Jesus sie anklagend anstarrte.

»Ja, ja, ich weiß schon, dass das hier nicht die feine englische Art ist«, flüsterte sie. »Aber immerhin bin ich im Namen der Gerechtigkeit hier.«

Sie wollte gerade damit beginnen, den Raum zu durchsuchen, als sie ein Geräusch hörte und erstarrte. Raus! Schnell! Weg! Ihr Gehirn konnte keinen klaren Gedanken fassen. Was sollte sie nur tun? Verstecken! Verkriechen! Abtauchen! Panisch ließ sie sich flach auf den Boden fallen und kroch unter das Bett. Wie es schien, hatte Pfarrer Stimpfl keine Haushälterin, denn Capelli fand sich in einem Meer aus Schmutz wieder und musste ein Würgen unterdrücken – es gab anscheinend doch einen Gott, und der bestrafte die kleinen Sünden tatsächlich sofort.

Der Schöpfer war mit seiner Strafe anscheinend noch nicht fertig, denn Capelli nahm mit Entsetzen wahr, dass die Schlafzimmertüre sich wie in Zeitlupe öffnete. »Nur keine Panik!«, versuchte sie, sich zu beruhigen, während ihr Herz so heftig pochte, dass sie Angst hatte, es würde gleich zerplatzen. So wie es aussah, hatte Stimpfl schon seit Monaten nicht mehr unter das Bett gesehen – warum sollte er das also ausgerechnet heute tun? Sie hielt den Atem an und kriegte beinahe eine Herzattacke, als der Überwurf sich langsam hob und zwei dunkle Augen sie vorwurfsvoll anblickten.

»O Mann, du hast mich beinahe zu Tode erschreckt«, schimpfte sie, kroch aus dem Staubinferno und hob eine rot getigerte Katze hoch. Morell behauptete immer, dass Leute, die Katzen besaßen, keine schlechten Menschen sein konnten – vielleicht würde sie ihm bald das Gegenteil beweisen können. »Na, du Schlingel, wo hat dein Herrchen die Schachtel versteckt, die er gestern von den Novaks geklaut hat?«, fragte sie und setzte ihre Suche fort.

Im nächsten Raum standen ein Schreibtisch, ein Aktenschrank und mehrere Bücherregale – das musste Stimpfls Arbeitszimmer sein. In der großen Schreibtischlade lagen verschiedene Ausgaben des Pfarrblatts, ein paar Heiligenbildchen und einige selbstgeschriebene Predigten, aber nicht die gesuchte Schachtel.

Aus purer Neugier griff Capelli nach einem dicken roten Ordner, der auf dem Schreibtisch stand und mit der Aufschrift »Spendengelder« versehen war. Sie schlug ihn auf, blätterte kurz durch und pfiff dann leise durch die Zähne. Gar nicht übel, wie viel Geld die Leute der Kirche zukommen ließen. Da draußen gab es anscheinend jede Menge Frauen, die versuchten, sich die Gunst der heiligen Margareta zu erkaufen.

Nach dieser überraschenden Einsicht öffnete Capelli als Nächstes den Aktenschrank, und – Bingo – da stand das Objekt ihrer Begierde. Gerade als sie ihre Beute aus dem Schrank nehmen wollte, hörte sie ein Geräusch aus dem Flur.

»Noch einmal kannst du mich nicht so erschrecken, du Satansbraten«, murmelte sie und zuckte zusammen, als sie bemerkte, dass die Katze nicht draußen war, sondern neben ihr auf einem

Stuhl saß und sie neugierig musterte. »Mist«, fluchte sie leise – diesmal war es kein falscher Alarm. Diesmal war tatsächlich jemand im Haus.

»Na, mein kleiner Petrus, wo bist du denn?« Es war Stimpfl. »Komm, mein Kleiner! Ich habe dir ein feines Fressi mitgebracht.« Die Stimme kam näher.

Capelli sah nur einen Ausweg – Flucht. Sie packte die Katze, trug sie zur Tür und schob das irritierte Tier langsam auf den Flur, damit Stimpfl nicht weitersuchen musste. Anschließend griff sie sich die Schachtel, kletterte auf den Schreibtisch, öffnete das Fenster und sprang hinaus. Ohne sich umzublicken, rannte sie zum Auto, warf ihre Beute hinein, startete den Wagen und stieg aufs Gas.

Erst daheim schaffte sie es, sich zu beruhigen. Sie schälte sich aus dem Blaumann, zupfte ein paar Staubflocken aus ihrem Haar, setzte sich an den Küchentisch und begutachtete die Schachtel. »Bitte mach, dass ich darin etwas finde, was Leanders Unschuld beweisen kann«, flüsterte sie und hob den Deckel.

**»Stellt euch nicht krank, sonst werdet ihr krank,
und grabt euch nicht euer Grab, sonst sterbt ihr.«**
Mohammed

Morell hatte mit viel Einfühlungsvermögen und salbungsvollen Worten die Todesanzeigen und die Parte geschrieben, ein wunderschönes Blumengesteck zusammengestellt und sich dann von dem Organisten ein paar interessante Fakten über Trauermusik erzählen lassen. Alles hatte wie am Schnürchen geklappt, und er hatte sich sogar ein paar Mal dabei ertappt, dass er Spaß an der Arbeit hatte.

Abgesehen von Webers dubiosem Auftauchen und dem unfreiwilligen Aufenthalt in einem miefigen Sarg, war der Tag bisher äußerst zufriedenstellend verlaufen – er hatte gute Arbeit geleistet, und was noch viel wichtiger war: Er hatte die Bestätigung erhalten, dass Eschener und Jedler etwas mit dem Verschwinden von Benedikt Horsky zu tun hatten. Jetzt musste er nur noch herausfinden, was genau die beiden mit dem armen Kerl angestellt hatten und warum.

Morell rieb sich die rechte Wange, die schon seit geraumer Zeit leicht juckte. Wahrscheinlich hatte ihn eine Mücke gestochen – er war schon immer das bevorzugte Opfer aller möglichen Insekten gewesen. Wenn irgendwo im Umkreis von zehn Kilometern ein stechwütiger Blutsauger auf der Suche nach seinem nächsten Opfer war, konnte man davon ausgehen, dass er am Ende bei ihm landete.

»Du hast halt süßes Blut, mein Süßer«, hatte Valerie immer gesagt, während sie lachend die kribbelnden Schwellungen mit kühlendem Mentholgel eingerieben hatte.

Er verdrängte die schmerzhafte Erinnerung an seine Exfreundin und ermahnte sich selbst, die Finger von der juckenden Stelle zu lassen. »Dadurch wird alles nur schlimmer«, sagte er und konzentrierte sich wieder auf den Fall. Ob Frau Summer wohl vertrauenswürdig war?

Just in dem Moment, als er an sie gedacht hatte, kam die fröhliche Dame auch schon um die Ecke gebogen. »Ihre Todesanzeigen sind wirklich sehr schön geworden, und das Blumenarrangement ist einfach …«, sie hielt inne und rückte ihre Brille zurecht. »Was haben Sie denn da im Gesicht? Hat Sie was gestochen?«

Morell nickte. »Ich bin ein richtiger Mückenmagnet.«

»O je, das sieht ja schlimm aus, Sie Ärmster. Die Viecher werden wirklich jedes Jahr aggressiver – als meine Nichte im Juli aus dem Ferienlager zurückkam, sah sie aus, als hätte sie die Beulenpest.« Frau Summer begutachtete noch einmal Morells Wange. »Am besten Sie raspeln eine Kartoffel, vermischen sie mit kleingehackten Zwiebeln und einem Schuss Essig und schmieren das auf den Stich – Sie werden sehen, das wirkt wahre Wunder.«

Wenn ich einen Sitzplatz in der U-Bahn möchte, auf jeden Fall, dachte Morell. »Danke für den Tipp«, sagte er und überreichte Frau Summer die Parte. »Bitte schön, ich bin gerade damit fertig geworden. Was kann ich sonst noch tun?«

»Ich glaube, Sie können Feierabend machen. Immerhin ist Wochenende, und Sie müssen ja noch zur Polizei gehen und Ihre Aussage wegen des gestohlenen Autos machen.«

Morell war enttäuscht – jetzt, wo er wusste, dass irgendwo in diesem Bestattungsunternehmen der Schlüssel zu Benedikt Horskys

Verschwinden lag, hätte er gerne noch ein wenig herumgeschnüffelt. »Es ist kein Problem für mich, Ihnen noch ein bisschen zu helfen. Zur Polizei kann ich auch später noch gehen.«

»Das ist lieb von Ihnen.« Frau Summer tätschelte Morells Hand. »Aber ich glaube, wir schaffen es jetzt auch ohne Sie. Außerdem sollten Sie die Polizei nicht warten lassen. Dieser Herr Weber sah so aus, als würde er keinen Spaß verstehen. Also ab mit Ihnen in ein wohlverdientes Wochenende!«

Dass Weber tatsächlich keinen Spaß verstand, wurde Morell wieder einmal klar vor Augen geführt, als er draußen die Nachricht auf seiner Mobilbox abrief: »Hallo, Otto, oder soll ich lieber Herr Reiter sagen?«, grollte die Stimme seines Exkollegen. Morell konnte ihn direkt vor sich sehen: das Gesicht vor lauter Erregung gerötet, die kleinen Schweinsäuglein ärgerlich zusammengekniffen und die Stirn in Zornesfalten gelegt. »Hier spricht Roman Weber, und wenn ich mich nicht täusche, dann habe ich dir am Dienstag klipp und klar gesagt, dass du dich gefälligst aus meinen Angelegenheiten raushalten sollst. Lass dir eines gesagt sein – heute hattest du noch einmal Glück, aber früher oder später werde ich dich erwischen und wegen Behinderung und Sabotage einer polizeilichen Ermittlung drankriegen. Das wird dich deine Marke kosten!« Ein lauter Piepton zeigte das Ende der Nachricht an.

»Kruzifix!« Morell versuchte, die aufkeimende Panik zu unterdrücken. Da hatte er sich ganz schön viel Ärger eingebrockt. Er musste so schnell wie möglich Beweise für Lorentz' Unschuld sammeln, damit er Weber den Wind aus den Segeln nehmen konnte. »Auf zu Ludwig Nagy!«

Der Entomologe lebte am Stadtrand in einem kleinen, weißgetünchten Fuhrwerkshaus, das nicht ganz so luxuriös und geräumig wie die Villen von Novak und Zuckermann war, aber nichtsdestotrotz sehr reizend wirkte.

Während Morell auf die Klingel drückte, schickte er schnell ein Stoßgebet nach oben, in dem er darum bat, dass Nagy mehr wusste als Uhl und Zuckermann und auch bereit war, sein Wissen mit ihm zu teilen – immerhin hingen mittlerweile nicht mehr nur Lorentz' Freiheit und Capellis Glück an der Lösung des Falls, sondern auch sein Job.

Es dauerte ein paar Augenblicke, bis eine rundliche, etwa 50-jährige Frau die Tür öffnete. Sie trug Jeans und ein grell gemustertes Top und hatte ihre grauen Haare straff nach hinten gebunden.

»Bitte schön?!«

»Grüß Gott«, sagte Morell. »Ich würde gern mit Herrn Nagy sprechen. Ist er da?«

»Ja, er ist hier. Worum geht es denn, wenn ich fragen darf?« Sie musterte ihn kritisch von oben bis unten.

»Es geht …«

»Es geht um Insekten. Richtig?«, unterbrach sie ihn. »Sie wollen wissen, was Sie da gestochen hat.«

Automatisch griff Morell an die juckende Stelle. »Ist es so übel?«

»Nicht anfassen«, ermahnte sie ihn. »Das macht alles nur noch schlimmer.« Sie rümpfte die Nase. »Ich hasse diese grauslichen, unhygienischen Krabbelviecher. Die hocken erst auf sonst was herum, und dann stechen sie einen. Kein Wunder, wenn dann so was passiert.« Sie zeigte auf seine Wange. »Kommen Sie!«

Morell machte einen Schritt nach vorn, musste aber mitten in der Bewegung abbremsen. Anstatt ins Haus hineinzugehen, war die Frau, von der er annahm, dass sie Nagys Haushälterin war, nämlich einfach in der Tür stehen geblieben und starrte gebannt auf die Schwelle. Morell wartete, dass sie damit aufhörte, aber sie blieb wie angewurzelt stehen und rührte sich keinen Millimeter. »Alles okay mit Ihnen? Haben Sie etwas verloren?«, fragte er. »Kann ich Ihnen helfen?«

Sie antwortete nicht, sondern schüttelte nur den Kopf. »Da!«, rief sie plötzlich und zeigte aufgeregt auf eine Stelle neben Morells rechtem Schuh. »Ich habe gerade das ganze Haus blitzblank geputzt. Diese widerlichen Viecher kommen mir hier nicht rein.«

Er blickte nach unten. »Ach, das sind nur ein paar Ameisen. Die sind ganz harmlos und sicher nicht unhygienisch.«

»Von wegen!« Noch bevor Morell etwas einwenden konnte, hatte die resolute Haushälterin ihn beiseitegeschoben und die drei kleinen Tierchen mit ihren Birkenstockschlapfen in die ewigen Zuckerdosen befördert.

Morell, der das grausame Schauspiel mit offenem Mund beobachtet hatte, starrte erschrocken auf die drei schwarzen Pünktchen, die nun auf den Steinen klebten.

»Sie haben doch wohl nicht etwa Mitleid?«, fragte die Haushälterin. »Sie sind doch selber ein Opfer von denen.« Sie deutete auf sein Gesicht, runzelte die Stirn und winkte ihn ins Haus, das wirklich erstaunlich sauber war. Alles blitzte und glänzte, kein Staubkorn trübte die keimfreie Reinheit, und die Luft war erfüllt von einer Mischung aus Zitrone, Chlor und Möbelpolitur.

Das Erste, was Morell drinnen tat, war, einen Blick in den blankpolierten Spiegel, der neben der Garderobe hing, zu werfen. Tatsächlich hatte er einen leuchtend roten, beinahe handtellergroßen Fleck auf seiner Wange. »Oh«, sagte er erschrocken. »Das sieht ja schlimmer aus, als ich dachte.«

»Unhygienisch. Sag ich doch.« Sie schüttelte verächtlich den Kopf und führte Morell über eine schmale, frischgebohnerte Holztreppe in den ersten Stock. Dort deutete sie auf eine Tür. »Warten Sie bitte da drinnen. Ich sage dem Herrn Professor Bescheid, dass Besuch da ist.«

Morell öffnete die Tür, auf die die energische Haushälterin eben gezeigt hatte, betrat das Zimmer und wäre beinahe wieder rückwärts hinausgestolpert: Der Raum war ungefähr 30 Quadratmeter groß, vier Meter hoch, mit schönem, dunkelbraunem Fischgrätparkett ausgelegt, besaß einen herrlichen offenen Kamin, einen französischen Balkon und eine alte Standuhr, deren monotones

Ticktack das ganze Zimmer ausfüllte. So weit, so gut – was Morell aber die Haare zu Berge stehen ließ, waren die Wände. Vom Boden bis zur Decke waren sie mit kleinen Glasschaukästen bestückt, in denen sich insgesamt Hunderte oder vielleicht sogar Tausende von Insekten befanden. In allen Größen, Formen und Farben hingen sie da und starrten den Eindringling mit ihren Facettenaugen an.

Morell setzte sich widerstrebend auf ein Chesterfield-Sofa und versuchte, sich nicht zu kratzen. Der Anblick all dieser Krabbeltiere hatte dazu geführt, dass es ihn jetzt nicht mehr nur im Gesicht, sondern überall am ganzen Körper juckte.

Nach ungefähr fünf Minuten ging die Tür auf, aber es war nicht Nagy, sondern seine Haushälterin, die hereinkam. »Hier«, sagte sie und hielt ihm einen Teller, auf dem sich eine übelriechende Paste befand, unter die Nase, »Kartoffeln, Zwiebeln und Essig – etwas Besseres gibt es nicht.«

Noch bevor Morell etwas einwenden konnte, nahm sie mit den Fingern etwas von der gelblich braunen Masse und patschte ihm einen Batzen auf die Wange.

Er protestierte, doch die Haushälterin ignorierte ihn einfach und drückte ihm eine weiße, gestärkte Serviette in die Hand. »Versuchen Sie, die Couch nicht vollzukleckern«, sagte sie und verschwand wieder.

Einige Augenblicke später betrat Ludwig Nagy endlich den Raum. Er hatte schütteres, graues Haar, das in langen Strähnen über seine Ohren fiel, und dicke, buschige Augenbrauen. Er ging leicht gebeugt, wobei seine breiten Schultern so weit hochgezogen waren, dass man seinen Hals nur noch erahnen konnte. Die muskulösen Arme hielt er leicht angewinkelt vor seinem Oberkörper, was dazu führte, dass er in Morells Augen wie eine überdimensional große Heuschrecke aussah – es schien fast so, als hätte er sich im Laufe der Jahre optisch an seine Studienobjekte angepasst.

»Sie haben also schon Bekanntschaft mit einem von Frau Felders Hausmitteln gemacht«, sagte er und deutete auf das Essig-Zwiebel-Kartoffel-Gemisch in Morells Gesicht. »Sie ist eine furchtbare Nervensäge, aber bedauerlicherweise bin ich ohne sie völlig aufgeschmissen, sonst hätte ich sie schon vor Jahren gefeuert.«

Morell nickte. Das Zeug auf seiner Backe stank wie die Pest, aber er musste zugeben, dass das Brennen und Jucken besser geworden waren.

»Frau Felder sagte, Sie wären von irgendeinem«, Nagy malte Gänsefüßchen in die Luft, »dieser unhygienischen Dinger gestochen worden und wüssten nicht, was es war. Lassen Sie mal sehen.« Er nahm die Stoffserviette, wischte die Paste beiseite und begutachtete die gerötete Stelle. »Hmmm«, grübelte er und beugte sich noch näher an Morells Gesicht.

»Eigentlich bin ich hier, um mit Ihnen über den Mord an Vitus Novak zu reden.«

Nagy wich zurück, warf die dreckige Serviette achtlos auf den glänzenden Parkettboden, drehte Morell den Rücken zu und betrachtete einen kleinen Schaukasten, in dem sich ein großer, gehörnter Käfer befand. »Ich habe davon gehört. Sind Sie von der Polizei?«

Morell überlegte kurz. Da Weber nun ja leider über seine Undercoveraktion Bescheid wusste, gab es keinen Grund mehr, sich zu verstellen. »Mein Name ist Otto Morell«, sagte er also. »Ich bin Polizist außer Dienst und komme zu Ihnen, weil ein Freund von mir unschuldig im Gefängnis sitzt und ich versuche, den wahren Täter zu finden.«

Nagy strich mit seinen Fingerspitzen sanft über das Glas des Schaukastens. »Die Spezies Mensch ist böse, hinterhältig und verderbt«, sagte er. »Insekten hingegen handeln nach einfachen, biologischen Mustern. Sie streben nicht nach Ruhm, Geld, Wissen oder Anerkennung. Sie sind simple Wesen, die keine Schuld auf sich laden. Wir Menschen töten unsere Artgenossen aus Neid, Gier, Rache, verschmähter Liebe und oft sogar wegen weitaus geringerer Dinge. Insekten töten nur, um zu überleben.«

Morell, der nicht genau wusste, was Nagy ihm damit sagen wollte, beschloss, nicht lange herumzufackeln, sondern direkt auf den Punkt zu kommen. »Was können Sie mir über die Expedition nach Syrien erzählen, an der Sie 1978 teilgenommen haben? Hat Novak Sie damals gebeten, ihm heimlich beim Freilegen eines alten Königsgrabs zu helfen?«

Der Entomologe drehte sich um. »Ich war 78 mit Novak in Syrien«, sagte er. »Aber ich weiß nichts von einem Grab.«

»Ein Mann wurde grausam ermordet, und ein anderer Mann sitzt deswegen unschuldig im Gefängnis. Wenn es irgendetwas gibt, was Sie darüber wissen, dann müssen Sie es mir erzählen.«

Nagy setzte sich an seinen Schreibtisch. »Novak und ich kannten uns kaum, warum hätte er also ausgerechnet mich um Hilfe bitten sollen? Und außerdem – wenn es am Tell Brak ein bedeutendes Königsgrab gäbe, dann wäre das doch wohl allgemein bekannt. Wie auch immer – ich weiß weder etwas über ein Grab noch über den Mord. Tut mir leid.«

Morell versuchte, sich seine Enttäuschung nicht anmerken zu lassen. »Trotzdem vielen Dank«, sagte er und erhob sich.

»Das da in Ihrem Gesicht ist übrigens kein Insektenstich. Wahrscheinlich sind Sie gegen irgendetwas allergisch – am besten Sie gehen zum Arzt.«

Morell fasste sich an die Wange. »Kein Stich?«

Der Entomologe lehnte sich zurück und deutete auf die Glaskästchen an den Wänden. »Allesamt unschuldig«, sagte er mit einem Lächeln auf den Lippen. »Das können Sie gerne auch Frau Felder sagen.«

Morell ging zur Tür. »Ach ja, bevor ich es vergesse – ich muss Sie leider fragen, was Sie in der Nacht von Sonntag auf Montag gemacht haben.«

»Na was wohl?! Ich habe geschlafen – so wie jeder normale Mensch.«

»Allein?«

Nagy bejahte. »Ich habe mich vor zwanzig Jahren scheiden lassen und seitdem die Nase voll von Frauen. Es reicht, dass ich tagtäglich das nervtötende Gequassel von Frau Felder ertragen muss. Glauben Sie mir – auf Weiber kann man gut verzichten. Das Junggesellenleben bringt, abgesehen davon, dass einem hie und da mal ein Alibi fehlt, nur Vorteile.«

»Damit haben Sie wahrscheinlich recht.« Morell nickte Nagy zum Abschied zu, verließ den Raum und ging die Stiege hinunter. »Auf Wiederschaun, Frau Felder!«, rief er in Richtung Küche, aus der Töpfeklappern zu hören war, und ging nach draußen, wo gerade ein paar Ameisen munter über die Zufahrt krabbelten. »Haut lieber ab von hier, wenn euch euer Leben lieb ist«, sagte er und entschied, als Nächstes zu Johannes Meinrad zu fahren.

Vorher wollte er aber noch schnell auf einen Sprung bei Nina vorbeischauen. Erstens musste er sich dringend die Reste von Frau Felders Paste abwaschen – sie half zwar gegen das Jucken, stank aber unerträglich –, und zweitens wollte er, dass sie sich seine Backe ansah. Wenn das Kribbeln und Brennen nämlich kein Insektenstich war, was war es dann?

»… und niemand darf vor seinem Tod und seinem Begräbnis glücklich genannt werden.«

Ovid

Es war so weit – der entscheidende Eintrag stand bevor. Endlich würde er erfahren, was damals passiert war. Gleich würde er wissen, wer ihn um sein Leben betrogen hatte.

Sein Puls beschleunigte sich. Jetzt war der Moment gekommen – der Moment der Wahrheit. Er griff erneut nach Novaks Aufzeichnungen und las weiter.

Tell Brak, 19. Mai 1978
All meine Hoffnungen, all meine Träume sind dahin, haben sich in Luft aufgelöst, sind gestorben. Alles war umsonst. Und nicht nur das …

Die Ereignisse der heutigen Nacht sind zu unerträglich und peinvoll, als dass ich sie zu Papier bringen könnte – jedes Wort, jeder Buchstabe ist schmerzhaft und sticht in meine Seele. Ich fühle mich leer und dumpf und bezweifle, dass ich jemals wieder meines Lebens froh werde.

Vielleicht finde ich einen Weg, mit dem Geschehenen umzugehen, vielleicht aber auch nicht. Die Zeit wird zeigen, wohin mein Weg mich führt. Meine Aufzeichnungen jedenfalls enden hier.

»NEIN!«, schrie er und blätterte fassungslos um. Nichts. Nichts außer vergilbten, unbeschriebenen Seiten, die ihn mit ihrer Jungfräulichkeit schadenfroh verhöhnten. Verzweifelt blätterte er weiter und ignorierte die Tränen, die ihm vor Wut, Zorn und Enttäuschung in die Augen stiegen. »NEIN!« Novaks misshandeltes Gesicht starrte ihm von jeder Seite entgegen und lachte ihn aus. Es war ein dreckiges, gemeines Lachen, das ihm zu verstehen gab, dass er das eigentliche Opfer war – immer schon gewesen war und immer bleiben würde.

»NEIN!«, schrie er erneut. »NEIN!« Er schmiss das Tagebuch gegen die Wand und fing hemmungslos an zu schluchzen.

»Ein Weiser wird sich nicht um sein Begräbnis kümmern.«

Epikur von Samos

Als Morell nach Hause kam, saß Capelli in der Küche und starrte gedankenversunken auf eine braune Kartonschachtel, die vor ihr auf dem Tisch stand. »Was hast du denn da?«, fragte er von der Küchentür aus.

Die Gerichtsmedizinerin fuhr erschrocken hoch. »Hallo, Otto«, sagte sie und fasste sich ans Herz. »Ich habe gar nicht gehört, dass du hereingekommen bist.«

»Entschuldige. Was ist das?« Er trat in die Küche und begutachtete die Schachtel. »Das ist doch nicht etwa …«

»Doch.« Capelli kratzte sich verlegen am Kopf.

»Aber wie …« Morell setzte sich neben sie. »Wie bist du denn nur …«

»O je«, unterbrach Capelli ihn, fasste sein Kinn, um seinen Kopf zu drehen, und betrachtete die entzündete Wange. »Was ist denn mit dir passiert?«

»Lenk jetzt nicht ab! Darüber können wir später reden. Sag mir erst, wie du an das Ding da gekommen bist. Oder nein, halt!« Er hob abwehrend die Hände in die Höhe. »Ich glaube, ich will es gar nicht wissen.«

Capelli zog Morell näher zu sich heran, untersuchte die gerötete Stelle und rümpfte die Nase. »Warum riechst du wie eine Barbecue-Sauce?«

»Das erzähle ich dir später. Sag mir lieber, was da drinnen ist.« Er griff nach dem Karton und öffnete den Deckel.

»Tja, wenn ich das wüsste. Ich habe noch nicht alle Unterlagen durchgeschaut, aber das, was ich bisher gelesen habe, ist mir ein totales Rätsel.« Sie zuckte mit den Schultern, griff in die Schachtel und reichte Morell einen Packen Papier.

»Dann wollen wir doch mal sehen, was wir hier haben.« Morell überflog das oberste Blatt:

- Os coxae, MCCXVIII, f., 40–45
- Os metacarpale secundum, DLIX, m. 60–65
- Ulna, MDCCCXCVII, f. 35–40
- Ossa digitorum pedis, MDCXXII, m. 20–25

stand dort aufgelistet.

»Die lateinischen Worte heißen übersetzt so viel wie Hüftbein, Mittelhandknochen, Elle und Zehenknochen«, klärte ihn Capelli auf. »Aber was sollen die Zahlen und Buchstaben daneben bedeuten? Und hier«, sie reichte Morell ein anderes Blatt Papier. »Hier geht es um einen Eisennagel LX, eine Daumenschraube MCCCXCIII und Terra Sigillata LXXXV.«

Morell zuckte mit den Achseln. »Vielleicht ein Code?« Er wollte gerade weiterblättern, als ihm der Briefkopf ins Auge schoss: Wilfried Uhl. »Na so was«, murmelte er. »Der gute Herr Uhl. Von wegen den Vitus seit einer Ewigkeit nicht mehr gesehen.«

»Du kennst diesen Uhl?«

Morell nickte. »Gib mir bitte eine dieser Listen, ich werde ihn damit konfrontieren – oder nein, ich habe eine bessere Idee. Ich werde erst Leander besuchen und ihn fragen, ob er vielleicht weiß, was das alles bedeutet.«

Capelli nickte. »Gute Idee. Ich bin ja schon sehr gespannt, was es mit der ganzen Sache auf sich hat.«

»Nicht nur du.« Morell kratzte sich. »Was ist das an meiner Wange denn bloß? Ich dachte erst, es handle sich um einen Insektenstich, aber dann hat Ludwig Nagy behauptet, dass die kleinen Viecher unschuldig seien.«

Capelli nickte. »Da hat er recht. Es sieht so aus, als hättest du eine leichte allergische Reaktion.«

»Aber wogegen? Glaubst du, dass es daran liegt, dass ich meine Ernährung umgestellt habe? Kann es sein, dass mein Körper das viele Fett und die vielen Kohlehydrate vermisst?«

»Ich bin zwar keine Dermatologin, aber dieser Ausschlag kommt sicher nicht vom Essen. Hast du mit deiner Wange irgendetwas berührt? Hast du dich vielleicht im Bus oder in der Straßenbahn gegen die Scheibe gelehnt? Denk mal nach.« Capelli stand auf, verließ die Küche und kam wenige Augenblicke später wieder zurück.

»Hier«, sie reichte Morell eine kleine Tube. »Das ist ein Cortisongel, das wird den Juckreiz und das Brennen lindern – spätestens morgen ist alles wieder gut.«

Morell dachte nach und wurde plötzlich blass. »Das Einzige, was mir einfällt, ist die Auskleidung des Kennedy-Sarges – die roch ziemlich synthetisch.«

»Kennedy-Sarg?«

»Du wirst nicht glauben, was mir heute in der Pietät passiert ist«, setzte er an, hielt dann aber plötzlich inne. »Warte mal – mir ist da gerade ein Gedanke gekommen.« Er rieb sich geistesabwesend einen Klecks Salbe ins Gesicht. Hatten Jedler und Eschener heute nicht irgendetwas von wegen Gesundheitsamt und Gewerbeaufsicht geredet? Vielleicht war es das. »Theoretisch wäre es doch möglich, dass die Pietät billigen Ramsch aus dem ehemaligen Ostblock oder aus China importiert und hier teuer an trauernde Angehörige verkauft. Du weißt schon: Särge aus behandeltem

Holz, schlecht abbaubare Synthetikausstattungen, Urnen aus giftigen Materialien und so weiter – illegal, umweltschädlich und unmoralisch, aber mit einer beträchtlichen Gewinnspanne. Horsky ist ihnen womöglich auf die Schliche gekommen und musste darum verschwinden.«

»Das wäre denkbar«, stimmte Capelli zu. »Und es lässt sich leicht herausfinden, ob du recht hast – wenn du mir Proben besorgst, kann ich sie in unserem Labor analysieren lassen.«

Morell lächelte. »Dann wäre das lästige Jucken heute nicht umsonst gewesen«, sagte er und tätschelte seine Wange. Am liebsten wäre er sofort zur Pietät gefahren, um dort Proben zu beschaffen, aber er durfte jetzt nichts überstürzen. Es war das Vernünftigste, sich erst mal weiter um den Fall Novak zu kümmern. »Mal sehen, was es Neues bei Herrn Payer gibt«, murmelte er und griff zum Telefon.

Es klingelte ein paar Mal, und schließlich nahm der Professor den Hörer ab.

»Hallo, Ernst. Hier spricht Otto Morell. Ich rufe an, weil ich gerne wissen möchte, ob am Tell Brak irgendwann einmal ein bedeutendes Königsgrab entdeckt worden ist.«

»Ein Königsgrab? Nein. Mit Sicherheit nicht. Wie kommen Sie denn darauf?«

»Das erkläre ich Ihnen ein andermal. Wie sieht es denn bei Ihnen aus? Haben Sie irgendetwas Neues herausgefunden?«

»Leider nein. Ich habe mit mehreren Leuten geredet, aber …«

O je, dachte Morell. Das hieß dann wohl, dass Payer wie ein Elefant im Porzellanladen durch die Gegend gestapft war und überall herumposaunt hatte, dass die Grabung am Tell Brak im Zusammenhang mit dem Mord an Novak stand. Er wollte es sich lieber nicht bildlich vorstellen.

»… aber leider konnte mir keiner von denen wirklich weiterhelfen. Ich habe unter anderem auch Mitarbeiter der Universität Cambridge kontaktiert, die jahrelang an den Grabungen in der

Gegend teilgenommen haben, und nicht einmal die konnten mir irgendetwas Außergewöhnliches berichten.«

Morell kratzte sich an der Wange. Was hatte Novak gewusst, das sonst keinem bekannt war? Es gab noch zwei Möglichkeiten, es herauszufinden: Johannes Meinrad und Gustaf Harr. Nachdem Bender ihm noch immer nicht die Adresse von Harr geschickt hatte, hieß es nun also auf zu Meinrad.

»Gestern noch auf stolzen Rossen,
heute durch die Brust geschossen.
Morgen in das kühle Grab.«
Wilhelm Hauff, Reiters Morgengesang

Bender stand in seinem Garten und hielt eine große Flasche Baldriantropfen in der Hand. Eine Bekannte hatte behauptet, dass man damit Katzen anlocken konnte, und da er nichts unversucht lassen wollte, um Fred wiederzufinden, goss er die Tinktur jetzt über Büsche und Beete.

Fred war nun schon wie lange weg? Er zählte die Tage an seinen Fingern ab. Fünf. »Verflixt«, fluchte er. Mit jeder Stunde, die verging, schwand seine Hoffnung, den Liebling des Chefs heil wiederzufinden, und damit nicht genug: Er hatte zudem auch noch Probleme, einen von Morells potentiellen Zeugen aufzutreiben.

Normalerweise hätte er einfach die Kollegen in Innsbruck oder Wien angerufen und um Hilfe gebeten, aber da ja alles topsecret war, durfte niemand etwas von der ganzen Sache erfahren. Er war also völlig auf sich selbst gestellt – und somit total aufgeschmissen. Der Chef würde maßlos enttäuscht von ihm sein. Erst Fred, jetzt Harr. Was kam als Nächstes? Wahrscheinlich würden ihm alle Pflanzen eingehen, und dann würde er versehentlich auch noch Morells Haus abfackeln. Er wollte es sich gar nicht erst ausmalen.

»Alles wird gut«, zitierte er die Verkäuferin aus dem Esoterikladen. »Immer schön positiv denken.«

Als der letzte Tropfen Baldrian vergossen war, fuhr Bender zurück in die Inspektion und versuchte weiter, den ominösen Gustaf Harr aufzutreiben.

»Wahrlich ist der Mensch der König aller Tiere,
denn seine Grausamkeit übertrifft die ihrige.
Wir leben vom Tode anderer.
Wir sind wandelnde Grabstätten!«
Leonardo da Vinci

Er lag auf dem Boden und starrte an die Decke. Hätte ein Außenstehender ihn so sehen können, hätte er den Mann wahrscheinlich als ruhig und gelassen beschrieben, doch der Schein trog. In ihm brodelte es. Eine Mischung aus Enttäuschung, Wut, Reue und Angst wirbelte in seinem Kopf umher und führte dazu, dass er nicht mehr klar denken konnte.

Er hasste Novak, er hasste die Welt, und er hasste sich selbst. Er schlug mit der Faust gegen die Wand und konzentrierte sich auf den Schmerz. »Gut«, sagte er, wischte sich die Tränen aus dem Gesicht und schlug noch einmal zu. »Ich bin so weit gekommen. Ich werde jetzt nicht aufgeben.« Er stand auf, genehmigte sich einen Schluck Hochprozentigen und setzte sich an seinen Schreibtisch. Er durfte sich von diesem Rückschlag nicht aus der Ruhe bringen lassen – viele Wege führten ans Ziel.

Mit zusammengekniffenen Augen betrachtete er das zerbeulte Tagebuch, das auf dem Boden lag, und merkte, wie sich das Chaos in seinem Kopf langsam lichtete. Novaks Aufzeichnungen hatten ihm zwar nicht verraten, was er wissen wollte, aber sie hatten ihm mitgeteilt, wer es ihm eventuell sagen konnte …

Er hob das Tagebuch auf und fing erneut an, darin herumzublättern. »Ich bin kein Verlierer mehr«, sagte er, als er fand, wonach er gesucht hatte – die Namen derer, die Novak ins Vertrauen ziehen wollte. Langsam strömte neue Zuversicht durch seinen Geist und verdrängte die chaotischen, schlechten Gefühle von vorhin.

Er entschied, dass er mit Johannes Meinrad anfangen würde. Wenn dieser irgendetwas wusste, dann würde er es ihm erzählen – dafür würde er schon sorgen. Er suchte sich im Telefonbuch Meinrads Adresse heraus, wusch sich das Gesicht mit eiskaltem Wasser und machte sich auf den Weg.

»Da sind Sie ja endlich!«, rief Frau Horsky, als Morell auf den Flur trat. Wie es schien, hatte die alte Dame hinter dem Türspion schon auf ihn gelauert. »Heute Vormittag habe ich sicherlich fünfmal bei Ihnen geläutet, aber keiner hat geöffnet.«

»Das liegt wahrscheinlich daran, dass ich gerade ziemlich viel zu tun habe.«

»Und? Haben Sie schon etwas herausgefunden?«

»Möglicherweise«, nickte Morell. »Wie es scheint, hatten Sie recht: Die Pietät hat wirklich etwas mit dem Verschwinden Ihres Sohnes zu tun.«

Frau Horsky strahlte, trat einen Schritt zur Seite und gestikulierte mit ihrer faltigen Hand wild herum. »Kommen Sie herein«, sagte sie. »Erzählen Sie mir alles!«

Morell schielte auf seine Uhr. Eigentlich wollte er ja zu Johannes Meinrad fahren ... »Na gut«, sagte er. »Ein paar Minuten kann ich erübrigen.«

»Setzen Sie sich«, forderte Frau Horsky ihn auf, nachdem sie ins Wohnzimmer getreten waren. »Ich hole Ihnen ein Stück Apfelstrudel – den habe ich extra heute Morgen frisch gebacken.«

»Nein danke«, rief Morell. »Ich habe nicht viel Zeit und bin außerdem auf Diät.«

Frau Horsky musterte ihn, als wäre er nicht mehr ganz bei Trost. »Ein g'scheiter Mann muss ordentlich Fleisch auf den Rippen haben. Außerdem brauchen Sie Kraft und Energie, wenn Sie herausfinden wollen, was mit meinem armen Benedikt passiert ist.« Sie ignorierte seine Widerrede, stapfte in die Küche und kehrte kurz darauf mit einem Teller in der Hand zurück. Darauf lag ein überdimensionales Stück Strudel, das sie mit extra viel Sahne garniert hatte. »Bitte schön.«

»Es tut mir leid, ich werde das nicht essen«, konstatierte Morell, obwohl ihm bereits das Wasser im Mund zusammenlief.

»Papperlapapp! Wenn Sie das nicht essen, muss ich es wegwerfen, und das wollen Sie doch nicht, oder? Also. Guten Appetit.« Sie reichte ihm eine Kuchengabel. »Bevor Sie den nicht aufgegessen haben, lasse ich Sie nicht gehen.«

Je näher er Meinrads Wohnung kam, desto ruhiger wurde er. »Wie komisch«, wunderte er sich. Vor dem Mord an Novak war er so nervös gewesen, dass er tagelang weder richtig schlafen noch ordentlich essen konnte. Allein die Vorstellung, einem Menschen Leid zuzufügen, hatte ihm Albträume und schweißnasse Hände bereitet. Er hatte tausendmal alles in seinen Gedanken durchgespielt, das Für und Wider unendlich oft abgewogen und durch penible Planung versucht, jedes kalkulierbare Risiko auszuschalten.

Jetzt stand er wieder vor einer Situation, in der er einen Menschen foltern und töten musste, doch dieses Mal war er entspannt, gelöst, ja beinahe schon freudig erregt. Hatte ihn der erste Mord so abgestumpft? Hatte er sich an seine Rolle als Täter, der dem Prinzip des Handelns und nicht mehr der Maxime des Erduldens folgt, schon so sehr gewöhnt? Oder hatte der Tod Novaks einen erschreckend brutalen Wesenszug in ihm ans Licht gebracht, der jahrzehntelang in den Tiefen seines Seins geschlummert hatte? Er wusste es nicht. Er wusste nur, dass er sich gut fühlte. Er würde endlich für Gerechtigkeit sorgen und sich von den Schatten der

Vergangenheit befreien. Er würde von vorn beginnen, aus seinem Kokon schlüpfen und ein neuer Mensch werden. Ein glücklicher Mensch.

Er lächelte – die Vorstellung gefiel ihm. Bald war es so weit. Vielleicht sogar schon heute.

»Also, wie gesagt, Sie hatten recht: Die Pietät hat etwas mit Benedikts Verschwinden zu tun«, versuchte Morell, von dem herrlich duftenden Apfelstrudel abzulenken. »Ich konnte heute Morgen ein Gespräch belauschen, das diesen Verdacht bestätigt.«

Frau Horsky nickte zufrieden.

»Ich habe eine Theorie, was das Motiv angeht, und würde gerne wissen, was Sie davon halten«, fuhr Morell fort.

»Lassen Sie hören!«

»Wäre es möglich, dass die Pietät billigen Ramsch aus dem Osten oder Asien einkauft, der nicht den österreichischen Qualitäts- und Umweltstandards entspricht, und die Sachen dann teuer weiterverkauft?«

Frau Horsky dachte kurz nach. »Illegale Billigexporte aus dem Osten? Das kann sich doch schon allein wegen der hohen Transportkosten nicht rechnen. Und was ist mit dem Zoll? Eine Ladung Särge ist nicht gerade etwas, was man so einfach in seiner Handtasche verstecken und heimlich über die Grenze schmuggeln kann.«

Morell zuckte mit den Schultern. »Es ist nur eine Theorie.« Verdammt, roch der Strudel gut. »Können Sie sich vorstellen, dass Ihr Sohn diese oder irgendeine ähnliche Entdeckung gemacht hat, ohne jemandem davon zu erzählen?«

»Ja, das kann ich. Mein Benedikt war ein sehr anständiger und korrekter junger Mann. Ohne stichfeste Beweise hätte er niemals einen bösen Verdacht laut ausgesprochen. Wahrscheinlich wollte er erst für Klarheit sorgen und hat die Leute von der Pietät mit seiner Vermutung konfrontiert, was ihm dann zum Verhängnis geworden ist.«

Morell fasste sich gedankenverloren an die Wange. Dank Capellis Salbe war das Jucken fast verschwunden. »So könnte es gewesen sein«, sagte er. »Ich werde Sie auf dem Laufenden halten.« Er wollte aufstehen, aber Frau Horsky fasste ihn an der Schulter und drückte ihn zurück auf das Sofa. Unglaublich, wie viel Kraft in dieser mumienhaften Hofratswitwe steckte.

»Sie haben Ihren Apfelstrudel noch nicht aufgegessen«, sagte sie bestimmt.

»Ich muss wirklich dringend zu einem potentiellen Zeugen.«

»Denken Sie an die hungernden Kinder in der Dritten Welt!«

»Wenn ich an die denke, dann habe ich noch viel weniger Lust, den Strudel zu essen.«

»Dann denken Sie an mich. Machen Sie einer alten Frau eine Freude.«

»Na gut.« Morell gab sich geschlagen und griff nach der Kuchengabel. Er steckte sich ein großes Stück Strudel in den Mund, schloss die Augen – und genoss.

»So, nun muss ich aber wirklich los«, sagte er, nachdem er den Strudel bis auf den letzten Brösel aufgegessen hatte. »Ich kann ja nicht für immer in Wien bleiben. Irgendwann muss ich auch wieder zurück nach Landau.« Apropos Landau – er würde später noch einmal bei Bender anrufen und sich nach der Lage erkundigen. Er hatte noch immer keine Informationen über Gustaf Harr bekommen. Ob sein junger Assistent mit Fred und den Pflanzen so überfordert war, dass er es einfach vergessen hatte?

Er fuhr mit seinem Zeigefinger langsam über die Namensschilder an der Haustür. Karner, Stadler, Leucht, Liebermann … da war er ja … Meinrad. Sanft, beinahe schon liebevoll, drückte er auf den dazugehörigen Klingelknopf und wartete. Heute war sein Tag, das spürte er – darum zweifelte er auch keine Sekunde lang daran, dass Meinrad daheim war und er seinen Plan in die Tat umsetzen konnte.

Tatsächlich ertönte nach wenigen Augenblicken eine blecherne Stimme aus der Gegensprechanlage: »Ja, bitte?«

»FedEx. Ich habe eine Paketlieferung für Herrn Meinrad.«

Das monotone Summen des automatischen Türöffners ertönte, und er betrat mit einem Lächeln auf den Lippen das Haus.

Wer ihm wohl ein Paket geschickt hatte? Johannes Meinrad, der sich gerade einen opulenten Brunch gönnte, schälte sich aus seinem Morgenmantel, schlüpfte in eine bequeme Hose und ein Poloshirt und überlegte. Wahrscheinlich schickte ihm wieder einmal irgendein unerfahrener Sammler oder dilettantischer Hobbyarchäologe unangemeldet Fotos oder kleine Artefakte zur Begutachtung. Er seufzte. Als Experte für antike Kunst musste er immer wieder Träume zerstören und hoffnungsfrohen Findern erklären, dass es sich bei einem vermeintlichen Kleinod um eine plumpe Fälschung oder einfach nur um unbedeutenden Schrott handelte.

Ein Lächeln trat auf sein Gesicht, als ihm noch eine zweite Möglichkeit einfiel. Vielleicht war das Paket ja von Matthew Rail, dem schnuckeligen Auktionator, den er letzten Monat in London kennengelernt und mit dem er ein fabelhaftes Wochenende in seinem Hotelbett verbracht hatte. Vor seiner Rückreise hatte er dem jungen Briten gestanden, dass er ihn gerne wiedersehen wolle, und war aus allen Wolken gefallen, als dieser erklärt hatte, kein Interesse an einer Vertiefung der Beziehung zu haben. Vielleicht hatte Matthew es sich ja anders überlegt. Vielleicht hatte er erkannt, dass er doch verliebt war, und wollte sich nun mit einem kleinen Geschenk für sein Verhalten entschuldigen.

Nervös tippelte Meinrad von einem Fuß auf den anderen. Bitte lass es von Matthew sein, bat er im Stillen und malte sich schon aus, wie ein mögliches Wiedersehen ablaufen könnte.

Als es endlich läutete und er die Tür öffnete, war Meinrad noch immer so sehr damit beschäftigt, sich an die engelsgleichen Gesichtszüge seines jugendlichen Lovers zu erinnern, dass ihm gar nicht auffiel, dass der vermeintliche FedEx-Bote weder eine Uniform trug noch ein Paket in den Händen hielt. Die Vorstellung, seinen Matthew, der den Körper von Michelangelos David und das Gesicht von Caravaggios Amor hatte, bald wieder in den Armen zu halten, ließ seine Gedanken so weit abschweifen, dass der verschwärmte Ausdruck auf seinem Gesicht erst verschwand, als ein starker Fausthieb ihn rückwärts in die Wohnung taumeln und auf den Fußboden knallen ließ.

»Wer? … Was? … Aber …«, stotterte er und hob die Hände reflexartig nach oben. Der Angriff war so schnell und unerwartet erfolgt, dass er gar nicht genau wusste, wie ihm eigentlich geschah.

»Aufstehen!«, sagte eine männliche Stimme, und irgendjemand packte ihn am Kragen und zerrte ihn in die Höhe.

Johannes Meinrad, noch immer ganz benommen von dem heftigen Schlag, ließ es mit sich geschehen und stolperte, halb gezogen, halb geschoben, in Richtung Wohnzimmer. Dort schubste ihn der Eindringling unsanft auf einen großen, gepolsterten Sessel und fesselte ihm mit dem Gürtel des Morgenmantels die Hände. Meinrad versuchte, das Gesicht seines Peinigers zu erkennen, aber ohne seine Brille, die bei dem Schlag verrutscht war, konnte er nur eine große, verschwommene Silhouette ausmachen. Hatte er es mit einem Einbrecher oder einem radikalen Schwulenhasser zu tun?

»Wer sind Sie, und was wollen Sie von mir?«, stammelte er und schaute entsetzt zu, wie das Blut, das aus seiner Nase rann, langsam, aber sicher den teuren, weißen Sesselbezug besudelte. Das kriege ich nie wieder raus, dachte er und wunderte sich gleichzeitig, wie seltsam die menschliche Psyche doch oft funktionierte. Während ein Fremder ihn in seiner eigenen Wohnung überfallen und niedergeschlagen hatte, fand er noch die Zeit, sich Sorgen um seine Möbel zu machen. »Nehmen Sie, was Sie wollen, aber tun Sie mir nichts«, bat er.

»Deine Wertsachen interessieren mich nicht. Ich will Informationen.«

»Informationen?« Meinrads Nase hörte nicht auf zu bluten, und der rote Fleck auf dem elfenbeinfarbenen Wildlederbezug wurde immer größer. »Ich weiß nicht, wovon Sie reden.« Hatte er etwa unwissentlich mit einem wichtigen Politiker oder Promi geschlafen? War sein Gegenüber auf der Suche nach belastenden Aussagen, die ein hochrangiges Mitglied der Gesellschaft outen sollten?

»Hör mir gut zu, denn ich wiederhole mich nur ungern.« Der Mann sprach langsam und deutlich, ohne die geringste Spur von Eile oder Nervosität in seiner Stimme. »Du wirst mir jetzt alles über die Ausgrabung am Tell Brak im Jahr 1978 erzählen. Und glaub ja nicht, dass du mich anlügen oder mir etwas verschweigen kannst. Ein falsches Wort, eine kleine Ungereimtheit oder Erinnerungslücke, und du bist ein toter Mann.«

»Sie … O, mein Gott … Haben Sie etwa Novak …?«, stammelte Meinrad, dem die Brille mittlerweile wieder richtig auf die nase gerutscht war und dem langsam dämmerte, dass es sich hier nicht um einen einfachen Einbruchdiebstahl handelte.

»Genau. Dein werter Freund war leider nicht besonders kooperativ, und das hat ihn den Kopf gekostet – im wahrsten Sinne des Wortes. Also, sei so schlau und mach nicht denselben Fehler.«

Meinrad, dem der blutbefleckte Bezug plötzlich völlig gleichgültig war, blinzelte und musterte den Mann eingehender, der gerade die Replik einer griechischen Amphore betrachtete. Seine Gesichtszüge kamen ihm irgendwie bekannt vor. »Du liebe Güte«, rief er aus. »Du bist …«

Der Mann drehte sich zu ihm und schaute ihm direkt ins Gesicht. »Genau der bin ich. Und jetzt will ich endlich die Wahrheit hören.«

Meinrad nickte, schloss die Augen und öffnete in seinem Geist eine Tür, die seit mehr als dreißig Jahren verschlossen gewesen war.

Otto Morell fuhr mit der Straßenbahn in den neunten Bezirk und war schon sehr gespannt, ob Meinrad ihm etwas über die Grabung am Tell Brak und das rätselhafte Königsgrab erzählen konnte.

Er stieg an der Haltestelle Schwarzspanierstraße aus und ging die berühmte Berggasse hinunter. Hier hatte Sigmund Freud die Psychoanalyse entwickelt und Theodor Herzl den politischen Zionismus begründet. Doch der Chefinspektor war mit seinen Gedanken ganz woanders, so dass er weder dem Freud-Museum noch Herzls Wohnhaus oder irgendeinem der vielen bunten Geschäfte und Cafés Aufmerksamkeit schenkte. Er stapfte eilig geradeaus und stand bald vor einem großen, fünfstöckigen Jahrhundertwendehaus, dessen Fassade ganz auf Jugendstil getrimmt war: Geschwungene Linien, kleine Erker und dekorative florale Elemente dominierten die Vorderseite des mächtigen Zinshauses und verliehen ihm ein prunkvolles Erscheinungsbild.

Morell suchte aus ungefähr dreißig Namensschildern das von Meinrad heraus, drückte auf den dazugehörigen Klingelknopf und wartete.

Als auf sein Läuten niemand reagierte, versuchte er es erneut – wieder ohne Erfolg. Er überlegte, ob er noch ein bisschen hier warten oder lieber heimgehen und morgen einen zweiten Anlauf starten sollte, als sich eine junge Frau ihm näherte. Sie schob einen Kinderwagen mit einem schlafenden Baby vor sich her und war mit einer Vielzahl von Einkaufstüten beladen. Sie blieb vor der Tür stehen, stellte die Tüten auf den Boden, ließ ihre Handtasche von der Schulter gleiten und suchte nach dem Schlüssel. »Zu wem wollen Sie denn?«, fragte sie neugierig.

»Zu Johannes Meinrad, aber wie es scheint, ist er nicht daheim.«

»Wahrscheinlich reist er wieder einmal in der Weltgeschichte herum. Herr Meinrad ist für viele internationale Auktionshäuser als Berater tätig und darum oft im Ausland.« Sie drückte auf die Klingel und wartete kurz. »Ja«, sagte sie. »Da haben Sie wohl Pech.«

»Schade«, ärgerte sich Morell. »Ich muss wirklich dringend mit ihm reden.«

»Ich bin mir sicher, dass er übermorgen wieder in Wien sein wird«, sagte die Frau. »Er hat mir nämlich versprochen, am Montagmorgen eine Stunde auf den Kleinen aufzupassen, während ich in meiner Pilates-Stunde bin.«

»Früher wäre mir zwar lieber gewesen, aber dann werde ich halt bis Montag warten müssen. Trotzdem vielen Dank.« Morell drehte sich um und machte sich auf den Weg in Richtung Untersuchungsgefängnis.

Meinrad überlegte fieberhaft, wie er es schaffen konnte, seinen Kopf aus der Schlinge zu ziehen. Wie viel wusste sein Gegenüber? Sollte er es wagen zu lügen? Oder war sowieso alles egal, da er auf jeden Fall sterben würde? Novaks Mörder hatte sich schließlich nicht die Mühe gemacht, seine Identität zu verbergen.

»Los! Fang an zu erzählen!« Der Mann versetzte ihm einen unsanften Schubser.

»Warte! Es ist so verdammt lange her – ich brauche etwas Zeit, um mich an alles zu erinnern«, log Meinrad, der es noch immer nicht fassen konnte, dass die Vergangenheit ihn nach so vielen Jahren doch noch eingeholt hatte. Er musste Zeit schinden und sich einen Fluchtplan überlegen. »Also«, begann er mit zitternder Stimme, »wir sind damals in einem kleinen Bus nach Syrien gereist. Gestartet sind wir hier in Wien und dann runter nach Italien gefahren, an der Ostküste entlang …«

»Erspar dir den Quatsch! Du weißt genau, dass mich das nicht interessiert. Ich will von der einen Nacht hören. Der Nacht, in der ihr euch aufgemacht habt, um Alulims Grab zu öffnen.« Der Mann stand auf, ging zum Esstisch, nahm sich ein Nougatcroissant und das Käsemesser, schob einen Stuhl vor Meinrad und setzte sich hin. Er nahm einen Bissen von dem Croissant, kaute grinsend und zeigte mit dem Messer auf Meinrads rechtes Auge.

»Also los«, sagte er. »Und sollte ich dich beim Lügen erwischen, kannst du deinem Auge auf Wiedersehen sagen.«

Meinrad rang um Fassung. »Novak … kam eines Tages zu mir und behauptete, Alulims Grab gefunden zu haben«, begann er stammelnd. »Er war dabei so überzeugend, dass ich und noch zwei andere ihm glaubten und zusagten, ihm bei der Freilegung zu helfen. Wir warteten bis zum Anbruch der Dunkelheit, damit niemand sonst im Lager etwas von unserer außertourlichen Grabung erfuhr, und machten uns dann auf den Weg zu einem kleinen, bis dahin unerforschten Hügel im Nordwesten des Tells. Novak hatte bereits in den vorherigen Nächten mit den Grabungsarbeiten begonnen und eine riesige Steintafel freigelegt, auf der eine alte Fluchformel geschrieben stand.«

»Aber ihr habt euch davon nicht abschrecken lassen.« Der Mann lehnte sich zurück.

Jetzt, wo das Messer sich nicht mehr so nah vor seinem Gesicht befand, entspannte Meinrad sich ein kleines bisschen und fing an zu überlegen. Nachdem er vor ein paar Jahren von einem Schwulenhasser in einer Bar verprügelt worden war, hatte er einen Selbstverteidigungskurs gemacht und wusste daher, wie man einen Gegner außer Gefecht setzen konnte. Er brauchte nur eine Gelegenheit. Novaks Mörder hatte nämlich einen großen Fehler gemacht: Er hatte ihm zwar die Hände gefesselt, aber seine Beine außer Acht gelassen. Wenn er es schaffte aufzuspringen, gelang es ihm vielleicht, sein Gegenüber zu überwältigen und zu fliehen. Die rettende Tür nach draußen war so nah. Alles, was er brauchte, war eine Chance, einen kleinen Moment der Unachtsamkeit …

»Weiter«, wurde er unsanft aus seinen Überlegungen gerissen.

»Wo war ich? Ach ja … bei dem Fluch. Nein, wir haben uns nicht davor gefürchtet.« Hätten wir doch nur, fügte er im Geiste hinzu. So viel Kummer und Gram wären uns erspart geblieben. »Wir waren so voller Tatendrang, dass wir sämtliche Bedenken über Bord geworfen und einfach drauflosgearbeitet haben. Wir waren die halbe Nacht zugange, und nach vielen Rückschlägen haben wir es mit vereinten Kräften irgendwann tatsächlich geschafft, den schweren Stein beiseitezuschieben.« Er dachte zurück an jenen triumphalen Moment, an jenen magischen Augenblick, als sie einen Tunnel freigelegt hatten, der seit so vielen Jahrhunderten von keiner Menschenseele mehr betreten worden war. Wie jung sie damals gewesen waren. Jung und naiv. Sie fühlten sich unsterblich und dachten, die Welt gehöre ihnen.

»Red weiter! Lass dir nicht jedes Wort aus der Nase ziehen.«

»Wir nahmen unsere Taschenlampen und haben uns darangemacht, den Tunnel zu erkunden. Er war ungefähr einen Meter breit und zwei Meter hoch, führte steil nach unten und endete in einer großen Kammer, vor der sich ein tiefer Graben befand.« Er ruckelte sanft an seinen Fesseln. Sie waren nicht gerade fest gebunden. »Wir haben aus einer Strickleiter und ein paar Ästen einen provisorischen, ziemlich stümperhaften Steg gebastelt und sind darüber in die Kammer gelangt.«

»Und?«

Meinrad konnte sich ein trauriges Lächeln nicht verkneifen. »Nichts.«

»NICHTS? Was soll das bedeuten?«

»›Nichts‹ bedeutet, dass sich weder in dem Tunnel noch in der Kammer oder in der Grube irgendetwas befand – keine Keilschriftzeichen, keine Wandbemalung, keine Opfergaben oder sonstigen Artefakte und schon gar kein Sarkophag oder menschliche Überreste. Nichts. Kein Ruhm, kein Reichtum, keine Abenteuer. Wir haben mit unseren Lampen alles genauestens abgeleuchtet, aber da war nichts. Wie es schien, war die ganze Anlage nur eine Attrappe, die dazu diente, vom wahren Aufenthaltsort des toten Königs abzulenken.«

»Nichts? Gar nichts? Aber …«

Das Läuten der Türglocke erschreckte beide Männer so sehr, dass sie zusammenzuckten.

»Wer ist das? Erwartest du jemanden?«

Meinrad schüttelte den Kopf und zuckte erneut zusammen, als der schrille Klingelton ein zweites Mal den Raum erfüllte. War das etwa die Chance, um die er gebeten hatte? Langsam atmen, sagte er zu sich selbst, während er den Eindringling musterte. Dieser hatte sich neben das Fenster gestellt, den Vorhang vorsichtig zur Seite geschoben und versuchte nun, zu erkennen, wer unten vor der Tür stand. Ein drittes Läuten schrillte durch das Zimmer und dieses Mal wurde Meinrad klar, dass dies womöglich seine einzige und letzte Chance war. Er nahm all seinen Mut zusammen, sprang auf und rannte in Richtung Ausgangstür.

Dann ging alles ganz schnell.

»Wer weiß es? Ständ' ich nicht mit meinem Stab.
Hier an dieses Geistesverwandten Grab,
So könnt' ich denken, ich selbst läge dort.«
Henrik Ibsen, Peer Gynt

Bender nahm einen großen Schluck Kaffee und verdrängte seine sorgenvollen Gedanken an Fred. Er würde jetzt diesen Harr auftreiben – koste es, was es wolle. Wenn er nämlich helfen konnte, Lorentz aus dem Gefängnis zu holen, würde das den Chef vielleicht milde stimmen.

Er ging noch einmal die Fakten durch, die er bisher hatte zusammentragen können: Es gab einen gewissen Gustaf Georg Harr, der am 6. Mai 1942 in Wien geboren worden war. Komischerweise waren aber abgesehen von der Registrierung seiner Geburt keine weiteren Meldungen über ihn zu finden: kein Eintrag im zentralen Melderegister, kein Eintrag vom Standesamt über eine Eheschließung oder Scheidung, kein Eintrag im Strafregister, keine Sterbeurkunde oder wenigstens irgendein kleiner Eintrag in den unendlichen Weiten des World Wide Web. Bender rieb seine Schläfen und starrte auf den Computermonitor. Irgendetwas war hier faul. Menschen hinterließen normalerweise Spuren. Es konnte doch nicht sein, dass irgendwer einfach so von der Bildfläche verschwand. Immerhin war das hier Österreich und nicht irgendein korrupter Staat in der Dritten Welt.

Er nahm noch einen Schluck Kaffee, als ihm plötzlich eine Idee kam. Eigentlich hätte er schon viel früher draufkommen können – es war ja ganz naheliegend: Wenn die anderen Männer, die er für Morell recherchiert hatte, Bekannte beziehungsweise ehemalige Arbeitskollegen von diesem Harr waren, dann wussten sie vielleicht, wo er steckte. Mit einem Grinsen, das vom einen Ohr zum anderen reichte, griff Bender nach der Liste und rief bei der ersten Nummer an.

Da bei Meinrad keiner abhob, versuchte er es bei der nächsten Nummer.

»Hier bei Professor Nagy«, meldete sich eine weibliche Stimme schon nach dem zweiten Klingelton.

»Mein Name ist Inspektor Robert Bender, und ich hätte gerne mit dem Herrn Professor gesprochen.«

»Worum geht es, wenn ich fragen darf?«

»Das ist vertraulich.«

»Einen Moment, ich stelle Sie durch«, sagte die Frau und klang dabei ziemlich verstimmt.

»Nagy«, meldete sich kurz darauf der Professor.

»Grüß Gott, mein Name ist Inspektor Robert Bender. Ich bin auf der Suche nach einem gewissen Gustaf Harr – können Sie mir vielleicht weiterhelfen?«

Am anderen Ende der Leitung herrschte Stille.

»Hallo? Herr Nagy? Sind Sie noch dran?«

»Ja, ich bin noch da. Darf ich fragen, wie Sie darauf kommen, dass ausgerechnet ich Ihnen in dieser Sache weiterhelfen kann?«

»Sie waren doch vor etwas mehr als dreißig Jahren mit Herrn Harr auf einer Ausgrabung in Syrien – das ist die letzte Spur, die ich von ihm habe. Es scheint fast so, als hätte er sich in Luft aufgelöst. Ich hatte gehofft, dass Sie, als einer seiner ehemaligen Kollegen, mir vielleicht irgendeinen Anhaltspunkt liefern können: eine Adresse, den Namen eines guten Freundes – irgendetwas, das mir helfen könnte, seinen momentanen Aufenthaltsort zu finden.«

»Tja, das dürfte schwierig werden.«

»Und warum, wenn ich fragen darf?« Bender wurde langsam ungeduldig.

»Weil Harr nicht mehr in Österreich lebt, sondern in Syrien, und nicht einmal das ist sicher.«

»Könnten Sie mir das bitte näher erläutern?« Musste man diesem Kerl denn alles aus der Nase ziehen?

»Nun, was soll ich großartig dazu sagen? Harr hat sich damals Hals über Kopf in ein temperamentvolles, schwarzhaariges Mädel aus einem der Nachbardörfer verliebt.« Nagy lachte. »Die hatte ihm mit ihren dunklen Augen ganz schön den Kopf verdreht. Der gute Harr, der sonst so trocken und konservativ daherkam, war kaum wiederzuerkennen.«

»Er ist also einfach in Syrien geblieben?«

»Genauso war es. Ich bin mir nicht ganz sicher, ob es sein freier Wille war oder ob er von seinem Schwiegervater in spe dazu gezwungen worden ist. Sie wissen schon – in den arabischen Ländern kann man nicht einfach mit einer Frau herummachen und dann wieder abhauen. Da spielt der Ehrenkodex eine ganz wichtige Rolle. Aber wie auch immer. Harr blieb bei seiner Flamme, und wir sind ohne ihn zurück nach Wien gefahren.« Nagy machte eine kurze Pause. »Insgeheim war ich mir ehrlich gesagt sicher, dass das mit den beiden nicht lange halten und dass Harr nach einigen Monaten wieder kleinlaut nach Österreich zurückkommen würde, aber ich habe mich getäuscht und seit damals nie wieder etwas von ihm gehört. Wahrscheinlich sitzt er mit einer riesigen Schar von Kindern und Enkeln irgendwo im syrischen Hinterland und lässt es sich gutgehen.«

»Wissen Sie zufällig, ob er noch zu irgendwem in Österreich Kontakt haben könnte?«

»Ich glaube nicht. Harr hatte keine Geschwister, und seine Eltern sind früh gestorben. Familie gibt es also keine mehr.«

»Und Freunde?«

»Er war immer ein verschlossener Einzelgänger. Ich denke nicht, dass er wirklich gute Freunde hatte. Ich glaube, es ist ihm damals ziemlich leichtgefallen, alle Brücken abzubrechen.«

»Kein Wunder, dass ich ihn nicht finden konnte.« Bender bedankte sich, legte auf und wählte die Nummer von Morell, um ihm die Neuigkeiten zu erzählen.

»Was die Welt betrifft, so ist sie ein Grab und weiter nichts.«

Alexandre Dumas, Die drei Musketiere

Morell hatte in der Zwischenzeit nicht ganz so viel Erfolg wie sein Assistent: Im Gefängnis herrschte momentan keine Besuchszeit, und der zuständige Beamte wollte sich um nichts in der Welt erweichen lassen.

»Es ist gerade keine Besuchszeit, und damit aus.«

»Es ist aber dringend.« Morell war nicht bereit, so schnell aufzugeben.

»Das Leben ist kein Wunschkonzert«, stellte der Justizvollzugsbeamte trocken fest und wandte sich wieder irgendwelchen Unterlagen zu.

»Ich muss Herrn Lorentz wirklich unbedingt sprechen.«

»Sind Sie sein Anwalt oder was?«

Morell überlegte, wie viel er preisgeben sollte. »Nein, ich bin kein Anwalt, ich bin …«

Der Justizvollzugsbeamte sah Morell fragend an. »Ich höre«, sagte er.

Morell entschied, alle Ängste und Zweifel beiseitezuwischen. Weber war so oder so schon drauf und dran, ihm seine Marke abzunehmen. Was hatte er also zu verlieren? »Ich bin Polizist. Zwar in zivil, aber nichtsdestotrotz ein Polizeibeamter.« Er zeigte dem Beamten seine Marke. »Ich verstehe, dass Sie sich an die Vorschriften halten müssen, aber könnten Sie nicht vielleicht eine klitzekleine Ausnahme machen?« Morell holte tief Luft. »Bitte«, fügte er hinzu.

»Chefinspektor Otto Morell?« Der Beamte schaute sich die Marke an und pfiff durch die Zähne. »Von Ihnen habe ich bereits gehört.«

O nein!, schoss es Morell durch den Kopf. Weber war also schneller gewesen und hatte bereits alle Stellen vor ihm gewarnt. Er spürte, wie sich sein ganzer Körper mit einer dünnen Schicht aus kaltem Schweiß überzog.

»Sie sind der, der letztes Jahr den Serienkiller in Tirol gefasst hat, nicht wahr?«

Morell nickte etwas verunsichert.

Der Beamte lachte und streckte Morell seine Hand entgegen. »Das habe ich in der Zeitung gelesen. Top Job! Gut gemacht!«

Morell schüttelte die Hand des Beamten. Er war einerseits erleichtert, aber gleichzeitig auch peinlich berührt. Verlegen kratzte er sich am Kopf.

»Wissen Sie was?«, flüsterte der Beamte und blickte verstohlen um sich. »Ich kann Sie zwar nicht zum Herrn Lorentz reinlassen, das wär' zu auffällig – aber weil Sie's sind, kann ich dem Herrn Lorentz vielleicht eine Nachricht zukommen lassen.« Er schob Morell unauffällig ein Blatt Papier zu und zwinkerte.

»Tausend Dank!« Morell griff nach dem Papier, zog einen Kugelschreiber aus der Innentasche seiner Jacke und schrieb eine Nachricht mit den wichtigsten Informationen an Lorentz. Dann faltete er das Blatt, legte eine Kopie der Listen von Uhl dazu und reichte sie dem Beamten. »Das ist wirklich sehr nett von Ihnen. Vielen Dank noch mal.«

»Schon gut«, nickte der Mann. »Ich drücke Ihnen die Daumen für Ihre Ermittlungen. Wiederschaun.«

Als Morell auf die Straße trat, schaute er auf die Uhr: Nicht einmal sechs, und es fing bereits an zu dämmern. Er zog den Reißverschluss seiner Jacke bis oben zu – mittlerweile war es ganz schön kühl geworden, und damit nicht genug: Ein fieser Wind blies beißend durch die Gasse. Irgendwie typisch wienerisch, fand Morell.

Er stellte seinen Kragen hoch und überlegte, was er als Nächstes unternehmen sollte. Sollte er zu Uhl gehen, obwohl er noch nicht wusste, was die Listen bedeuteten? Oder war es besser, damit zu warten, bis er die Möglichkeit gehabt hatte, mit Lorentz zu reden?

Seine Überlegungen wurden von Benders Anruf unterbrochen.

»Hallo, Chef, ich bin es. Gut, dass ich Sie erwische. Ich habe nämlich herausgefunden, wo Gustaf Harr steckt.«

Morell war mit einem Schlag aufmerksam. »Schieß los!«

»Sie werden nicht begeistert sein«, fing Bender an und erzählte Morell alles, was er von Nagy erfahren hatte.

Morell lauschte andächtig den Ausführungen seines Assistenten. »Harr ist damals also einfach nicht mehr zurück nach Wien gereist, und seither weiß niemand, wo er abgeblieben ist?«, fasste er zusammen, als Bender fertig war.

»Genau.«

»Das kommt mir ziemlich komisch vor. Hat Nagy gesagt, wie das Dorf hieß, in das Harr gezogen ist?«

Bender verneinte. »Soll ich ihn noch mal anrufen und fragen? Oder soll ich bei Google Earth nachschauen, wie die Dörfer da in dieser Gegend heißen?«

»Nein, schon gut. Ich habe eh noch ein Hühnchen mit Uhl zu rupfen. Da kann ich ihn gleich nach Harr und dessen Aufenthaltsort befragen. Gute Arbeit, Robert.«

»Danke«, sagte Bender stolz.

»Wie geht es denn Fred und den Pflanzen?«

»Alles bestens. Servus, Chef.«

Noch bevor Morell weiter nachfragen konnte, hatte Bender bereits aufgelegt.

»Komisch«, murmelte Morell und meinte damit sowohl die Geschichte mit Harr als auch das übereilte Abwürgen des Gesprächs durch Bender.

Der Wiener Wind unternahm einen neuen Versuch, die Kleidung des Landauer Chefinspektors zu durchdringen, was diesem eine geharnischte Schimpftirade entlockte. Er beschloss, jetzt gleich zu Uhl zu gehen, ohne Lorentz' Meinung über die geheimnisvollen Listen zu kennen. Er wollte nicht mehr länger warten.

Die Sonne war mittlerweile vollständig untergegangen, als Morell in der Blutgasse ankam. Mit entschlossenem Schritt durchquerte er den Durchgang zu dem kleinen Innenhof, blickte nach oben und scannte die Fenster im ersten Stock. Uhls Wohnung befand sich über seinem Geschäft – wenn er also daheim war, dann musste irgendwo Licht brennen.

Doch sowohl im Laden als auch in der darüberliegenden Wohnung war alles finster. Was sollte er jetzt tun? Einerseits wollte er so schnell wie möglich ein paar Antworten, andererseits hatte er keine Lust, sich hier in dem düsteren, kalten Innenhof die Beine in den Bauch zu stehen und darauf zu warten, dass Uhl irgendwann wiederkam. Er überlegte gerade und vergrub die Hände tief in den Jackentaschen, als sein Blick an einem kleinen Schimmer im Laden hängenblieb. War das eine Reflexion, oder brannte da wirklich irgendwo Licht?

Morell ging so dicht wie möglich an das Schaufenster heran und spähte durch die Kruzifixe und Rosenkränze in das Innere des Ladens. Nein, er hatte sich nicht getäuscht. Im hinteren Teil des Verkaufsraums war ein gedämpfter Lichtstrahl zu sehen. Er beugte sich so weit nach vorn, dass seine Nase das kalte, leicht feuchte Glas der Auslage berührte. Das musste die Tür sein, hinter der sich Uhls Lager befand. Crazy Willie war also doch nicht ausgeflogen, sondern werkelte in seinem Hinterzimmer herum.

Da die Ladentür verschlossen war, drückte Morell auf die Klingel, doch es folgte, wie auch vorhin schon bei Meinrad, keine Reaktion.

»Ich weiß, dass du da bist«, murmelte er, und weil er sich nicht so einfach geschlagen geben wollte, beschloss er, einmal um das Haus herumzugehen – vielleicht gab es ja noch irgendwo ein Fenster, durch das er einen Blick in das Lager werfen konnte.

Just in dem Moment, als er zurück in die Blutgasse bog, hörte er das Bimmeln von Uhls Ladentür. Er drehte wieder um und lief in den dunklen Durchgang, der den Innenhof mit der Straße verband.

»Die Luft ist rein«, hörte er Uhl sagen und hielt inne. Crazy Willie war also nicht allein. »Das waren sicher wieder die Nachbarskinder, diese verflixten Blagen. Die finden es lustig, das dumme, alte Klingelstreichspiel zu spielen.«

Vorsichtig machte Morell einen Schritt zur Seite und presste sich an die Wand. Er wollte sehen, wer Uhls Besucher war, und vielleicht, wenn er Glück hatte, konnte er noch ein paar Gesprächsfetzen belauschen.

»Dann ist ja alles klar.« Die Stimme kam Morell bekannt vor. Das war doch wohl nicht etwa …? Nein, das konnte nicht sein!

»Du hast die Liste?«, fragte Uhl.

»Ja, ich habe alles.« Der zweite Mann machte einen Schritt nach vorn und stand nun genau in Morells Blickfeld.

Morell merkte, wie sein Magen sich verkrampfte. Er hatte mit vielem gerechnet, aber damit nicht. Es hätte ihn nicht gewundert, wenn er bei Uhl auf Stimpfl, Nagy oder sogar Zuckermann gestoßen wäre – aber Payer? Er hatte dem kauzigen Kerl vertraut. War das etwa ein Fehler gewesen? Reflexartig griff er an seinen Bauch. Normalerweise konnte er seinem Bauchgefühl doch immer trauen. Hatte die Diät etwa sein Urteilsvermögen getrübt?

»Kannst du mir die Sachen bitte so schnell wie möglich vorbeibringen? Der Kunde wartet nämlich schon ungeduldig«, sagte Uhl.

»Kein Problem, das kriege ich locker hin. Was für ein Glück, dass ich immer noch ein paar Schlüssel aus meiner Zeit bei der

Stadtarchäologie habe.« Payer ließ sein typisches Weihnachtsmannlachen erklingen. »Die ersten beiden hole ich gleich jetzt und bring sie dir heute noch oder morgen vorbei. Den Rest kriegst du je nachdem, wie schnell ich fündig werde, wahrscheinlich Dienstag.«

»Super! Ich wusste, dass ich mich auf dich verlassen kann.« Uhl klopfte Payer auf die Schulter. »Das Geld kriegst du dann auch gleich.«

»Passt.« Payer lachte erneut laut auf. »Dann bis bald.«

Morell machte vorsichtig ein paar Schritte zurück auf die Straße und huschte in den nächsten Hauseingang. Wovon hatten die beiden nur geredet? Und was sollte er jetzt tun? Er musste sich entscheiden: Sollte er Payer verfolgen und versuchen herauszufinden, welche zwei Dinge er holen ging, oder sollte er lieber hierbleiben und Uhl mit den Listen aus Stimpfls Schachtel konfrontieren? Er entschied sich für Ersteres. Uhl konnte er später immer noch befragen.

Morell beobachtete mit angehaltenem Atem, wie Payer aus dem Innenhof geschlendert kam und anschließend in nördlicher Richtung die Blutgasse entlangspazierte. Er wartete, bis der Abstand zwischen ihm und Payer groß genug war, und nahm dann die Verfolgung auf. »Ernst Payer«, murmelte er. »Dir hätte ich es am allerwenigsten zugetraut.«

Payer bog erst links in die Domgasse und anschließend in die Schulergasse ein und steuerte dann direkt auf den Stephansdom zu. Morell erwartete, dass er sich hier ein Taxi nehmen, runter in die U-Bahn gehen oder an der Bushaltestelle warten würde, doch der schrullige Archäologe tat nichts dergleichen. Er blieb neben dem Nordturm stehen, zog aus seiner Hosentasche einen Schlüssel, eine Taschenlampe und eine Plastiktüte und ging zur Nordwand des mächtigen gotischen Doms. Dort schaute er kurz nach links und rechts, sperrte dann eine unscheinbare Gittertür auf und verschwand dahinter.

Morell folgte ihm. Die Tür bestand aus dicken Metallstäben und gab den Blick auf eine eiserne Falltür frei. Dahinter befand sich ein riesiges Kreuz, unter dem eine Inschrift stand. Er versuchte, in dem diffusen Licht die Buchstaben zu entziffern: *An dieser Stätte wurde des unsterblichen W. A. Mozart Leichnam am 6. Dez. 1791 ausgesegnet.* »Nichts als Tote«, stellte er fest, drückte behutsam die Klinke nach unten und übte sanften Druck auf das Gitter aus, das sich tatsächlich öffnete. Was für ein Glück, dass Payer es nicht wieder abgesperrt hatte. Morell trat nach innen, hob einen Flügel der Falltür hoch und konnte die Umrisse einer Stiege ausmachen, die steil in die Tiefe führte. Was zum Teufel war dort unten? Eine unterirdische Kapelle? Eine archäologische Ausgrabungsstätte? Ein alter Geheimgang?

Er stieg vorsichtig die ersten paar Stufen nach unten und stand bald in tiefschwarzer Dunkelheit. Nicht einmal die Hand vor Augen konnte er sehen. Vorsichtig schob er einen Fuß vor den nächsten und gelangte so, völlig blind, Stufe für Stufe ans untere Ende der Treppe. Wo um Gottes willen befand er sich nur? Es roch muffig hier. Ungelüftet und modrig. Er tastete sich an der Wand entlang und stellte fest, dass sie sehr wahrscheinlich aus unverputzten Ziegelsteinen bestand. Sie fühlte sich kalt und feucht an und brachte ihn zum Schaudern. Morell konnte gar nicht glauben, dass er sich unter dem Stephansdom befand – es kam ihm hier eher vor wie mitten im Prater, und zwar direkt in der Geisterbahn.

Er ging noch ein paar unsichere Schritte, blieb dann stehen und lauschte in die Dunkelheit hinein. Er konnte Payer weder hören noch den Schein der Taschenlampe sehen. Crazy Ernstl war also offenbar außer Sichtweite. Er holte sein Handy aus der Jacke, klappte es auf und ließ das kühle, bläuliche Licht, das das Display ausstrahlte, langsam über den Fußboden und die Wände wandern: Er befand sich in einem schmalen Tunnel, dessen Wände aus rotbraunen Backsteinen und dessen schroffer Boden aus gestampftem Lehm bestand. Wo dieser Tunnel wohl hinführte? Morell ging ein paar Schritte weiter, indem er die Umgebung mit Hilfe seines Handys ableuchtete – und erstarrte.

Er konnte zwar nicht viel sehen, aber das Wenige reichte völlig aus, um ihm alle Haare zu Berge stehen zu lassen: Direkt links von ihm befand sich ein riesiger Haufen menschlicher Knochen. Morell klappte sein Handy zu und dann wieder auf, um das Display erneut zum Leuchten zu bringen, und hielt mit seiner mickrigen Lichtquelle noch einmal auf die Gebeine. Das mussten Hunderte von Skeletten sein, die hier wild durcheinander herumlagen. Er machte einen kleinen Schritt auf den grausigen Berg zu und zwinkerte. Nein, es war kein Traum und auch keine dumme Verwechslung. Direkt vor ihm lagen unzählige gelblich braune Knochen.

»Ach du Schande!« Morell versuchte seine Fassung wiederzuerlangen. »Kein Gejammer, keine Schwäche«, sagte er leise und holte mehrmals tief Luft, als ihm plötzlich einfiel, wo er war – und zwar mitten in den Wiener Katakomben. Er hatte bereits davon gehört: Wie ein Labyrinth erstreckten sich diese Tunnel und Kammern bis hin unter den Stephansplatz. Irgendwo hier drinnen lagen die Eingeweide der Habsburger, mehrere einbalsamierte Bischöfe und die Überreste von Tausenden von Pesttoten. Reflexartig hielt Morell sich die Hand vor die Nase und den Mund.

Er erinnerte sich, dass ihn vor vielen Jahren ein paar seiner Freunde zu einer geführten Tour durch die Katakomben hatten überreden wollen – doch er hatte abgelehnt. Er hatte es nicht nur pietätlos, sondern auch viel zu gruselig gefunden, sich auf einem unterirdischen Friedhof herumzutreiben. Und jetzt stand er hier: Allein. Im Dunkeln. Und irgendwo in diesem schauderhaften Labyrinth lief ein Mann herum, der möglicherweise ein Mörder war.

Morell beschloss umzukehren. Noch länger hier zu bleiben war einfach zu gefährlich. Niemand wusste, wo er war, und er konnte sich leicht verirren oder stolpern und in irgendeinen Schacht oder ein Loch fallen. Zudem waren die Gänge irrsinnig schmal – wenn er also auf Payer stieß, hatte er keine Möglichkeit, sich zu verstecken oder auszuweichen.

Er tastete sich rückwärts bis zu der Stiege, ging hoch und schlüpfte wieder zur Tür hinaus. Draußen angekommen, nahm er einen tiefen Atemzug frischer Luft und stellte sich dann vis-à-vis vom Nordturm an die Bushaltestelle. Dort wartete er darauf, dass Payer wieder zurückkam.

Und tatsächlich – nur kurze Zeit später öffnete sich die unscheinbare Tür einen kleinen Spalt breit, und Payer schlüpfte heraus. In seiner Hand hielt er die Plastiktüte, die jetzt eindeutig nicht mehr leer war. Der Archäologe schaute unauffällig nach rechts und links und spazierte dann, so als wäre nichts geschehen, wieder zurück in Richtung Blutgasse. Morell ließ ihm etwas Vorsprung und folgte ihm dann so diskret wie möglich.

Payer marschierte schnurstracks zurück zu Uhl, klopfte dort an die Tür und wurde prompt eingelassen. Nur wenige Augenblicke später gingen sämtliche Lichter im Geschäft aus, und es war nur der blasse, kleine Schimmer aus dem Lager zu sehen.

»Wartet nur ab, ihr zwei komischen Vögel«, sagte Morell leise. »Ich werde euch schon noch auf die Schliche kommen.« Er stellte den Kragen seiner Jacke hoch, steckte die Hände in die Taschen und machte sich auf den Weg zurück zu Nina Capelli.

»Man muß seine Schmerzen vergessen können oder sich ein Grab schaufeln.«
Honoré de Balzac

Er hatte sich auf dem Weg nach Hause eine Schachtel Zigaretten aus einem Automaten gezogen. Zwar hatte er schon vor vielen Jahren mit dem Rauchen aufgehört, doch heute war der perfekte Tag, um wieder damit anzufangen. Mit zitternden Händen zündete er sich eine an und sog den nikotinhaltigen Rauch gierig in seine Lunge.

Was für ein elender Mist. Er hatte Meinrad getötet, noch bevor dieser ihm die ganze Wahrheit hatte erzählen können. Das Durchschneiden von Meinrads Kehle war mehr ein Reflex als eine gewollte Bewegung gewesen. Er war schlicht und ergreifend in Panik geraten, als Meinrad wegrannte und um Hilfe schreien wollte. Es war so schnell und auch so leicht gegangen.

Er hustete. Seine Lunge war die Zufuhr von Teer und Nikotin nicht mehr gewohnt. Vielleicht hätte er sich doch lieber leichtere Zigaretten kaufen sollen. Er musste unvermittelt lachen: Erst hatte er zwei Menschen getötet, und jetzt jammerte er herum, weil ihm seine Zigaretten zu stark waren. Es war dumm gewesen, so unvorbereitet zu Meinrad zu fahren. Beim nächsten Mal musste er sein Vorgehen besser planen. Er nahm einen letzten Zug von seiner Zigarette, bevor er sie im Aschenbecher ausdrückte.

»Gebet der Erde, was sie gegeben.
Es blühet das Leben über dem Grab.«
Clemens Brentano

»Hast du zufällig einen Wien-Reiseführer herumliegen?«, fragte Morell, nachdem er Capelli alles über seinen unfreiwilligen Ausflug in die Untiefen der Stadt Wien erzählt hatte. »Ich würde gerne mehr über die Katakomben unter dem Stephansdom erfahren. Was kann es in ihnen geben, das für Payer und Uhl von Interesse sein könnte?«

Capelli stand auf und durchsuchte ein Bücherregal. »Irgendwo hatte ich einen.« Sie öffnete eine Kiste und wühlte in deren Inhalt herum. »Ah, da ist er ja«, sagte sie und hielt triumphierend ein dickes Buch in die Höhe. »Bitte schön.«

Morell nahm den Reiseführer entgegen und studierte das Inhaltsverzeichnis. »Stephansdom … Seite 76 …«, sagte er, schlug die Seite auf und begann still zu lesen.

»Ich will auch was mitkriegen«, forderte Capelli. »Lies laut vor!«

»Na gut. Hör zu: Unter dem Stephansdom befinden sich mehr als 30 Grabkammern, die allesamt durch ein labyrinthartiges Tunnelsystem miteinander verbunden sind. Die älteste Kammer ist die Herzogsgruft, in der sich die sterblichen Überreste von Erzherzog

Rudolf IV. und seiner Familie befinden. In einer weiteren Kammer werden seit 1630 einbalsamierte Bischöfe und Kardinäle in Kupfersärgen aufbewahrt. Weiter gibt es eine Gruft für die Domherren und andere hohe Würdenträger, einen Schacht, in dem sich die Überreste der Pesttoten aus dem Jahr 1713 befinden, und mehrere andere Kammern, in denen insgesamt mehr als 11 000 Tote bestattet worden sind.

»Wow«, Capelli nickte anerkennend. »Das habe ich nicht gewusst.«

»Leider wurde der Gestank der Toten irgendwann so unerträglich, dass es nicht mehr möglich war, Messen im Dom abzuhalten. Darum und aus hygienischen Gründen hat Kaiser Josef II. im Jahr 1783 verboten, Menschen innerhalb der Stadtmauern zu begraben.« Morell blätterte weiter und überflog den Rest des Kapitels. »Zudem gibt es in den Katakomben noch eine Kapelle und ein sogenanntes Steinmuseum – das ist ein Raum, in dem verschiedenste Steinfiguren und Steinplatten aufbewahrt werden, die früher den Dom zierten, dann aber Renovierungsarbeiten zum Opfer gefallen sind.«

»Sehr merkwürdig.« Capelli zuckte ratlos mit den Schultern. »Knochen und Steine. Was könnte es sonst noch da unten geben?«

Morell war ratlos. »Dort unten gibt es, soweit ich das mitbekommen habe, nur Kälte, Dunkelheit und massenhaft tote Menschen.«

»Gene«, rief Capelli plötzlich. »Dort unten liegt ziemlich spezielles Genmaterial.«

»Bitte?«

»Nun, wenn in der Kapelle nicht irgendwelche kostbaren Kelche oder goldverzierten Kreuze liegen, dann ist das Wertvollste dort unten das Genmaterial von Bischöfen, Kardinälen und den Habsburgern.«

»Nicht dein Ernst!« Morell überflog noch einmal das Kapitel über die Katakomben. »Hier steht, dass die zuletzt deponierte Urne die Eingeweide des 1878 gestorbenen Erzherzogs Franz Carl, des

Vaters von Kaiser Franz Joseph, enthält. Das ist mehr als 130 Jahre her.«

»Aber die Eingeweide wurden doch sicher konserviert, oder?«

Morell las weiter. »Ja, hier steht was von Alkohollösung.«

Capelli nickte. »Kein Problem für die DNA.«

»Geh, du glaubst Uhl und Payer verkaufen Habsburger-DNA?«

»Warum nicht? Vielleicht gibt es Wissenschaftler, die sich für so etwas interessieren.«

Morell, dem allein bei der Vorstellung alle Haare zu Berge standen, verdrehte die Augen. »Da muss es noch etwas anderes geben. Irgendetwas, das wir übersehen oder noch nicht in Betracht gezogen haben.«

»Ich schau auch noch mal im Internet, vielleicht gibt's da was. Aber morgen, jetzt muss ich nämlich ins Bett«, sagte Capelli gähnend. »Und wenn uns dann immer noch nichts einfällt, mache ich eben eine der Führungen durch die Katakomben mit und schaue mir die Sache live an.«

Morell nickte. »Ist gut«, sagte er. »Lass uns schlafen gehen. Wir müssen morgen fit sein – es könnte ein anstrengender Tag werden.«

Während Morell und Capelli rasch in einen tiefen Schlaf fielen, lag in den Tiroler Alpen einer hellwach im Bett: Bender. In Landau herrschte nämlich Katzenjammer, und zwar im wahrsten Sinne des Wortes.

Der Baldrian hatte gewirkt und sämtliche Katzen aus der Nachbarschaft angelockt. Nur leider schien er, anders als bei Menschen, keinen beruhigenden Effekt auf sie zu haben – ganz im Gegenteil, er versetzte die Tiere regelrecht in Ekstase.

Bender tat die ganze Nacht kein Auge zu, weil die wild gewordenen Stubentiger lautstark eine Orgie in seinem Garten feierten. Es mussten sich wirklich alle Katzen und Kater aus Landau hier versammelt haben. Alle – außer Fred.

»Vielleicht könnt Ihr noch, eh Ihr zu Grabe geht, eine Wallfahrt nach seinem Monumente thun.«

Friedrich Schiller, Die Räuber

Morell, der um acht Uhr immer noch tief und fest vor sich hin schlummerte, wurde durch das Läuten seines Handys geweckt. »Hallo?«, murmelte er verschlafen.

»Otto? Hier ist Leander. Anscheinend hast du hier drinnen einen neuen Freund. Ich habe gestern deine Nachricht erhalten, und gleich heute Morgen wurde mir erlaubt, dich anzurufen.«

Morell rieb sich den Schlaf aus den Augen und lächelte bei dem Gedanken an den freundlichen Justizvollzugsbeamten. »Und?«, fragte er mit belegter Stimme. »Kannst du mit den komischen Begriffen und Zahlen auf der Liste irgendetwas anfangen? Ist es vielleicht ein Code?«

»Nein, wenn ich mich nicht allzu sehr täusche, handelt es sich bei den Begriffen um Reliquien.«

»Reliquien?« Morell setzte sich im Bett auf und fuhr sich durch die Haare.

»Ja. Os coxae, MCCXVIII, f., 40–45 ist das Hüftbein einer Frau im Alter zwischen 40 und 45 Jahren, aus dem Jahr 1218. Das würde zum Beispiel zu der heiligen Franca von Piacenza passen. Oder Os metacarpale secundum, DLIX, m., 60–65 ist ein Mittelhandknochen aus dem Jahr 559, von einem Mann um die 60 – was, wenn meine Recherchen in der Anstaltsbibliothek richtig sind, ein Stück vom heiligen Leonhard von Noblat sein könnte.«

»Das musst du mir genauer erklären.«

»Reliquie ist Latein und bedeutet übersetzt so viel wie ›Überbleibsel‹, genauer gesagt das Überbleibsel eines oder einer Heiligen. Meistens sind das Knochen, Zähne oder Haare.«

»Und was macht man damit?«

»Mensch, Otto, ich dachte, du seiest katholisch?«

»Bin ich ja auch. Trotzdem weiß ich nichts über die Reste von Heiligen.«

»Reliquien werden wundertätige Eigenschaften zugesprochen – daher sind viele Menschen erpicht darauf, eine zu besitzen. Zudem besagt das Kirchenrecht der katholischen Kirche, dass in jedem geweihten Altar eine Reliquie zu sein hat. Das, ich zitiere, soll verdeutlichen, dass die Opfer der Heiligen im Opfer Christi, das auf dem Altar gefeiert wird, ihren Ursprung haben. Außerdem führt es die Tradition fort, Kirchen auf den Gräbern von Heiligen zu errichten. Spätestens seit dem 4. Jahrhundert gibt es so gut wie keinen Altar mehr ohne Reliquie.«

»Soll das heißen, dass in jedem Altar ein Stück von einem Heiligen liegt?«

»Ganz genau – zumindest in jedem katholischen Altar. Die Protestanten sind dagegen.«

»Das hab' ich nicht gewusst.«

»Glaub mir, ich hab's auch erst in meiner Studienzeit durch ein Referat über den frühchristlichen Reliquienkult erfahren. Ziemlich schräg, findest du nicht? Jedes Mal, wenn ich zu einer Hochzeit oder Beerdigung gehe, muss ich mir vorstellen, dass im Altar ein paar Leichenteile liegen.«

»Brrr.« Morell schüttelte sich.

»Wenn dieser Uhl mit Hilfe von Novak Reliquien gefälscht hat, dann würde das schon einen Sinn ergeben.«

»Inwiefern?«

»Nun, erstens würde es einmal erklären, woher Novak so viel Geld hatte. Reliquien sind sehr wertvoll, und es gibt sicherlich eine beachtliche Anzahl an Kirchen und Privatpersonen, die etliche tausend Euro dafür bezahlen würden. Im Mittelalter hielt man Reliquien sogar für kostbarer als Gold und Edelsteine.«

»Und zweitens?«

»Wer kann besser eine Reliquie fälschen als ein Archäologe? Als Archäologe hat man nämlich problemlosen Zugriff auf die richtigen Grundmaterialien aus den jeweils passenden Epochen. Damit wird es schwer bis unmöglich, eine Fälschung zu beweisen.«

»Du meinst, wenn jemand die Reliquie eines Heiligen nachmachen würde, der im 18. Jahrhundert gelebt hat, und er verwendet dafür Knochenmaterial eines Toten aus ebendieser Zeit, könnte man nicht feststellen, ob die Reliquie echt oder falsch ist?«

»Exakt. Man muss natürlich die Heiligenlegenden genauestens studieren. Wenn ein Heiliger verbrannt wurde, braucht man Asche und keine Knochen. Zudem muss man registrieren, welche Reliquien bereits offiziell vergeben sind. Man kann keinen Oberschenkelknochen vom heiligen Ignatius verkaufen, wenn der bereits in Rom liegt. Außerdem muss man darauf achten, wie der- oder diejenige gestorben ist. Wurde jemandem der Schädel eingeschlagen, muss auch ein Loch drin sein.«

Morell, der mittlerweile hellwach war, nickte. Was Lorentz erzählte, war logisch. Novak und Payer schafften also die Grundmaterialien an, während Uhl sie verarbeitete und weiterverkaufte. »Nur eines ist mir noch nicht ganz klar: Was ist mit den anderen Dingen, die auf der Liste standen?«

»Du meinst den Eisennagel, die Daumenschraube und die Terra Sigillata?«

»Genau. Das sind ja ganz offensichtlich keine Überbleibsel von Heiligen.«

»Nein, aber es sind wahrscheinlich Reliquien zweiter Klasse. Das sind keine direkten Teile der Person, aber Dinge, die sie berührt hat. Das sind meistens Gewänder, Foltergeräte oder die Waffen, durch die sie ums Leben gekommen ist.« Lorentz hielt inne. »O nein«, motzte er. »Mir wird gerade angedeutet, dass meine Zeit um ist. Ich muss leider aufhören. Sag Nina alles Liebe von mir.«

Gedankenverloren und noch im Pyjama schlurfte Morell in die Küche zu Capelli, die gerade dabei war, den Frühstückstisch zu decken. »Ich habe gerade mit Leander telefoniert«, sagte er.

»Wie geht es ihm?« Die Gerichtsmedizinerin schaute Morell mit großen, fragenden Augen an.

»Den Umständen entsprechend«, winkte er ab. »Gib mir bitte mal die Schachtel, die du aus Stimpfls Haus geklaut hast.«

»Wusste Leander, was es mit den Listen auf sich hat?« Capelli holte die Schachtel, stellte sie auf den Tisch und öffnete den Deckel.

»Höchstwahrscheinlich.« In aller Kürze erzählte ihr Morell von Lorentz' Entdeckungen. »Nun müssen wir das noch überprüfen. Schau doch bitte mal im Internet nach, wann die heilige Margareta gelebt hat.«

Capelli tat wie ihr geheißen und wurde schnell fündig. »Die heilige Margareta von Antiochien starb im Jahr 305 in Pisidien den Märtyrertod. Ihr genaues Geburtsjahr ist nicht bekannt. Man nimmt an, dass sie ungefähr achtzehn Jahre alt geworden ist.«

»Alles klar.« Morell begann die Listen durchzusehen. »Wie sieht die 305 in römischen Zahlen aus? Dreimal das C und einmal das V? Ist das richtig?«

Capelli nickte.

Morell blätterte weiter und klatschte wenige Augenblicke später in die Hände. »Leander hat tatsächlich das Geheimnis um diese Listen gelüftet! Schau dir den dritten Punkt an: Costa vera, CCCV, f., 15–20.«

»Das wäre dann eine Rippe von einer Frau im Alter zwischen 15 und 20 Jahren, aus dem Jahr 305. Was exakt …«

»... auf die heilige Margareta passen würde«, vervollständigte Morell den Satz.

Capelli gab einen neuen Suchauftrag ein. »Die Gebeine der heiligen Margareta wurden laut dem Heiligenlexikon bereits im Jahr 908 von Antiochien nach Italien gebracht, wo sie im Kloster des heiligen Petrus in Valle beigesetzt wurden. 1098 holten die Franzosen die Überreste nach Frankreich, wo sich ihre Spuren dann verliefen.«

»Perfekt für Uhl«, stellte Morell fest. »Wenn keiner mehr weiß, wo die Reste von Margareta liegen, kann niemand beweisen, dass es sich bei den Knochen in Stimpfls Kirche nicht um die der echten Heiligen handelt. Und so wie ich Crazy Willie einschätze, ist es für ihn absolut kein Problem, sich eine erfundene Herkunftsgeschichte der Reliquien aus den Fingern zu saugen. Wahrscheinlich hat er sogar noch Spaß daran, seiner Phantasie irgendwelche abenteuerlichen Storys darüber zu entlocken, wie die Knochen in seinen Besitz gelangt sind. Sei doch mal so gut und schau nach, ob es auch Heilige aus dem 18. Jahrhundert gibt. Dann hätten wir nämlich eine Erklärung dafür, was Payer in den Katakomben getrieben hat.«

»Ja, es gibt einige: Josef Maria Tomasi, Maria Kreszentia Höß, Ignatius von Santhia und so weiter und so fort.«

»Keine Habsburger-DNA also, sondern schlicht und ergreifend einfach nur Knochen.«

Capelli fing an zu schmunzeln. »Diese Typen würde ich gerne mal kennenlernen. Die Idee, alte Knochen als die Überbleibsel von Heiligen zu verhökern, ist so durchgeknallt, dass sie fast schon wieder genial ist.«

»Wie sagt man so schön: Genie und Wahnsinn liegen meist sehr nah beieinander.«

»Wenn Stimpfl herausgefunden hat, dass er einem Betrüger aufgesessen ist, ist das übrigens ein starkes Motiv für einen Mord.«

»Aber warum hat er dann Novak getötet und nicht Uhl? Außerdem ist er ein Priester und hat eine Katze.«

Capelli verdrehte die Augen. »Manchmal frage ich mich wirklich, wie du es so weit hast bringen können. Eine Priesterweihe und eine Katze haben noch keinen davon abgehalten, einen Mord zu begehen.«

»Das werden wir ja noch sehen.« Morell strich über seinen Bauch. »Heute ist Sonntag, der Tag des Herrn – ein guter Tag, um die Unschuld eines seiner Angestellten zu beweisen.«

»Und wie willst du das machen? Willst du die Reliquien irgendeines Heiligen um Hilfe bitten?« Sie lachte.

»Nein, das nicht. Aber ich werde Uhl auf den Zahn fühlen. Mal sehen, welche unheiligen Dinge er am heiligen Sonntag so treibt.«

Nachdem er etwas Knäckebrot mit Margarine gefrühstückt hatte, machte sich Morell auf den Weg in Richtung Blutgasse. Während der Fahrt überlegte er, ob es nicht besser wäre, Weber einzuweihen, entschied sich dann aber dagegen. Es war noch zu früh – er hatte keine stichhaltigen Beweise für seine Behauptungen und würde in Erklärungsnotstand kommen, wenn es darum ging zu erläutern, woher die Box mit den Listen stammte.

Als er erneut vor der kleinen düsteren Auslage stand, in der Kreuze und Rosenkränze vor sich hinstaubten, und bei Uhl läutete, war es vor allem eine Frage, die sein Denken dominierte: Hatten Crazy Willie und Crazy Ernstl tatsächlich etwas mit dem Mord an Novak zu tun?

Morell griff an seine Hosentasche und befühlte den harten Stahl des Klappmessers, das Capelli ihm aufgedrängt hatte. »Sicher ist sicher«, hatte sie gesagt und ihm das Ding in die Tasche gesteckt. »Wenn dieser Uhl wirklich so durchgeknallt ist, wie ich ihn mir vorstelle, ist es besser, du hast etwas dabei, womit du dich zur Not verteidigen kannst.«

Morell, der Waffen jeglicher Art nicht ausstehen konnte und

daher auch seine Dienstwaffe in Landau gelassen hatte, wollte sich erst dagegen wehren, war dann aber zu der Einsicht gelangt, dass Capelli recht hatte. Uhl war auf jeden Fall nicht ganz dicht, und eventuell war er sogar ein Mörder – da konnte ein Messer nicht schaden.

Er klingelte erneut, und als niemand öffnete, fing er an, gegen die Tür zu klopfen.

»Jaaaaa!!!«, rief eine Stimme aus dem Inneren des Ladens. »Was ist denn?« Das Licht ging an, und ein hektischer Uhl kam aus dem Hinterzimmer gelaufen. Als er Morell sah, hielt er kurz inne und zögerte, schloss dann aber die Tür auf. »Herr Morell, was tun Sie denn hier? Es ist Sonntag – mein Laden ist heute geschlossen.«

Morell sagte nichts, sondern zog einfach nur eine der Listen aus der Innenseite seiner Jacke und hielt sie Uhl vor die Nase.

Uhl schnappte nach Luft, erlangte seine Fassung aber schnell wieder. »Was soll denn das sein?«, fragte er, setzte seine Brille auf und tat so, als würde er die Liste studieren.

»Das wissen Sie doch ganz genau. Diese Aufzählung steht immerhin auf Ihrem Briefpapier.«

»Das hat vielleicht mal irgendein Lehrling oder Kunde mitgehen lassen und dann dieses komische Zeug draufgeschrieben.« Er setzte die Brille wieder ab und zuckte mit den Schultern. »Sorry, aber da kann ich Ihnen leider nicht weiterhelfen. Ich habe keinen blassen Schimmer, was das sein soll.«

»Da bin ich aber ganz anderer Meinung. Bei den Punkten hier auf der Liste handelt es sich um Reliquien, die Sie mit Hilfe Ihrer Archäologenfreunde fälschen und dann teuer verkaufen.«

Uhl schnappte wieder nach Luft. »Nein«, stammelte er und deutete auf das Ladenschild. »Mit Reliquien wird doch schon seit dem Mittelalter nicht mehr gehandelt. Ich verkaufe Devotionalien und sakrale Artikel. Alles ganz legal.«

»Diese Listen sagen aber etwas anderes aus«, beharrte Morell auf seinem Standpunkt. »Sie und Novak haben zum Beispiel die

Gebeine der heiligen Margareta gefälscht und dann teuer an Pfarrer Stimpfl verkauft. Außerdem weiß ich, dass Ihr Freund Ernst Payer gestern Abend in den Katakomben des Stephansdoms unterwegs war, um dort neues Knochenmaterial für diverse Reliquien aus dem 18. Jahrhundert zu besorgen.«

Uhl überlegte kurz und entschloss sich dann anscheinend dazu, seine Taktik zu ändern. »Na gut, ich gebe es zu. Ich handle auch mit Reliquien«, sagte er trotzig. »Da ist aber nichts Verwerfliches dran. Laut Gesetz ist der Handel mit den Gebeinen von Heiligen nämlich absolut legal, und ich widerspreche dabei nicht einmal dem Kirchenrecht der römisch-katholischen Kirche. Ich darf also so viele Reliquien kaufen und verkaufen, wie ich will.«

»Aber fälschen dürfen Sie sie nicht!«

»Aber wer redet denn hier von fälschen. So etwas würde ich nie tun.« Uhl verschränkte die Arme vor der Brust. »Sie können gerne sämtliche Reliquien untersuchen lassen, die ich verkauft habe – Sie werden nichts finden, was zu beanstanden wäre.« Er lächelte selbstsicher.

Morell sah ein, dass er so nicht weiterkam. »Das werden wir ja gleich sehen.« Er quetschte sich an einem völlig überrumpelten Uhl vorbei und sauste schnurstracks auf die Lagertür zu. »So!«, rief er und riss die Tür auf.

»Tja, da bin ich jetzt aber gespannt.« Uhl war ihm gefolgt und hatte sich hinter Morell gestellt, der völlig perplex in einem kleinen Zimmer stand. Wie in einer professionellen Fälscherwerkstatt sah es hier drinnen nicht aus. Ganz im Gegenteil: Dieser Raum war ein stinknormales, kleines Lager. Morell schaute sich völlig verdattert um. Das Lager hatte kein Fenster, und die Neonröhre an der Decke warf ein diffuses, künstliches Licht auf einen dreckigen Teppich und eine Reihe von deckenhohen Regalen, die die gesamte Wandfläche einnahmen. Morell, der noch von seinem letzten Besuch im Laden wusste, dass es abgesehen von der Eingangs- und der Lagertür keine weiteren Türen mehr gab, sah sich verwirrt um. Die Regale und ihr Inhalt waren von einer dicken Staubschicht überzogen: Friedhofskerzen, Kruzifixe, Weihwasserfläschchen, Reisealtäre und andere skurrile Dinge, aber keine Knochen.

»Dort drin sind Reliquien, falls es das ist, was Sie suchen.« Uhl deutete auf eine große Schachtel.

Morell griff danach und schaute hinein. Die ganze Schachtel war angefüllt mit kleinen Heiligenbildchen, auf deren Rückseite winzige Stoff- und Papierquadrate klebten. »Was soll das sein?«

»Das sind Reliquien dritter Klasse. Ein Stück Stoff beziehungsweise Papier wird auf eine Reliquie erster oder zweiter Klasse gelegt, anschließend in kleine Stücke geschnitten und dann auf diese Bildchen geklebt.« Er grinste. »Sie dürfen sich gerne eine nehmen. Ich kenne da ein paar alte Damen, die schwören, dass sie Wunder bewirken können.«

Morell ignorierte Uhl, stellte die Schachtel zurück ins Regal und atmete tief ein. Payer hatte gestern Knochen gestohlen und sie in einer Plastiktüte hierher gebracht. Wo waren sie also? War es möglich, dass Uhl sie in seiner Wohnung aufbewahrte? Oder hatte er sie etwa schon verkauft? Morell wollte gerade klein beigeben, als ihm auffiel, dass eines der Regale viel sauberer als die anderen war. Er fuhr mit dem Zeigefinger langsam über ein Regalbrett und tatsächlich – es war kein Staub darauf.

»So, Herr Morell«, setzte Uhl an, dem Morells Entdeckung nicht entgangen war. »Jetzt haben Sie mich aber lange genug aufgehalten. Ich habe eine anstrengende Woche hinter mir und möchte jetzt meine wohlverdiente Sonntagsruhe genießen.« Er deutete nach draußen.

Morell ließ sich nicht beirren. Er tastete das Regal ab und schob dessen Inhalt hin und her.

»Auf Wiederschaun«, versuchte Uhl erneut, Morell hinauszukomplimentieren. Nachdem dieser nicht reagierte, fuhr er schärfere Geschütze auf: »Sie können hier nicht einfach so hereinspazieren und in meinem Lager herumhantieren. Wenn Sie jetzt nicht gleich gehen, dann rufe ich die Polizei.«

»Nur zu«, murmelte Morell, der gerade einen kleinen Hebel ertastet hatte. Er legte ihn um, nahm mit Freuden ein leises Klicken war und zog dann vorsichtig an dem Regal, das sich, genau wie er es sich erhofft hatte, bewegen ließ. Dahinter befand sich eine schmale Holzstiege, die steil in einen dunklen Keller führte. Triumphierend drehte er sich zu Uhl um und stemmte die Hände in die Hüften. »Na, haben Sie immer noch das Bedürfnis, die Polizei zu rufen?«

Uhl versuchte erneut, sich aus der Affäre zu ziehen. »Sie haben den Abstieg zu meinem Keller entdeckt. Na und?«

»Zu Ihrem Keller oder Ihrer Fälscherwerkstatt? Wir werden es gleich sehen.«

»Halt!« Uhl versuchte, sich an Morell vorbeizudrängen, was bei den beengten Verhältnissen im Lager und Morells Körperfülle kein Leichtes war. »Sie können sich nicht einfach so aufführen, als würde Ihnen der ganze Laden gehören.«

»Und Sie können nicht einfach illegale Geschäfte tätigen!« Morell verhinderte, dass Uhl sich an ihm vorbeizwängte, indem er sich breit in den Durchgang stellte.

Uhl verlor langsam die Nerven. »Mir wird das jetzt zu bunt!«, rief er. »Ich hole die Polizei.«

»Schon da.« Morell zückte seinen Dienstausweis und hielt ihn Uhl, der jetzt ganz blass wurde, unter die Nase.

»Aber … aber … ich dachte, Sie seien Privatdetektiv …«

Morell zuckte mit den Schultern, schaltete das Kellerlicht an und ging die Stiege hinunter. Die Ruhe und Gelassenheit, mit der er bisher agiert hatte, verabschiedeten sich langsam. Jetzt musste er schon wieder mit einem verrückten Kerl, der möglicherweise in einen Mord verwickelt war, in einen Keller gehen. Er griff an das Messer in seiner Hosentasche und betete, dass er nicht gerade dabei war, einen Riesenfehler zu begehen.

Am unteren Ende der Stiege befand sich ein etwa 40 Quadratmeter großer Raum, in dem es ungefähr so aussah, wie Morell es sich vorgestellt hatte: zwei große Werkbänke waren vollbeladen mit Knochen, Schädeln, Scherben und verschiedensten Werkzeugen, die von Zangen bis Pinzetten reichten. In einem großen Regal im hinteren Teil des Raumes standen Glasflaschen in allen Formen und Farben, die irgendwelche Säuren und andere Tinkturen enthielten und einen leicht chemischen Geruch verströmten. Diverse Mikroskope, Lampen, Lexika und verschiedene technische Geräte vervollständigten das Bild. Nach kurzer Suche konnte Morell auch die Plastiktüte entdecken, die Payer gestern aus den Katakomben des Stephansdoms geschmuggelt hatte. Er griff sie sich und zog angeekelt ein paar Rippen und einen Langknochen heraus.

Uhl, der völlig hilflos hinter Morell stand, rang nach Fassung.

»Hat es Ihnen die Sprache verschlagen?«, fragte Morell.

Uhl nickte und setzte sich auf einen Stuhl.

»Das ist nicht gut.« Morell griff sich ebenfalls einen Stuhl und setzte sich vor ihn hin. »Wir müssen nämlich dringend miteinander reden.«

Uhl nickte erneut. »Ich hatte früher einen kleinen Antiquitätenhandel«, fing er an. »Aber gegen die großen Auktionshäuser hatte ich keine Chance. Novak hatte zur selben Zeit ein ähnliches Problem: Mit Archäologie war kaum mehr Geld zu verdienen.« Er fuhr sich durch die Haare. »Novak und ich mussten also selber einen Weg finden, um über die Runden zu kommen. Durch Zufall sind wir dann auf die Idee gekommen, in den Reliquienhandel einzusteigen.«

»Und woher nahmen Sie die ganzen Knochen? Die können ja nicht alle aus dem Stephansdom stammen. Vor allem, wenn es um Reliquien aus früheren Epochen geht.«

»Viele Knochen hat Novak aus dem Tiefspeicher des Naturhistorischen Museums geholt. Dort drinnen liegen mehr als 20 Millionen Objekte – da fallen ein paar Knochen mehr oder weniger nicht auf. Manchmal, wenn es gerade passte, hat er auch Sachen direkt von seinen Ausgrabungen mitgenommen.«

»Und irgendwann sind Sie beide sich in die Haare geraten, und Sie haben Ihren Partner getötet.«

Uhl sprang auf. »NEIN! Um Gottes willen. Novak und ich haben über viele Jahre gut zusammengearbeitet. Natürlich gab es hie und da mal Ärger, zum Beispiel weil er viel zu protzig gelebt hat. Ich für meinen Teil verhalte mich lieber unauffällig und lege das Geld auf die hohe Kante. Aber wie schon gesagt, das waren kleine Streitereien – nichts, das Grund genug gewesen wäre, Novak zu töten. Außerdem wäre ich schön blöd gewesen, ihn umzubringen – ich habe ja keinen Zugang zu irgendwelchen Originalmaterialien.«

»Aber Sie hatten ja immer noch Payer.«

Uhl fing an zu lachen. »Nein. Ich habe all die Jahre ausschließlich mit Novak gearbeitet. Als er getötet wurde, war ich völlig aufgeschmissen. Ich hatte einige Aufträge, die ich aber nicht bedienen konnte, da mir das Material fehlte. Und dann kamen Sie.«

»Ich?«

»Ja. Als Sie kamen, um mich wegen der Ausgrabung in Syrien zu befragen, haben Sie mir Grüße von Payer ausgerichtet und nebenher bemerkt, dass er über mangelnde Forschungsgelder jammert. Das war ein Wink des Schicksals. Ich habe Payer noch am selben Tag angerufen, eine Flasche Schnaps mit ihm gekippt und ihn in meine Geschäftsidee eingeweiht. Der verrückte Kerl war sofort Feuer und Flamme und versorgt mich seither mit Knochen und anderen Materialien. Ich gebe zu, dass das alles nicht unbedingt sehr legal ist, aber wir sind keine Mörder.« Er senkte den Blick und starrte auf seine Schuhe.

»Wie viele Ihrer Kunden haben neben Pfarrer Stimpfl noch entdeckt, dass es sich bei Ihren Reliquien um Fälschungen handelt?«

»Keiner!« Uhl schüttelte energisch den Kopf. »Meine Stücke sind so gut, dass sie jedem Test standhalten. Außer Stimpfl hat es bisher noch keiner bemerkt.«

»Und wie kam der drauf?«

Uhl verdrehte die Augen. »Das war wegen Novak, diesem Idioten«, seufzte er. »Novak hat eines schönen Abends Stimpfls Katze überfahren. Als Stimpfl ihn am nächsten Tag deswegen völlig aufgelöst zur Rede stellte, hat Novak es sich nicht verkneifen können, dem Pfarrer zu sagen, dass er doch bitte kein solches Theater wegen einer dummen Katze machen solle. Stimpfl hat daraufhin gemeint, dass ihm seine Worte noch leidtun würden, da die heilige Margareta für Gerechtigkeit sorgen würde. Da ist es Novak dann halt so herausgerutscht.« Er schüttelte den Kopf. »Damals war ich tatsächlich kurz davor, den dummen Kerl abzumurksen.«

»Eine Sache ist mir noch nicht ganz klar – warum brauchte Stimpfl eigentlich diese Rippe für seine Kirche? Es müsste doch schon längst eine Reliquie im Altar eingelassen gewesen sein, oder?«

Uhl schüttelte den Kopf. »Stimpfls Kirche samt dem sich darin befindlichen Altar wurde erst vor wenigen Jahren neu errichtet. Stimpfl musste also eine Reliquie auftreiben, um den Altar richtig einzuweihen.« Er grinste. »Und zufällig war nur kurze Zeit zuvor auf wundersame Weise eine Rippe der heiligen Margareta aufgetaucht.«

Morell ignorierte Uhls Sarkasmus. »Und Stimpfl hat Sie nicht angezeigt?«

»Stimpfl ist kein Dummkopf. Erstens hätte er niemals beweisen können, dass es sich um eine Fälschung handelt, und zweitens hätte er sich nur ins eigene Fleisch geschnitten. Die heilige Margareta ist nämlich eine sehr lukrative Schutzpatronin. All die schwangeren Frauen oder die, die es gerne werden würden, lassen einiges an Kleingeld im Opferstock liegen. Wenn rausgekommen wäre, dass die Knochen im Altar nicht die der heiligen Margareta sind, sondern von irgendeiner anderen armen Seele aus dem 4. Jahrhundert stammen, hätte er seinen Laden dichtmachen können.«

»Verstehe.« Morell überlegte. Somit machte natürlich auch Stimpfls Einbruch bei den Novaks Sinn – der Priester wollte um jeden Preis verhindern, dass die Unterlagen über seine Mogelpackung nach Novaks Tod in die falschen Hände fielen. Das erklärte Stimpfls Verhalten, brachte aber leider keinen Hinweis auf Novaks Mörder. »Was können Sie mir über Gustaf Harr erzählen?«

Uhl, der völlig verdutzt wegen des abrupten Themenwechsels war, schaute Morell ungläubig an. »Wie bitte?«

»Was können Sie mir über Gustaf Harr erzählen?«, wiederholte Morell seine Frage. »Sie wissen schon – Ihr Grabungsleiter damals am Tell Brak.«

»Ja, ja, natürlich. Ich erinnere mich.«

»Dann erinnern Sie sich sicher auch daran, dass ich Sie bei meinem letzten Besuch gefragt habe, ob damals irgendetwas Ungewöhnliches passiert sei. Warum haben Sie mir nichts von Harrs Liebelei und seinem Entschluss erzählt, in Syrien zu bleiben.«

Uhl kratzte sich am Kopf und zuckte mit den Schultern. »Ich fand das nicht so ungewöhnlich.«

Morell musterte Crazy Willie. Wahrscheinlich war der komische Kauz tatsächlich so unkonventionell, dass er Harrs Entscheidung nicht wirklich bemerkenswert fand. »Erzählen Sie mir, was genau geschehen ist.«

»Nun ja, da gab es so ein Mädchen aus einem benachbarten Dorf. Ich glaube, sie hieß Ghada oder irgendetwas in der Richtung. Wie auch immer – Ghada war eine richtige Schönheit, und da hat es natürlich niemanden gewundert, dass Harr sich Hals über Kopf in sie verknallt hat und dann dortgeblieben ist.«

»Aber hatte Harr denn gar keine Verpflichtungen in Österreich? Familie? Freunde?«

»Harr war nicht unbedingt ein geselliger Mann und hatte deshalb auch kaum Freunde. Ein paar gute Bekannte vielleicht, aber das war es dann auch schon. Warum hätte er also zurückkommen sollen? Syrien ist ein sehr schönes Land, die Menschen sind freundlich, und das Klima ist angenehm. Hätte die schöne Ghada etwas für mich übriggehabt, wäre ich vielleicht auch geblieben.«

Morell überlegte. Uhl erzählte dieselbe Story wie Nagy – das konnte also nicht alles frei erfunden sein.

»Und jetzt? Was werden Sie tun? Werden Sie mich verhaften und meinen Laden schließen?«, unterbrach Uhl Morells Überlegungen.

Das war eine gute Frage. Morell strich über seinen Bauch. Er war Polizist, und Uhl hatte definitiv eine illegale Handlung begangen – andererseits war er nicht im Dienst, Uhl war nicht sein Fall und fiel auch nicht in seinen Zuständigkeitsbereich.

»Wir haben keinem weh getan, niemandem geschadet«, redete Uhl weiter. »Ganz im Gegenteil. Wir haben viele Priester sehr glücklich gemacht – die armen Jungs haben wegen Zölibat und steigenden Kirchenaustritten normalerweise nicht viel zu lachen ...«

Morell grübelte weiter. Was hatte er davon, wenn er Uhl und Payer anzeigte? Womöglich würde Uhl so schnell wie nur möglich alle belastenden Materialien aus seiner Werkstatt verschwinden lassen, und er hätte keinerlei Beweise für seine Behauptungen. Die Schachtel mit den Listen konnte er schwer ins Spiel bringen, da er dann erklären müsste, wie sie in seinen Besitz gekommen war. Zudem waren die Fälschungen wahrscheinlich tatsächlich so gut, dass es bei einer Überprüfung nicht möglich wäre, ihre Unechtheit nachzuweisen. Außerdem würde es den Priestern und Kirchen mehr schaden als nutzen.

»Ich bin mir noch nicht ganz sicher, wie ich in Ihrem Fall weiter verfahren werde«, sagte er schließlich. »Ich werde mir alles noch mal durch den Kopf gehen lassen.«

Uhl nickte energisch. »Sie haben ewig was gut bei mir, wenn Sie mich nicht ans Messer liefern.«

»Wir werden sehen. Als Erstes muss ich jedenfalls darauf bestehen, dass Sie Ihre illegalen Geschäfte sofort einstellen. Keine Reliquien mehr!«

Uhl strahlte von einem Ohr zum anderen. »Deal«, sagte er und streckte Morell seine Hand entgegen.

»Ich meine es todernst. Ich werde Sie im Auge behalten. Wenn mir zu Ohren kommt, dass noch einmal auch nur ein einziger Knochen gegen Geld diesen Laden verlässt, dann können Sie sich einen Anwalt suchen.«

»Der Körper ist das Grab der Seele.«
Platon

Am Montagmorgen stand Morell pünktlich um acht Uhr in der Pietät. Er hatte von Capelli eine kleine Schere, eine Pinzette, eine Feile und mehrere durchsichtige Plastikdöschen bekommen, mit deren Hilfe er Proben von den diversen Artikeln nehmen konnte.

»Guten Morgen, Herr Eschener«, sagte er zu seinem Chef, der schon wieder hektisch herumrannte. »Was gibt es denn heute alles für mich zu tun?«

Eschener ruckelte an seiner Krawatte. »Eine Menge«, sagte er. »Ich weiß gar nicht, wo ich anfangen soll. Am besten, Sie gehen runter zu Herrn Jedler und helfen ihm beim Herrichten von Frau Liebermann.« Er schaute auf seine Uhr und nickte. »Ja, das ist eine gute Idee – Frau Liebermann muss in spätestens einer halben Stunde raus.«

Morell schluckte. »Frau Liebermann ist ... ähm ... tot?«

»Aber ja.« Eschener schnupperte. Hatte sein neuer Mitarbeiter etwa in aller Herrgottsfrühe schon getrunken? Es wäre nicht das erste Mal, dass so etwas vorkam – viele Menschen trieb der ständige Umgang mit Toten und Trauernden in den Alkoholismus. Er schnupperte noch einmal, konnte aber nichts riechen.

»Natürlich ist Frau Liebermann tot. Was dachten Sie denn, Herr Reiter?«

Morell lächelte verlegen. »Natürlich«, sagte er. »Tot. Was sonst. Ich bin wohl noch ein bisschen verschlafen.«

»Tja.« Eschener zeigte auf die Kellertür. »Nichts weckt einen besser auf als die Arbeit.«

»Alles klar«, versuchte Morell, seine wahren Gefühle zu überspielen. »Dann mal los.«

Der Thanatopraxieraum war genau so, wie Morell ihn sich in seinen schlimmsten Albträumen vorgestellt hatte: Es war kalt, steril und roch nach allen möglichen Chemikalien. In der Mitte des weißgefliesten Raumes stand ein Edelstahltisch, und an den Wänden waren Metallregale angebracht, in denen zahlreiche Instrumente und Geräte standen. Morell wollte sich nicht einmal annähernd vorstellen, wofür diese Dinge eingesetzt wurden. Das grelle Neonlicht, das leise Surren der Belüftung und der penetrante Geruch nach Formalin, der den Gestank des Todes nur oberflächlich überdeckte, verursachten dem Chefinspektor Übelkeit. Er lockerte seine Krawatte und wischte sich ein paar kalte Schweißperlen von der Stirn. Er war tatsächlich in der Hölle gelandet, in Frankensteins Laboratorium, im Folterkeller der Blutgräfin Báthory.

»Buh!« Jedler sprang aus einer Ecke auf Morell zu.

»Sag mal, spinnst du?« Morell griff sich ans Herz. »Du hast mich fast zu Tode erschreckt. Mach so was nie wieder!«

»Stell dich nicht so an, Thommy! Ein bisschen Spaß muss sein, sonst wird man depressiv hier.« Jedler griff nach einer Bürste und tat so, als wäre sie ein Mikrophon. »Ein bisschen Spaß muss sein, dann ist die Welt voll Sonnenschein …«, stimmte er den bekannten Schlager an, tanzte nach draußen und kam kurz darauf mit einer Bahre, auf der ein Leichensack lag, zurück. »Sag guten Tag zu Frau Liebermann.« Mit diesen Worten öffnete Jedler schwungvoll den Sack und gab den Blick auf eine bleiche, faltige, alte Dame frei.

Morell starrte auf den Boden und hielt die Luft an. »Und was machen wir jetzt mit ihr?«, fragte er leise.

»Die gute Frau Liebermann kriegt das Standardprogramm verpasst. Wir werden sie waschen, ihr einen Talar anziehen, sie schminken, frisieren und dann in ihren Sarg betten.« Er zog den Leichensack unter der Toten weg und legte ihn zur Seite. Der Leichnam lag nun blass und nackt auf dem Edelstahltisch.

Morell konnte und wollte nicht hinsehen. »Ich kann schon mal den Sarg holen, wenn du willst. Du kannst derweil ja schon mit dem Waschen anfangen.«

»Ist gut, von mir aus.« Jedler zog sich einen grünen Kittel an und schaute auf ein Klemmbrett. »Unsere Frau Liebermann wird die Ewigkeit in einem rustikalen Eichenholzpyjama mit geschnitzter Palmverzierung verbringen. Wir haben davon noch einen oder zwei im Lager stehen.«

»Gut, ich hol einen her.« Morell verließ im Laufschritt den Thanatopraxieraum, rannte ins Lager, schloss die Tür hinter sich und holte erst mal tief Luft. »Super«, murmelte er dann und lächelte. Er hatte zwei Fliegen mit einer Klappe geschlagen. Er war Frau Liebermann entkommen und hatte sich eine Gelegenheit verschafft, Proben zu entnehmen.

»Okay. Wo fange ich an?« Morell zog die Utensilien, die er von Capelli erhalten hatte, aus der Innentasche seiner Jacke und schaute sich um. Als Erstes ging er zum Modell Kennedy und schnitt vorsichtig ein winziges Stück aus dem Innenfutter heraus. Nachdem er das kleine Stoffstück sorgfältig in einem Plastikdöschen verstaut hatte, zupfte er die Innenausstattung so zurecht, dass man seinen Eingriff nicht mehr sehen konnte, schloss leise den schweren Metalldeckel und wandte sich dann den Totenhemden zu. Er kramte eines von ganz unten aus einer Schachtel heraus und schnitt auch hier ein kleines Stückchen aus dem Stoff. Anschließend schabte er etwas Holz von verschiedenen Sargmodellen und kratzte ein paar Späne von diversen Urnen ab. Nachdem er sämtliche Proben akribisch eingepackt und beschriftet hatte, verstaute er sie in seiner Jackentasche und machte sich dann auf die Suche nach dem richtigen Sarg für Frau Liebermann. Er fand das benötigte Modell recht schnell, trödelte dann aber extra lange herum – er fühlte sich im Lager zwar nicht sonderlich wohl, aber im Vergleich zum Thanatopraxieraum war es hier um Welten angenehmer.

Es schien so, als wäre seine Strategie aufgegangen. Als er den Sarg in den Thanatopraxieraum karrte, war Jedler bereits mit dem Waschen und Ankleiden fertig.

»Da bist du ja. Ich hatte schon befürchtet, du tauchst heute gar nicht mehr auf.« Jedler bedachte Morell mit einem vorwurfsvollen Blick und holte dann einen großen Plastikkoffer aus einem Regal.

»Tut mir leid«, antwortete Morell. Da er die Tote nicht anschauen wollte, schnappte er sich ein Wattestäbchen und fing an, die Schnitzereien des Sarges von Staub zu reinigen. »Ich kenn mich im Lager noch nicht so gut aus und musste mich erst mal durch alle möglichen Sargmodelle kämpfen, bis ich das richtige gefunden habe.«

»Schon in Ordnung«, nickte Jedler. »In ein paar Wochen bist du ein Profi und findest alles blind.« Er öffnete den Koffer, der sehr zu Morells Erleichterung keine Foltergeräte, sondern Schminkutensilien enthielt. »So, dann werden wir mal dafür sorgen, dass unsere Lady hier an ihrem großen Tag auch ordentlich was hermacht.« Jedler nahm ein kleines, beiges Schwämmchen und tunkte es in irgendeine streng riechende, hautfarbene Paste. »Ich bin richtig gut im Schminken und Frisieren. Die frischgebackenen Grabbewohner sehen nach meiner Behandlung oft besser aus als zu Lebzeiten.« Er griff nach einem Pinsel. »Pfirsich oder Himbeer?«

»Wie bitte?«

»Passt zu ihrem Teint eher ein rosa- oder ein orangestichiger Rouge-Ton?«

»Um ehrlich zu sein, bin ich nicht sehr gut in solchen Dingen.«

Morell zuckte mit den Schultern. »Ich glaube, ich kann mich oben nützlicher machen als hier unten.«

»Wie um alles in der Welt hast du es so lange bei Somnus ausgehalten, wenn du so eine große Abneigung gegen tote Menschen hast?« Jedler überlegte kurz. »Von mir aus. Aber das nächste Mal kommst du mir nicht so einfach davon, dann hilfst du mir beim Waschen und Anziehen.«

Den letzten Teil des Satzes hatte Morell nicht mehr gehört, weil er bereits zur Tür hinaus und auf dem Weg nach oben war. Er ging zurück in den Empfangsraum und fing dort an, ein Gesteck aus Trockenblumen neu zu arrangieren. Tote Blumen waren zwar überhaupt nicht nach seinem Geschmack – aber sie waren immerhin besser als tote Menschen.

»Sind Sie unten schon fertig?« Eschener betrachtete Morells Werk und nickte anerkennend.

»So gut wie. Herr Jedler hat gemeint, ich solle mich lieber hier oben nützlich machen«, log Morell.

»Wunderbar. Ich kann Sie nämlich gut gebrauchen.« Eschener reichte Morell einen Zettel. »Ich habe hier eine Liste mit Frau Novaks Blumenwünschen gemacht. Sie will vor allem weiße Callas und Lilien. Alles soll sehr gediegen wirken. Viel Weiß, viel Grün und eventuell ein paar violette Farbtupfer, am liebsten mit Orchideen.«

»Wow, das wird teuer werden.«

»Geld spielt keine Rolle.« Eschener lächelte selig und spielte an seinen Manschettenknöpfen herum.

»Ich mache mich dann gleich auf den Weg zum Floristen.« Morell war froh, dass seine nächste Aufgabe eine angenehme war.

»Der Florist und die Blumen können noch kurz warten.« Eschener schaute auf seine Uhr. »Ich komme gerade eben von einer Trauerfamilie und habe dort einen Verstorbenen abgeholt. Wären Sie bitte so nett und bringen Herrn Frey aus dem Leichenwagen in die Kühlkammer? Herr Jedler und Frau Summer sind beschäftigt, und ich muss zu einem Termin.«

Morells Begeisterung von vorhin war mit einem Schlag verflogen. Da er sich keine Blöße geben wollte, nickte er, legte die Liste beiseite und machte sich auf in den Keller.

Vor dem Thanatopraxieraum hielt er kurz inne, nahm einen tiefen Atemzug und öffnete dann die Tür. Jedler, der gerade die Haare von Frau Liebermann mit Glanzspray besprühte, trällerte lautstark vor sich hin: »Steh auf, wenn du Rapid-Fan bist. Steh auf, wenn du Rapid-Fan bist …« Er war offensichtlich ein Anhänger des Fußball-Clubs Rapid Wien. Frau Liebermann, die anscheinend kein großer Fan war, blieb liegen.

Morell räusperte sich. »Sorry, aber ich bräuchte kurz deine Hilfe.«

»Ja? Wozu denn?«

»Ich muss einen alten Herrn aus dem Leichenwagen in die Kühlkammer bringen.«

Jedler hob seine Hände, die voller Make-up, Haarspray und anderen Dingen waren, von denen Morell lieber nicht wissen wollte, worum es sich handelte. »Ich muss dringend Frau Liebermann fertig machen – sie muss nämlich in zwanzig Minuten in der Kirche sein. Außerdem schaffst du das auch ohne Probleme allein. Du musst nur die Fahrtrage herausziehen, die Räder ausklappen und das Ganze dann in die Kühlkammer schieben. Das geht schon.« Er wandte seine Aufmerksamkeit wieder Frau Liebermann zu. »Meinen Körper vermache ich der Medizin, nur meinen Arsch bekommt's Finanzamt Wien«, sang er leise, während Morell missmutig die Tür hinter sich schloss.

Jedler hatte recht gehabt: Rein theoretisch war es überhaupt kein Problem, den Leichnam, der in graue Kunststoffplanen gehüllt war, alleine aus dem Wagen zu ziehen und aus der Garage zu schieben. Praktisch gesehen war es Morell aber trotzdem unangenehm. Er würde so wenig Zeit wie möglich mit dem Toten verbringen – die sterblichen Überreste des alten Herrn einfach vorne in der Kühlkammer einparken, nach oben sausen und sich dann beim Floristen erholen.

Leider stellte sich die Aufgabe als nicht ganz so leicht heraus. Vorne war nämlich kein Platz für die Bahre, und er musste nach hinten fahren. Er beeilte sich. Je schneller er das hier erledigte, desto schneller konnte er zu den Blumen gehen und anschließend die Proben auswerten lassen.

Da hörte er, wie die schwere Tür hinter ihm ins Schloss fiel.

»Was Menschen Übles tun, das überlebt sie.
Das Gute wird mit ihnen oft begraben.«

William Shakespeare, Julius Cäsar

Er zündete sich erneut eine Zigarette an – es war schon komisch, wie schnell sein Körper sich wieder an die Zufuhr von Nikotin gewöhnt hatte. »Was für eine Scheiße«, ärgerte er sich zum tausendsten Mal über das, was bei Meinrad geschehen war.

Er konnte sich gar nicht entscheiden, auf wen er wütender sein sollte. Auf Meinrad? Weil der dumme Kerl ihm nicht gesagt hatte, was er wissen wollte. Oder auf sich selbst? Weil er sich nicht ordentlich vorbereitet und nicht gut genug aufgepasst hatte.

Er nahm einen tiefen Zug und schlug sich mit der flachen Hand gegen die Stirn. Die vielen wirren Gedanken, die durch sein Hirn schossen, machten ihn noch ganz wahnsinnig. Er musste aufhören, das Geschehene zu analysieren und immer wieder zu durchdenken. Es galt zu akzeptieren, was passiert war, und nach vorn zu schauen. Er musste einen kühlen Kopf bewahren und sich auf die wichtigen Dinge konzentrieren. Sich auf das besinnen, was wirklich zählte – und das war das Geheimnis. Er musste endlich erfahren, was vor dreißig Jahren wirklich passiert war, und Gerechtigkeit walten lassen.

Er nahm das Foto, auf dem nun auch Meinrads Gesicht mit

einem schwarzen Kreuz ausgestrichen war, und betrachtete es. Wen sollte er sich als Nächstes vornehmen? Sein Zeigefinger fuhr über das Bild und deutete auf ein Gesicht.

Er drückte seine Zigarette in dem mittlerweile vollen Aschenbecher aus und griff zum Telefonbuch, um die Adresse seines nächsten Opfers nachzuschlagen.

»Betritt der Alten sich're Wege!
Ein Feiger nur geht davon ab.
Er suchet blumenreich're Stege
Und findet seines Ruhmes Grab.«

Gotthold Ephraim Lessing

Morell zog an der Tür der Kühlkammer. Sie musste zugefallen sein, als er den toten Mann auf seinen Übernachtungsplatz geschoben hatte. Aber warum ließ sie sich jetzt nicht mehr öffnen? Ein Anflug von Panik durchfuhr ihn. Er rüttelte so stark an der Klinke, dass es ein Wunder war, dass sie nicht abbrach. »Okay, jetzt nur nicht die Nerven verlieren. Ruhig bleiben«, redete er sich selbst gut zu. Er zog noch einmal an der Klinke – aber nichts. Die schwere Stahltür mit dem kleinen Sichtfenster bewegte sich keinen Millimeter.

»Hallo!« Morell schlug gegen die Tür. »Hallooo! Sebastiaaan! Herr Escheneeer! Frau Summeeer!« Irgendwer musste doch noch hier sein. »Hiiilfeee!« Morell schrie und klopfte, bis ihm die Puste ausging, doch so wie es aussah, konnte keiner ihn hören. »Kein Gejammer, keine Schwäche«, sagte er und holte sein Handy aus der Hosentasche. »Du rufst jetzt einfach oben an, und in wenigen Augenblicken wird Frau Summer dich hier rausholen!«

»Schei…!« Der Chefinspektor starrte entgeistert auf das Display seines Mobiltelefons. Er hatte keinen Empfang. Die Lage im Keller, die schwere Metalltür und die massiven Kühlaggregate hemmten jegliches Signal. Morell schaute durch das kleine Fenster, versuchte die Leichen hinter sich auszublenden und nachzudenken, aber er konnte keinen klaren Gedanken fassen. Er war gefangen in einem Raum, in dem starr und kalt ein paar tote Menschen lagen.

Langsam spürte er nun die Kälte, die in dem Raum herrschte. Durch den Schreck hatte er sie bisher noch nicht bemerkt, aber jetzt fing die eisige Kühle an, in seine Knochen zu kriechen. Er sah sich nach etwas Wärmendem um. Das Einzige, was er entdeckte, waren Leichentücher. Nein, so verzweifelt war er noch nicht. Er begann auf und ab zu hüpfen und seine Arme kreisen zu lassen. Das tat er so lange, bis er sich wieder etwas wärmer fühlte. Erneut starrte er durch das Sichtfenster nach draußen. Wo waren die denn nur alle? Warum kam denn keiner hier vorbei?

Morell hörte ein Geräusch hinter sich und schreckte hoch. Was war das? Er drehte sich um. Wahrscheinlich war es nur das Knacken der Kühlanlage oder ein Hirngespinst, aber in seinen Ohren hörte es sich wie der Klang aus einer anderen Welt an. Fürchterliche Bilder aus sämtlichen Gruselfilmen, die er jemals gesehen hatte, standen ihm vor Augen. Und als wäre das noch nicht genug, fing nun auch noch das Neonlicht an zu flackern. Morells Nerven, die so oder so schon blank lagen, waren kurz davor, sich vollkommen zu verabschieden. »Haaallooo! Hiiilfeee!« Er schlug erneut mit seinen Fäusten gegen die Tür. Warum ließ sie sich denn nicht öffnen? Hatte ihn jemand mit Absicht hier eingesperrt? Hatten Eschener und Jedler etwa herausgefunden, wer er wirklich war, und versuchten nun, ihn aus dem Weg zu schaffen? So, wie sie es offensichtlich auch mit Benedikt Horsky getan hatten? Würden sie ihn heute Abend hier abholen – blaugefroren und mausetot?

Morell spürte, wie ihm vor lauter Panik ganz übel wurde. Wie lange konnte er hier drinnen überleben? Er schielte auf seinen Bauch – das Fett würde ihn zumindest eine Zeitlang vor dem Erfrieren schützen. Was für eine Ironie des Schicksals, dass er die letzten Tage damit verbracht hatte, genau dieses Fett loszuwerden. Er schlang die Arme um seinen Körper und bibberte leise vor sich hin. Er musste irgendwie ganz schnell hier rauskommen.

»Die Lüge folgt uns noch hinab ins Grab.«
Giovanni Battista Niccolini

Nina Capelli, die heute ihren ersten offiziellen Arbeitstag hatte, saß in ihrem kleinen Büro in der Sensengasse und studierte einen Obduktionsbericht, als es an der Tür klopfte.

»Ja, bitte!«

»Hallo, Frau Capelli.« Es war Jochen Kern, der seinen Kopf zur Tür hereinsteckte. »Ich habe gerade die Sekretärin auf dem Gang getroffen, und sie hat mir gesagt, dass wir einen Fall haben.« Er wedelte mit einem kleinen Zettel.

Capelli legte den Obduktionsbericht zu Seite. »Wissen wir schon, womit wir es zu tun haben?«, fragte sie.

»Es sieht schwer nach Mord aus. Ein älterer Herr wurde mit durchschnittener Kehle in seiner Wohnung aufgefunden. Nähere Details sind leider noch nicht bekannt. Aber wir werden es gleich herausfinden. Der Tatort liegt in der Berggasse, das ist nicht weit von hier entfernt. Mit dem Auto sind wir in fünf Minuten dort.«

»Dann mal los.« Capelli griff nach ihrer Jacke und stand auf.

Die Autofahrt dauerte, genauso wie Kern es angekündigt hatte, nur ein paar Minuten. Während der Fahrt schwiegen sie. Seit dem letzten Mal hatte der Obduktionsassistent keinen weiteren Annäherungsversuch mehr gestartet. Offenbar hatte er Capellis Wink verstanden.

»Da vorne muss es sein.« Capelli deutete auf die blinkenden blauen Lichter der anwesenden Streifen- und Krankenwagen, die keinen Zweifel daran ließen, dass sie geradewegs auf einen Tatort zufuhren.

Sie parkten direkt vor dem Haus, stiegen aus und wurden von den anwesenden Schaulustigen mit einer Mischung aus Neugier, Ehrfurcht und Abscheu angestarrt, als sie sich als Vertreter der Gerichtsmedizin auswiesen und von einem jungen Polizisten in das Gebäude geführt wurden.

»Können Sie uns schon irgendwelche Details sagen?«, fragte Capelli im Treppenhaus.

»Bei dem Opfer handelt es sich um den 56-jährigen Johannes Meinrad. Seine Nachbarin hat die Polizei alarmiert, weil er einen Termin mit ihr nicht eingehalten und auf ihr Rufen und Klopfen nicht reagiert hat. Er war wohl sonst sehr zuverlässig, da ist sie stutzig geworden. Wir haben die Türe eingetreten und ihn mit durchschnittener Kehle in seinem Flur liegend gefunden. Mehr weiß ich leider auch nicht. Jetzt kommen Sie ins Spiel.«

Capelli sah sich um. Hier drinnen herrschte bereits ein ziemlicher Trubel. Ein Team von Streifenpolizisten war gerade dabei, die Hausbewohner zu befragen, während ein Team der Spurensicherung im Treppenhaus nach Indizien suchte.

»Sie müssen rauf in den ersten Stock«, sagte der junge Beamte. »Es ist die zweite Tür links. Sie können sie nicht verfehlen.«

Tatsächlich war der Tatort nicht zu übersehen – und auch nicht zu überhören. Die Wohnungstür, die tatsächlich gewaltsam geöffnet worden war – überall am Boden lagen Holzsplitter herum –, stand sperrangelweit offen, und davor stand ein älterer Polizist, der eine hübsche, blonde Frau im Arm hielt, die herzzerreißend schluchzte. Das musste die besagte Nachbarin sein.

Capelli und Kern zogen sich ihre Schutzanzüge über und betraten die Wohnung.

Der Tote, der in einer riesigen, mittlerweile braun verfärbten Blutlache lag, war nur ein paar Schritte von der Tür entfernt. Aber Capellis Blick fiel auch noch auf etwas anderes, das sie in diesem Moment noch mehr interessierte als die Leiche: An den Wänden hingen Bilder von antiken Reliefs, und am Ende des Flurs stand eine griechische Statue. »Was hat Herr Meinrad denn beruflich gemacht?«, fragte sie Kern.

Der zuckte mit den Schultern. »Keine Ahnung«, sagte er. »Warum wollen Sie das wissen?« Er schaute auf den Toten. »Ist das irgendwie wichtig?«

Capelli zog die Stirn in Falten. »Ich weiß es nicht. Möglich wäre es.« Sie ging zur Tür. »'tschuldigung«, wandte sie sich an den Polizisten, der vor der Wohnungstür stand. »Wissen Sie zufällig, was der Tote von Beruf war?«

»Ähm …«, setzte der Beamte an. »Nicht genau, ich glaube …«

»Er war Spezialist für antike Kunst«, schluchzte die blonde Frau und schnäuzte sich. »Er hat verschiedenste Auktionshäuser und auch Privatleute beraten.«

»Hmmm …« Capelli überlegte. Johannes Meinrad. War das nicht einer der Namen gewesen, die auf Morells Liste standen? Sie konnte sich nicht mehr erinnern. »Wissen Sie zufällig, ob Herr Meinrad früher einmal auf archäologischen Grabungen im Ausland tätig war?«

Die blonde Frau wischte sich mit dem Ärmel ihrer Jacke Tränen aus dem Gesicht. »Möglich wäre es, aber sicher bin ich nicht«, sagte sie.

Capelli bedankte sich, zückte ihr Handy, rief bei Morell an, landete aber sofort auf dessen Mobilbox. Sie versuchte es ein zweites Mal – erneut ohne Erfolg. »Hier ist Nina. Ruf mich dringend zurück!«, sagte sie, legte wieder auf und ging zurück in die Wohnung. Dort schenkte sie der Leiche keine Beachtung, sondern steuerte direkt auf das Wohnzimmer zu.

»Frau Capelli«, rief Kern ihr nach. »Alles in Ordnung? Wollen Sie denn gar nicht mit der Leichenbeschau beginnen? Was ist denn los?«

»Ich … ähm … ich bin gleich bei Ihnen«, rief Capelli zurück. »Bereiten Sie schon mal alles vor!« Sie lief ins Wohnzimmer und sah sich um. Genauso wie der Flur war auch dieser Raum voller Statuetten, Reliefs und antiker Bilder. Gut, Meinrad war kein Archäologe gewesen, aber trotzdem war er bereits der zweite Mann, der innerhalb von wenigen Tagen ermordet worden war und etwas mit antiken Dingen zu tun hatte. Sie versuchte noch einmal, Morell zu erreichen, was ihr aber nicht gelang, und schaute sich dann weiter um. Was, wenn Meinrad tatsächlich auf der Liste stand? Eilig schnüffelte sie weiter und schlich ins Schlafzimmer. Neben einem imposanten Wasserbett und einem ziemlich großen Schrank stand dort ein mächtiger Schreibtisch.

Leise öffnete sie eine Schublade nach der anderen und fing an, in deren Inhalt herumzuwühlen. »Hast du oder hast du nicht Archäologie studiert?«, murmelte sie und öffnete die unterste Schublade. »Interessant.« Hinter einem Stapel Rechnungen, ganz hinten in der Lade, befand sich ein kleines Holzkästchen. Sie nahm es heraus und betrachtete es genau: Es war aus dunklem Holz gefertigt, rundherum mit feinen Schnitzereien verziert und hatte an der Vorderseite ein kleines, silbernes Schloss. Capelli wollte es öffnen, musste aber feststellen, dass es zugesperrt war. Sie wühlte in der Schublade nach dem Schlüssel, konnte ihn aber nicht finden. Sie versuchte es in den anderen Laden, aber auch dort fehlte jede Spur von dem Schlüssel. Was wohl in dem Kästchen war, dass Meinrad es weggesperrt und in den hintersten Untiefen seines Schreibtisches versteckt hatte? Sie kam nicht weiter dazu, sich Gedanken zu machen, da sie eine wohlbekannte Stimme hinter sich vernahm.

»Frau Capelli. So schnell sieht man sich wieder.«

Der Gerichtsmedizinerin blieb beinahe das Herz stehen – es war Weber. Nachdem sie die erste Schrecksekunde überstanden hatte, dankte sie Gott dafür, dass ihr Schutzanzug so weit war, steckte das Kästchen hinein und drehte sich langsam um. »Herr Weber«, sagte sie und versuchte, unschuldig dreinzuschauen. Mit ihrem linken Bein schob sie vorsichtig und so unauffällig wie möglich die Schublade zu.

»Wie es scheint, überschreiten Sie schon wieder einmal Ihre Kompetenzen. Oder warum, wenn ich fragen darf, schnüffeln Sie an meinem Tatort herum? Die Leiche liegt vorne im Flur. Alles andere hat Sie nicht zu interessieren.«

»Tut es auch nicht«, log Capelli, presste das Kästchen eng an ihren Bauch und hoffte, dass es nicht auffiel. »Es ist nur so, dass ich gerade angerufen wurde und ein ruhiges Plätzchen zum Telefonieren brauchte.« Sie grinste verlegen.

»Na, jetzt aber raus hier«, brummte Weber.

»Bin schon weg.« Capelli schlängelte sich an ihm vorbei und ging in den Flur zu dem Toten. Als sie sich hinkniete, drückte das Kästchen unangenehm in ihren Unterbauch.

»Alles in Ordnung?« Kern war der verkniffene Gesichtsausdruck von Capelli nicht entgangen. »Tut Ihnen was weh?«

»Schon gut«, winkte Capelli ab und fing mit der Leichenbeschau an. »Ich habe nur ein bisschen Muskelkater vom Joggen.«

»…, denn er muß verschwiegen sein wie das Grab,
ob er nun will oder nicht.«

Giovanni Boccaccio, Das Dekameron

Eine gute Stunde später hatte Morell noch immer keinen Weg gefunden, sein Gefängnis zu verlassen. Die Kälte war mittlerweile unerträglich, und er fürchtete langsam wirklich, dass er hier drinnen erfrieren könnte.

Wo waren denn nur die anderen? Warum war noch keinem von ihnen aufgefallen, dass er verschwunden war? Oder war an der bösen Ahnung, dass Eschener und Jedler ihn entlarvt hatten und nun einen ›bedauerlichen Unfall‹ inszenierten, tatsächlich etwas dran?

Er hätte sich nie so völlig unvorbereitet auf diese Undercover-Aktion einlassen dürfen. »Kein Gejammer, keine Schwäche«, rief er sich ins Gedächtnis. Für Reue und Selbstvorwürfe blieb später noch genug Zeit – jetzt musste er erst mal dafür sorgen, dass diese Kühlkammer nicht zu einem kalten Grab für ihn wurde.

Er rüttelte erneut an der Tür, aber wie schon die vielen Male davor bewegte sie sich keinen Millimeter. Er rüttelte noch einmal, diesmal so fest, dass er plötzlich die Türklinke in der Hand hielt. »VERFLUCHT!!!«, schrie er laut und knallte die Klinke auf den Boden. Als ihm einfiel, wo er sich befand und wer hinter ihm lag, murmelte er ein leises »'tschuldigung« und machte sich daran, die

Stelle zu begutachten, an der er die Klinke aus der Tür gerissen hatte. Vielleicht schaffte er es ja, mit Hilfe der Pinzette und des kleinen Messers, das er dabeihatte, den Schließmechanismus der Tür zu überlisten.

Er stocherte mit klammen Fingern in dem Loch herum, hatte aber keinen Erfolg. Gerade als ihm so kalt war, dass er ernsthaft überlegte, einem der Toten sein Leichentuch wegzunehmen, kam ihm eine andere Idee: Rein theoretisch musste es irgendeine Vorrichtung geben, die Alarm schlug, wenn die Kühlung nicht mehr funktionierte. Wenn er es also schaffte, das Kühlaggregat außer Gefecht zu setzen, schlug er zwei Fliegen mit einer Klappe. Er würde die Temperatur erhöhen, und er würde hoffentlich durch das Auslösen des Alarms auf sich aufmerksam machen. Er würde dann zwar für unbestimmte Zeit mit auftauenden Leichen in einem Raum sein müssen, doch alles war besser als selbst eine von ihnen zu werden.

Er drehte sich zu seinen Zimmergenossen um. Wo war das Kühlaggregat? Er ließ seinen Blick durch den Raum schweifen und versuchte, sich von dem Anblick der toten Körper, die sich unter den Leichentüchern abzeichneten, nicht aus der Ruhe bringen zu lassen.

»Ah, da bist du ja.« Er hatte direkt über einer Bahre einen grauen Kasten entdeckt, aus dem ein monotones Surren drang. Vorsichtig schob er die Bahre samt der darauf liegenden Leiche zur Seite, stellte sich auf die Zehenspitzen und ruckelte daran. Nachdem sich nichts tat, zog er mit klammen Fingern sein Werkzeug heraus und begann, mit dem kleinen Messer die Schrauben der Abdeckung zu lockern.

»Geht doch«, sagte Morell nicht ohne Stolz, als er es einige Minuten später tatsächlich geschafft hatte, die Abdeckung zu entfernen. Er legte das schwere Metallteil auf den Boden und betrachtete die Kabel, Schrauben und blinkenden Lichter, die sich dahinter verborgen hatten. Wie konnte er dieses Ding ausschalten? »Egal«, sagte er, atmete in seine Hände und fing an, mit dem kleinen Messer so lange ein Kabel nach dem anderen durchzuschneiden, bis das Surren der Kühlung plötzlich aufhörte. Zufrieden steckte er sein Messer weg, ging zur Tür, starrte hinaus und wartete.

Tatsächlich ließ die Rettung nicht lange auf sich warten. Es war Frau Summers pausbäckiges Gesicht, das nur kurze Zeit später in dem kleinen Sichtfenster erschien. Sie öffnete die Tür und schaute Morell, dem gerade ein tonnenschwerer Stein vom Herzen fiel, entgeistert an.

»Herr Reiter, was ist denn hier los? Über der Tür blinkt ein Licht, das besagt, dass die Kühlung ausgefallen ist.« Sie starrte auf die durchtrennten Kabel. »Haben Sie etwa …?«

Morell antwortete nicht gleich, sondern trat als Erstes auf den sicheren Flur. »Ich weiß nicht, was genau passiert ist«, sagte er zitternd und rieb sich die Hände. »Herr Eschener hatte mich gebeten, einen Toten aus dem Leichenwagen zu holen und in die Kühlkammer zu bringen. Als ich drinnen war, ist die Tür zugefallen und nicht mehr aufgegangen. Und um nicht zu erfrieren, habe ich die Kühlung … ähm …«, er suchte nach den richtigen Worten, »… abgedreht.«

Frau Summer tätschelte Morells Oberarm und stemmte dann die Hände in die Hüften. »Ich habe dem Sebastian schon hundertmal gesagt, dass er die Tür reparieren soll«, schimpfte sie. »Mir ist das auch schon einmal passiert. Irgendetwas mit der Klinke ist kaputt. Kommen Sie! Ich mache Ihnen erst einmal einen Tee, und in meinem Büro habe ich auch noch eine große Dose mit Keksen stehen.«

Der heiße Tee und die Kekse taten Morell gut. Er fühlte, wie sich wohlige Wärme in seinem Körper ausbreitete und sich seine Nerven langsam beruhigten.

»Ich rufe gleich einen Techniker an«, sagte Frau Summer. »Der muss sich noch heute um die kaputte Kühlung und die defekte Klinke kümmern – nicht auszudenken, was alles hätte geschehen können. Ich schreibe zur Sicherheit auch noch schnell eine Warnung, die ich an die Tür klebe, damit so was nicht noch mal passiert.« Sie verfasste eine Notiz und huschte dann mit dem Zettel und einer Rolle Tesafilm in den Keller.

Morell trank in der Zwischenzeit den Rest seines Tees. Hatte er übertrieben? War sein unfreiwilliger Aufenthalt in der Kühlkammer doch nur ein Unfall und kein Mordanschlag gewesen? Er kam nicht dazu, noch mehr darüber nachzudenken, da sein Handy piepte und ihm Capellis Nachricht übermittelte.

Er rief sofort zurück. »Was gibt es denn? Du klangst so aufgeregt.«

»Wart kurz. Ich geh schnell raus«, flüsterte Capelli. »Gut«, sagte sie wenige Momente später. »Jetzt kann ich reden.«

»Dann schieß los. Deine Nachricht klang sehr dringend.« Morell starrte auf den Teller mit den Keksen und musste sich zusammenreißen, um keinen weiteren zu nehmen.

»Sagt dir zufällig der Name Johannes Meinrad etwas?«

»Aber klar. Er ist einer jener Männer, die gemeinsam mit Novak in Syrien waren. Ich wollte ihn vorgestern befragen, aber er war nicht daheim.«

»Tja, ich weiß nicht, wie ich es am besten sagen soll, aber er war sehr wohl daheim. Er war nur nicht … nun ja … er war nur nicht mehr am Leben und konnte darum die Tür nicht öffnen.«

»Was?!« Morell schnappte sich einen Keks. »Tot? Bist du sicher?«

»Er liegt hier auf meinem Tisch. Ich bin also sehr sicher.«

Morell steckte sich den ganzen Keks in den Mund. »O nein!«, sagte er kauend. »Was ist passiert?«

»So wie es aussieht, hat ihm am Samstag jemand die Kehle durchgeschnitten.«

Morell verschluckte sich vor lauter Schreck beinah an seinem Keks. »Das kann kein Zufall sein. Ist es möglich, dass der Mörder alle Männer umbringt, die damals am Tell Brak gegraben haben?«

»Ich weiß es nicht. Einerseits spricht vieles dafür, andererseits ist der Modus operandi ein ganz anderer. Novak starb durch einen Schlag auf den Kopf. Meinrad wurde die Kehle durchschnitten. Novaks Kopf wurde abgetrennt und öffentlich zur Schau gestellt, während sich Meinrads Kopf noch immer auf seinem Körper befindet.«

»Vielleicht wurde der Täter gestört, oder er hat gemerkt, dass er mit Novak zu weit gegangen ist.«

»Ich weiß es nicht. Wir sollten auf jeden Fall noch keine voreiligen Schlüsse ziehen. Ich werde jetzt die Obduktion fertig machen, und dann sehen wir weiter. Hast du die Proben?«

»Ja. Wann kann ich sie dir bringen?«

»Es wäre am besten, wenn du sie mir in ungefähr einer Stunde in die Sensengasse bringst. Und hast du am Abend Zeit? Es gibt da etwas, das ich dir zeigen muss.«

»Ja, habe ich. Dann bis später.« Morell legte auf, aß noch einen Keks und versuchte, klar zu denken. Meinrad war also tot. Ermordet. Das durfte nicht wahr sein. Das war sein ganz persönlicher Albtraum. »Nicht schon wieder ein Serienkiller«, bat er. »Lass es ein schrecklicher Zufall sein, aber nicht mehr.« Er stand auf und machte sich auf die Suche nach Frau Summer. »Kann ich heute etwas früher gehen?«, fragte er, als er sie gefunden hatte. »Ich bin noch immer ziemlich durchgefroren.«

»Aber natürlich, Sie Ärmster! Gehen Sie ruhig.« Sie tätschelte seinen Arm.

»Vielen Dank.« Morell stellte den Kragen hoch, als er hinaus ins Freie trat. Hoffentlich wurde dieser Tag nicht noch schlimmer.

»Der Ruhm holt nicht die Toten ein,
sondern nur ihre Namen und ihr Grab.«
Ernst Wiechert

Chefinspektor Roman Weber war noch immer sauer wegen der Namensverwechslung in der Zeitung. Mehr als einmal hatte er sich überlegt, wie er die Reporterin dazu bringen konnte, alles richtigzustellen. Der Held von Wien hieß Roman WEBER und nicht WEHNER! »Ach, das ist doch nicht so schlimm. Das kann ja immer mal passieren. Das merkt ja keiner«, hatte die inkompetente Schnepfe versucht ihn abzuspeisen. Aber von wegen das merkt ja keiner: Er war in den letzten Tagen einige Male als Herr Wehner auf der Straße angesprochen worden. Am liebsten hätte er die blöde Schreibtante verhaftet und weggesperrt. Wo kam man denn hin, wenn die Meinungsmacher der Nation nicht einmal mehr in der Lage waren, einen einfachen Namen richtig zu schreiben? Er hieß ja immerhin Weber und nicht Trzesniewski oder Hrvoje.

Doch die Frau hatte Glück. Er hatte nämlich schon wieder einen Mord aufzuklären – und darum erstens keine Zeit, sich weiter um die Richtigstellung zu kümmern, und zweitens war das vielleicht seine Chance. Wenn er es schaffte, die Sache wieder so schnell und effizient aufzuklären wie im Fall Novak, dann würde die Presse sicher noch einen Artikel über ihn schreiben und im Rahmen dessen würde er diesmal sicherstellen, dass sein Name korrekt geschrieben war. Roman W-E-B-E-R, seines Zeichens der Held von Wien.

Der Druck war jetzt natürlich umso größer. Es ging nicht nur darum, einen Mord aufzuklären, sondern auch darum, seinen Namen ins rechte Licht zu rücken. »Ran ans Werk.« Er klatschte in die Hände und piepste seinen Kollegen Theo Wojnar an.

»Und?«, wollte er von Wojnar wissen, als dieser seinen Kopf ins Büro steckte. »Hast du schon den schwulenfeindlichen Typen ausgeforscht, der Meinrad damals krankenhausreif geschlagen hat?«

Wojnar nickte. »Franz Herrmanns. Er wird gerade in den Verhörraum geführt.«

»Gut. Ich werde mich gleich um ihn kümmern.«

Wojnar druckste herum. Seit der Sache mit dem falschen Namen hatte Webers Laune unterirdische Dimensionen angenommen, und es war in solchen Situationen immer besser, ihn nicht zu reizen und ihm nicht zu widersprechen.

»Gibt's noch etwas?«

»Ähm … ja … also … Es ist nur so eine Idee.«

»Lass hören!« Weber steckte sich einen Zahnstocher in den Mund, verschränkte die Hände hinter dem Kopf und lehnte sich in seinem Sessel zurück.

»Mir ist bei der Durchsicht von Meinrads Unterlagen aufgefallen, dass er Archäologie studiert hat. Er war außerdem ungefähr im selben Alter wie Novak. Möglicherweise besteht zwischen den beiden Fällen ein Zusammenhang.«

Weber starrte Wojnar an, als hätte dieser nicht mehr alle Tassen im Schrank. »Falls es dir entgangen sein sollte – Novaks Mörder ist bereits verhaftet.«

»Ja … schon … aber noch ist er nicht verurteilt, und außerdem gibt es ja noch ein paar Ungereimtheiten.«

»Ach was!«, winkte Weber ab. »Lorentz' Schuld ist so gut wie erwiesen. Zudem wurden die beiden Morde auf eine komplett andere Art und Weise ausgeführt. Die einzige Gemeinsamkeit, die es zwischen den beiden Opfern gibt, ist die, dass beide mit alten Sachen gearbeitet haben, und das tun Tausende von anderen Menschen auch: Antiquitätenhändler, Museumswärter, Restaurateure, Denkmalschützer – oder auch Altenpfleger.«

Wojnar konnte nicht über Webers Witz lachen. »Ich dachte nur, ich sollte es erwähnen.«

»Schon gut. Aber ich bin mir sicher, dass es zwischen den beiden Fällen keinen Zusammenhang gibt. Die Nachbarin hat uns von einem großen, kräftigen Kerl berichtet, der am Tag des Mordes auf der Suche nach Meinrad war. Vielleicht passt ihre Beschreibung ja perfekt auf Herrmanns. Ich werde einen Kollegen zu ihr schicken, damit er sie für eine Gegenüberstellung herbringt. Es würde mich nicht wundern, wenn sie ihn identifizieren würde.«

»Und wenn nicht?«

Weber schlug die Beine übereinander. »Falls Herrmanns nicht unser Mann ist, habe ich auch noch eine zweite Theorie, die ich verfolge. Meinrad war kein unbeschriebenes Blatt und in der Schwulenszene gut bekannt. Ich habe bereits veranlasst, dass ein paar junge Streifenpolizisten sämtliche einschlägigen Etablissements in der Stadt abklappern und herausfinden, mit wem Meinrad in letzter Zeit Verkehr hatte. Eifersucht und verschmähte Liebe sind starke Motive.«

»Nun, wie es aussieht, hast du ja alles im Griff.«

Weber kaute auf seinem Zahnstocher herum und nickte zufrieden. »Wart kurz. Ich komm gleich mit dir runter in den Verhörraum.« Er machte sich schnell eine Notiz – er musste nachher unbedingt noch diese vorlaute Capelli anrufen, um sie nach den Ergebnissen der Obduktion zu fragen. »Kennst du eigentlich schon die neue Gerichtsmedizinerin?«, fragte er Wojnar.

»Nein. Süß?«

»Ganz im Gegenteil. Die kennt ihre Grenzen nicht und überschreitet gern ihre Kompetenzen. Wenn sie mir nachher wieder blöd kommt, werde ich wohl oder übel mal ein Wörtchen mit ihrem Vorgesetzten reden müssen.«

»…, so mag ich doch eben heute über den Alten, der lange im Grabe ruht, nicht lachen!«

E. T. A. Hoffmann, Lebensansichten des Katers Murr

Als Morell Capelli die Proben vorbeibrachte, war die Gerichtsmedizinerin sehr hektisch und getrieben. »Danke«, sagte sie und nahm die Döschen an sich. »Du musst schnell wieder von hier verschwinden. Weber will gleich vorbeikommen, um die Obduktionsergebnisse von Meinrad zu besprechen.« Sie lotste Morell durch eine Vielzahl von Gängen und brachte ihn zum Hinterausgang. »Drück mir die Daumen, dass ich ihm nicht die Augen auskratze! Wir sehn uns heute Abend«, flüsterte sie und verschwand wieder nach drinnen.

Morell, der in keiner Weise darauf erpicht war, mit seinem Exkollegen zusammenzutreffen, schlich so unauffällig wie möglich zur nächsten Straßenbahnhaltestelle und fuhr heim.

Zu Hause gönnte er sich erst eine heiße Dusche und verbrachte den Rest des Nachmittags damit, sich mit Hilfe von Google Maps alle Orte in der Nähe des Tell Brak herauszusuchen – von Al Hasakah bis Tall Tamir. Irgendwie musste dieser Harr doch zu finden sein. Anschließend machte er sich im Internet auf die Suche nach einem syrischen Telefonbuch und fand heraus, dass in Syrien kein richtiges Meldewesen existierte. Ohne Angabe der exakten arabischen Schreibweise des Namens und möglichst auch der Namen der Eltern war eine Personensuche so gut wie sinnlos.

Frustriert gab Morell auf und widmete sich dem Abendessen: gefüllten Lauchröllchen und Mohrrüben-Soufflé, mit garantiert nicht mehr als 300 Kalorien pro Portion.

Capelli kam kurz darauf nach Hause und hatte einige Überraschungen im Gepäck.

»Hast du die Auswertungen der Proben?« Morell legte die Karotte, die er gerade geschält hatte, zur Seite.

»Ja. Ich habe meinen ganzen Charme eingesetzt, um die Jungs im Labor zu becircen.« Sie schnupperte. »Als du noch nicht auf Diät warst, war es mir fast lieber«, sagte sie. »Da gab es abends immer ein leckeres Gourmetessen und jetzt …« Skeptisch schaute sie das Gemüse an.

»Jetzt gibt es kalorienarmes Gourmetessen.« Morell wischte sich die Hände an einem Geschirrtuch ab. »Also, was hat die Analyse gebracht?«

Capelli setzte sich an den Tisch und griff nach ihrem Rucksack. »Was wollen wir als Erstes in Angriff nehmen?«, fragte sie und legte zunächst eine dünne Mappe und dann das kleine Holzkästchen aus Meinrads Wohnung auf den Tisch.

»Was ist das?« Morell nahm das Kästchen und betrachtete es von allen Seiten.

»Ähm … nun ja«, setzte Capelli verlegen an. »Versprich mir erst, dass du nicht schimpfst.«

Morell verdrehte die Augen und setzte einen Topf mit Wasser auf. »Wo hast du es geklaut?«

»Bei Meinrad. Als ich erkannt habe, dass er wahrscheinlich einer der Männer auf dem Foto ist, habe ich ein bisschen in seiner Wohnung herumgeschnüffelt. Ich musste die Gunst der Stunde nutzen«, sagte Capelli, als Morell sie mit einem tadelnden Blick bedachte. »Die Chance war einmalig.«

»Ich werde es mir nächstes Mal genau überlegen, ob ich dich zu mir nach Hause einlade.« Morell warf die geschälten Karotten in den Topf. »Mir scheint, du hast leichte kleptomanische Züge entwickelt und kannst keine fremde Wohnung mehr verlassen, ohne ein kleines Souvenir einzustecken.«

»Ha, ha.« Capelli konnte dem Zynismus des Chefinspektors nichts abgewinnen. »Vielleicht liegt in dem Kästchen ja irgendetwas, das uns weiterhelfen kann.«

»Du hast also noch nicht hineingeschaut?«

»Es ist abgeschlossen.« Sie zeigte auf das silberne Schloss. »Und der Schlüssel war in der Eile nicht aufzutreiben.«

»Wenn du nicht weißt, was drinnen ist – wie kommst du dann darauf, dass es uns weiterhelfen kann?«

»Wissen tue ich es nicht, aber das Kästchen war ganz hinten in der untersten Schublade von Meinrads Schreibtisch versteckt. Ich hatte es gerade in der Hand, als Weber hereinkam – mir blieb keine Zeit mehr, es zurückzulegen. Ich musste es also einstecken.«

Morell zuckte bei der Erwähnung von Webers Namen zusammen. »Hat er gemerkt, dass du was hast mitgehen lassen?«

»Nein, natürlich nicht. Mittlerweile bin ich im Klauen ja ein echter Profi.«

»Ha, ha.« Diesmal war es Morell, der dem Witz nichts abgewinnen konnte. Er nahm eine Stange Lauch und fing an, sie in Streifen zu schneiden.

»Ich werde mal versuchen, das Schloss zu knacken.« Capelli verschwand aus der Küche und kam kurze Zeit später zurück. In der Hand hielt sie mehrere kleine Metallteile. »Soweit ich weiß, muss ich erst den kleinen Zapfen, der sich im Schloss befindet, nach unten drücken.« Sie steckte eine Haarnadel in das Schloss. »So, und jetzt brauche ich eine Büroklammer und den Clip von einem Kugelschreiber.« Sie fummelte so lange an dem Schloss herum, bis Morell allmählich die Geduld verlor.

»Essen ist gleich fertig«, sagte er und deutete auf das Kästchen.

»Warum nehmen wir nicht einfach eine Zange und brechen das Ding auf?«

»Ich glaube, es ist wertvoll.« Capelli sah von ihrer Arbeit auf. »Ich möchte es erst auf die sanfte Art probieren. Wenn das nicht hinhaut, können wir es immer noch kaputt machen.«

»Wie du meinst.« Morell warf einen Blick in den Ofen, um zu sehen, was sein Karottensoufflé machte. »Können wir in der Zwischenzeit über die Ergebnisse der Proben aus der Pietät reden?«

»Gleich ... Ja ... Wart kurz ... HA!« Sie hielt Morell triumphierend das Kästchen entgegen. »Ich hab's geschafft. Was sagst du jetzt?«

Er nahm die kleine Schatulle entgegen und hob den Deckel hoch. »Du wirst mir langsam unheimlich.«

»Und? Was ist drin?«

Morell griff hinein und holte einen Stapel Fotos und Papiere heraus. »Interessant.« Er drehte eines der Fotos um und versuchte das Datum, das auf der Rückseite vermerkt war, zu entziffern. »Das sind tatsächlich Bilder, die am Tell Brak aufgenommen worden sind.« Er legte ein Gruppenfoto vor Capelli auf den Tisch. »So oder so ähnlich muss das Bild ausgesehen haben, das aus Novaks Büro gestohlen wurde.«

»Was ist sonst noch drin?« Capelli hibbelte nervös herum.

Morell ging die Papiere durch. »Eine Lohnabrechnung, eine Landkarte von Syrien und ein paar Belege«, zählte er auf. »Das hier könnte interessant sein.« Er faltete ein bräunlich verfärbtes DIN-A4-Blatt auseinander. »Scheint ein Brief zu sein. Von einer gewissen Theresia.«

»Theresia wie noch?«

Morell wendete das Blatt und schüttelte den Kopf. »Hier steht kein Absender drauf, und sie hat nur mit ihrem Vornamen unterschrieben.« Er wühlte in den restlichen Sachen. »Kein Umschlag«, sagte er dann und begann laut vorzulesen:

Wien, am 15. Juli 1978

Lieber Johannes,

ich wende mich heute voller Verzweiflung an Dich, da sowohl Wilfried als auch Vitus sich weigern, mir die Wahrheit über meinen Gustaf zu erzählen.

Ich will und kann es nicht glauben, dass er einfach so, ohne ein Wort des Abschieds oder des Bedauerns in Syrien geblieben ist. Noch weniger kann ich glauben, dass der Grund seines Fortbleibens eine andere Frau sein soll. Gustaf und ich waren sehr glücklich miteinander und haben häufig über unsere gemeinsame Zukunft gesprochen.

Ich kann darum die Geschichte, dass Gustaf sich unsterblich verliebt hat und deshalb nicht zu mir zurückkommt, nicht so einfach akzeptieren und bitte Dich daher, nein, ich flehe Dich sogar an, mir die Wahrheit zu sagen.

Geh und erforsche Dein Gewissen, und dann melde Dich bei mir! Keine Wahrheit kann so grausam und schrecklich sein wie eine Lüge.

Alles Liebe,
Theresia

»Ha. Ich wusste doch die ganze Zeit, dass an der Harr-Story etwas faul ist. Niemand bleibt einfach so in einem fremden Land und bricht alle Brücken nach daheim ab.« Morell nickte zufrieden und öffnete die Ofentür, um die Soufflés herauszuholen.

Capelli begann den Tisch zu decken. »Und jetzt? Was tun wir nun?«

»Ich werde morgen zu Weber gehen und noch einmal versuchen, mit ihm zu reden.« Morell wurde zwar allein bei dem Gedanken daran, sich mit Weber zu treffen, schon übel, aber in Anbetracht aller Fakten war es wohl das Beste. Weber verfügte über ganz andere Mittel und Wege. Für ihn war es bestimmt leichter, Harr zu finden und eine große Ermittlung in die Wege zu leiten.

Capelli nickte. »Du hast wahrscheinlich recht.«

»Gut, dann hätten wir das abgehakt und können uns jetzt um das nächste Problem kümmern.« Morell stellte das Essen auf den Tisch und griff nach der Mappe mit den Auswertungen der Proben. »Ich verstehe nur Bahnhof«, sagte er, als er einen ersten Blick darauf geworfen hatte. »Ich glaube, das musst du mir erklären.«

»Lass uns aber erst essen. Es ist zwar Diät-Küche, riecht aber trotzdem phänomenal!«

Nach dem Essen griff die Gerichtsmedizinerin sofort nach den Papieren. »Die Proben der Totenhemden, Kremationssärge und Urnen sind in Ordnung«, sagte sie. »Bei denen liegt alles im normalen Bereich. Aber die Probe der Innenausstattung des Sargs, in dem du gelegen hast, und die von einem anderen Sarg sind auffällig.«

»Inwiefern?« Morell machte sich daran, die Teller abzuspülen.

»Es befindet sich eine sehr hohe Konzentration an Formaldehyd in ihnen.«

»Formaldehyd?«

»Das ist eine ziemlich giftige chemische Verbindung. Es ist also kein Wunder, dass du davon Ausschlag bekommen hast.«

»Und ist es normal, dass diese Chemikalie in Stoffen oder Hölzern vorkommt?«

»Nein – zumindest nicht in solchen Mengen.«

Morell fasste sich unbewusst an die Wange und fing an zu reiben. »Und wie kommt das Zeug dann in die Särge?«

Capelli zuckte mit den Schultern. »Keine Ahnung. Prinzipiell ist Formaldehyd ein Stoff, der in Bestattungsunternehmen häufig gebraucht wird – und zwar um Leichen zu konservieren. Man müsste nun also herausfinden, wie es in die Särge gelangt ist.«

Morell verzog angewidert das Gesicht und legte den Teller, den er gerade abwaschen wollte, beiseite. »Gut, dann werde ich mal eine Tür weiter zu Frau Horsky gehen und fragen, ob sie eine Idee hat.«

Capelli nahm den Teller und machte mit dem Abwasch weiter. »Viel Spaß im Fegefeuer nebenan«, sagte sie zwinkernd.

Morell lächelte. »Ich habe in den letzten Tagen bereits einige Zeit in einem Sarg und in einer Leichen-Kühlkammer verbracht. Glaub mir – ein kleiner Besuch im Fegefeuer ist wie Urlaub dagegen.«

Frau Horsky war entzückt über den späten Besuch. »Was für eine Überraschung!«, strahlte sie und winkte Morell herein. »Jetzt habe ich gar nichts Leckeres für Sie zum Essen.«

»Das ist auch besser so«, entgegnete er. »Wie ich Ihnen ja bereits erzählt habe, bin ich auf Diät, und da ist es gut, wenn Sie mich nicht ständig in Versuchung führen.« Er ließ sich auf das Sofa fallen.

»Aber zu einem kleinen Likörchen sagen Sie nicht nein, oder?«

»Ein Wasser wäre mir lieber.«

Frau Horsky verdrehte die Augen und schlurfte in die Küche. »Das ist doch kein Leben so«, murmelte sie und schüttelte den Kopf.

»Einmal Wasser. Bitte schön«, sagte sie, als sie aus der Küche zurückkam, und stellte ein Glas vor Morell auf den Tisch. »Also, was gibt es Neues?«

»Ich habe Ihnen doch erzählt, dass ich durch den Kontakt mit einem Sarg einen Ausschlag bekommen habe. Es hat sich nun herausgestellt, dass er durch eine Chemikalie namens Formaldehyd verursacht worden ist. Haben Sie eine Erklärung dafür, wie dieses Zeug in den Sarg gekommen sein könnte?«

Frau Horsky wurde blass um die Nase. »Was war das für ein Sarg?«, fragte sie. »Einer von den teuren?«

Morell bejahte. »Ein großer Klappsarg, und außerdem fand sich die Chemikalie auch noch in einem teuren Mahagonisarg.«

»Und an den billigen Kremationssärgen war nichts?«

»Nein, die waren in Ordnung.«

Frau Horsky riss die Augen auf und schlug die Hand vor den Mund. »Mein Gott«, murmelte sie. »Diese widerlichen Menschen!«

Der Chefinspektor trank einen Schluck Wasser und wartete, dass sie weiterredete.

»Ich dachte immer, dass es das nicht wirklich gibt, zumindest nicht hier in Wien.« Sie schüttelte fassungslos den Kopf und schenkte sich ein Glas Pfefferminzlikör ein. Die Farbe des Getränks war so unnatürlich giftgrün, dass Morell froh war, nicht auf das Angebot der alten Dame eingegangen zu sein. Nachdem sie einen großen Schluck genommen hatte, fuhr sie fort. »Es gab da mal das Gerücht, dass es in den USA ein paar respektlose Bestatter gegeben haben soll, die auf entsetzliche Art und Weise Geld verdienten: Sie haben teure Särge an die Angehörigen verkauft, die Toten dann in diesen Särgen aufgebahrt, sie aber kurz vor der Bestattung oder Kremation in die billigsten Särge umgebettet. Auf diese Art und Weise haben sie die teuren Särge immer wieder aufs Neue verkauft und einen riesigen Gewinn gemacht.«

Morell fasste sich an die Wange und unterdrückte ein Würgen. »Sie meinen also, dass die Konservierungsflüssigkeit direkt aus einem Toten in den Sarg gesickert ist … und ich … ich …«

»Sie haben sich reingelegt«, vervollständigte Frau Horsky den Satz. »Prost«, sagte sie und nahm noch einen Schluck von dem Likör.

»Kann ich jetzt bitte auch einen bekommen?«

»Aber natürlich.« Die alte Dame stand auf, um ein Glas zu holen. »Diese widerlichen Menschen«, wiederholte sie. »Und das bei uns hier in Wien. Nie im Leben hätte ich mir das gedacht. Kein Wunder, dass es der Pietät immer viel besser ging als Memento. Mein Sohn hat immer ehrlich und anständig gearbeitet. Grausig ist das. Grausig, schlecht und würdelos!«

Morell kippte den picksüßen Likör auf ex hinunter. »Sonst noch irgendwelche Gerüchte aus den USA, die ich kennen sollte?«

»Ja, aber ich will sie gar nicht erzählen – die sind viel zu schlimm.« Frau Horsky fächerte sich mit der Hand Luft zu.

»Wenn ich das Verschwinden Ihres Sohnes aufklären soll, dann muss ich alles wissen. Alles. Verstehen Sie?«

Frau Horsky nickte und nippte an ihrem Likör. »Allein der Gedanke daran verursacht mir Herzrasen. Wenn ich einmal tot bin – was sehr bald sein kann –, dann versprechen Sie mir, dass Sie darauf achtgeben, dass meine sterblichen Überreste in die Hände von anständigen Menschen gelangen.«

Morell schenkte sich nach. »Versprochen. Aber jetzt erzählen Sie bitte.«

»Na gut.« Frau Horsky nippte erneut an der grünen Grauslichkeit. »Es wird gemunkelt, dass es Bestatter gibt, die mit Ärzten gemeinsame Sache machen und ihnen Prämien bezahlen, wenn sie bei alten, reichen Patienten auf Wiederbelebungsmaßnahmen verzichten.« Sie schenkte Morell Likör nach. »Das schlimmste Gerücht ist aber, dass es Bestatter gibt, die den Toten Knochen, Knorpel und Organe entnehmen und diese dann an Krankenhäuser und Pharmafirmen verkaufen.«

Morell schluckte. Er dachte an Jedler und den Thanatopraxieraum und spürte, wie ihm ein kalter Schauer über den Rücken rann.

»Ein Feind, den man zu Grabe trägt, ist nicht schwer.«

Victor Hugo

Als Morell am nächsten Morgen in die Pietät kam, musste er sich schwer zusammenreißen, um Jedler und Eschener nicht sofort laut anzuschreien. Erst brauchte er ein paar handfeste Beweise, dann würde er diesen beiden Widerlingen ordentlich die Meinung geigen.

»Wunderschönen guten Morgen«, sagte Frau Summer, als sie den grantigen Morell im Ausstellungsraum antraf. »Haben Sie schlecht geschlafen? Sie sehen ein bisschen zerknautscht aus.«

Morell griff sich an die Wange und nickte. »Albträume«, sagte er kurz. Ob Frau Summer wohl über alles Bescheid wusste? Oder war sie einfach nur eine unschuldige ältere Dame?

»Sie können gern auf einen Kaffee und ein paar Kekse in mein Büro kommen, um sich ein wenig zu stärken. Wir haben nämlich einen anstrengenden Tag vor uns. Die große Novak-Beerdigung wird heute stattfinden. Herr Eschener und Herr Jedler werden gleich losfahren und sich um die Aufbahrung in der Kirche kümmern. Danach bringen sie den Toten ins Krematorium und werden erst gegen Mittag wieder zurückkommen. Bis dahin müssen wir zwei uns allein um das Geschäft kümmern.«

»Das kriegt ihr schon hin.« Jedler hatte den Raum betreten. Er trug einen dunklen Anzug, hatte sich die Haare gescheitelt und gekämmt und war kaum wiederzuerkennen. »Ich habe den Star der heutigen Show gerade für seinen großen Auftritt fertig gemacht. Frau Novak wird begeistert sein. Ihr Mann sieht so knackig aus wie in den letzten dreißig Jahren nicht mehr.« Er gab Morell einen Stupser. »Komm mit runter und schau's dir an!«

Morell überlegte kurz. Er war weniger an Novak als mehr an dem Sarg interessiert, in den sie ihn gesteckt hatten, und kam daher widerstrebend mit in den Keller.

»Klasse, nicht wahr?« Jedler strahlte von einem Ohr zum anderen. »Schaut aus wie neu.« Er zeigte auf das Gesicht des Toten, das tatsächlich äußerst frisch und lebendig aussah. Die Naht, die den Kopf mit dem Körper verband, hatte er hinter einer akkurat gebundenen Seidenkrawatte versteckt.

Morell warf nur einen kurzen Blick auf den Leichnam und wandte seine Aufmerksamkeit dann dem Sarg zu. Es war tatsächlich der teure dunkelbraune, aus dem er gestern eine Probe geschabt hatte. Vorsichtig fuhr er mit dem Finger darüber.

»Modell Milano Mahagoni. Vollholz«, sagte Jedler. »Eines unserer besten Stücke. Der kostet 4100 Euro.«

»Fast schade, das gute Stück später einfach zu verbrennen«, versuchte Morell zu locken.

Doch Jedler zuckte nur mit den Schultern. »Da kann man nix machen«, sagte er. »Manche Angehörige wollen ihre Lieben halt nur im teuersten und besten Holzpyjama in die Ewigkeit schicken, und das, obwohl ein einfacher Kremationssarg gerade mal 400 Euro kosten würde. Selber schuld!«

Herr Eschener streckte seinen Kopf zur Tür herein. »Sind Sie so weit, Herr Jedler?«

»Jep. Von mir aus können wir los.«

Morell half Jedler, den Sarg zu verschließen, und ging dann zurück nach oben.

»Können Sie im Lager etwas Ordnung schaffen und anschließend zwei Todesanzeigen für mich aufsetzen?«, bat Frau Summer. »Ich habe gleich ein Beratungsgespräch.«

Morell nickte und lächelte. Das war die perfekte Chance: Jedler und Eschener waren unterwegs, und Frau Summer war beschäftigt. Er schnappte sich sein Handy, sauste in den Keller und rief Capelli an. »Kannst du jetzt gleich herkommen? Es hat sich eine einmalige Gelegenheit ergeben, die dir erlauben würde, heimlich die Toten in der Kühlkammer anzusehen, um festzustellen, ob ihnen irgendetwas fehlt.«

»Das klingt nach einem Plan! Ich kann in circa 15 Minuten bei dir sein.«

»Gut. Ruf mich an, sobald du da bist, dann lasse ich dich durch die Garage herein.«

Eine gute Viertelstunde später schlich Morell dicht gefolgt von Capelli in die Kühlkammer. »Ich lasse dich kurz allein hier drin«, sagte er. »Ich schaue schnell einen Sprung nach oben, um zu sehen, was Frau Summer macht.«

»Ja, ja, geh ruhig!«, zwinkerte Capelli. »Ich weiß, dass du es nicht so mit den toten Menschen hast.«

Morell lief rasch nach oben. Nachdem er sich vergewissert hatte, dass Frau Summer noch beschäftigt war, ging er langsam wieder nach unten und wartete vor der Kühlkammer, bis Capelli fertig war.

»Es ist unglaublich«, sagte sie mit ernstem Gesichtsausdruck, schloss die Tür hinter sich und zog ihre Gummihandschuhe aus. »Bei den zwei Leichen, die sich hier befinden, scheinen tatsächlich Sehnen, Knochen und Knorpel entnommen worden zu sein. Die Haut wurde dann dilettantisch wieder vernäht.«

»Was? Aber wieso … warum …?«, stammelte Morell.

»Die Medizin kann so gut wie alle Teile eines Menschen gebrauchen und wiederverwerten, doch es gibt kaum Spender. Viele

Pharmafirmen sind deshalb bereit, große Summen für menschliches Gewebe zu bezahlen.«

»O mein Gott«, stöhnte Morell. »Es ist also wirklich wahr. Wie können die das nur mit ihrem Gewissen vereinbaren?«

»Geld«, sagte Capelli trocken. »Für ein paar Euro haben schon viele Menschen ihre Seele verkauft. Ich habe einmal gelesen, dass in den USA ungefähr 250 000 Dollar mit der Verwertung einer ganzen Leiche zu machen sind – das ist schon ein Anreiz.« Sie rümpfte die Nase. »Was sollen wir jetzt tun?«

Morell kratzte sich am Kopf. »Soweit ich weiß, sollen die beiden Toten bald kremiert werden. Wir müssen also schnell handeln, bevor unsere Beweise verbrannt werden.«

»Kannst du die Leichen nicht einfach beschlagnahmen?«

»Ich nicht. Aber ich weiß, wer es kann.« Morell holte tief Luft. »Ich werde Weber anrufen – so können wir zwei Fliegen mit einer Klappe schlagen: Erstens kann Weber sich um all die schlimmen Dinge kümmern, die hier in der Pietät vor sich gehen, und zweitens kann ich gleich alles bezüglich Harrs mit ihm bereden.« Er wählte die Nummer des Landeskriminalamts.

»Landeskriminalamt Wien, Inspektor Zech am Apparat.«

»Hier spricht Chefinspektor Otto Morell. Ich muss dringend mit Roman Weber sprechen.«

»Einen kleinen Moment bitte.« Wenige Augenblicke später meldete sich derselbe Inspektor wieder. »Herr Morell, es tut mir leid, aber Chefinspektor Weber ist derzeit leider nicht erreichbar.«

»Es ist sehr dringend, könnten Sie mir vielleicht seine Handynummer geben?«

»Dazu bin ich leider nicht befugt. Ich kann aber gerne eine Nachricht entgegennehmen und ihn bitten, Sie zurückzurufen.«

Morell schaute Capelli an und verdrehte die Augen. Wo war Weber, wenn man ihn wirklich mal brauchte? »Ich kann nicht warten! Sie müssen doch irgendetwas für mich tun können.« Morells Tonfall ließ keinen Zweifel an der Dringlichkeit seiner Bitte.

»Ich könnte Sie zu Webers Kollegen, Theodor Wojnar, durchstellen. Er ist im Haus und kennt sich mit Webers Agenden aus.«

Morell fiel ein großer Stein vom Herzen. Wojnar. Das war gut. Wojnar war ein anständiger Kerl, zu dem er stets ein freundschaftliches Verhältnis gehabt hatte. »Ja, bitte stellen Sie mich durch.«

»Otto, wie nett, von dir zu hören. Das Gerücht, dass du in Wien sein sollst, hat hier im LKA bereits die Runde gemacht. Roman war ziemlich aufgebracht, weil du dich anscheinend in seine Angelegenheiten eingemischt hast.« Er lachte. »Was kann ich für dich tun?«

»Hör zu, Theo. Ich habe nicht viel Zeit für lange Erklärungen. Kannst du dich noch an den Fall Benedikt Horsky erinnern?«

»Klar. Wie könnte ich jemals die alte Frau Horsky vergessen? Sie ist monatelang fast täglich zu uns ins Büro gekommen und hat herumgenervt. Was ist mit dem Fall?«

»Frau Horsky hat einen Hinweis gefunden, der darauf hindeutet, dass ihr Sohn am Tag seines Verschwindens einen Termin beim Bestattungsunternehmen Pietät Abendruh hatte. Ich habe herausgefunden, dass dieses Unternehmen mächtig Dreck am Stecken hat. Hier gehen wirklich unglaubliche Dinge vor sich, und ich bin mir sicher, dass Benedikt Horsky das auch entdeckt hat und darum verschwinden musste.«

»Erklär mir das bitte genauer.«

»Dazu ist nicht genügend Zeit. Du musst jetzt gleich in die Pietät kommen, sonst werden die Beweise verbrannt. Zudem haben wir eine gute Chance, die Mitarbeiter auf frischer Tat beim Sargtausch zu erwischen.«

»Bei was?«

»Komm einfach her, dann kannst du es mit eigenen Augen sehen.« Morell gab Wojnar die Adresse. »Am besten du parkst den Wagen ein paar Straßen weiter und rufst mich dann auf dem Handy an, damit ich dich durch die Garage reinlassen kann.«

»Na gut. Ich fahre gleich los. Ich bin ja mal gespannt, was du für mich hast.«

»Das kannst du sein«, murmelte Morell und legte auf. »Das kannst du sein.«

Tatsächlich stand Wojnar nur wenige Minuten später vor der Garage der Pietät. »Dann schieß mal los«, sagte er, während Morell ihn nach drinnen führte.

»Warte kurz hier.« Morell bedeutete Wojnar, stehen zu bleiben. »Ich muss schnell nach oben und schauen, ob Frau Summer, die Bestattungsfachkraft, noch beschäftigt ist. Darf ich vorstellen, das ist Frau Dr. Capelli, sie ist Gerichtsmedizinerin und hat mir in diesem Fall geholfen – sie wird dir in der Zwischenzeit alles erklären.«

Als Morell wieder nach unten kam, war Capelli gerade dabei, Wojnar die Leichen zu zeigen, an denen herumgepfuscht worden war.

»Entsetzlich«, hörte er seinen Exkollegen sagen. »Was für eine Ironie, dass dieses Unternehmen sich ausgerechnet Pietät Abendruh schimpft.«

Morell führte Wojnar und Capelli nun ins Lager und erklärte das Prinzip des Sargtausches.

»Brrr«, schüttelte Wojnar sich, nachdem er die ganze Geschichte gehört und das Modell Kennedy genau inspiziert hatte. »Gut, dass du diesen Leuten auf die Schliche gekommen bist.«

»Und nun? Wie wirst du weiter vorgehen?«, fragte Morell.

»Wir werden die Schuldigen verhaften, den Laden schließen und dann die Ermittlungen im Fall Benedikt Horsky neu aufrollen. Ich rufe schnell Verstärkung, und dann werden wir dieses unheilige Rattenloch hier ordentlich aufmischen.«

Gerade als Wojnar dabei war, im LKA anzurufen, wurde die Lagertür schwungvoll aufgerissen. »Herrgott! Was ist denn hier los? Was soll das, Herr Reiter?«, fragte eine völlig fassungslose

Frau Summer und schaute mit weitaufgerissenen Augen in die Runde.

»Wir wissen über alles Bescheid«, sagte Morell und zeigte ihr seine Dienstmarke. »Die vertauschten Särge, das entnommene Gewebe …« Wojnar wollte ihn unterbrechen und etwas hinzufügen, aber Morell bedeutete ihm zu schweigen. Er hoffte, dass Frau Summer unschuldig war, und wollte daher ihre Reaktion genau beobachten.

Sehr zu seinem Bedauern machte Frau Summer jedoch nicht einmal den Versuch, irgendetwas abzustreiten. Sie schlug die Augen nieder und begann leicht zu zittern. »Wie sind Sie uns denn auf die Schliche gekommen?«

»Sie also auch?!« Morell konnte die Enttäuschung in seiner Stimme nicht verbergen.

Frau Summer antwortete nicht, sondern nickte nur.

»Wie konnten Sie nur?!«

»Wir lieben unseren Beruf. Sebastian, Herr Eschener und ich – jeder auf seine eigene Art und Weise. Als vor ein paar Jahren das Geschäft immer schlechter lief, standen wir vor der Wahl: Zusperren und alles aufgeben oder ein paar nicht ganz legale Dinge tun.«

»Nicht ganz legal ist untertrieben.« Morell verschränkte die Arme vor der Brust.

»Wir haben keinem Menschen geschadet. Den Toten ist es egal, und die Angehörigen wissen von nichts.«

Morell beugte sich vor und schaute Frau Summer in die Augen. »Und was ist mit Mord?«

»Mord?« Frau Summer starrte ihn mit offenem Mund an. »Wir haben doch keinen ermordet!«

»Ach! Und was haben Sie mit dem armen Benedikt Horsky angestellt, nachdem er Ihre Schweinereien aufgedeckt hat? Wir wissen, dass er am Tag seines Verschwindens bei Ihnen war.«

Frau Summer schüttelte energisch den Kopf. »Nein!«, rief sie. »Es war nicht so, wie Sie denken. Es stimmt, dass er etwas über unsere Nebengeschäfte herausgefunden hatte, und es stimmt auch, dass er hier war, um uns zur Rede zu stellen – aber weder ich noch Sebastian oder Herr Eschener haben Hand an ihn gelegt.«

»Wer war es dann? Gibt es noch mehr Menschen, die mit Ihnen unter einer Decke stecken?«

Frau Summer schüttelte erneut den Kopf. »Herr Horsky kam in Escheners Büro gestürmt, hat sich völlig in Rage geredet und war nicht mehr zu stoppen. Er hat geschrien und getobt, und irgendwann hat er nach Luft geschnappt, ist rot angelaufen und einfach umgefallen. Bumm.« Sie zog ein Taschentuch aus ihrem Rock. »Er ist wie ein Stein auf den Boden geknallt und war auf der Stelle mausetot. Wahrscheinlich war es ein Herzinfarkt.« Sie wischte sich mit zitternden Händen eine Träne von der Wange.

»Und Sie haben nicht einmal einen Krankenwagen gerufen?« Morell war völlig entgeistert.

»Glauben Sie mir«, Frau Summer schnäuzte sich, »mit Toten kennen wir uns aus. Sebastian hat sogar noch probiert, Herrn Horsky wiederzubeleben, aber da war nichts mehr zu machen. Ich schwöre es Ihnen. Wir haben alles Menschenmögliche versucht, aber Horsky war tot.« Sie wischte sich erneut Tränen aus dem Gesicht.

»Und was haben Sie dann gemacht?«, brachte sich Wojnar ins Gespräch ein.

»Wir hatten Angst, dass man uns Horskys Tod in die Schuhe schieben würde. Ein Motiv hätten wir immerhin gehabt, und die Polizei wollten wir auch nicht im Hause haben. Also haben wir in unserer Panik die Leiche verschwinden lassen.«

Morell schüttelte ungläubig den Kopf. »Was haben Sie sich nur dabei gedacht? Gerade Sie müssen doch wissen, wie wichtig es ist, dass man von einem geliebten Menschen Abschied nehmen kann. Können Sie sich überhaupt vorstellen, wie viel Kummer und Leid Sie damit angerichtet haben? Horskys arme Mutter konnte bis heute nicht mit dem Tod ihres Sohnes abschließen.«

Frau Summer brach nun endgültig in Tränen aus. »Es tut mir so leid«, schluchzte sie.

»Und was ist mit dem bedauerlichen Unfall in der Kühlkammer?«, fragte Morell zornig. »Waren Sie das auch? Tut Ihnen das auch leid?«

Frau Summer nickte. »Was hätten wir denn tun sollen? Wir haben geahnt, dass Sie ein Undercoverpolizist sind, und wollten Sie einfach nur ein bisschen erschrecken. Nie im Leben hätten wir zugelassen, dass Ihnen etwas passiert. Wir wollten einfach nur, dass Sie wieder verschwinden.« Sie versuchte vergeblich, die Tränen unter Kontrolle zu bekommen, die wie Sturzbäche aus ihren Augen schossen. »Es tut mir so leid, aber was hätten wir denn tun sollen?«

»Sie hätten sich nie und nimmer auf diese scheußlichen – wie Sie es nennen – Nebengeschäfte einlassen dürfen.« Morell betrachtete die völlig aufgelöste Frau Summer mit einer Mischung aus Mitleid und Abscheu. »Und? Wohin haben Sie den armen Horsky geschafft?«

»Nach oben«, heulte Frau Summer.

»Nach oben?« Morell verstand nicht ganz. »Wo oben?«

Frau Summer deutete an die Decke. »Er ist oben im Ausstellungsraum. Wir haben seinen Körper verbrannt und seine Asche in unsere schönste und teuerste Urne gefüllt.«

Morell ließ vor seinem inneren Auge sämtliche Urnen im Regal vorbeiziehen. »In das Ungetüm aus weißem Marmor, das die Form eines kleinen Hauses hat und mit den goldenen Reitern verziert ist?«, fragte er ungläubig.

»Genau«, nickte Frau Summer. »Das Modell GESEGNET. So haben wir sie genannt, da der Name Benedikt übersetzt so viel wie ›der Gesegnete‹ bedeutet.«

Morell konnte nur noch den Kopf schütteln. Er hatte keine Ahnung gehabt, wie nah er dem so lange vermissten Benedikt Horsky in den letzten Tagen gewesen war – er hatte ihn sogar abgestaubt.

Er kam nicht weiter dazu, sich über diese Ironie Gedanken zu machen, da aus dem Flur jetzt Geräusche zu vernehmen waren.

»Schnell, mach weiter!«, rief die Stimme von Herrn Eschener. »Wir haben nicht viel Zeit. In weniger als einer halben Stunde müssen wir im Krematorium sein.«

»Immer mit der Ruhe. Das schaffen wir schon«, entgegnete Jedler und öffnete die Tür zum Lager. Mit weitaufgerissenen Augen starrte er auf die völlig aufgelöste Frau Summer, die beiden Polizisten und Capelli. »Was ist denn hier los?«

»Sie sind wegen Störung der Totenruhe, Leichenschändung, unterlassener Hilfeleistung und Betrugs verhaftet.« Wojnar trat einen Schritt nach vorne und legte dem völlig perplexen Jedler ein Paar Handschellen an.

»Aber …«, begann Eschener.

»Nichts aber.« Wojnar zückte seine Dienstwaffe. »Die Verstärkung muss jeden Moment hier eintreffen, und bis dahin rate ich Ihnen, sich ruhig zu verhalten und kein Wort mehr ohne Ihren Anwalt zu sagen.«

Nachdem die Mitarbeiter der Pietät abgeführt worden waren und die Spurensicherung im Keller mit ihrer Arbeit begonnen hatte, gingen Morell und Wojnar nach oben in den Ausstellungsraum. Dort stieg Morell auf einen Stuhl und holte das Modell GESEGNET aus dem Regal. »Ich muss dringend noch über etwas anderes mit dir reden«, sagte er, während er sanft über den Deckel der Urne strich. »Was weißt du über den Fall Novak?«

»Einiges. Warum? Sag jetzt nicht, dass du darüber auch Informationen hast.«

»Doch.« Morell erzählte Wojnar von dem verschwundenen Foto, der Ausgrabung auf dem Tell Brak, der Teilnehmerliste, auf der neben Novak auch der ermordete Meinrad stand, dem ominösen Königsgrab und dem verschollenen Gustaf Harr.

Wojnar hörte aufmerksam zu und nickte andächtig. »Interessant«, sagte er. »Mir selbst ist die Verbindung zwischen Novak und Meinrad auch schon aufgefallen, und ich habe auch Roman bereits darauf angesprochen.« Er strich sich übers Kinn. »Ich werde ihm deine Geschichte erzählen, aber ich bezweifle, dass er so schnell darauf einsteigen wird. In seinen Augen ist Lorentz ohne Zweifel der Mörder, und er ist fest davon überzeugt, dass der Schuldige im Fall Meinrad in der Wiener Schwulenszene zu suchen ist. Du kennst ihn doch. Erst wenn seine eigenen Ideen sich als Sackgasse herausstellen, wird er andere Meinungen zulassen.«

Morell stöhnte. »Das ist nicht gut«, sagte er. »Wir müssen schnell handeln. Es ist gut möglich, dass die anderen Männer auf dem Foto auch in Gefahr schweben.«

Wojnar stimmte ihm zu. »Okay. Ich werde Roman gleich anrufen und ihm alles erzählen. Sollte er auf stur schalten und darauf bestehen, erst seine eigenen Theorien zu verfolgen, dann werde ich auf eigene Faust versuchen, diesen Harr zu finden, während du in der Zwischenzeit die Ausgrabungsteilnehmer warnst. Wir dürfen nicht zulassen, dass es noch einen Mord gibt.«

Morell nickte und streckte Wojnar seine Hand entgegen. »So machen wir das«, sagte er. »Ach ja – eines noch. Es wäre mir ganz recht, wenn du meinen Namen und auch den von Frau Capelli so weit wie möglich aus dem Spiel lassen könntest. Das würde uns viel Ärger ersparen. Du weißt ja, wie Roman ist – er hasst es, wenn man sich in seine Angelegenheiten einmischt.«

Wojnar schüttelte Morells Hand. »Ich weiß«, sagte er. »Am besten schiebe ich alles auf einen anonymen Anruf.«

»Wunderbar. Dann bis später.«

»Manche Menschen leben bloß für eine gute Grabinschrift ...«
Henry de Montherlant

Die Sache mit dem ominösen Thomas Reiter in der Pietät ließ Weber keine Ruhe. In den letzten Tagen hatte sich diese Geschichte immer wieder in sein Hirn gedrängt. Und da er gerade ein bisschen Zeit zur Verfügung hatte, entschloss er sich, jetzt gleich im Bestattungsinstitut anzurufen und zu fragen, ob Herr Reiter anwesend war. Und falls ja, würde er sofort dorthin fahren und dessen wahre Identität herausfinden – jede Wette, dass es sich dabei um den dicken Otto Morell handelte.

»Na warte, Otto«, sagte er laut, griff zum Telefon und wählte die Nummer der Pietät. »In dieser Sache ist das letzte Wort noch lange nicht gesprochen.«

Das Telefon läutete und läutete und läutete, aber keiner hob ab. Nach dem achten Rufton sprang der Anrufbeantworter an. Weber, der keine Lust hatte, eine Nachricht zu hinterlassen, legte wieder auf. Wo waren die bloß? Sollte ein Bestattungsunternehmen denn nicht rund um die Uhr erreichbar sein? Der Tod kannte immerhin keine geregelten Ladenöffnungszeiten.

Er lehnte sich zurück und trank einen Schluck Kaffee. Früher oder später würde sich die Sache wahrscheinlich von alleine regeln.

Die Pietät war, wie er recherchiert hatte, nämlich ein äußerst professionelles und seriöses Unternehmen. Die Mitarbeiter würden sicher nicht auf den trotteligen Morell hereinfallen und dessen Undercoveraktion bald auffliegen lassen. »Und dann, mein lieber Otto«, sagte er, »werde ich da sein und dir ordentlich die Leviten lesen.«

Weber steckte sich einen Zahnstocher in den Mund und legte die Füße auf den Tisch. Wer zuletzt lacht, lacht am besten, dachte er und grinste.

**»Geheimnisse, mit ins Grab genommen,
lassen dem Toten keinen Platz.«**
Manfred Hinrich

Diesmal würde er es schlauer anstellen. Ein solches Desaster wie bei Meinrad durfte kein zweites Mal passieren. Er würde vorsichtiger sein. Überlegter. Alles besser durchdenken und planen. Darum würde er jetzt losziehen, um sein nächstes Opfer auszuspionieren. Er wollte so gut wie möglich auf alle Eventualitäten vorbereitet sein.

Er zog sich die Schirmmütze noch tiefer ins Gesicht, stellte den Kragen seiner Jacke hoch und stieg in den Bus. Mal sehen, wie Uhl so lebte, was für Gewohnheiten er pflegte und wie viele Nachbarn er hatte. Diesmal würde alles anders werden. Diesmal würde er erfahren, was er wissen wollte.

Morell saß samt der großen Urne auf dem Schoß an der Straßenbahnhaltestelle und wartete auf die Bim, mit der er zu Frau Horsky fahren wollte, als sein Handy läutete. Er kramte es umständlich aus der Hosentasche und hob ab.

»Hallo, Otto, hier spricht Theo. Ich wollte dir nur kurz Bescheid sagen, dass Roman genauso reagiert hat, wie wir gedacht haben. Er hat sich zwar alles angehört, war aber nicht sehr überzeugt davon.

Er schließt freilich nichts aus, will aber erst seine eigenen Spuren weiterverfolgen, da sie ihm vielversprechender erscheinen. Ich schlage deshalb vor, dass wir genauso vorgehen, wie wir es vorhin besprochen haben. Ich mache mich auf die Suche nach Harr, und du warnst die anderen.«

»Ist gut, ich kümmere mich gleich drum.«

Morell rief rasch bei Nagy und Zuckermann an – nur Uhl konnte er nicht erreichen. Deshalb beschloss er, den Besuch bei Frau Horsky auf später zu verschieben. Erst würde er zu Uhl fahren – er wollte sichergehen, dass mit Crazy Willie alles in Ordnung war. Außerdem konnte er so direkt mal nachschauen, ob dieser sein Versprechen wahr machte und brav seine Werkstatt auflöste.

»So schnell habe ich nicht mit einem Kontrollbesuch gerechnet.« Uhl öffnete dem Chefinspektor mit einem Besen in der Hand die Tür. »Aber kommen Sie ruhig herein, ich habe nichts mehr zu verbergen.« Er hängte das ›Geschlossen‹-Schild in die Tür.

»Ich habe Sie vorhin angerufen – warum haben Sie denn nicht abgehoben?«

»Ich war gerade im Keller beschäftigt. Kann sein, dass ich es darum nicht gehört habe. Kommen Sie!«

Morell folgte ihm nach unten. Tatsächlich hatte Uhl bereits begonnen, die Fälscherwerkstatt aufzulösen. Knochen, Werkzeuge und Bücher waren fein säuberlich zusammengeschichtet und zum Teil schon in Schachteln verpackt.

»Da sind Sie sprachlos, nicht wahr.«

Morell nickte. Er hatte tatsächlich nicht gedacht, dass Uhl auf ihn hören würde.

»Ich bin Ihnen so dankbar, dass Sie mich nicht angezeigt haben, und will diese Chance auf jeden Fall nutzen.« Uhl fegte mit dem Besen Dreck aus einer Ecke und warf dabei eine große, grüne Flasche um, die auf dem Boden gestanden hatte. Ein beißender Geruch erfüllte den Raum. »Mist«, fluchte er und kehrte die Scherben zusammen. »Das war reiner Alkohol.« Er schnappte sich einen kleinen Hocker aus Holz, stieg darauf, streckte sich und riss eine dicke, staubige Schicht braunes Packpapier von einem Fenster ab. »Den Sichtschutz brauche ich jetzt ja nicht mehr«, grinste er.

»Was machen Sie jetzt mit der Werkstatt?«, fragte Morell.

Uhl riss das Fenster auf. »Ich werde es noch einmal mit Antiquitäten versuchen. Wer weiß, vielleicht läuft das Geschäft jetzt ja besser als früher. Ehrlich gesagt fühle ich mich besser bei dem Gedanken, nicht mehr ständig auf der Hut sein zu müssen.«

Morell nickte zufrieden. Es war eine gute Entscheidung gewesen, Uhl und Payer nicht ans Messer zu liefern. »Ich bin übrigens nicht nur zur Kontrolle hier«, kam er auf sein eigentliches Anliegen zu sprechen. »Es gibt da noch etwas, was ich dringend mit Ihnen bereden muss.«

»Bitte gern! Immer nur heraus damit«, sagte Uhl, während er weiter den Boden kehrte.

Er schaute sich mehrfach um, und erst als er sicher war, dass niemand ihn beobachtete, schlich er vorsichtig in den Innenhof, in dem sich Uhls Laden befand. Er prägte sich das gesamte Umfeld genauestens ein und versuchte, jedes noch so kleine Detail in seinem Hirn zu speichern.

Als plötzlich eines der Kellerfenster unter Uhls Geschäft aufgerissen wurde, machte er schnell einen Schritt zur Seite. Doch als er mitbekam, dass sich in dem Raum jemand unterhielt, schlich er wieder näher an das Fenster heran, kauerte sich hin und versuchte, etwas von dem Gespräch mitzubekommen.

»Es gab noch einen Mord, und zwar an Johannes Meinrad«, sagte Morell.

Uhl hielt mit dem Kehren inne und starrte Morell entgeistert an. »Aber … aber … das ist doch …«

»Er wurde gestern mit durchschnittener Kehle in seiner Wohnung gefunden, und es würde mich nicht wundern, wenn dieser und der Mord an Novak zusammenhängen würden.«

Uhl stellte den Besen in eine Ecke und setzte sich auf den Hocker. »Aber warum? Novak hatte schon seit Jahren keinen Kontakt mehr zu Meinrad. Da bin ich mir sicher.« Er ging zu einem kleinen Schränkchen, holte eine Flasche Schnaps heraus und nahm einen großen Schluck direkt aus der Flasche. »Sie auch?«

»Ist das einer von Payer?«

Uhl nickte. »Ich kann es nicht fassen. Erst der Vitus und jetzt auch noch der Johannes.«

»Herr Uhl«, setzte Morell an. »Sie müssen noch einmal nachdenken. Ist damals in Syrien irgendetwas geschehen, was der Grund für diese Morde sein könnte?«

Uhl trank noch einen großen Schluck vom Schnaps und zuckte mit den Schultern. »Keine Ahnung«, sagte er.

»Denken Sie noch einmal an die Sache mit Harr. Irgendetwas ist doch faul an Ihrer Geschichte über ihn. Ist er etwa nicht freiwillig in Syrien geblieben? Oder ist er geblieben, um das Königsgrab zu suchen, von dem Zuckermann geredet hat? Und nun hat er es gefunden und will jeden ausschalten, der davon weiß? Oder – und nun seien Sie ehrlich – haben Sie damals vielleicht einen Schatz entdeckt und Harr dabei übervorteilt? Wäre es möglich, dass er jetzt draufgekommen ist und Rache nimmt?«

Uhl fing an zu lachen. »Ihre Phantasie möchte ich haben! Wenn wir den großen Schatz des sagenumwobenen Alulim gefunden hätten, dann hätte ich mir schon längst eine nette, kleine Strandbar auf Kreta gekauft und sicher nicht meine letzten Jahre in einem Meer aus alten Knochen verbracht.«

»Alulim? Ich habe diesen Namen nie erwähnt.« Morell schaute Uhl mit einem vorwurfsvollen Blick an.

Dieser seufzte, schlug sich auf die Stirn und nahm noch einen großen Schluck vom Schnaps. »Nun ja«, fing er nach einer kurzen

Pause an. »Wahrscheinlich ist es gut, wenn ich es mir endlich mal von der Seele reden kann.«

Morell nickte. »Dann mal los!«

»Wir wollten wirklich niemandem Schaden zufügen«, fing Uhl an.

Morell rollte mit den Augen. Diesen Satz hörte er jetzt schon zum dritten Mal in kurzer Zeit.

»Novak kam zu Ludwig Nagy, Johannes Meinrad und mir und bat uns um Hilfe«, erzählte Uhl weiter. »Er hat behauptet, dass er das Grab von Alulim gefunden habe, und brauchte nun Hilfe, um den Stein, der den Eingang verschloss, wegzuschieben. Novak hat großen Wert darauf gelegt, dass niemand sonst etwas davon erfuhr – vor allem nicht Harr, damit er in seiner Funktion als Grabungsleiter nicht die Lorbeeren für den Fund ernten konnte.«

Morell nickte. »Und Sie haben natürlich mitgemacht, oder?«

»Klar!« Uhl zuckte mit den Schultern. »Die Sache klang spannend. Wir sind also mitten in der Nacht zu einem abgelegenen Fleck geschlichen, und tatsächlich – dort befand sich eine Grabanlage. Wir haben den Stein, der sie verschloss, weggeschoben und einen Tunnel freigelegt, der steil nach unten führte. Wir Deppen sind gleich voller Übermut hineingestürmt.« Er grinste. »Das wäre beinahe fatal ausgegangen. Am Ende des Tunnels befand sich nämlich ein tiefer und breiter Graben, in den ich in meiner blinden Euphorie fast hineingefallen wäre.«

»Und dann?«

»Auf der anderen Seite des Grabens befand sich eine Kammer – die galt es zu erreichen.«

»Und da war Alulim mit seinem Schatz drin?«

»Schön wär's gewesen!« Uhl seufzte und nahm noch einen Schluck aus der Flasche.

Morell war mittlerweile ganz sicher: Willie konnte wirklich nicht ganz normal sein – wie sonst konnte er freiwillig Payers Fusel in solch rauen Mengen trinken?

»Es war dumm und lebensgefährlich, den Graben mit unseren simplen Hilfsmitteln zu überwinden, aber der Gedanke an Gold, Edelsteine und Ruhm hat uns alle Ängste und Bedenken über Bord werfen lassen. Wir haben in jener Nacht alles riskiert, um in die Kammer zu kommen, und waren darum natürlich umso enttäuschter darüber, dass in ihr rein gar nichts war.«

»Nichts?« Morell, der erwartet hatte, dass Uhl nun von einer spektakulären Entdeckung berichten würde, war völlig perplex.

»Nichts! Keine Schätze, kein Alulim, keine Grabbeigaben, keine Inschriften, nicht einmal ein paar popelige Knochen oder Scherben. Die ganze Grabanlage war einfach nur leer. Wir waren auf eine Attrappe reingefallen. Eine Fake-Anlage, die dazu dienen sollte, Grabräuber in die Irre zu führen.«

»Grabräuber wie Sie«, konnte Morell sich nicht verkneifen zu sagen.

Uhl rollte mit den Augen. »Wir haben alles genauestens abgesucht«, fuhr er fort. »Jeden Stein, jede Ritze, jede noch so kleine Unebenheit haben wir abgetastet und ausgeleuchtet, um sicherzugehen, dass wir keine Schließmechanismen für Geheimtüren übersehen hatten. Aber da war nichts.«

»Das ist natürlich bitter.«

Uhl nickte. »Wir sind schwer enttäuscht wieder zurück in den Tunnel geklettert. Am meisten frustriert war natürlich Novak. Soweit ich das mitgekriegt habe, hatte er bereits mehrere Jahre in das Projekt Alulim investiert. Mann, hat der geflucht, kann ich Ihnen sagen. Als wir endlich wieder auf der anderen Seite waren, hätte niemand gedacht, dass diese Nacht noch schlimmer werden könnte. Tja, was soll ich sagen?! Sie ist noch schlimmer geworden – viel schlimmer.«

»Jetzt machen Sie es nicht so spannend«, versuchte Morell, Uhl ein wenig anzutreiben. »Was ist passiert?«

»Wir wollten uns gerade daranmachen, den steilen Tunnel zurückzugehen, als uns ein völlig entrüsteter und erzürnter Harr entgegengestapft kam. Der schlaue Fuchs hatte gemerkt, dass wir uns aus dem Lager geschlichen hatten, und hat es irgendwie geschafft, uns aufzuspüren.«

»Und er war natürlich alles andere als erfreut über Ihre kleine nächtliche Exkursion.«

»Alles andere als erfreut ist mächtig untertrieben. Harr war außer sich vor Zorn. Er hat uns angebrüllt und darauf gepocht, dass er der Grabungsleiter und somit für uns und unser Verhalten verantwortlich sei. Er hat geschrien, ob uns überhaupt klar sei, was wir hier alles hätten anrichten können. Natürlich hatte er recht. Das Archäologische Institut hatte keine Grabungsgenehmigung für die Stelle – wenn uns ein Vertreter der syrischen Regierung erwischt hätte, dann hätte das schlimme Konsequenzen haben und das komplette Institut in Verruf bringen können. Ganz zu schweigen von den möglichen Folgen für uns persönlich – Syrien war damals sehr streng, wenn es um Kunstraub ging. Wir hätten für Jahre in den syrischen Knast wandern können. Und ich glaube, ich muss nicht extra betonen, dass ein österreichisches Gefängnis dagegen ein Wellnesshotel ist.«

»Wie ging es weiter?«

»Harr wollte wissen, wer für diese bodenlose Frechheit verantwortlich war. Der völlig geladene Novak trat vor, und die beiden fingen an, sich gegenseitig zu beschimpfen. Sie haben sich immer mehr und mehr hineingesteigert, und irgendwann ist die Situation dann eskaliert. Ehe wir uns versahen, haben die beiden angefangen zu rangeln. Meinrad wollte noch dazwischengehen, aber da war es schon zu spät. Novak hatte Harr einen Schubser verpasst, Harr ist gestrauchelt und fiel rückwärts in den Graben.« Uhl nahm noch einen Schluck aus der Flasche, so als könnte Payers Schnaps ihm dabei helfen, das Geschehene aus seinem Hirn zu löschen.

»War er tot?«

»Klar war er tot. Der Graben war mindestens sieben oder acht Meter tief. Wir haben erst hinuntergerufen, und als keine Antwort kam, habe ich mich zu ihm abgeseilt. Harr lag unten am Boden und hat keinen Mucks mehr gemacht. Aus einer Wunde am Kopf rann Blut – da war nichts mehr zu machen.«

»Und Sie haben ihn einfach da unten liegengelassen?«

Uhl seufzte und nickte. »Harr hatte mit allem recht, was er uns vorgeworfen hatte. Wenn unsere dumme Aktion bekannt geworden wäre, hätten wir den Ruf unseres Instituts zerstört und womöglich sogar die politischen Beziehungen zwischen Österreich und Syrien verschlechtert. Wir hätten unsere Karrieren damit beendet, und außerdem hatten wir panische Angst vor der syrischen Polizei.«

»Also haben Sie Harr einfach in dem Graben liegenlassen und die Geschichte mit der Liebelei erfunden.«

»Harr hat tatsächlich ständig mit dieser Ghada aus dem Nachbardorf herumgeflirtet, darum haben die anderen die Story auch geglaubt.« Uhl starrte auf den Boden und schaute Morell dann direkt in die Augen. »Bitte! Sie dürfen jetzt kein falsches Bild von mir haben. Wir waren jung, dumm und völlig panisch. Ich weiß, dass es ein Riesenfehler war, den armen Harr einfach dort unten liegenzulassen, aber wir wussten es damals einfach nicht besser. Ich hatte jahrelang ein schlechtes Gewissen und Albträume deswegen.«

»Wie kommt es denn, dass bis heute niemand dieses Grab und den darin liegenden Harr gefunden hat?«

»Die Grabstelle liegt erstens sehr abgelegen, in einem Gebiet, das die Archäologen fälschlicherweise als uninteressant eingestuft haben. Darum gab es dort bisher noch keine Grabungen.«

»Und zweitens?«

»Zweitens sind wir in der nächsten Nacht noch einmal zurückgegangen, haben den Stein wieder vor den Eingang geschoben und so lange Sand und Erde draufgeschaufelt, bis alles so aussah wie vorher.« Er rollte die Flasche zwischen seinen Händen hin und her. »Ich habe mir ständig vor Augen geführt, dass es ein Unfall war – trotzdem hatte ich lange Zeit schreckliche Schuldgefühle. Wir alle hatten sie. Die ersten Jahre nach dem Vorfall waren die Hölle.«

Morell kratzte sich an der Nase. »Ich kann ja noch halbwegs nachvollziehen, dass Sie in Panik geraten sind, aber was war mit Harrs Freundin, dieser Theresia? Wie konnten Sie die arme Frau so lange belügen?« Er musste an Frau Horsky denken und wie sehr die Ungewissheit all die Jahre an ihr gezehrt hatte.

»Bitte hören Sie auf!«, bat Uhl. »Ich habe lange genug gelitten und war so froh, als die Erinnerungen endlich verblasst sind. Ich will mich einfach nicht mehr daran erinnern.«

Er ballte die Hände zu Fäusten und merkte, wie sein Herzschlag sich beschleunigte. Dieser feige Hund hatte einfach alles verdrängt und sich vor der Verantwortung gedrückt. Dieses miese Schwein hatte sich einfach aus der Affäre gezogen und ein angenehmes Leben in Wien gelebt.

»Na warte!«, flüsterte er und strich über das Messer, die Handschellen und den Knebel, die sich in seiner Jackentasche befanden. »Niemand kann seiner gerechten Strafe entgehen.«

»Wie hieß Harrs Freundin mit vollem Namen?«, fragte Morell.

Uhl zuckte mit den Schultern. »Keine Ahnung. Sie hat mir damals einen Brief geschrieben und mich mehrmals besucht, aber den Brief habe ich sofort weggeworfen und die Tür auch irgendwann nicht mehr aufgemacht.«

Morell seufzte. »Denken Sie nach! Ich würde gern mit ihr reden.«

Uhl fuhr sich mit beiden Händen übers Gesicht. »Sie war eines von diesen unscheinbaren Mauerblümchen«, versuchte er sich zu erinnern. »Nichts Besonderes. Eine kleine, graue Maus, die wie eine Klette an Harr hing. Kein Wunder, dass er so hin und weg von der schönen, stolzen Ghada war.« Er rieb sich über die Stirn.

»Wenn ich mich nicht täusche, hat sie im AKH als Krankenschwester gearbeitet.«

»Gut«, nickte Morell. »Das ist doch schon mal was. Theresia Irgendwas, die in den 70er Jahren im AKH gearbeitet hat. Das sollte sich eruieren lassen.«

Beinahe hätte er laut losgeflucht. Das war nicht gut. Das war ganz und gar nicht gut. Das könnte Probleme machen. Er musste sich dringend etwas einfallen lassen.

»Und als das kleine flache Grab zugeschüttet war, fiel er auf die Knie und verbeugte sich vor dem kleinen Hügel bis zur Erde.«

Fjodor M. Dostojewski, Die Brüder Karamasow

Die Atmosphäre im Wald von Landau war ruhig und friedlich. Die Sonne schickte ein paar sanfte Strahlen durch die Tannen, und hie und da huschte ein Eichhörnchen durch das Unterholz und suchte nach Nahrung. Einzig Bender, der gerade einen kleinen Waldweg entlangstapfte, verbreitete eine Aura von Stress und Panik.

Erich Altmann, der Förster, hatte ihn angerufen und in den Wald zitiert. »Es gibt da etwas, was du dir ansehen solltest«, hatte er gesagt und dabei nicht gerade zuversichtlich geklungen.

»Tja«, stellte Altmann nun fest, als Bender ihn endlich auf einer Lichtung gefunden hatte. »Sieht leider nicht gut für dich und Fred aus.« Er zeigte auf einen Tierkadaver und blutige Fellfetzen, die im hohen Gras lagen. »Da war Reineke Fuchs wohl schneller.«

»O nein!« Bender schlug die Hände vor den Mund und machte einen kleinen Schritt auf den Kadaver zu. »Ist das wirklich Fred? Ich meine … ich bin mir nicht einmal sicher, dass es eine Katze ist.«

»Bist du blind?« Altmann hob einen abgebrochenen Ast vom Boden auf und drehte damit das tote Tier um.

Bender holte tief Luft und ließ sie langsam durch die Nase wieder entweichen. Es waren tatsächlich die Überreste einer Katze, und sie hatte genau die gleiche Farbe und Musterung wie Fred.

»Ich dachte, ich zeig es dir, bevor du noch mehr Zeit und Energie in die Suche steckst.« Altmann klopfte dem fassungslosen Bender auf die Schulter. »Nimm's nicht so schwer.«

»Von wegen nicht so schwer nehmen. Sie haben gut reden! Sie müssen ja auch nicht dem Chef beibringen, dass Sie Schuld am Tod seines kleinen Lieblings tragen.« Er dachte kurz nach. »Haben Sie zufällig eine Schaufel dabei?«

»Ja, was willst du denn damit?«, fragte Altmann erstaunt.

»Na was wohl? Ich kann den armen Fred doch nicht einfach so hier liegenlassen. Er hat zumindest ein Grab verdient.«

Altmann griff sich an den Kopf. »Wir reden hier über eine Katze.«

Bender knirschte mit den Zähnen. »Er war immerhin der beste Freund vom Chef«, sagte er und ging mit Altmann zum Auto, um die Schaufel zu holen.

»Dann nur ein Grab auf grüner Flur,
Und nah nur, nah bei meinem Neste,
In meiner stillen Heimat nur!«
Anette von Droste-Hülshoff, Letzte Gaben

Morell klingelte mit dem Modell GESEGNET unter dem Arm an Frau Horskys Wohnungstür. »So viele Jahre haben wir nicht gewusst, wo du steckst«, sagte er und tätschelte die Urne. »Deine Mutter wird sich echt freuen, wenn sie erfährt, wie alles gewesen ist.«

Frau Horskys Freude war tatsächlich überwältigend. Die alte Frau brach vor lauter Glück in Tränen aus, als Morell ihr in einer feierlichen Geste die große Urne übergab.

»Sie haben endlich meinen Sohn zu mir zurückgebracht und mich damit zur glücklichsten Frau der Welt gemacht. Wie kann ich Ihnen nur danken?«, rief sie mit tränenerstickter Stimme und schlang ihre knochigen Ärmchen um den fülligen Leib des Chefinspektors.

»Ach«, winkte Morell ab, der von Frau Horskys Gefühlsausbruch ziemlich gerührt war. »Ich habe doch nur meinen Job gemacht. Ihr Apfelstrudelrezept ist Dank genug.«

Frau Horsky ließ Morell los, schnäuzte sich und lächelte. »Aber natürlich«, sagte sie. »Das Rezept. Sie werden überrascht sein! Einen kleinen Moment noch – ich mache es meinem Benedikt noch schnell gemütlich, und danach werden wir zwei das Strudelgeheimnis lüften.« Sie stellte die Urne auf einen kleinen Beistelltisch und drapierte vorsichtig ein paar Kerzen drum herum. »So«, sagte sie, als sie fertig war. »Dann hole ich Ihnen mal schnell Ihre Belohnung.« Sie lächelte verschmitzt und ging in die Küche. Wenige Augenblicke später kam sie zurück und drückte Morell eine Packung tiefgefrorenen Fertigstrudel in die Hand.

Die alte Dame hatte ihn offenbar nicht richtig verstanden. »Nein, nein, ist nett gemeint, aber so was brauche ich nicht. Mir geht es doch nur um Ihr Rezept.«

»Das ist das Rezept.«

Morell starrte erst Frau Horsky und dann die eisige Strudelpackung mit offenem Mund an. »Aber das ist …«

»Fertigstrudel vom Discounter«, sagte Frau Horsky immer noch lächelnd. »Backrohr vorheizen, Apfelstrudel reinschieben und dann bei 180 Grad circa 15 Minuten goldbraun backen.«

Morell konnte es nicht fassen. Jahrelang hatte er alles Menschenmögliche versucht, um das Geheimnis von Frau Horskys Strudel zu lüften, und jetzt das! Er wusste nicht, was er sagen sollte. »Ähm … ja … ich glaube, ich muss dann mal los.«

Er gab Frau Horsky die Packung zurück und verließ die Wohnung. Er würde wohl ein bisschen Zeit brauchen, um diesen Schock zu verdauen. »Fertigstrudel«, murmelte er fassungslos, während er die Tür zu Capellis Wohnung aufsperrte. »Und dann auch noch vom Discounter.«

»Möge uns das Wort verfolgen und nicht zur Ruhe kommen lassen, bis man uns ins Grab bettet.«

Albert Schweitzer

Um sich von dem Strudel-Schock zu erholen, beschmierte Morell erst mal ein Knäckebrot mit Margarine, streute ein bisschen Salz darauf und biss herzhaft hinein. Dann rief er bei Wojnar an, um ihm zu sagen, dass er Harr nicht mehr weiter zu suchen brauche und sich stattdessen auf die Suche nach Harrs Freundin Theresia machen solle. Zwar hatte er den Inspektor bereits nach dem Besuch bei Uhl angerufen, ihn aber nicht erreichen und nur eine Nachricht auf dem Anrufbeantworter hinterlassen können. Nun hob Wojnar ab und erzählte, dass er auf Morells Nachricht hin bereits eine Liste der Krankenschwestern, die 1978 im AKH tätig waren, angefordert hätte. Sie müsse jede Sekunde eintreffen und er würde sich gleich darum kümmern – dann wurde er plötzlich ernst.

»Otto, es gibt da ein neues Problem«, sagte er.

»Was ist passiert?«

»Unsere Theorie ist doch wohl wahr – das ist das Gute an der ganzen Sache. Roman will jetzt nämlich deinen Spuren nachgehen.«

»O nein!«, rutschte es Morell lauter heraus, als er gewollt hatte. »Sag jetzt nicht, dass schon wieder ein Mord geschehen ist.«

»Beruhige dich, Otto. Niemand ist gestorben.«

»Aber?«

»Es gab einen Mordversuch, der glücklicherweise gescheitert ist.«

»O Gott. Wer? Nagy? Zuckermann?«

»Nein. Es hat keinen der alten Herren getroffen, sondern Novaks Assistenten Moritz Langthaler. Er wurde mit einem massiven Aschenbecher niedergeschlagen, als er ein paar Unterlagen aus Novaks Büro holen wollte. Ernst Payer, dessen Büro sich neben Novaks befindet, hat ihn glücklicherweise gefunden.«

Morell war völlig vor den Kopf gestoßen. Der junge Archäologe passte überhaupt nicht ins Bild. »Wie geht es Langthaler? Ist er ansprechbar?«

»Nein, noch nicht. Erst sah es nicht gut für ihn aus, aber mittlerweile haben die Ärzte ihn stabilisiert. Ich halte dich auf dem Laufenden!«

Morell bedankte sich und legte auf. Langthaler. Warum er? Stand er auf der Liste des Täters, oder war er einfach nur zur falschen Zeit am falschen Ort gewesen? Er vergrub das Gesicht in den Händen und versuchte, sich zu konzentrieren. Es ergab alles keinen Sinn. Wer konnte etwas gegen Langthaler haben?

Nervös ging Morell auf und ab. So richtig konnte er sich seine unruhige Stimmung nicht erklären. Eigentlich hatte er doch alles erreicht, was er hatte erreichen wollen: Weber war endlich auf der richtigen Fährte, und Lorentz würde nun bald aus dem Gefängnis entlassen werden. Morell wusste, dass hinter der bornierten Fassade seines Exkollegen im Grunde ein fähiger Polizist steckte, und war sich deshalb sicher, dass Weber und Wojnar den Fall nun bald gelöst haben würden. Oder? Was wenn nicht?

Morell versuchte sich abzulenken, indem er bei Bender anrief. Dieser hob nicht ab, also hinterließ er ihm eine Nachricht auf der Mobilbox: »Hallo Robert, hier spricht Morell. Ich wollte mich eigentlich nur kurz erkundigen, wie es in Landau läuft, und dir sagen, dass ich sehr wahrscheinlich in den nächsten Tagen zurückkommen werde.«

Er legte auf, dachte noch einmal über den Fall nach und spürte dabei, wie ein Gefühl in ihm hochstieg, das er so schon lange nicht mehr gehabt hatte: Er hatte Blut geleckt. Er spürte Ehrgeiz, Neugier und den Drang zu handeln. Er war bereits so weit gekommen, jetzt wollte er es auch zu Ende bringen. »Warum nicht«, sagte er zu sich selbst und rief erneut bei Wojnar an. »Hallo, Theo. Ist die Liste der Krankenschwestern schon bei dir eingetroffen?«

»Ja, aber ich bin noch nicht dazugekommen, sie mir anzuschauen – hier ist nämlich gerade die Hölle los. Roman hat, ungern, aber doch, eingesehen, dass er einen Fehler gemacht hat, und macht darum jetzt doppelt so viel Stress wie normalerweise. Sei froh, dass du nicht hier sein musst.«

»Wenn du magst, kann ich mir die Liste vornehmen. Ich kann momentan sowieso an nichts anderes denken.«

»Klar. Warum nicht? Gib mir deine E-Mail-Adresse, dann schicke ich sie dir.«

»Danke für dein Vertrauen, Theo.«

»Kein Problem, Otto. Wir ziehen ja am selben Strang.«

Nur wenige Augenblicke später kündigte ein lautes Piepsen den Eingang einer E-Mail an. Morell nippte an einer Tasse Tee, die er frisch aufgebrüht hatte, und kratzte sich am Kopf. Das waren ganz schön viele Krankenschwestern.

Er scrollte die Liste hinunter und achtete neben Theresia auch auf andere Formen des Vornamens wie Theresa oder Thea. Weder auf der ersten noch der zweiten Seite wurde er fündig, doch dann blieb sein Blick an einem Namen hängen: Theresia Langthaler.

Morell nahm einen großen Schluck Tee und lehnte sich zurück. Theresia Langthaler – das konnte doch kein Zufall sein. Er schaute sich ihr Geburtsdatum an und rechnete: 1978 war sie 29 Jahre alt gewesen – das passte perfekt ins Bild. Aber was hatte sie mit dem letzten Opfer, Moritz Langthaler, zu tun? Er überlegte. Wie alt Moritz Langthaler wohl war? Er schätzte ihn auf Anfang bis

Mitte dreißig. War Moritz Langthaler etwa der Sohn von Gustaf Harr und Theresia Langthaler? Er musste unbedingt mit ihr reden.

Im Telefonbuch fand sich keine Theresia Langthaler, aber auf Wojnars Liste war ihre letzte bekannte Adresse angegeben. »Besser als nichts«, sagte er sich und machte sich auf den Weg.

Eine halbe Stunde später stand der Chefinspektor vor einer großen, etwas schäbigen Gemeindebauanlage und spürte, wie sein Herzschlag sich beschleunigte: Auf einem der Klingelschilder stand tatsächlich der Name Langthaler. Seine Hände wurden leicht schwitzig, als er anläutete. Vielleicht konnte er den Fall ja wirklich lösen. Hier und jetzt.

»Grüß Gott, mein Name ist Otto Morell, und ich bin auf der Suche nach Theresia Langthaler«, erklärte er der blechernen Stimme, die aus der Gegensprechanlage ertönte.

»Erster Stock«, sagte die Stimme, gefolgt vom Summen des Türöffners.

Als Morell im ersten Stock ankam, stand bereits eine kleine dürre Frau, die einen geblümten Kittel trug, in einer der Türen und musterte ihn mit einem ungläubigen Gesichtsausdruck. »Sie sind auf der Suche nach der Theresia?«

»Ja«, antwortete Morell. »Lebt sie hier?«

Die Frau schüttelte den Kopf und brachte dabei ihr schlohweißes Haar, das einen leichten Blaustich hatte, in Wallung. »Nein, meine Schwester, also die Theresia, ist tot.«

Morells Aufregung schlug in pure Enttäuschung um. »Tot?«

»Ja, sie ist vor zwei Monaten gestorben. Haben Sie das nicht gewusst?«

»Nein. Das tut mir sehr leid.« Morell war verstört. Was war geschehen? War auch sie ermordet worden?

»Waren Sie ein Freund von ihr?«, unterbrach die Frau Morells Gedanken.

»Ich … ähm … nein. Ich bin Polizist und …«

»Von der Polizei? Aber was hatte die Theresia denn mit der Polizei zu tun?« Sie starrte Morell mit großen, wässrig blauen Augen an.

Morell zuckte mit den Schultern. »Ich weiß es ehrlich gesagt selber nicht. Es ist nur so, dass ich derzeit in einem Fall ermittle, der viele Jahre in die Vergangenheit zurückreicht, und ich hatte gehofft, dass Ihre Schwester mir vielleicht dabei weiterhelfen könnte. Darf ich fragen, woran Theresia gestorben ist?«

Die Frau nickte. »Kommen Sie doch herein«, sagte sie. »Ich habe gerade einen Kaffee gemacht.«

Morell folgte ihr in eine kleine, ärmlich eingerichtete, aber blitzsaubere Wohnung und setzte sich im Wohnzimmer auf eine mit einer rosaroten Häkeldecke überzogene Couch.

»Theresia hatte vor zehn Jahren einen Schlaganfall erlitten und war seitdem ein Pflegefall.« Die Frau hatte aus der Küche eine Kanne mit Filterkaffee geholt und schenkte Morell nun eine Tasse davon ein. »Ich habe mich, so gut es mir möglich war, um sie gekümmert. Vor zwei Monaten ist sie dann gestorben.« Sie versuchte, ein Lächeln aufzusetzen, was ihr aber nicht wirklich gelang.

»Das tut mir so leid.« Morell nahm einen Schluck von dem Kaffee und versuchte, sich nicht anmerken zu lassen, wie schlecht er schmeckte.

»Das muss es nicht. Es war das Beste so. Brauchen Sie Milch oder Zucker?«

Morell verneinte. »Ihre Schwester war doch in den 70er Jahren mit Gustaf Harr zusammen. Können Sie mir etwas darüber erzählen?«

Die Augen der alten Frau wurden leicht feucht, als sie sich erinnerte. »Ach ja, der Gustaf. Über den ist sie nie hinweggekommen. Auf einer Ausgrabung im Ausland hat er eine andere Frau kennengelernt und die Theresia schwanger hier in Wien sitzenlassen. Meine arme, naive Schwester wollte das zeit ihres Lebens nicht wahrhaben. Sie hat ständig behauptet, dass es eine Verschwörung gäbe, dass der Gustaf entführt oder vielleicht sogar getötet worden sei.« Sie schüttelte den Kopf und seufzte. »Erst dachte ich, dass diese Hysterie und Realitätsverweigerung an den Schwangerschaftshormonen liegen müsse, aber sogar als der kleine Moritz dann da war, hat sie nicht damit aufgehört.«

Morell spürte, wie seine Sinne plötzlich hellwach waren. Er hatte richtig vermutet: Moritz Langthaler war der Sohn von Gustaf Harr und Theresia Langthaler. Die Lösung lag zum Greifen nah.

»Sie konnte einfach nicht glauben, dass der Gustaf sie hat sitzenlassen«, redete Theresia Langthalers Schwester weiter. »Ich habe tausendmal versucht, ihr zu erklären, dass Männer nun mal so sind. Ich habe ihr gesagt, dass sie nicht die Erste und auch nicht die Letzte sei, die samt Kind von einem Mistkerl verlassen wurde.« Sie strich sich eine Strähne ihres bläulichen Haars aus dem Gesicht. »Nicht mein Gustaf, hat die Theresia immer gesagt. Mein Gustaf würde so was nie tun. Aber was soll ich sagen – er hat es halt doch gemacht.«

»Hat Ihre Schwester denn nie die Polizei eingeschaltet?«

Die alte Frau winkte ab. »Überall war sie. Aber keiner hat ihr geglaubt. Sie war bei seinen Arbeitskollegen, seinem Arbeitgeber, bei der Polizei – ja sogar nach Syrien ist sie gefahren. Ein Drama war das. Ihren Job hat sie deswegen aufgegeben, ihr ganzes Erspartes zum Fenster rausgeschmissen, Schulden hat sie deswegen gemacht und das Kind vernachlässigt – der arme, kleine Moritz musste sogar lange Jahre in einer Pflegefamilie leben. Dem armen Wicht haben die Eltern so sehr gefehlt – er ist sogar Archäologe geworden, nur um dem verschollenen Vater näherzukommen.« Sie schüttelte den Kopf. »Ich will gar nimmer daran denken. So eine Tragödie – und das alles nur wegen einem selbstsüchtigen Mannsbild.«

Nach seinem Besuch bei Theresia Langthalers Schwester war Morell sehr nachdenklich geworden. Das Gespräch hatte nur noch mehr Fragen aufgeworfen. Wer konnte ein Interesse daran haben, die Grabungsteilnehmer zu töten? Der Einzige, der ein starkes Motiv hatte, war Moritz Langthaler – Novak, Meinrad, Uhl und

Nagy hatten immerhin seinen Vater auf dem Gewissen und damit indirekt seine Kindheit ruiniert. Doch wer konnte etwas gegen Langthaler haben? Warum sollte er ausgeschaltet werden?

Als Morell nach Hause kam, stand Capelli gerade auf einer Leiter und strich die Decke im Flur gelb an.

»Hallo, Otto, da bist du ja«, sagte sie. »Wo bist du denn gewesen?«

»Frag nicht«, winkte Morell ab. »Ich bin gerade ziemlich verwirrt. Der ganze Fall wird von Mal zu Mal verzwickter. Ich werde mir jetzt einen Salat machen und noch einmal gründlich über alles nachdenken.« Er ging unter der Leiter durch.

»Nicht unten durch«, rief Capelli. »Das bringt Unglück!« Sie hielt kurz inne. »Und schon passiert – jetzt ist gelbe Farbe in deine Haare getropft.«

Morell fuhr sich durchs Haar und blickte dann auf seine gelb verschmierten Finger.

»Tut mir leid.« Capelli grinste verlegen.

Morell überlegte kurz, schüttelte dann den Kopf und lächelte. »Muss es nicht.« Er sauste ins Wohnzimmer. »Ich glaube, ich habe gerade den Schlüssel zur Lösung des Falles gefunden.«

»Wirklich?« Capelli rannte ihm mit tropfendem Pinsel in der Hand hinterher. »Erzähl!«

»Wart noch einen Moment – ich brauche noch ein paar Unterlagen von Wojnar. Dann erkläre ich dir alles.«

Kurze Zeit später hatte Wojnar die Unterlagen gefaxt, die Morell haben wollte.

»Sieh's dir an«, sagte er zu Capelli.

Die Gerichtsmedizinerin studierte die Akte und nickte. »Du hast recht«, rief sie und umarmte Morell. »Verdammt, du hast recht! Otto, du bist der Beste.«

Morell grinste – er hatte zwei Fälle an nur einem Tag gelöst und war ziemlich stolz auf sich. »Nun ja«, sagte er verlegen. »Ich habe nur meinen Job gemacht.«

»Das wahre Grab der Toten ist das Herz der Lebenden.«

Jean Cocteau

Am nächsten Vormittag liefen Weber und Wojnar mit entschlossenem Schritt über den Flur des AKHs und steuerten auf das Zimmer Nummer 312 zu.

»Sie können da nicht rein!«, versuchte eine korpulente Krankenschwester die beiden aufzuhalten. »Der Patient braucht absolute Ruhe!«

Weber zückte seine Dienstmarke und hielt sie der Frau unter die Nase. »Polizei«, sagte er trocken.

Die Schwester überlegte kurz. »Na gut. Zehn Minuten, aber keine Sekunde länger. Und regen Sie ihn ja nicht auf – er muss sich erholen und braucht Ruhe.«

»Wir werden darauf achten«, sagte Wojnar. »Vielen Dank!«

Moritz Langthaler lag mit einem dicken Verband um den Kopf und dunklen Rändern unter den Augen in einem der Krankenhausbetten. Außer ihm gab es keine weiteren Patienten in dem trostlosen Zimmer. »Haben Sie das Schwein gefunden, das mich beinahe umgebracht hat?«, fragte er mit schwacher Stimme, als die beiden Polizisten an sein Bett traten.

»O ja, das haben wir.« Weber schnappte sich einen Plastikstuhl, rückte ihn neben Langthaler und setzte sich, während Wojnar am Fußende des Bettes stehen blieb. »Sie werden überrascht sein.«

Langthaler lächelte kraftlos. »Ich bin gespannt.«

Weber steckte sich einen Zahnstocher in den Mund. »Ganz schön in die Hose gegangen, der schöne Plan«, sagte er. »Das hatten Sie sich wohl anders vorgestellt.«

»Natürlich habe ich mir das anders vorgestellt – immerhin hat mich irgendjemand brutal von hinten niedergeschlagen.« Um seine Worte zu untermauern, griff Langthaler an seinen Verband.

»Nicht von hinten«, sagte Wojnar. »Sondern von oben.«

»Und auch nicht irgendjemand«, fügte Weber hinzu. »Sondern Sie selbst.«

Langthaler riss die Augen auf. »Ich weiß nicht, wovon Sie reden.«

»Hast du gehört, Theo«, sagte Weber. »Er weiß nicht, wovon wir reden. Wahrscheinlich hat der Schlag auf seinen Kopf eine Amnesie ausgelöst.«

»Oder vielleicht beeinträchtigen die Medikamente, die er genommen hat, sein Erinnerungsvermögen«, meinte Wojnar sarkastisch.

»Dann wollen wir seinem Gedächtnis doch mal auf die Sprünge helfen.«

»Was soll das?« Langthaler schaute irritiert von einem Polizisten zum anderen.

Weber nahm den Zahnstocher aus dem Mund und beugte sich vor. »Ich kann Ihnen sagen, was das soll. Sie haben Vitus Novak und Johannes Meinrad umgebracht, weil sie Schuld am Tod Ihres Vaters hatten. Als Ihre Mutter vor zwei Monaten gestorben ist, haben Sie wahrscheinlich in ihrem Nachlass etwas gefunden, das Sie auf die Spur von Novak gebracht hat, und da haben Sie den Plan gefasst, Rache zu nehmen.«

»Grund dazu hatten Sie ja genug«, warf Wojnar ein. »Der Vater tot, die Mutter durchgedreht und Ihre Kindheit vermurkst.«

»Aber … aber … sehen Sie denn nicht, dass ich selbst ein Opfer bin?« Langthaler versuchte, sich aufzusetzen.

Weber lehnte sich wieder zurück und kaute auf seinem Zahnstocher herum. »Sie haben irgendwie gemerkt, dass wir Ihnen auf den Fersen waren, und wollten daher ein Ablenkungsmanöver starten. Sie haben sich als Opfer inszeniert, um den Verdacht von Ihnen abzulenken.«

»Sie sind ja verrückt! Ich wäre beinahe krepiert. Glauben Sie, ich lege es darauf an, mich selbst umzubringen?«

»Tja, Ihr Plan ist leider in die Hose gegangen. Sie haben einen schweren Aschenbecher aus Jade auf eine Tür gelegt, die nur einen Spaltbreit geöffnet war, dann haben Sie die Tür aufgerissen, so dass der Aschenbecher Ihnen auf den Kopf geknallt ist.«

»Und dabei haben Sie die Wucht des Aschenbechers unter- und die Stärke Ihres Schädels überschätzt«, fügte Wojnar hinzu.

»Das ist doch alles Unsinn.« Langthaler lehnte sich in seine Kissen zurück und fasste sich an den Kopf.

»Das sehen wir ganz anders. Zudem haben unsere Kollegen Spuren des Aschenbechers auf der Oberkante des Türblatts gefunden.«

»Unsinn.« Langthaler schloss die Augen. »Alles Unsinn.«

»Und dann haben wir noch etwas gefunden, und zwar in Ihrer Wohnung. Ein Tagebuch. Das Tagebuch von Vitus Novak mit brisanten Eintragungen aus den 70er Jahren. Und dann war da auch noch das Foto, das Sie aus Novaks Büro mitgenommen haben – wahrscheinlich weil es das letzte Foto ist, das Ihren Vater lebend zeigt.«

Langthaler schaute die beiden entsetzt mit weitaufgerissenen Augen an.

Weber stand auf und nahm den Zahnstocher aus dem Mund. »Sie sind hiermit offiziell verhaftet. Sie haben das Recht auf einen Anwalt. Sie haben außerdem das Recht, die Aussage zu verweigern. Bis zu Ihrer Genesung werden wir einen Wachposten vor dem Zimmer platzieren. Schönen Tag noch.« Mit diesen Worten drehte er sich um und verließ gemeinsam mit Wojnar den Raum.

Die beiden Polizisten gingen den langen Flur entlang, und Weber wandte sich an seinen Kollegen. »Wieder einen Fall gelöst«, sagte er. »Und das in ziemlich kurzer Zeit. Du hattest tatsächlich den richtigen Riecher, Theo. Toll, wie du das mit der Kopfwunde erkannt hast. Gute Arbeit!«

Wojnar schmunzelte. »Vielen Dank, Roman.«

»Scheinst ja gerade eine echte Glückssträhne zu haben. Erst die Pietät und dann auch noch der Novak-Fall. Wie hast du das nur gemacht?«

»Das hat sich so ergeben«, wiegelte Wojnar ab, während sie vor einer Glastür stehen blieben.

»Apropos Pietät – sag mal, ist dir da ein gewisser Thomas Reiter begegnet? So ein großer, dicker Typ?«

»Reiter? Nein, die Mitarbeiter hießen Eschener und Jedler, und dann gab's noch eine Frau Summer.«

»Und den Otto Morell, den hast du nicht zufällig dort gesehen?«

»Warum soll denn der Otto in der Pietät gewesen sein? Ich weiß, dass er in Wien ist, aber was soll der in einem Bestattungsinstitut? Das gibt doch keinen Sinn, Roman.« Wojnar grinste in sich hinein, während er seinem Kollegen die Tür aufhielt.

**»Ich glaube, es ist unmöglich,
das Entzücken und die Wonne eines Menschen,
der sozusagen unmittelbar dem Grabe entronnen ist,
zu schildern.«**

Daniel Defoe, Robinson Crusoe

An der Wohnungstür von Nina Capelli klingelte es drei-, vier-, fünfmal aufgeregt hintereinander: Lorentz war aus dem Gefängnis entlassen worden und stand nun mit Champagner und Kuchen vor der Tür.

»Ihr seid die Besten«, rief er und fiel erst Capelli und dann Morell um den Hals. »Lasst uns anstoßen!«

Zur Feier des Tages gönnte Morell sich ein großes Stück Sachertorte mit Schlagsahne. »Ist das gut«, schwärmte er, während er sich die Schokokouvertüre auf der Zunge zergehen ließ.

»Das kannst du laut sagen.« Lorentz nahm sich ein zweites Stück. »Der Knastfraß, den ich in den letzten Tagen vorgesetzt bekommen habe, war ein echter Albtraum. Von dem harten Bett und den gemeinen Weck- und Schlafenszeiten gar nicht erst zu reden. Viel länger hätte ich es da drinnen nicht mehr ausgehalten, ohne durchzudrehen.« Er nippte am Champagner und schloss die Augen. »Moritz Langthaler. Nie im Leben hätte ich ihm das zugetraut.«

Morell liebäugelte mit einem weiteren Stück von der traumhaft guten Sachertorte, entschied sich dann aber dagegen. »So ist das eben«, sagte er. »Es sind meistens die Menschen, von denen man es am wenigsten denkt: der unscheinbare Nachbar, die blasse Kassiererin oder der schüchterne Arbeitskollege.«

Lorentz streckte sich. »Und von denen gibt es in einer Großstadt jede Menge.«

Morell nickte. »Da lob ich mir das Leben auf dem Land. Dort gibt es nicht so viele Menschen auf engem Raum. Apropos – ich muss dann langsam los. Mein Zug fährt bald.«

»Ach nein«, rief Capelli. »Bleib doch noch. Wir müssen Leander doch erzählen, was alles passiert ist.«

»Das kannst du auch gut alleine, Nina«, sagte Morell zwinkernd und stand auf. Er wollte die Zweisamkeit des Paares nicht länger stören als nötig. »Ich bin mir nicht ganz sicher, aber ich habe das Gefühl, dass Bender allein in Landau etwas überfordert ist. Ich sollte dringend nach Hause fahren und nach dem Rechten sehen.«

»Na gut.« Lorentz trank den Rest seines Champagners aus. »Dann lass uns dich aber wenigstens zum Bahnhof bringen.«

»Da sage ich nicht nein.« Morell ging ins Gästezimmer und packte seine Sachen zusammen. »So«, sagte er, als er fertig war. »Landau, ich komme!«

Der Chefinspektor saß allein in einem Abteil und lauschte dem monotonen Rattern des Zuges. Nur noch wenige Minuten, dann würde er endlich wieder in seinem geliebten Landau ankommen. Er dachte an die vergangenen Tage zurück: Was für eine Woche. So viel Action und Aufregung erlebte er daheim normalerweise in einem ganzen Jahr nicht. Er tätschelte seinen Bauch und freute sich auf die ruhige und entspannte Zeit, die nun hoffentlich wieder anbrechen würde. Wenn Wojnar tatsächlich dichthalten und sich nicht bei Weber verplappern würde, hätte sein kleiner Ausflug nach Wien kein Nachspiel, und er konnte sich ab sofort wieder aus vollem Herzen den kleinen Wehwehchen der Landauer Einwohner widmen.

»Home sweet home«, sagte er, als er endlich aus dem Zug stieg. Er war einfach kein Großstadtmensch, sondern ein waschechtes Landei. Er nahm einen tiefen Atemzug – die Luft in Landau war frisch und sauber und duftete nach Herbstlaub und Alpenkräutern. Sofort spürte er, wie ihm das Herz aufging und er sich mit jeder Sekunde wohler und wohler fühlte. Hier war er daheim. Hier gehörte er hin.

Die unbeschwerte Stimmung, die in Landau herrschte, sowie die Vorfreude auf Fred und die Pflanzen übertünchten sogar die schmerzhafte Erinnerung an Valerie.

»Ab nach Hause«, sagte er, schnappte seinen Koffer und machte sich auf den Weg.

**»Nein, ich sterbe nicht ganz,
über das Grab hinaus bleibt mein edleres Ich.«**
Horaz

Bender goss mit schwerem Herzen noch einmal Morells Pflanzen – wenigstens die hatten überlebt. Die Übelkeit, die er bereits seit dem Vormittag verspürte, wurde immer schlimmer – es konnte sich nur noch um Minuten handeln, bis der Chef hier auftauchte. Nun ja, wenigstens hatte er es dann hinter sich. Stellenanzeigen hatte er bereits durchgeschaut und auch schon eine Bewerbung geschrieben. Wenn Morell ihn rausschmiss, wovon auszugehen war, würde er sie gleich heute noch abschicken. Der neue Job war zwar in Innsbruck, aber immerhin hatte er Fred auf dem Gewissen – er hatte es also verdient, umziehen zu müssen.

Als er mit den Pflanzen fertig war, ging er zur Balkontür und kippte sie, um noch einmal ordentlich durchzulüften. Morell musste ja nicht unbedingt seinen Angstschweiß riechen, der wahrscheinlich bereits das ganze Haus erfüllte.

Gerade als er sich umdrehte, um die Dosen mit dem Katzenfutter wegzuräumen – der Chef sollte nicht mehr als nötig an den dahingeschiedenen Fred erinnert werden –, hörte er ein klägliches Maunzen. Er ging zurück zur Balkontür, öffnete sie ganz und schaute nach unten, von wo ihn zwei große, vorwurfsvolle Augen anstarrten.

Es dauerte einige Momente, bis Bender realisierte, dass es sich bei der Katze, die da auf dem Balkon saß, um den etwas erschlankten Fred handelte.

»FRED!«, rief er, hob den Kater hoch und küsste ihn. »Du alter Schlawiner, ich dachte, du seiest tot. Wo warst du denn die ganze Zeit?« Er musterte den Balkon. »Warst du etwa die ganze Zeit hier draußen? Ach, egal. Hauptsache, du bist wieder da!« Er drückte Fred so fest an sich, dass der Kater zu fauchen und zu kratzen anfing.

»Er mag nicht gern geknuddelt werden.«

Bender fuhr erschrocken herum und schaute direkt in Morells rundliches Gesicht. »Chef … Hallo … Wie schön, Sie zu sehen.« Er setzte den Kater auf den Boden. Dieser rannte sofort zu seiner Futterschüssel und schien ziemlich verärgert darüber zu sein, dass sie leer war.

»Er ist dünner geworden«, stellte Morell fest. »Wie hast du das angestellt?«

»Ich … ähm … ich dachte, sein Übergewicht sei nicht gesund, und habe mir darum erlaubt, Fred auf Diät zu setzen.« Er schaute Morells Bauch an. »Das würde Ihnen übrigens auch nicht schaden. Doktor Levi hat doch gesagt …«

Morell blickte empört erst auf seinen Bauch und dann zu Bender. »Erstens ist es mir egal, was Doktor Levi sagt, und zweitens habe ich bereits ein wenig abgenommen.«

»Echt?«

Morell kam nicht dazu, zu antworten, da sein Telefon klingelte. »Wart kurz«, sagte er zu seinem Assistenten.

»Nein, schon gut. Ich muss eh los«, winkte Bender ab und verschwand. Er würde sich jetzt im Wirtshaus erst einmal ein großes Bier gönnen. Nach der ganzen Aufregung wegen Fred hatte er sich das verdient. Immerhin war er in Gedanken schon aus Landau weggezogen.

»Otto Morell«, meldete sich der Chefinspektor.

»Hallo, Otto, ich bin es, Valerie. Wie wäre es denn, wenn wir uns bald mal treffen. Hättest du Zeit?«

Morell merkte, wie sein Herz vor Freude einen Hüpfer machte.

»Es ist nicht alles tot, was begraben ist.«

Dr. George Benjamin Clémenceau

Gustaf Harr saß auf der Terrasse seiner Villa in Damaskus, nahm einen großen Schluck frisch gepressten Orangensaft und schlug die Zeitung auf. Es war gar nicht so einfach, hier in Syrien eine österreichische Zeitung zu bekommen, und sie war darum meist auch schon einige Tage alt, wenn sie auf seinem Tisch landete – doch ihm war das egal. Diese letzte Verbindung in die alte Heimat war ein Spleen von ihm, den er sich nicht nehmen ließ.

»Holst du mir noch einen Kaffee, Ghada?«, rief er seiner Frau zu, überflog die Zeitungsseite und hielt erstaunt inne. Irgendjemand hatte Vitus Novak umgebracht und seinen Kopf im Arkadenhof der Universität Wien platziert. Unvermittelt fing er an zu lachen.

»Ist alles in Ordnung mit dir?«, wollte Ghada wissen, als sie den Kaffee vor ihm abstellte.

»Mehr als gut.« Harr gab seiner Frau einen Kuss und widmete sich dann wieder dem Artikel, der über Novaks Tod berichtete. Manchmal dauerte es Jahrzehnte, aber die Gerechtigkeit fand doch immer einen Weg. Er lehnte sich lächelnd in seinem großen, weich gepolsterten Sessel zurück und schloss die Augen. Er konnte sich an jene Nacht noch so gut erinnern, als sei es gestern gewesen: Novak, dieser verschrobene, überehrgeizige Kerl, hatte ihn in den tiefen Abgrund gestoßen, und dann war alles schwarz um ihn geworden. Als die Dunkelheit in seinem Kopf sich langsam gelichtet hatte und er wieder zu sich gekommen war, waren Novak und die drei anderen Feiglinge verschwunden gewesen. Sie hatten ihn einfach liegenlassen. Liegenlassen, um zu verrecken, zu krepieren und für immer zu schweigen. Doch er hatte Glück gehabt und den tiefen Sturz relativ heil überstanden. Abgesehen von einem verstauchten Knöchel und einer Platzwunde am Hinterkopf war ihm nichts geschehen.

Unbewusst strich er über die alte Narbe und erinnerte sich weiter: Er hatte die Taschenlampe aus seinem Rucksack gezogen, die genauso wie er den Sturz mehr oder minder unbeschadet überstanden hatte, und den Graben abgeleuchtet. Als Erstes richtete er den Lichtkegel nach oben in den Schacht. Er war ein guter Kletterer, aber die Wand war zu glatt gewesen – erst etwas weiter oben gab es einige Ritzen und Vorsprünge, die ihm Halt gegeben hätten. Er hatte sich gereckt und gestreckt, doch es war unmöglich gewesen heranzukommen. Unvermittelt zuckte er zusammen – er konnte auch jetzt noch, so viele Jahre später, die Todesangst spüren, die ihn damals durchflutet hatte.

Schließlich war er stundenlang jedem Luftzug gefolgt, hatte jeden Zentimeter seines Umfelds akribisch ausgeleuchtet und jede kleine Unebenheit im Boden genau betrachtet. Er hatte schon fast resigniert, als er in der hintersten Ecke des Grabens den Eingang zu einem kleinen, schmalen Tunnel entdeckt hatte. Seine Öffnung war mit Steinen verschlossen und so gut versteckt gewesen, dass es ein Wunder war, dass er ihn überhaupt wahrgenommen hatte. Unter Aufbietung aller Kräfte hatte er die Steine entfernt und war in den Tunnel gekrochen.

Er hatte keine Ahnung, wie lange die Strecke war, die er robbend zurückgelegt hatte – ihm war sie jedenfalls kilometerlang vorgekommen –, bis der Tunnel sich irgendwann geweitet hatte und in einer großen Kammer geendet war.

Beim Gedanken an jenen Moment fing er so schallend an zu lachen, dass das Hausmädchen, das im Zimmer nebenan gerade dabei war, das Tafelsilber zu polieren, erschrocken zusammenfuhr.

Harr erinnerte sich an jenen schicksalhalften Augenblick zurück und wünschte sich, dass er sein eigenes Gesicht hätte sehen können. In der Kammer standen nämlich Steintruhen, die bis obenhin mit Gold, Edelsteinen und anderen wertvollen Dingen gefüllt waren. Münzen, Diademe, exquisite Schalen und Becher, fein gearbeitete Statuetten – und mittendrin ein riesiger Sarkophag.

»Alulim.« Harr liebte es, diesen Namen laut auszusprechen. Der sagenumwobene König, von dem viele Wissenschaftler annahmen, dass es sich bei ihm nur um eine Legende handelte, hatte direkt vor ihm gelegen. »Alulim«, sagte er noch einmal und grinste.

Als Erstes hatte er die größten Edelsteine und den schönsten Goldschmuck in seinen Rucksack gepackt und war mit diesem wieder zurück zum Graben gerobbt. Dann war er wieder zurückgekrochen, hatte eine der Truhen leergeräumt und sie durch den Tunnel in den Graben geschoben. Er hatte sie aufrecht an die Wand gelehnt, war auf sie hinaufgestiegen und dadurch in der Lage gewesen, einen kleinen Felsvorsprung im Schacht zu erreichen – und so mitsamt seinem prallgefüllten Rucksack die Freiheit zu erklimmen.

Das war der Beginn seines neuen Lebens. Die Arbeit als Archäologe war mühsam und unterbezahlt gewesen, und für Theresia hatte er schon seit langem nicht mehr viel empfunden. Freunde hatte er nur wenige gehabt, und auch sonst hatte das Leben in Wien ihm nicht viel Spaß gemacht. Alulims Schatz war daher ein Geschenk des Himmels gewesen. Mit ihm hatte er noch einmal ganz von vorn beginnen können: Er hatte die Mitgift für Ghada bezahlt, eine große Villa in Damaskus gekauft und ein sorgenfreies Leben im sonnigen, warmen Syrien begonnen.

Harr ließ seinen Blick über den Garten schweifen, wo einer seiner Enkelsöhne gerade dabei war, Pfirsiche zu pflücken. Dann wandte er sich wieder der Zeitung zu und las den Artikel über Novak zu Ende.

»Elhamdulillah«, sagte er, als er fertig war. »Gepriesen sei Gott! Denn seine Wege sind unergründlich.«

Danke

für: Inspiration, Unterstützung und Rückhalt

an: Marge Füssl, Kai Gathemann, Das Team vom Fischer Verlag,
Meine Familie, Die Dreckäuzn, Miss Morningshow Alexandra Augustin,
Bernhard Jakšik, Herbert Böhm, Bettina Gabriel, Robert Just, Paul Weindl,
Horst Haslacher, Christian Wurzer und die Pling Plong Jungs,
Michael Schapler